Léger comme une plume...

Zoe Aarsen

Léger comme une plume…

Traduit de l'anglais (États-Unis)
par **Marie Furthner**

hachette
ROMANS

Photo de couverture : © Jonathan Knowles / Getty

Traduit de l'anglais (États-Unis) par Marie Furthner

L'édition originale de cet ouvrage a paru
en langue anglaise sur Wattpad sous le titre :
LIGHT AS A FEATHER, STIFF AS A BOARD

Hachette Livre, 58 rue Jean Bleuzen, 92170 Vanves.

Prologue

Quand je repense à la soirée d'anniversaire d'Olivia Richmond, mes attentes étaient si naïves que c'en est pathétique. C'était notre deuxième semaine de cours en première, une semaine avant le gala d'automne. Depuis la veille de la rentrée, mes préoccupations se limitaient à une chose : savoir si un garçon mignon m'inviterait au gala. Cette année-là était censée être mon année à moi. Pendant l'été, on m'avait enfin retiré les bagues que je portais depuis la quatrième, révélant ainsi au grand jour de magnifiques dents blanches et alignées. Et puis j'avais passé l'été en vacances avec mon père et sa femme, Rhonda, en Floride. Rhonda m'avait aidée à perdre les neuf kilos qui m'obligeaient à porter des vêtements grande taille au collège et au début du lycée. Lorsque je suis rentrée dans le Wisconsin à la fin des vacances, ma mère m'a longuement regardée, comme pour intégrer ma nouvelle apparence, et a enfin accepté de m'acheter des lentilles de contact. Pour la première fois depuis qu'on m'avait déclarée myope en CE2, mon visage n'était pas caché par des lunettes.

J'étais donc en première et prête à briller. De façon totalement inattendue et presque magique, j'étais devenue jolie. Très jolie même. Comme si quelqu'un avait agité une baguette magique au-dessus de ma tête durant l'été pour opérer une lente transformation. J'étais suffisamment jolie pour savoir, à quelques jours de la rentrée, alors que je faisais du shopping avec ma mère pour acheter des nouvelles tenues, que les autres élèves du lycée me remarqueraient. Mon année de première serait l'année où l'on parlerait de McKenna Brady, et on le ferait avec admiration, pas avec dédain.

Et, effectivement, les gens m'avaient remarquée.

Avant, Olivia Richmond ne m'aurait jamais invitée à sa fête d'anniversaire. D'ailleurs elle s'était moquée de moi deux fois depuis le début du lycée. Mais, en première, tout a changé. Elle m'a observée dans la cafétéria le jour de la rentrée, l'air confus, comme si elle essayait de comprendre pourquoi je ressemblais soudain à quelqu'un qui devrait s'asseoir à sa table avec les filles populaires plutôt qu'à celle, nettement moins enviée, des porte-drapeaux de la fanfare du lycée. Puis elle s'est approchée de moi dans le couloir pour me dire :

— Sympa, ton sac.

Mon sac Urban Outfitters bon marché en faux cuir n'avait absolument rien de sympa. Mais j'en savais suffisamment sur les codes sociaux pour comprendre que son compliment n'avait pas grand-chose à voir avec mon accessoire. Elle m'avait adressé la parole comme seule une blonde cool et désinvolte peut le faire pour me montrer qu'elle approuvait ma transformation. Le lycée Weeping Willow était petit et n'importe quelle nouvelle mignonne était au cœur de tous les potins, qu'elle soit nouvellement mignonne (comme moi) ou nouvelle au lycée (comme Violet). Olivia savait parfaitement que, si elle recrutait les filles mignonnes dans sa clique, aucune d'elles n'oserait lui faire de l'ombre.

Il y avait des avantages à être la plus populaire du lycée. Le plus enviable était qu'Olivia bénéficiait de l'attention pleine et entière de Pete Nicholson, un grand blond bronzé qui était aussi la star de l'équipe de basket. Le plus lourd à porter était que toutes les filles du lycée rêvaient de ressembler à Olivia : certaines auraient fait n'importe quoi pour être ne serait-ce qu'invitées à pénétrer le cercle illuminé par sa présence. Avant d'arriver en première, je n'aurais jamais osé aspirer à rejoindre les rangs de la clique d'Olivia et je lui étais incroyablement reconnaissante de m'avoir accueillie. Faire partie de leur groupe me suffisait. Personnellement, je n'aurais jamais imaginé vouloir détrôner Olivia.

Et pourtant, ce rêve n'était apparemment pas inconcevable pour d'autres. Peut-être pour une fille nouvelle en ville, qui n'avait pas vécu ici assez de temps pour comprendre qu'Olivia était notre reine depuis la maternelle. Une fille comme Violet, qui aurait pu penser qu'il était possible de détourner d'Olivia tout ce qu'elle possédait pour en profiter elle-même.

Son rôle de présidente du conseil des élèves.

Son titre de capitaine d'une de nos équipes de sport féminines.

Pete.

Je n'ai jamais eu la possibilité d'être plus populaire qu'Olivia. Je n'ai d'ailleurs jamais eu l'occasion d'essayer puisqu'elle est morte quatre semaines après le début de mon nouveau look au lycée. Elle est morte la semaine qui a suivi son seizième anniversaire. Olivia n'a pas vécu suffisamment longtemps pour pouvoir faire son entrée au gala d'automne habillée de sa robe en dentelle ivoire, un gloss brillant couleur barbe à papa aux lèvres et le bras de Pete autour des épaules. Une image qui nous aurait toutes rendues jalouses.

Chapitre 1

— Euh, dis donc, tu n'avais pas dit qu'Henry serait là ce week-end ! a interrompu Candace au beau milieu du monologue d'Olivia qui voulait trouver la robe parfaite pour le gala d'automne.

Elle avait commencé à chercher pendant l'été et avait une idée très précise sur la robe qu'elle porterait. D'ailleurs, après l'avoir entendue nous la décrire deux fois pendant notre sortie au centre commercial après les cours, nous étions toutes capables d'en imaginer les moindres détails. La robe de ses rêves était de la couleur du glaçage à la crème au beurre goût vanille, pas trop jaune pour que ça ne fasse pas trop estival, pas trop blanc pour ne pas faire mariée. Elle se contenterait aussi d'une robe écrue ou coquille d'œuf, ou de toute variation de blanc qui ferait ressortir son bronzage glamour obtenu en faisant de l'aviron tous les matins en colonie de vacances au Canada. Même mes footings quotidiens en Floride sous le soleil torride ne m'avaient pas permis d'obtenir un bronzage aussi prononcé que celui d'Olivia.

Olivia était la dernière du groupe à avoir seize ans, mais aucune de nous n'avait encore de voiture en ce mois de septembre. Mischa partageait une voiture avec sa grande sœur, même si, au final, sa grande sœur semblait toujours l'utiliser. Après la distribution des bulletins trimestriels, les parents divorcés de Candace lui avaient interdit l'accès à une voiture tant qu'elle n'aurait pas amélioré ses notes ; c'était d'ailleurs un des rares points sur lesquels il n'y avait pas de dispute entre eux. Prendre le bus pour rentrer du centre commercial n'était pas génial, mais c'était toujours moins humiliant que de demander à un parent de venir nous chercher toutes les cinq à bord d'un 4 × 4 garé à l'angle de la sortie. Nous étions en pleine forme cet après-midi-là après avoir dégusté nos cafés *latte* sucrés au centre commercial. Nous avions dépensé notre argent de poche dans des boucles d'oreilles et des romans juste pour pouvoir dire que nous avions acheté quelque chose à apporter chez Olivia. Quitter le centre commercial sans avoir rien acheté semblait étrange et donnait une impression de gâchis. Moi, j'avais acheté une paire de longues boucles d'oreilles qui seraient super pour le gala d'automne, si un garçon m'invitait à y aller dans la semaine à venir.

Olivia a donc regardé en direction de chez elle, là où Candace avait remarqué le 4 × 4 bleu d'Henry garé dans l'allée devant la maison à deux étages. Son nez angélique s'est plissé et elle a mis une main sur ses lèvres pour montrer son objection à la présence de son frère.

— Oh non. Je ne savais pas qu'il serait là.

— C'est qui Henry ?

Violet Simmons était nouvelle en ville. Seule une fille ayant emménagé au cours de l'été pouvait ignorer l'identité d'Henry Richmond.

— Mon frère, a lancé Olivia avec dégoût.

— Son frère hyper sexy, a ajouté Candace de sa voix rauque.

Candace était une blonde à poitrine généreuse plutôt grande gueule et effrontée. Cotton était son nom de famille, et la classe entière éclatait de rire lorsque les profs remplaçants faisaient l'appel et annonçaient Cotton, Candy, comme « barbe à papa » en anglais ! Elle n'était pas aussi jolie qu'Olivia, mais de loin, si on clignait des yeux et que le soleil rayonnait d'une façon particulière, on l'aurait crue si elle avait dit qu'elle était mannequin. Au cours de mes deux premières semaines dans le cercle populaire d'Olivia, Candace m'avait fait l'honneur de partager avec moi ses réflexions et ses opinions sans fin. Candace était convaincue que le professeur de biologie, M. Tyrrell, embrassait bien. Elle avait été expulsée du lycée pendant trois jours vers la fin de la seconde, lorsque j'étais l'ancienne version de McKenna, parce qu'elle s'était fait prendre par le coach, M. Highland, pendant l'entraînement de foot des garçons, avec Isaac Johnston sous les gradins. Candace disait exactement ce qu'elle pensait et, même si elle se trouvait hilarante, elle me terrifiait un peu. Elle passait sans doute chaque seconde de la journée à penser aux garçons.

Olivia a levé les yeux au ciel :

— Candace, t'es vraiment dégueu !

Mais Candace n'était pas la seule à trouver Henry sexy. J'étais folle d'Henry Richmond depuis le primaire, à l'époque où tous les enfants d'une même promo s'invitaient aux fêtes d'anniversaire dans notre petite ville. Henry avait deux ans de plus qu'Olivia et venait d'entrer à l'université au Northwestern College. Il étudiait la sociologie avec pour objectif de faire ensuite son droit. Si je savais tout ça, c'est parce que j'avais gardé en mémoire quasiment tout ce que j'avais pu trouver sur lui comme photos ou articles dans mon album de promo. Henry ne m'avait sans doute jamais remarquée l'année dernière, lorsqu'on s'était croisés dans les couloirs du lycée. Il était alors en terminale et était déjà accepté à l'université avec une bourse généreuse alors que je n'étais jamais qu'une fille de seconde quelconque. D'ailleurs, s'il m'avait remarquée, il se serait sans doute souvenu de la petite fille joufflue de CE1 assise à la table de ses parents, en train de chanter *Joyeux Anniversaire* dans le noir à l'occasion des huit ans d'Olivia.

— Je trouve ça mignon ! Il est rentré pour ton anniversaire.

Mischa était l'opposé physique de Candace. Petite et menue, la gymnaste star du lycée avait d'immenses yeux marron et d'épais cheveux bruns parfaitement lisses et soyeux qui pendaient lourdement jusqu'à sa taille. Elle était acerbe et choisissait ses mots, mais, en deux semaines d'amitié, j'avais déjà la nette impression que derrière ses yeux se cachait une tempête de pensées.

— Il n'est pas rentré pour mon anniversaire, a corrigé Olivia. Il est sans doute rentré à cause de son pied à la noix.

Quand Henry était encore au lycée, il faisait partie de l'équipe de tennis et il a rapporté au lycée son unique trophée régional en plus de vingt ans. Pendant son année de terminale, il a joué alors qu'il souffrait d'une fracture de stress au niveau du cinquième métatarse et a attendu d'avoir gagné le championnat de Madison pour voir un médecin. Après ça, il a passé le reste de l'année avec la jambe dans le plâtre. Lors de la remise des diplômes, il a traversé la scène sur des béquilles et le proviseur, M. Nylander, lui a fièrement mis une tape dans le dos. Je le savais même si je n'étais qu'en seconde à cette époque-là, parce que j'ai assisté à la remise en tant que porte-drapeau de la fanfare. J'ai tenu mon énorme drapeau blanc pendant toute la remise des diplômes sous un chaud soleil de juin en observant Henry Richmond, éperdue d'admiration pour ce grand jeune homme aux cheveux auburn et aux yeux verts pétillants.

Je mentirais si je disais que je n'étais pas aux anges d'apprendre qu'Henry serait dans la maison des Richmond pendant la soirée pyjama d'Olivia. Je n'avais jamais envisagé que mon extase pâmée devant Henry pourrait être un tant soit peu réciproque. Et pourtant, alors que nous approchions de la maison des Richmond où nous passerions la nuit dans la cave reconvertie et tapissée de moquette, mon cœur s'est mis à battre la chamade à l'idée d'y croiser Henry, d'avoir la possibilité de jeter un coup d'œil dans sa chambre en passant.

Nous étions en train de traverser la pelouse du jardin de devant, nos sacs du centre commercial à la main en plus de nos sacs à dos, lorsque la porte vitrée anti-tempête s'est ouverte et qu'Henry est sorti sur le porche, suivi d'un beau jeune homme aux cheveux bouclés que je n'avais jamais vu auparavant.

— Tiens donc, regarde un peu qui voilà ! Alors, comme ça, c'est bientôt ton anniversaire ? a lancé Henry, les clés de son 4 × 4 accrochées à son index.

— Pourquoi est-ce que tu es rentré, espèce de loser ? a rétorqué Olivia en lui balançant son sac à dos, qu'il a évité comme un chef, habitué qu'il était à une vie de batailles avec sa sœur.

— Je n'aurais raté ta fête de princesse pour rien au monde, a-t-il répondu d'un ton taquin, tout en nous regardant.

Je me suis sentie rougir et j'ai commencé à avoir chaud parce qu'il nous observait, telle une brochette des plus jolies filles de seize ans que le lycée Weeping Willow avait à offrir. Il connaissait probablement Candace et Mischa, qui étaient amies avec Olivia depuis de nombreuses années. Il se rendait sans doute compte à cet instant précis qu'un visage familier manquait au troupeau de filles gloussantes : Emily Morris, une fille aux cheveux blond vénitien qui donnait l'impression de bouder en permanence et qui avait déménagé à Chicago pendant l'été. Je pouvais remercier les parents d'Emily, qui m'avaient permis d'accéder à mon nouveau statut de fille populaire, puisque le départ d'Emily du cercle d'Olivia avait créé une place pour moi.

— C'est ça, oui… a ironisé Olivia. Alors il est où, mon cadeau ?

— Je t'offre ma présence, a plaisanté Henry. Et, de toute façon, ton anniversaire est demain. Donc, même si je t'avais apporté un truc très cool de l'université, il faudrait que tu attendes demain matin pour le découvrir.

J'ai pensé aux boucles d'oreilles en argent en forme de rubans que j'avais apportées avec moi, enveloppées dans du papier cadeau et cachées dans mon sac à dos pour les offrir à Olivia le lendemain matin. J'y avais laissé presque tout l'argent que ma famille m'avait donné pour mon propre anniversaire.

— T'es pas sympa. Alors c'est qui, ton ami ? a demandé Olivia.

— Moi c'est Charlie, a répondu le copain mignon d'Henry.

Je n'ai même pas eu besoin de regarder par-dessus mon épaule gauche pour voir que Candace battait des paupières en baissant le menton, tout sourire, et en se balançant légèrement comme elle le faisait chaque fois qu'elle voulait établir un contact visuel avec un garçon mignon. Candace plaisait toujours aux garçons. Plus tôt cet après-midi-là, le serveur du café lui avait fait un clin d'œil au centre commercial pendant qu'il lui servait son *latte*. Elle était plus abordable qu'Olivia, qui était si jolie qu'elle en était intimidante, et puis son cœur appartenait et appartiendrait toujours à Pete Nicholson.

— Enchantée, Charlie, moi c'est Candace, a dit Candace derrière Olivia et moi, tout en lui adressant un salut de la main qui a fait s'entrechoquer bruyamment ses multiples bracelets.

Charlie l'a saluée en retour avec un sourire rayonnant.

— Et voici Mischa, Violet et McKenna, a ajouté Olivia, qui nous désignait de la tête.

— McKenna, a répété Henry, et il m'a dévisagée de la tête aux pieds de ses yeux si verts. Je me souviens de toi.

J'étais incapable de répondre, j'étais tétanisée. Bien sûr qu'il se souvenait de moi, ça faisait à peine quatre mois qu'il n'était plus au lycée et que nous ne nous croisions plus devant nos casiers, séparés d'à peine cinq mètres. Mais sa voix suggérait qu'il se souvenait de quelque chose de plus ancien, d'avant le lycée, peut-être de la dernière fois où j'avais été dans la maison des Richmond à l'âge de huit ans. Comme si la fille de seconde rondouillette qu'il avait vue en juin dernier toute suante en uniforme bleu marine de porte-drapeau pendant la remise des diplômes, ce n'était pas moi mais une parfaite étrangère.

— Tu habites rue Martha non ?

Cette attention de sa part a suffi à me faire bégayer. Si j'avais su qu'Henry serait là quand Olivia m'avait invitée à passer la nuit chez elle, j'aurais sans doute trouvé une excuse du type que je devais partir en week-end avec ma mère pour éviter la situation.

— Oui, ai-je réussi à répondre, curieuse de savoir comment et pourquoi il savait où j'habitais avec ma mère.

Le fait qu'il le sache n'aurait pas dû m'étonner ; l'année de mes huit ans, tout le monde connaissait notre adresse. Tout le monde passait devant en voiture. Mais j'étais tout de même surprise qu'il se souvienne, après tout ce temps.

— Cool, a ajouté Henry d'un hochement de la tête, sans sourire.

Tout le monde s'est tu pendant un instant gênant et j'ai bien peur qu'ils aient tous pensé à la même chose, sauf Violet et Charlie. C'était sans doute pour ça qu'Henry se souvenait de moi depuis l'enfance, une raison qui n'avait rien à voir avec mon apparence ou les porte-drapeaux de la fanfare. C'était une chose dont on parlait rarement en ville et à laquelle je préférais ne pas trop penser ; c'était pour cette même raison que tout le monde passait devant chez nous en voiture comme pour prendre un raccourci, sauf qu'en fait pas vraiment. Heureusement, personne n'a rien dit.

Alors c'est toi, McKenna Brady…

— Charlie est dans ma fraternité à l'université, a précisé Henry pour briser le silence. On va au match des Packers demain après-midi, après mon rendez-vous chez le radiologue.

— J'en étais sûre, a enchaîné Olivia. Vous voyez ? Il est là pour faire des radios. Il se fiche de mes seize ans.

— Qu'est-ce qu'il y peut si la saison de football américain commence le jour de l'anniversaire de sa petite sœur ? a lancé Charlie pour blaguer.

— Merci, Charlie, a répondu Henry. Maintenant, si vous voulez bien nous excuser, maman nous a demandé d'aller en ville pour faire quelques courses.

On était vendredi soir à presque 18 heures, et le ciel du début de septembre commençait à déployer ses premières ombres bleu pervenche. Il faisait toujours étonnamment chaud, une chaleur sèche qui m'empêchait totalement de me concentrer en cours parce que mon cerveau était convaincu que c'était encore les vacances d'été. Il faisait chaud au point qu'Olivia nous avait donné pour instruction d'apporter nos maillots de bain pour la fête au cas où on aurait envie de piquer une tête dans sa piscine avant le dîner. Je me demandais si cette baignade était toujours d'actualité, parce que, même si j'avais déjà porté mon maillot de bain en Floride à la piscine de l'immeuble dans lequel mon père vivait, je ne l'avais encore jamais porté devant des gens de Willow que je connaissais bien. J'étais ravie de me dire que, la première fois que je l'exhiberais, ce serait devant Henry et Charlie. Mon cœur s'est mis à battre furieusement. Ma perte de poids était encore récente et j'avais toujours du mal à en croire mes yeux quand je me voyais dans la glace. C'était comme si, à n'importe quel moment, les kilos pouvaient réapparaître sur moi à l'improviste, d'un coup.

Alors qu'on entrait dans la maison, j'ai entendu Henry dire à Charlie :

— Elle croit qu'elle va recevoir une voiture pour son anniversaire demain.

Les Richmond étaient riches ou du moins assez aisés, j'étais donc relativement convaincue que la mère d'Olivia ne découpait pas les coupons de promotion du journal du dimanche pour du liquide vaisselle ou des plats préparés basses calories comme le faisait ma mère. Je pouvais sans aucun mal imaginer une voiture économique toute mignonne avec un gros nœud dessus attendant Olivia dans l'allée le lendemain matin. J'ai soudain eu besoin de refouler une montée de jalousie. J'avais eu seize ans en juillet et je savais, plusieurs mois avant mon anniversaire, que mes parents ne m'offriraient jamais de voiture.

Alors qu'Henry mettait son moteur en marche derrière nous, Candace a murmuré :

— À mon anniversaire, est-ce que je peux avoir Charlie comme cadeau ?

***

Une heure plus tard, nous flottions toutes dans la piscine et, une fois de plus, la conversation tournait autour du gala. Je regardais distraitement des nuages noirs et colériques qui annonçaient des orages au sud. J'étais du côté le plus profond de la piscine et je pédalais lentement dans l'eau, une main sur le matelas gonflable rose et un œil sur la porte vitrée coulissante qui donnait sur le séjour des Richmond. Mon amitié avec Olivia était trop récente pour que j'ose lui poser des questions sur son frère, et je n'avais pas suffisamment confiance en mon apparence pour penser que j'aurais une quelconque chance avec lui. Pour autant que je sache, Henry avait pu renouer avec Michelle Kimball, sa petite copine en première et terminale. J'avais appris qu'ils s'étaient séparés au début de l'été parce qu'ils allaient à des universités différentes à l'automne. Michelle était amie avec Amanda, la grande sœur de Mischa, donc je me disais qu'il valait sans doute mieux que je ne dise rien de l'intérêt que je portais à Henry.

— On va au Bobby's après le gala, c'est sûr.

Les paroles de Mischa m'ont ramenée à la conversation des filles dans la piscine et m'ont éloignée de l'idée que la porte pouvait s'ouvrir pour laisser sortir Henry et Charlie sur le patio.

— Amanda et Brian m'y conduiront avec Matt, a-t-elle poursuivi. Est-ce que Pete aura une voiture ?

Mischa avait une chance incroyable car Amanda était en terminale et sortait avec le capitaine de l'équipe de football américain. Même si Amanda utilisait en permanence la voiture qu'elle et Mischa étaient censées partager, Mischa n'avait jamais besoin d'aller au lycée à pied ou en bus parce que Amanda la conduisait partout. La popularité d'Amanda avait ouvert la porte à Mischa, qui avait suivi ses traces. Amanda avait été capitaine de l'équipe des cheerleaders de la promo de première et, cette année, elle était capitaine de l'équipe des terminales. Elle était aussi vive et athlétique que sa petite sœur.

— C'est ça l'idée, a répondu Olivia, l'air songeur, tout en regardant ses longs cheveux blond platine former un éventail dans l'eau.

Pete était en première, comme nous. Il venait d'avoir seize ans et avait obtenu son permis. Ses parents lui avaient offert une Infiniti noire qu'il garait dans le parking du lycée, fier comme un pape. Bobby's était le seul *diner* de la ville à être ouvert vingt-quatre heures sur vingt-quatre, et c'était l'endroit où les lycéens populaires se retrouvaient après les cours et les matchs de football américain. Même le McDonald's et le KFC de Willow fermaient à 22 heures. Avant d'entrer en première, je n'étais jamais allée au Bobby's autrement qu'avec ma mère pour le petit-déjeuner le week-end.

— Alors c'est quoi l'idée ? On y va ensemble ? Mon père va péter un câble si je lui dis que j'y vais seule avec Isaac.

Candace était étalée sur le dos sur l'autre matelas gonflable qui, lui, était bleu-vert transparent. Elle laissait ses bras flotter sur la surface de l'eau. Même si Candace était folle des garçons, elle avait plus ou moins un copain. Isaac, le garçon en partie responsable de son expulsion en seconde, était en terminale cette année-là. Il était défenseur dans l'équipe de football américain, un costaud au rire tonitruant. Je l'aurais adoré s'il ne s'était pas moqué de moi en me traitant de chienne et de vache à peine cinq mois plus tôt. Depuis le début de la première, il n'avait pas encore osé diriger une seule insulte à mon encontre. C'était ça le pouvoir de la beauté, comme je le découvrais : ne pas avoir à craindre des insultes puériles en permanence. Isaac n'était pas une lumière, ce qui semblait déranger Candace, même si elle n'était pas exactement candidate au prix Nobel non plus.

— Bon, il va falloir réfléchir à ce que ces deux coincées vont faire, a dit Olivia en nous désignant moi puis Violet.

Violet et moi nous sommes jeté un coup d'œil d'un bout à l'autre de la piscine, remplies momentanément de haine l'une envers l'autre. Nous n'avions pas de petit ami ou de cavalier pour le gala d'automne. J'étais si nouvellement jolie que les garçons qui me connaissaient depuis la maternelle ne savaient pas trop quoi penser de tout ça. Pour eux, je restais McKenna Brady, la fille intelligente, appréciée des parents et des profs, celle avec des lunettes et des bagues qui avait survécu à ce truc en CE2. Je n'avais aucun moyen de savoir si l'un d'eux aurait suffisamment de cran pour être le premier à assumer le fait que j'avais changé en m'invitant au gala, même si j'étais tout à fait consciente que tous me reluquaient dans les couloirs du lycée. J'aurais pu prendre mon courage à deux mains et demander à Dan Marshall, un garçon de première plutôt sympa dont le casier était à côté du mien, ou à Paul Freeman, qui m'avait proposé ses notes d'algèbre en fin de seconde quand j'avais été absente pendant une semaine parce que j'étais malade. Mais devoir les inviter au gala d'automne serait comme m'avouer vaincue.

Violet était un mystère au lycée. Il n'était pas inhabituel de déménager de Willow, comme Emily qui avait disparu du monde de Willow à tout jamais malgré ses promesses sincères d'écrire lettres et mails, mais il était extrêmement rare de voir des nouveaux. Willow n'était tout simplement pas le genre d'endroit à attirer de nouveaux résidents. La tendance durait depuis au moins dix ans et avait persisté même après le changement de nom de la ville, qui était passé du triste Weeping Willow, ou Saule pleureur, à celui plus passe-partout de Willow. Elle se trouvait à presque une heure de Green Bay pour les parents qui faisaient le trajet afin de travailler là-bas. Pendant un temps, dans les années quatre-vingt et quatre-vingt-dix, le tourisme avait cartonné parce que les amoureux de la nature cherchaient les feuillages d'automne impressionnants et l'air pur de Wisconsin Dells, au sud de chez nous, ou de Door County, à l'est. Mais il n'y avait aucune raison valable d'emménager à Willow. Il n'y avait aucune grosse entreprise qui offrait des emplois bien payés à proximité, aucun gros laboratoire de recherche qui aurait pu attirer des familles de scientifiques de haut niveau. La plage qui longeait le lac Winnebago était couverte de galets et de rochers et entourée de forêts, rien à voir avec les plages de sable blanc de Tampa près de chez mon père, même si on pouvait dire que Willow était un endroit sympa si l'on aimait faire de la voile et qu'on se trouvait dans le Wisconsin.

Donc le fait que Violet soit nouvelle en ville suffisait à la rendre instantanément célèbre au lycée. Et, comme en plus elle était magnifique, ça ne faisait qu'ajouter à sa notoriété. Violet avait un visage en forme de cœur, des yeux bleu cristal très écartés et des cheveux très foncés qui lui encadraient le visage, ce qui lui donnait un air étrange et un peu inquiétant. Elle avait un teint de porcelaine dans une ville où toutes les filles faisaient tout pour mettre en valeur le plus longtemps possible le bronzage qu'elles avaient cultivé pendant l'été, repoussant les limites du règlement du lycée sur les tenues vestimentaires, avec des shorts minuscules et des débardeurs pour exhiber autant de peau bronzée que possible. Même deux semaines après la rentrée, personne ne connaissait vraiment Violet. Elle restait en retrait et évitait de participer aux potins, sans doute parce qu'elle ne connaissait personne au lycée suffisamment pour pouvoir contribuer. Elle jouait avec ses cheveux, se mordait la lèvre et passait beaucoup de temps à rêver ; souvent elle s'échappait dans ses pensées à l'heure du déjeuner, jusqu'à ce que quelqu'un la rappelle à la réalité. Tout chez elle dégageait quelque chose de féminin, de romantique, jusqu'au minuscule médaillon antique chic qu'elle portait autour du cou.

Comme elle était nouvelle en ville, les garçons évitaient de s'approcher d'elle, tout comme ils m'évitaient moi.

— Tu devrais demander à Jason, m'a dit Mischa lorsqu'elle a refait surface après sa pirouette sous-marine de l'autre côté de la piscine. Il a dit à Matt qu'il te trouvait sexy. Il dirait oui, c'est sûr.

Ce gala d'automne me stressait complètement, c'était d'ailleurs vrai de tous les détails de cette soirée. Je n'avais jamais encore dansé en public autrement qu'au mariage de ma cousine. Je n'avais jamais rien fait de sérieux avec un garçon à part quelques bisous l'été dernier avec Rob, un garçon qui vivait dans le même immeuble que mon père, et je n'avais jamais subi une telle pression pour que quelqu'un m'invite avant telle date *sans quoi*... D'ailleurs, je ne savais même pas ce que serait la suite de la phrase si personne ne m'invitait au gala. La colère d'Olivia ? L'expulsion du groupe populaire ? Il n'y avait aucun moyen de le savoir. Au fur et à mesure que la date approchait, mon désespoir grandissait chaque fois que je m'imaginais près des gradins du stade, seule, sans cavalier. J'avais déjà une robe de cocktail sans manches couleur lavande dans mon armoire. Je ne la porterais pas au gala le samedi suivant, mais je ne pouvais pas le savoir le soir de la fête d'Olivia alors que nous étions dans la piscine.

— S'il pense que je suis sexy, alors pourquoi est-ce qu'il ne m'invite pas ? Je n'aime pas l'idée d'avoir à demander, ai-je marmonné.

— Oh écoute, McKenna ! On n'est plus au Moyen Âge. Tu as le droit de proposer à un garçon de sortir avec toi, a grondé Candace. Tu n'as même pas besoin de le lui proposer directement. Tu n'as qu'à traîner du côté de son casier et lui demander s'il a l'intention d'aller au gala et s'il a déjà invité quelqu'un. Il comprendra le message. Les garçons sont idiots, mais il suffit de les mettre sur la bonne voie.

— Ce n'est pas très romantique, tout ça, ai-je répondu.

Pourquoi est-ce que ma vie ne pouvait pas être comme celle d'Olivia et de Candace ? Pourquoi est-ce que les garçons ne m'approchaient pas ? Elles n'avaient aucune idée de ce que c'était que la peur du rejet et peut-être aussi celle d'être insultée.

Violet m'observait discrètement depuis le côté le moins profond de la piscine.

— Et pourquoi pas Trey Emory pour Violet ? a suggéré Mischa.

Olivia a couiné.

J'ai eu des frissons et mon estomac s'est serré d'horreur. Trey Emory était un garçon de terminale qui aurait très bien pu être martien. Il ne jouait pour aucune équipe de sport, n'assistait pas aux matchs de foot américain et était plutôt solitaire, sauf lorsqu'il sortait avec ses amis skateboarders qui séchaient les cours pour fumer près de la sortie de service de la cafétéria du lycée. Il respirait le danger et le mystère ; il avait un vrai tatouage, pas une bêtise faite avec un marqueur et une aiguille. Les professeurs le détestaient. Son emploi du temps de terminale était un assemblage étrange de cours de gym obligatoires, de travail du bois, d'ateliers de réparation de carrosseries, de rattrapage en littérature anglaise et, chose inexplicable, de physique avancée.

Et il se trouvait que c'était mon voisin.

Mes amies n'avaient pas de raison de savoir où habitaient les Emory, ni qu'une fois de temps en temps Trey et moi on échangeait des signes de la main depuis les fenêtres de nos chambres quand on s'apercevait au moment de fermer nos rideaux le soir. Une fois, vers la fin de la seconde, alors que j'étais encore l'ancienne McKenna qui n'était pas populaire, nous sommes sortis de nos maisons en même temps un matin de grosse pluie. Il ne m'a pas vraiment demandé si je voulais qu'il m'accompagne au lycée, il a simplement montré ses clés de voiture puis a attendu dans l'allée, le moteur en marche, jusqu'à ce que j'ose me lancer sous la pluie torrentielle jusqu'au siège passager de sa Toyota Corolla miteuse et cabossée. On a roulé en silence jusqu'au lycée après que j'ai réussi à sortir un « merci » timide au moment de m'installer.

— Oh mais carrément, a acquiescé Candace. C'est un taré, mais un taré sexy !

— C'est qui ce Trey Emory ? a demandé Violet innocemment.

— Mais si, tu sais qui c'est, s'est moquée Olivia. C'est ce garçon de terminale hyper mignon aux cheveux noirs qui porte tout le temps une veste militaire kaki.

— Ce garçon-là ? Il me fiche la trouille. C'est typiquement le genre de mec à venir au lycée avec une arme à feu pour tirer sur tout le monde, s'est plainte Violet en se penchant en arrière pour retremper ses cheveux.

Trey n'était pas du tout du genre à venir avec une arme au lycée, j'étais bien placée pour le savoir. Il était du genre à offrir à sa voisine que personne ne fréquentait de l'accompagner au lycée en voiture alors qu'il pleuvait à verse. Mais je n'ai pas osé prendre sa défense et dévoiler le fait que, de façon étrange et difficilement explicable, Trey et moi étions en quelque sorte amis. Je sentais que le fait d'admettre qu'on se connaissait serait mal vu.

— Et alors ? Moi ça ne m'empêche pas d'imaginer ce qu'il y a sous cette veste militaire, a poursuivi Candace.

Elle était vraiment incorrigible.

Une des jambes blanches et fines de Violet s'est élevée au-dessus de la surface du bassin en créant des remous dans l'eau dans notre direction :

— Peu importe ce qu'il y a sous cette veste, je ne veux pas aller au gala avec.

***

Plusieurs heures plus tard, après avoir mangé les pizzas qu'Henry et Charlie avaient rapportées et un gâteau glacé servi par les parents d'Olivia au son d'un *Joyeux Anniversaire* tout ce qu'il y a de plus kitsch, nous nous sommes retrouvées toutes les cinq en pyjama dans la cave des Richmond.

— Oh, la barbe, a lancé Candace alors que nous regardions les options de films à la demande à la télé.

Il était à peine 23 heures un vendredi soir et nous avions déjà épuisé tous les sujets de potins, les détails du gala et des clips de chansons dont on pouvait reproduire la chorégraphie. Les deux vendredis précédents à la même heure, nous cinq sortions du cinéma, effrayées et ravies du film d'horreur que nous venions de voir.

— Pourquoi pas *Moisson de sang* ? a suggéré Mischa.

Mischa aimait particulièrement les films d'horreur. Vampires, zombies, loups-garous… elle adorait se faire une peur bleue.

— Allez, regardons ça, a ordonné Olivia depuis son nid de couvertures sur le sofa.

Une de ses jambes parfaitement bronzées ressortait de sous la couverture en laine rayée qu'elle avait déployée sur elle. La chaleur de l'été avait laissé place aux soirées fraîches de l'automne, et M. Richmond était descendu avec nous après les pizzas pour nous allumer un feu dans la cheminée. J'étais assise par terre, au plus près du foyer, qui me réconfortait avec les craquements des bûches et le reflet des flammes.

— J'adore Ryan Marten, a commenté Candace au début du film, dans la scène où Ryan Marten, une star hollywoodienne jouant le rôle du vampire, arrive dans un village de fermiers avec son valeureux clan au moment où les habitants préparent leur carnaval annuel.

— Vous imaginez si des vampires arrivaient à Willow pendant les Journées de Winnebago ? a lancé Olivia.

Les Journées de Winnebago correspondaient au festival de la ville, qu'on fêtait le deuxième week-end du mois d'octobre en l'honneur de la tribu indienne qui avait autrefois occupé les terres sur lesquelles nos maisons préfabriquées en aluminium trônaient désormais. Une troupe ambulante de carnaval assez minable mettait en place des attractions branlantes et des jeux de fléchettes sur la zone en friche près de la marina, et, pendant trois jours de suite, la ville entière sentait la friture et le popcorn.

Candace s'est servie dans le sachet de bretzels que Mischa lui tendait et s'est enfourné un mini-bretzel dans la bouche :

— J'aurais du mal à imaginer un garçon aussi sexy que Ryan Marten dans un coin aussi paumé qu'ici.

— Eeeh ! Pete est tout aussi sexy que Ryan Marten, a objecté Olivia.

Candace a levé les yeux au ciel de façon dramatique :

— OK, OK, si tu veux.

J'ai souri d'un air gêné sans oser faire de commentaire. À mon avis, Pete Nicholson était tout aussi beau et sexy que Ryan Marten, et tout aussi intouchable que la grande star de films d'action d'ailleurs. Pete ressemblait à un sprinteur olympique suédois. Il était si grand et les traits de son visage étaient si parfaits qu'il paraissait ne pas appartenir à notre ville, dans laquelle la plupart des garçons avaient des carrures de molosses et reprendraient un jour les fermes en faillite de leurs parents. Matt, le petit ami de Mischa, était mignon mais il était aussi petit et compact qu'elle. Il portait des casquettes de base-ball à l'envers et faisait des signes de gang comme une star de rap, même si dans notre petite ville le groupe qui se rapprochait le plus d'un gang était la guilde des producteurs laitiers. Le copain plus ou moins assumé de Candace, Isaac, avec sa mâchoire carrée, aurait sans doute été considéré comme mignon dans n'importe quel lycée américain, mais il était facile de l'imaginer dans dix ans, ouvrier agricole au ventre mou et au teint brûlé par le soleil. Beaucoup d'hommes en ville ressemblaient à ce que deviendrait Isaac un jour, le visage ridé prématurément par les longues journées passées sur un tracteur sous le soleil brûlant, de la terre sous les ongles même quand ils sortaient dîner au restaurant le dimanche.

Violet regardait ses mains posées sur ses cuisses. Elle mentionnait rarement les garçons et ne contribuait pas aux conversations sur eux depuis son arrivée dans notre monde, deux semaines plus tôt. Pour la première fois, je me suis demandé si elle n'avait pas décidé que le seul garçon digne d'elle à Willow était Pete.

— Dans ton ancienne ville, il y avait beaucoup plus de mecs mignons qu'ici ? l'ai-je soudainement interrogée quand je me suis rendu compte que je ne me souvenais même plus où elle vivait avant.

— Oui, a-t-elle répondu. Enfin, pas tant que ça. Mais dans mon école il y avait trois mille étudiants, alors, quand tu fais le calcul, c'est normal que sur mille cinq cents garçons il y en ait plus qu'un ou deux de mignons.

Trois mille élèves. Ça nous a laissées rêveuses quelques instants. Notre lycée comptait à peine trois cents élèves. Il y avait moins de quatre-vingts élèves par promotion, plus en terminale et moins en seconde. C'était en partie lié au fait que tant de familles avaient quitté la ville ces dernières années. En primaire, il y avait si peu d'élèves que les classes de CM1 et CM2 avaient fusionné de sorte qu'un seul instituteur leur donnait cours. Ça avait fait la première page du *Willow Gazette* ; le nombre d'habitants de Willow diminuait. La mairie tentait de trouver des moyens de rendre la ville plus attirante pour que notre génération comprenne qu'on pouvait retourner à Willow après être sorti diplômé d'une université du Wisconsin et s'investir dans l'avenir de la ville. Sa dernière initiative dans le cadre de cette stratégie était la création de la Maison des jeunes dans le quartier de Park District, où les adolescents pouvaient commander des smoothies de fruits frais et profiter des équipements jusqu'à 22 heures. Le fait que nous cinq étions dans la belle cave aménagée des Richmond décorée d'une moquette luxueuse et d'un sofa en daim montrait l'étendue de l'échec de cette initiative. Je n'étais jamais allée à la Maison des jeunes, même si mon ancienne meilleure amie Cheryl, avec qui j'allais souvent au centre commercial avant d'entrer dans le groupe des filles populaires, avait un petit boulot là-bas et servait des jus.

— Mille cinq cents garçons, a répété Candace d'une voix rêveuse. J'ai du mal à imaginer autant de garçons sous un même toit.

— Tu es d'où, déjà ? a demandé Olivia.

— De Lake Forest, a répondu Violet. Pas loin de Chicago.

Chicago. Je n'y étais allée qu'une fois. Ma mère avait fait ses études universitaires là-bas, bien avant de connaître mon père. Ils s'étaient rencontrés alors qu'ils enseignaient tous les deux à l'université du Wisconsin à Sheboygan. À l'époque, elle donnait des cours d'initiation au monde des sciences naturelles, une obligation pour pouvoir obtenir son master en biologie. C'était l'époque où elle voulait encore devenir vétérinaire. Lui était professeur de psychiatrie et était très reconnu. Il avait dix ans de plus qu'elle et un goût déjà prononcé pour les femmes plus jeunes que lui. Ma pauvre mère ne réaliserait qu'une fois qu'elle ne serait plus jeune que ses préférences ne changeraient pas. Je m'en suis soudain voulu d'avoir laissé ma mère seule un vendredi soir. Avant que je devienne populaire, c'était le vendredi soir qu'on regardait toutes nos sitcoms ensemble jusqu'à avoir des crampes à force de rire. Elle était sans doute soulagée d'avoir un peu de temps pour elle, mais je me sentais quand même mal à l'aise. Je m'apitoyais un tantinet sur mon sort parce que j'étais la seule fille de la cave à sentir le poids de la solitude de sa mère peser sur ses épaules.

— Mon Dieu, a murmuré Olivia. Ce que je peux avoir hâte de sortir de ce trou et de vivre dans une vraie ville.

Nous nous sommes toutes rapidement désintéressées du film, plutôt indifférentes au destin de ces villageois attaqués par des vampires puisque la seule chose qu'on voulait c'était voir les scènes avec Ryan Marten, qui n'avait pas suffisamment de passages à l'écran. Je commençais à ressentir la fatigue, mais je connaissais très bien le sort qu'on réservait à la première fille qui s'endormait lors de soirées pyjama. Je me suis levée, étirée, et je me suis excusée pour aller aux toilettes.

— Attends-moi, a lancé Candace avant de me suivre dans l'escalier qui montait vers la cuisine.

— Si vous voulez, il y a aussi les toilettes de ma chambre au premier étage, a précisé Olivia depuis la cave.

Nous sommes arrivées en haut des marches et j'ai soudain eu une impression étrange, un peu comme si j'étais une intruse dans la maison des Richmond. J'entendais vaguement les bruits d'une télévision au-dessus de nous, dans les étages. Les restes du dessert avaient déjà été nettoyés par Mme Richmond et la cuisine était silencieuse à part le bourdonnement du frigo en inox.

— La chambre d'Olivia est à droite en haut de l'escalier, m'a expliqué Candace, qui allumait déjà la lumière des toilettes à côté de la cuisine.

Mes souvenirs approximatifs de la maison des Richmond remontaient à mes après-midi passés à jouer ici quand j'étais petite. J'ai longé le couloir vers la porte d'entrée pour rejoindre l'escalier qui menait au premier étage et je me suis arrêtée pour jeter un coup d'œil par la fenêtre qui donnait sur l'allée à l'avant de la maison. Une Toyota rouge était garée à côté du 4 × 4 bleu d'Henry. La Toyota était ornée d'un gros nœud rose. J'ai tout de suite détourné les yeux, je m'en voulais d'avoir vu le magnifique cadeau d'anniversaire d'Olivia avant elle.

J'étais dans l'escalier lorsque j'ai entendu une porte s'ouvrir au premier étage, laissant de la musique s'échapper dans le couloir. Henry est soudain apparu en haut des marches, tout sourire. Nous nous sommes croisés au milieu de l'escalier. Il tenait un verre en plastique de la main gauche : il descendait sans doute se chercher une autre bouteille de soda dans la cuisine.

— Salut.

— Salut, ai-je répondu, soudainement affolée parce que je me rendais compte que je portais un short rouge ridiculement court et un débardeur en guise de pyjama. Je n'avais jamais eu l'intention de l'exhiber devant quelque garçon que ce soit lorsque je l'avais mis dans mon sac ce matin pour la soirée pyjama.

— Tu ne devrais pas t'inquiéter autant pour le gala d'automne.

— Comment ça ?

Je me suis mise à rougir méchamment, j'espérais qu'il n'avait pas entendu notre discussion dans la piscine.

— C'est juste une soirée quelconque, a-t-il ajouté avec un sourire amical, ses yeux dans les miens, intenses. Une bande d'idiots qui taperont des mains en rythme en écoutant de la musique minable. Ce n'est pas la fin du monde si tu n'y vas pas.

— Dans ce cas, tant mieux, parce que je ne pense pas y aller.

J'étais bien consciente de la véracité des mots que je venais de prononcer.

— Je veux dire, bien sûr que tu peux y aller, a repris Henry en étudiant mon visage. Enfin, je reviens peut-être le week-end prochain pour mon dernier rendez-vous avec le radiologue. Ça pourrait être sympa de retourner dans le gymnase du lycée. Ce serait marrant d'espionner ma sœur et de gâcher sa grande soirée romantique. Enfin, si c'est le fait de ne pas avoir trouvé de garçon avec qui y aller qui te dérange, je veux dire.

Mon cœur battait à toute vitesse. J'avais peut-être aussi commencé à transpirer sous l'effet de son regard.

— Est-ce que… Est-ce que tu serais en train de m'inviter au gala ? ai-je demandé, à la fois confuse et souriante, espérant désespérément que je n'étais pas en train de me faire des films pathétiques.

Si c'était le cas, et si Henry racontait à Olivia que j'avais bêtement cru qu'il m'invitait au gala d'automne, je mourrais de honte.

— J'ai bien l'impression que oui. Enfin, si c'est permis. Puisque je ne suis plus techniquement élève à Weeping Willow, il faudrait que ce soit toi qui m'invites.

— Hmmm… d'accord.

J'avais du mal à en croire mes oreilles. LE Henry Richmond me demandait d'être sa cavalière.

— Mais Olivia sera peut-être en colère, ai-je continué. Le fait que tu sois là, comme tu dis, pour gâcher sa soirée.

Henry a souri de toutes ses dents.

— Oh, allez, McKenna. Elle s'en remettra. Ce sera sympa. Je connais ma sœur, je pense qu'elle préférerait que tu viennes à la soirée avec moi plutôt que pas du tout. Allez, qu'est-ce que t'en dis ?

J'ai exécuté une petite danse dans la pénombre de la chambre d'Olivia, tout en faisant attention à ne pas marcher sur les vêtements et chaussures qui jonchaient le sol jusqu'à la salle de bains attenante. C'était sans doute un des plus beaux moments de toute mon adolescence. Un garçon déjà à l'université, bien plus mignon que n'importe quel lycéen de mon école, venait de m'inviter au gala d'automne. J'ai souri à mon reflet dans la glace au-dessus du lavabo. Mon nez pelait un peu à cause de mon bronzage qui s'estompait et mes cheveux ondulaient parce qu'ils avaient séché naturellement après la douche que j'avais prise avant le dîner. Il faudrait que je remercie Rhonda pour la dix millième fois de m'avoir fait manger tant de salades pendant l'été et de m'avoir traînée à ses cours d'aérobic.

Pendant que je me lavais les mains, je me suis brièvement demandé si Trey Emory irait au gala. L'idée même était si ridicule que j'ai levé les yeux au ciel. Trey Emory n'oserait jamais porter de costume en polyester dans le gymnase du lycée ou danser en tapant des mains sous les banderoles rouge et noir. Aucune chance.

À mon retour dans la cave, le film touchait à sa fin et Candace était en train d'éteindre les lampes des deux côtés du sofa pour préparer l'ambiance des histoires d'horreur.

— Toi d'abord, Mischa, a insisté Olivia. C'est Mischa qui raconte les meilleures histoires d'horreur, a-t-elle expliqué à Violet.

Les yeux de Mischa se sont illuminés :

— OK… Si je racontais l'histoire d'Heather la Sanglante ?

— Oh pas encore, a gémi Candace. Tu la racontes toujours, cette histoire. Je l'ai entendue au moins un million de fois !

— Oui, mais Violet ne l'a jamais entendue, a répondu Olivia.

J'avais un vague souvenir de l'histoire dont elles parlaient, mais je ne me rappelais pas l'avoir déjà entendue dans les détails. Les histoires d'horreur faisaient partie de ces choses que ceux qui avaient des grands frères et sœurs connaissaient avant tous les autres. Ils obtenaient aussi les informations essentielles sur comment sortir avec quelqu'un. Moi je n'avais pas d'aîné. Krista, la seule de mes cousines à être plus âgée que moi, avait quitté Willow avec tante Joanne et oncle Marty quand j'étais en cinquième.

— Bon, d'accord, a cédé Candace. Mais raconte la version courte. Si tu racontes le truc entier, ça va prendre toute la nuit.

Je n'étais pas d'humeur à entendre une histoire d'horreur. J'étais tellement contente de ma conversation avec Henry que j'avais du mal à rester assise sans gigoter. J'avais déjà réfléchi au fait que, malgré ce qu'avait dit Henry, Olivia serait furieuse s'il venait au gala avec moi. Mischa serait peut-être mécontente, elle aussi, si sa grande sœur se mettait en tête que j'essayais d'éloigner Henry de son ex. Je me rendais compte, une fois l'enthousiasme initial passé, qu'une simple excursion aux toilettes avait infiniment compliqué ma vie.

Mischa a mystérieusement baissé la voix jusqu'à en faire un murmure et a commencé à raconter son histoire :

— Un tronçon de la Route 32 passe devant le cimetière de St. Augustin. C'est au-delà de l'aéroport et ma famille prenait cette route chaque été quand on allait dans notre maison de vacances pas loin du lac Supérieur…

— Qu'est-ce qu'elle est devenue, cette maison ? On devrait carrément aller là-bas pour Noël, a interrompu Candace.

— Oncle Roger y vit toute l'année depuis qu'il a perdu son logement. Arrête de m'interrompre, s'est fâchée Mischa. Bon, j'en étais où ? Quelques kilomètres avant le cimetière, il y a un petit bar tenu par un couple suédois, Chez Sven. Rien d'extraordinaire, c'est un petit bar miteux, vous voyez le genre, avec des décorations fluo en forme de bouteilles de bière aux fenêtres. Donc, le chef de ma mère s'y arrête un soir l'hiver dernier pour regarder un match des Packers. Il prend deux ou trois bières, sans doute qu'il ne devrait pas reprendre la route à ce stade, mais il se dit que ça va aller parce qu'il a mangé un gros sandwich, qu'il ne se sent pas saoul, et tout le monde dans le bar dit qu'il va y avoir une tempête. À ce moment-là, il doit être autour de 22 heures. Pas trop tard. Mais suffisamment tard pour qu'il fasse nuit (on est en décembre), et les routes sont vraiment désertes parce que c'est un mercredi ou quelque chose comme ça et il n'y a jamais beaucoup de circulation par là-bas vu qu'il n'y a rien que des fermes dans le coin.

Nous écoutions toutes avec attention, penchées en avant pour mieux l'entendre. La télé était encore allumée mais le son était coupé.

— Donc il reprend la route et voilà qu'il se met à neiger. Au début, il n'aperçoit que quelques flocons à travers les lumières de ses phares, puis les flocons s'épaississent et deviennent plus nombreux. Il est si concentré sur la neige qu'il manque de ne pas voir une fille qui se promène le long de la route. De dos, elle a l'air vraiment jeune, du genre notre âge. Elle porte une jupe rouge et tient ses chaussures dans une main. Il la dépasse, tout en se disant que la dernière chose dont il a besoin c'est d'avoir des ennuis avec la police ou avec sa femme parce qu'il a pris dans sa voiture une fille qui était sur le côté de la route, mais après il freine, parce qu'il se rend compte que c'est ridicule. Il fait froid, la neige tombe plus fort et cette fille n'a même pas de manteau, donc il se dit qu'elle a peut-être un souci et qu'elle a juste besoin de rentrer chez elle. Et puis il est possible que personne d'autre ne croise son chemin pendant plusieurs heures. Alors, il fait marche arrière et il baisse sa vitre pour lui demander si elle a besoin d'aller quelque part.

La fille est hyper reconnaissante, du genre merci beaucoup, il fait si froid et tout, et elle monte à l'arrière de la voiture et pousse les dépliants de l'autre côté du siège. Ma mère est courtier en immobilier, a expliqué Mischa pour Violet, sans se rendre compte que moi non plus je n'avais jamais entendu cette histoire et que cette information m'était utile à moi aussi. Du coup, l'arrière de la voiture de son chef est rempli de dépliants pour des journées portes ouvertes. Lui, il essaie d'être poli et discret, mais il veut savoir ce qui se passe avec cette fille, donc il baisse le volume de la radio et la regarde dans son rétroviseur. Il a expliqué qu'elle était très jolie, avec de longs cheveux blonds comme ceux d'Olivia et des yeux sombres, et elle ne tremblait pas du tout alors qu'il faisait vraiment froid dehors et qu'elle ne portait qu'un simple haut. Elle avait des flocons de neige sur les cils et ne semblait même pas s'en rendre compte.

Les lèvres de Mischa ont commencé à afficher un sourire. On voyait qu'elle aimait la tension qu'elle avait créée ; on était toutes pendues à ses lèvres. Elle a commencé à alterner présent et passé dans sa hâte de raconter toute l'histoire, comme si ça avait eu lieu quelques jours plus tôt :

— Il lui a demandé où elle voulait être déposée et elle lui a donné une adresse sur Bluegrass Lane ainsi que quelques instructions pour y arriver. Mais le truc, c'est que l'adresse qu'elle lui avait donnée n'était pas si loin que ça de là où il l'avait croisée, c'est-à-dire juste devant les grilles du cimetière, seulement le chef de ma mère ne s'en est rendu compte que plus tard parce qu'il avait l'habitude de passer en voiture dans le coin pour rentrer du travail. Donc il tourne dans la rue où elle a dit qu'elle vivait et il s'adresse à elle : « Ça te dérange si je te demande ce que tu fais si tard le soir toute seule sans manteau ? » Et elle ne répond pas tout de suite, mais lui est occupé à regarder les numéros des maisons qu'il dépasse. Il conduit lentement pour ne pas rater son adresse et puis il regarde à nouveau dans le rétroviseur et il manque d'avoir une crise cardiaque. Parce qu'elle est en train de le dévisager, et cette fois-ci tout son visage est en sang. Son nez saigne, ses yeux saignent et il y a du sang qui dégouline de sa bouche…

— Beeeeerk, a crié Olivia, même si j'imaginais qu'elle avait déjà entendu cette histoire un million de fois comme avait dit Candace.

— Et elle se penche vers lui comme ça, et Mischa avance ses bras comme un zombie avec ses yeux marron équarquillés. Sa bouche bougeait et il pensait qu'elle essayait de lui dire quelque chose, mais il était si flippé, c'est compréhensible, qu'il a tourné à gauche brusquement et a fait une sortie de route pour atterrir dans un petit fossé juste devant la maison de quelqu'un. Il a freiné et a une fois de plus regardé dans le rétroviseur, mais la fille avait disparu. Disparu ! Il est sorti de sa voiture pour voir si elle n'était pas à l'extérieur comme par miracle. Mais elle n'était nulle part. C'était comme si elle n'avait jamais existé. Sauf que tous les dépliants sur le siège arrière étaient imprégnés de sang.

— Waouhhh, a dit Violet très sérieusement.

Elle avait clairement cru à toute l'histoire.

— Donc, bien sûr, il a regardé devant lui et s'est rendu compte qu'il était sorti de la route et qu'il était juste devant la maison que la fille lui avait indiquée. Il était totalement paniqué, alors il est retourné dans sa voiture, a conduit jusqu'à la ville dans la tempête et est allé directement au commissariat. Il était convaincu qu'on allait l'arrêter pour meurtre vu que cette fille avait disparu et que son sang tapissait sa voiture.

— C'est la meilleure partie de l'histoire, a soufflé Candace.

— Alors il est arrivé au commissariat, le cœur battant, de la sueur plein le front parce que pendant tout le voyage il était terrorisé à l'idée de revoir la fille saignant de partout dans son rétroviseur. Il a couru jusqu'au policier de garde à l'accueil et lui a dit : « Un truc totalement dingue vient de m'arriver. J'ai vu cette fille sur le bas-côté, je lui ai demandé si elle voulait que je la dépose quelque part. » Et le policier l'a fixé et a poursuivi : « Et puis vous avez regardé dans le rétroviseur et elle avait disparu. »

J'ai eu des frissons. C'était une histoire idiote, mais Mischa avait du talent et avait réussi à la rendre effrayante.

— Alors le chef de ma mère a dit : « Oui ! Mais comment vous le saviez ? C'est flippant ! » Et le policier a répondu : « Chaque hiver on a des gens qui viennent sans cesse nous raconter la même histoire. Une blonde, sur le bas-côté, qui porte ses chaussures à la main. Toujours près du cimetière de St. Augustin. Parfois ils regardent dans le rétroviseur et elle est couverte de sang. Parfois elle disparaît tout simplement. Elle donne toujours la même adresse, sur Bluegrass Lane. Il se trouve qu'une fille qui s'appelle Heather Szymanski ou un nom polonais du même genre a été renversée par une voiture après avoir cassé avec son copain chez Sven, il y a quarante ans. Elle rentrait du bar et la personne qui l'a renversée l'a juste laissée mourir sur la chaussée. Et c'était en décembre. » Le chef de ma mère a vérifié tous ces détails après s'être calmé et a découvert que les parents de cette fille vivaient effectivement sur Bluegrass Lane dans les années soixante-dix, au moment où cette histoire est censée avoir eu lieu. Donc la légende dit que le fantôme de cette fille n'apparaît qu'aux gens qui quittent le bar Chez Sven et qui passent devant le cimetière en voiture. Il n'y a que des hommes qui la voient.

— Oh mon Dieu, ça fait trop peur, a lancé Olivia. Je crois que je vais vomir.

— Et le sang alors ? a demandé Violet. Le sang sur les dépliants ?

— Ah oui, pour ça… dit Mischa, agacée d'avoir omis un détail. Il avait apporté les dépliants au commissariat comme preuve pour pouvoir dire : « Vous voyez, y a du sang partout, je n'invente rien. » Il brandissait les dépliants comme un fou dans le commissariat, mais, après avoir raconté son histoire au policier, il a baissé les yeux sur ses mains et le sang avait disparu. Ce n'étaient que des dépliants pour des journées portes ouvertes, aucune différence avec ceux qu'il avait distribués plus tôt dans la journée.

— Et le chef de ta mère, du coup ? ai-je demandé.

En tant que fille de psychiatre, j'étais incapable de me détacher des traumatismes émotionnels. Peu importait l'horreur de l'histoire, je pensais toujours au rétablissement psychologique de la victime.

— Oh, lui, a répondu Mischa avec un sourire, ravie que j'aie demandé. Dépression nerveuse totale. Il s'est débarrassé de sa voiture aussi vite que possible, il en a acheté une nouvelle hyper chic alors qu'il n'en avait pas les moyens et a divorcé de sa femme avant la fin de l'hiver. Elle l'a pris pour un fou quand il lui a raconté l'histoire d'Heather la Sanglante. Il ne conduit plus jamais une fois la nuit tombée.

— Pas mal, a commenté Olivia. Et alors, l'histoire des six chevaux blancs ?

— Oh nooon ! a protesté Candace. Cette histoire est dix fois trop longue !

Violet, qui était assise par terre, s'est redressée et a joint ses deux mains :

— Pourquoi est-ce qu'on ne jouerait pas à « Léger comme une plume, raide comme la mort » ? Vous connaissez ?

Olivia a levé les yeux au ciel :

— Pffff, j'y ai pas joué depuis le collège.

— Je n'aime pas ça, a déclaré Candace en secouant la tête. Je n'aime pas l'idée qu'on joue avec les esprits. Ça fiche trop la trouille.

— Ce ne sont pas des esprits, ai-je repris. C'est de l'hypnose de groupe. Mon père a écrit des articles là-dessus. C'est pour ça que ça marche mieux sur les jeunes que sur les adultes. Les incantations hypnotisent tous ceux qui jouent à ce jeu.

Dans ce jeu, un des participants avait pour rôle d'inventer une histoire élaborée sur la mort future d'un des joueurs qui, lui, s'allongeait sur le sol. Les autres participants s'agenouillaient autour de la personne allongée au sol et glissaient le bout de leurs doigts sous son corps. À la fin de l'histoire, qui était en général soit remarquablement gore soit suffisamment ridicule pour que tous en rient, tout le monde, sauf le joueur allongé, se mettait à déclamer « Léger comme une plume, raide comme la mort » en élevant la personne étendue au sol vers le plafond sans utiliser rien d'autre que la plus légère des pressions du bout de leurs doigts. Je n'avais jamais compris comment ça marchait parce que, pendant mon enfance, les quelques fois où j'avais joué et où l'hypnose avait réussi, le corps s'était élevé sans effort au-dessus des têtes. Inévitablement, l'état d'hypnose était interrompu par un des participants, ce qui gâchait l'effet pour tout le monde, et le corps du malheureux qui flottait dans les airs s'écrasait au sol.

— Alors ça, je n'y crois pas du tout, m'a répondu Candace.

Je me suis sentie idiote d'avoir pris la parole. Elle a poursuivi :

— Et quand ça marche, ça fiche une peur bleue.

— Allez, on joue ! a insisté Mischa en tirant un coussin du sofa. C'est moi qui raconte la première histoire.

Olivia a vérifié son portable pour lire le texto qu'elle venait de recevoir.

— C'est Pete, nous a-t-elle annoncé. Il est minuit. Il voulait être le premier à me souhaiter un bon anniveraire. C'est pas mignon, ça ?

Nous étions toutes d'accord que c'était très mignon et Mischa a décidé qu'Olivia serait le sujet de notre première histoire. Je ne me sentais pas très bien à l'idée de participer, même si dans ma tête je savais que ce que mon père m'avait raconté était vrai. Il n'y avait rien d'occulte ou de mystique dans ce jeu. Mais, pour moi, inventer des scénarios sur la mort des gens ne me semblait pas correct. La mort m'avait déjà rendu visite et je ne tenais pas tellement à la réinviter, même pour jouer.

Olivia s'est étendue sur le dos, la tête sur l'oreiller qui était posé sur les genoux de Mischa. J'étais sur le côté droit d'Olivia, en face de Violet qui était à sa gauche. Candace était aux pieds d'Olivia et lui faisait des chatouilles, ce qui fait qu'Olivia se tortillait et donnait des coups de pied dans le vide avant que Mischa commence. Accidentellement, Olivia a lancé son pied un peu trop haut et a touché le menton de Candace.

— Aïe ! a gémi celle-ci.

— Alors arrête de me chatouiller, a beuglé Olivia.

Candace était son amie la plus ancienne et elle savait parfaitement qu'Olivia était très chatouilleuse.

— Tout le monde se tait ! a commandé Mischa. Il faut être sérieux pour que ça marche. Silence, quoi !

Sans échanger un mot, nous nous sommes calmées. Mischa a attendu que les seuls bruits dans la cave soient les crépitements du feu. Au loin, on distinguait les applaudissements étouffés des spectateurs de l'émission que les parents d'Olivia regardaient, deux niveaux plus haut. Mischa a placé ses doigts sur les tempes d'Olivia et a commencé à se concentrer sur une description totalement originale de la mort future d'Olivia :

— C'était la veille du gala d'automne, a-t-elle débuté de sa voix de conteuse la plus effrayante.

— Ah non ! Pas la veille du gala ! s'est plainte Olivia. Je pourrais pas au moins mourir le lendemain, histoire d'avoir pu m'amuser un peu avec Pete une dernière fois avant de mourir ?

Candace a eu un sourire narquois :

— Tu t'es déjà pas mal amusée avec Pete.

Violet et moi avons rougi. Les détails et l'étendue des amusements d'Olivia et Pete jusqu'à maintenant ne nous avaient jamais vraiment été dévoilés. Nous étions en première, au lycée ; évidemment, nous étions curieuses de savoir qui parmi nous l'avait déjà fait. Moi, je n'avais jamais fait ne serait-ce que l'once d'un début de quoi que ce soit, à part ces quelques bisous chastes cet été avec Rob.

Il était mignon, mais je savais que cette romance ne durerait pas. Je ne retournais en Floride que la semaine après Noël et je n'étais pas naïve au point de croire que des jeunes de seize ans étaient capables de gérer une histoire à distance.

— Silence, a ordonné Mischa. C'est moi qui raconte et c'est moi qui décide ! Bon, OK. C'était le soir du lendemain du gala d'automne. Olivia Richmond avait été punie par ses parents parce qu'elle était restée au gala plus tard que prévu, tout ça parce qu'elle s'était innocemment endormie dans le grand champ derrière le stade du lycée sous les étoiles avec Pete. Elle avait eu beau insister sur le fait que c'était juste qu'elle était fatiguée, ses parents ne l'avaient pas crue : ils savaient très bien que leur fille et son petit ami ne pensaient qu'à ça et qu'ils étaient incapables de rester détachés l'un de l'autre plus de deux secondes.

— T'es dégueu, a déclaré Olivia sans ouvrir les yeux.

— Le problème de cette punition, a poursuivi Mischa, c'est que Pete avait dit à Olivia qu'il voulait lui montrer quelque chose de très spécial ce soir-là, le soir d'après le gala. Alors, Olivia a attendu que ses parents s'endorment et a décidé de s'échapper de la maison pour le retrouver près du lac Sawano.

Candace a résisté à l'envie de lancer un « Hmmmmmm » chargé de sous-entendus.

— Elle est sortie de son lit et a enlevé son pyjama bleu en satin pour mettre son jean skinny et le magnifique haut en cachemire que sa meilleure amie Mischa lui avait offert pour ses seize ans.

— Bien joué, a murmuré Candace à ma gauche.

— Elle a ouvert la fenêtre de sa chambre, située au premier étage. Mais, alors qu'elle en enjambait le rebord, son jean s'est coincé sur un clou rouillé. Quand elle s'est raccrochée à la gouttière qu'elle avait l'intention d'utiliser pour descendre, elle s'est rendu compte que sa jambe était coincée. Elle a tenté de la libérer en la secouant, mais elle a lâché la gouttière et est tombée en avant. Son jean s'est arraché, puis elle est tombée et s'est cassé le cou dans sa chute. Mais elle n'est pas morte tout de suite. Elle s'est tordue de douleur, paralysée, presque incapable de respirer, jusqu'à l'aube. Elle a rendu son dernier soupir dans des souffrances innommables alors que le soleil faisait son apparition à l'horizon. Des heures plus tard, Mme Richmond a trouvé le corps sans vie d'Olivia lorsqu'elle a voulu la réveiller pour aller à l'église. Elle a découvert la fenêtre ouverte dans sa chambre, s'est penchée et a vu le corps brisé et tordu d'Olivia étendu sur l'herbe. Deux jours plus tard au funérarium, à la plus grande horreur de ses amis et de ses proches, le corps d'Olivia était dans un cercueil, léger comme une plume, raide comme la mort.

— Léger comme une plume, raide comme la mort, nous sommes-nous mises à clamer ensemble, pleines d'attente alors que nos doigts poussaient légèrement le corps lourd d'Olivia vers le haut.

— Ça ne marche pas, a déclaré Candace après la cinquième incantation.

— Je ne sens rien du tout, a annoncé Olivia.

Elle a ouvert les yeux et s'est assise.

— Je peux essayer ? a demandé Violet en regardant Mischa droit dans les yeux pour lui faire comprendre qu'elle voulait à son tour raconter une histoire.

— Bien sûr, a répondu Mischa en lui tendant l'oreiller qui était sur ses genoux.

J'aurais vraiment voulu que Mischa ne cède pas si facilement son rôle préféré de conteuse. Parce que c'est quand Violet a commencé à raconter des histoires que tout a tourné au vinaigre.

Chapitre 2

— Olivia Richmond avait ce que toutes les filles rêvent d'avoir. Une maison magnifique, des cheveux blonds parfaitement lisses, un copain super beau et un groupe d'amies très proches. Son année en première n'aurait pas pu mieux commencer. Elle venait de recevoir une Prius rouge flambant neuve pour ses seize ans et tout le monde au lycée Weeping Willow savait qu'elle serait élue reine du gala d'automne.

Je n'ai pas osé lever les yeux pour regarder Violet, mais j'étais étonnée qu'elle ait parlé d'une nouvelle Prius rouge. Comment est-ce qu'elle savait qu'une Toyota rouge attendait Olivia dans l'allée des Richmond en ce moment même ? Est-ce qu'elle avait deviné ?

Violet avait une façon bien différente de celle de Mischa de raconter les histoires. Elle n'essayait pas de rendre sa voix effrayante ou sinistre. Sa voix était stable, confiante, et elle racontait son histoire de façon solennelle, factuelle. Le temps était comme ralenti pendant que l'histoire se déroulait. J'entendais le tic-tac de l'horloge du grand-père Richmond en haut de l'escalier et Candace qui avalait sa salive silencieusement à moins d'un mètre de moi. La respiration d'Olivia était régulière mais superficielle, et ses paupières battaient comme si elle était en train de rêver. Le médaillon de Violet envoyait de petits rayons de lumière dans la cave lorsque le feu de la cheminée se reflétait sur lui.

— La veille du gala d'automne, alors que l'équipe de football américain était partie jouer à l'autre bout de la région pour gagner contre l'équipe de Kenosha, Olivia finalisait les derniers détails de son rendez-vous avec Pete. Elle avait déjà trouvé la robe parfaite couleur crème au beurre et une paire de longues boucles d'oreilles tombant jusqu'à ses épaules bronzées qui feraient un effet magnifique. Mais il lui manquait toujours des chaussures pour aller avec sa robe et il ne lui restait que peu de temps. Vendredi après les cours, elle a annoncé à ses amies qu'elle allait faire un tour au centre commercial de Green Bay pour trouver les ballerines parfaites. Après avoir sillonné les allées du centre commercial, elle a enfin trouvé une paire qui ferait l'affaire. Mais, une fois dans le parking, elle s'est rendu compte que la toute nouvelle voiture qu'elle avait reçue pour son anniversaire ne démarrait pas. Elle a essayé encore et encore, mais le moteur n'arrêtait pas de caler.

« Alors que des nuages se formaient dans le ciel orageux, Olivia a accepté de se faire raccompagner jusqu'à Willow par quelqu'un du lycée qui l'avait reconnue dans le parking du centre commercial. Ils ont commencé à prendre la route boisée en direction de leur petite ville, tandis que l'esprit d'Olivia se perdait entre son impatience à l'idée du gala et son embarras à la perspective de faire intervenir un dépanneur pour aller chercher sa voiture le lendemain matin. La pluie s'est transformée en grêle et, avant d'avoir eu le temps de dire ouf, Olivia et la personne au volant ont percuté un camion qui roulait à toute vitesse et qui ne les avait pas vus de l'autre côté de la route. Les côtes d'Olivia se sont brisées et ses organes se sont éparpillés sur le siège avant de la carcasse. Son bras droit a été coupé net et retrouvé à plusieurs mètres de l'accident après la fin de l'épisode de grêle. Ses deux jambes ont été écrasées sous le tableau de bord déformé qui l'avait coincée dans son siège, ce qui fait qu'elle n'aurait pas pu se libérer de la voiture si elle était restée consciente suffisamment longtemps pour tenter de s'échapper de la carcasse en rampant. Après avoir dérapé, le conducteur du camion a fini par freiner et est retourné sur le lieu de l'accident pour voir si les passagers du véhicule avaient survécu. Il a dû détourner les yeux, parce que Olivia avait été presque décapitée. Sa tête pendait sur ses épaules, retenue simplement par quelques muscles et quelques bouts de peau puisque sa colonne vertébrale avait été coupée net.

« Trois jours plus tard, alors que sa famille ainsi que toute la ville de Willow se rassemblaient, choquées et endeuillées, à la veillée organisée pour Olivia, son corps reposait dans un cercueil fermé, léger comme une plume, raide comme la mort.

J'étais si impressionnée par les détails gore et le calme avec lequel Violet avait prononcé les mots qui décrivaient la mort d'Olivia que je ne me concentrais plus du tout pour voir si le jeu fonctionnerait ou pas. La pièce était comme figée et, du coin de l'œil, je voyais que le feu dans la cheminée était très vif et bien plus impressionnant que durant toute la soirée, alors qu'une heure plus tôt, quand je m'étais levée pour aller aux toilettes, les bûches viraient au rouge parce qu'elles finissaient de se consumer. Nous avons entamé l'incantation et le corps raide d'Olivia, qui avait la bouche figée en rictus, a commencé à s'élever sans difficulté. Je me suis mise à avoir vraiment peur. Une sensation désagréable s'est emparée de moi, comme si quelqu'un, ou quelque chose, nous observait en douce.

— Léger comme une plume, raide comme la mort !

Nous avons répété cette phrase, lentement, très lentement, tandis que le corps sans poids d'Olivia s'élevait à l'aide de nos doigts, centimètre par centimètre. Je devenais de plus en plus consciente que je ne voulais pas que ça marche. Je me suis rappelé que ce n'était qu'un jeu. Le souvenir vague et intangible des explications de mon père, selon qui les phénomènes comme ceux qu'on expérimentait dans ce jeu pouvaient s'expliquer par l'hypnose de groupe, a formé une sorte de mur de brique entre moi et mes pensées.

Nous nous sommes habilement redressées pour passer de la position à genoux à la position debout une fois qu'Olivia était au niveau de nos yeux. De là, nous avons continué à l'élever, depuis la hauteur de nos hanches jusqu'à celle de nos épaules. Ses bras étaient croisés sur sa poitrine et ses cheveux blond argenté pendaient vers le sol.

— Bon sang !

C'est Candace qui a brisé le charme sans crier gare. D'un coup, nous avons toutes repris nos esprits et, avant même que nous ayons pu sentir le poids du corps d'Olivia dans nos mains, elle tombait déjà au sol dans un bruit sourd et se frottait le derrière. Le soulagement m'a submergée.

— Merci, les filles ! a-t-elle blagué, pas trop meurtrie par sa chute sur le tapis.

Même si nous avions toutes déjà joué à ce jeu stupide lorsque nous étions petites, et même si nous avions déjà vu et expérimenté ses effets, tout le monde était ravi de son succès à part moi. C'était comme si Violet avait jeté un sort sur nous toutes sans aucun effort, avec une aisance telle que nous n'avions même pas eu à chercher à nous concentrer sur l'incantation pour qu'elle marche. Au bout de quelques minutes, mes peurs se sont dissipées à force d'écouter mes amies célébrer cette petite réussite, et j'ai commencé, moi aussi, à me sentir un peu victorieuse.

— C'était génial ! s'est exclamée Mischa, le visage illuminé par son sourire.

Nous avions toutes des questions à poser à Violet pour savoir comment elle avait inventé cette histoire étrange et morbide.

— Qui était au volant dans cette voiture ? a demandé Olivia. Je n'accepterais pas que n'importe qui me ramène chez moi depuis Green Bay.

— Et tu n'as pas parlé du moment où Olivia achète la robe de ses rêves, ai-je dit à Violet pour la taquiner.

— Oui. Ce serait utile que je sache où je vais trouver cette robe, a ajouté Olivia.

Violet a rougi et sa peau de neige a viré au rose foncé.

— Désolée, je ne suis pas diseuse de bonne aventure. Je ne fais qu'inventer des histoires, moi.

— Allez, raconte mon histoire maintenant ! a insisté Candace en s'installant au sol.

Nous avons reformé notre petit cercle, impatientes de voir si Violet pourrait créer de nouveau le même phénomène avec autant de conviction. Mais, cette fois-là, j'avais un peu peur que les autres remarquent ma réticence à participer. Il y avait quelque chose de perturbant dans l'aisance avec laquelle Violet avait raconté l'histoire d'Olivia. Dans ma tête, une petite voix m'avertissait : *Ne recommence pas. Pas une deuxième personne.*

— Bon, il faut se calmer et se concentrer, sinon ça ne va pas fonctionner, nous a rappelé Violet tout en plaçant la tête de Candace sur l'oreiller posé devant ses genoux, au sol.

Elle a tapoté les tempes de Candace de ses doigts et a fixé le plafond, perdue dans ses pensées.

— Candace Cotton. Qu'allons-nous faire de Candace Cotton ?

Dès que l'histoire a pris forme dans sa tête, l'expression sur son visage a changé. Son regard s'est stabilisé et s'est posé sur Candace, qui avait docilement fermé les yeux et croisé les bras sur sa poitrine, comme Olivia auparavant. Olivia avait pris la place de Candace au niveau de ses pieds et avait délicatement placé deux doigts recourbés sous les talons de Candace, les paumes tournées vers le plafond. Candace a pris une grande respiration pour se préparer à l'horrible histoire de Violet et sa poitrine s'est soulevée tandis qu'elle inspirait, avant de s'abaisser alors qu'elle expirait.

— C'était la fin du mois d'octobre et Candace et sa famille étaient parties en vacances à la dernière minute. Candace avait hâte de porter son nouveau bikini sur la plage et de mettre en application ses leçons de natation dans l'océan pour la première fois. Les vagues étaient paisibles ce jour-là, elle n'a donc pas écouté ses parents qui insistaient pour qu'elle prenne un cours de surf plutôt que de s'aventurer seule dans les eaux profondes. Au début, elle est restée près du rivage, sans trop s'éloigner de l'endroit où ses frères faisaient des châteaux de sable sur la plage. L'eau était bonne et tentante, pas du tout aussi froide que ce à quoi elle s'attendait, alors elle s'est aventurée plus loin, immergée jusqu'aux hanches, et est restée là jusqu'à ce qu'elle se sente prête à gérer les courants plus forts.

« Après sa disparition, ses frères ont expliqué aux parents qu'ils l'avaient vue marcher directement dans les courants profonds, en prenant les vagues de front, comme si elle s'était fixé une mission. Elle n'avait pas peur, comme si elle défiait l'océan de venir la prendre. Ils ont dit qu'une vague l'avait recouverte et que l'océan l'avait juste avalée tout entière, l'avait enveloppée de bleu et l'avait emportée avec lui au loin. Son corps est réapparu trois jours plus tard, trois kilomètres plus bas sur la côte, à peine reconnaissable. Sa peau bleue et pâteuse était remplie d'eau et se détachait de sa chair, révélant ainsi les différentes couches de muscles gonflés.

J'ai senti sous mes doigts Candace tressaillir à l'écoute de cette horrible description de sa propre dépouille.

— Les poissons avaient mangé ses yeux et certains de ses organes. La puanteur de son cadavre pourrissant était insupportable. Après que ses parents ont identifié son corps en décomposition à la morgue, il était allongé sur la table d'autopsie en métal… léger comme une plume, raide comme la mort.

— Léger comme une plume, raide comme la mort, avons-nous répété.

Aussi incroyable que ça puisse paraître, le corps de Candace, pourtant plus grand et plus lourd que celui d'Olivia, s'est mis à se soulever aussi facilement que celui d'Olivia. Je n'osais pas regarder les autres filles qui portaient Candace à l'aide de leurs doigts de peur de gâcher l'excitation, même si mon cœur battait à toute vitesse de terreur. Nous avons pu élever Candace d'un peu plus de cinquante centimètres, lorsqu'elle a sursauté et que nous l'avons lâchée.

— Oh la vache, c'était un truc de malade ! a-t-elle crié, la tête entre les mains pour se presser les joues, les yeux brillant d'excitation. Je vous sentais en train de me soulever !

Toutes mes amies rayonnaient d'enthousiasme, ravies que le jeu ait réussi. J'étais silencieuse et je souriais dans l'espoir d'avoir l'air de m'amuser, alors qu'en réalité tout ce que je voulais était que quelqu'un sorte un jeu de Twister ou suggère qu'on fasse autre chose, n'importe quoi d'autre. Violet était devenue la star de la soirée. La chaleur qui m'avait envahie quand j'avais croisé Henry en haut m'avait complètement abandonnée. Mes membres étaient gelés de terreur, le même genre de stress nerveux qui me gagne quand je regarde des films d'horreur. Une peur agréable, mais une sensation que je ne voulais pas faire durer trop longtemps. J'étais très consciente de mon malaise et je me demandais si j'étais la seule à être un peu flippée par les détails grotesques que Violet pouvait si facilement ajouter à ses histoires. Elle inventait ses descriptions affreuses avec tant de facilité que je me demandais si elle n'était pas un peu psychopathe et si on n'avait pas simplement négligé de remarquer son trouble mental ces deux dernières semaines, distraites par ses yeux bleus immenses et innocents et ses longs cils fascinants.

— T'es super douée à ce jeu ! s'est exclamée Mischa.

— Je me débrouille pas trop mal, a admis Violet, qui n'avait pas forcément envie d'être admirée pour ses étranges talents de conteuse.

— Je ne suis encore jamais allée à la plage, à lancé Candace. À part au lac Winnebago, mais ça ne compte pas. C'était tellement réaliste ! Je pouvais quasiment sentir l'eau de mer pendant que tu racontais l'histoire.

— C'est génial ! T'as vraiment bien fait de proposer ce jeu, a ajouté Olivia avant de me pointer soudainement du doigt. Allez, on fait McKenna !

— Non, non !

J'ai levé les mains en signe de protestation :

— Ce serait trop chelou.

— Allez, McKenna ! a insisté Candace. T'es obligée. On le fait toutes.

Je me suis dit : *Violet ne le fait pas, elle.*

Je me suis retrouvée à m'allonger sur le sol entre elles, la tête sur l'oreiller. Les doigts de Violet effleuraient mes tempes et exerçaient une infime pression sur ma tête. Elle me touchait si légèrement que je pouvais à peine sentir sa peau contre la mienne.

— Tiens, s'est soudain exclamée Violet, surprise, alors que ses doigts touchaient mes tempes. Ça va être compliqué.

À mes pieds, Candace a levé les sourcils, le visage inquiet. Mischa et Olivia ont échangé un regard entendu et troublé.

— Pourquoi ? ai-je demandé en regardant Violet dans les yeux.

— En général, quand je joue à ce jeu, les idées viennent facilement dès que je touche la personne, a expliqué Violet. Mais je n'ai pas d'idée pour toi. La seule chose qui me vient, c'est le feu, mais ça me paraît bizarre. Enfin, si tu veux, je peux raconter une histoire avec un feu. Mais je ne sais pas si ça va marcher.

Mon cœur s'est mis à battre furieusement, je voulais m'asseoir et mettre un terme à ce jeu débile une bonne fois pour toutes. Je savais que c'était injuste : Violet était nouvelle en ville et ne pouvait pas savoir à quel point ce qu'elle venait de dire était angoissant. Pour moi, la fête était terminée. Je voulais appeler ma mère même s'il était minuit passé et lui demander de venir me chercher tout de suite. Mais je ne pouvais pas faire ça. J'avais seize ans, je n'étais plus un bébé et je ne trouvais même pas la force de m'asseoir pour que Violet ne raconte pas mon histoire. Je ne voulais surtout pas que Candace, Mischa et Olivia pensent que j'étais trop flippée pour jouer. C'était comme si mon inclusion permanente dans le groupe des filles populaires dépendait entièrement de ma coopération à ce jeu.

— Non, ne raconte pas d'histoire avec un feu, a fini par dire Olivia, avec une douceur dans la voix qui suggérait qu'elle savait à quel point cela me terroriserait. Tout sauf ça.

— Non, vas-y, raconte ! a insisté Mischa. Ça serait trop flippant si McKenna mourait justement comme…

— Arrête, Mischa, a imposé Candace pour la faire taire. C'est trop glauque.

La cave est devenue silencieuse un moment pendant que les filles se fixaient des yeux. Sans un mot, j'ai senti que Mischa cédait. J'ai regardé Violet et, quand je l'ai trouvée en train de me dévisager avec l'air de quelqu'un qui savait parfaitement pourquoi je ne voulais pas entendre ma propre fin dans un incendie, ça m'a complètement déstabilisée. Elle savait pour Jennie. J'en étais convaincue et ça me faisait froid dans le dos. Je me suis assise d'un coup et je me suis écartée d'elle le plus possible, ayant momentanément oublié ma peur de perdre ma popularité.

— Je n'ai plus envie de jouer, ai-je annoncé d'une voix tremblante.

— T'inquiète, m'a rassurée Candace. C'est le tour de Mischa.

— Oui, c'est mon tour, s'est proposée Mischa.

Elle a pris ma place sur le sol bien trop docilement et a posé sa tête sur l'oreiller. Je me suis mise à ses pieds pour être aussi loin que possible de Violet. Je n'ai presque pas fait attention à l'histoire que celle-ci racontait sur la mort de Mischa, un truc à propos d'étouffer et de devenir tout bleu.

Plutôt que de me concentrer sur ses paroles, j'ai commencé à me poser des questions sur Violet. Qui était réellement cette fille ? Est-ce que c'était bien normal de contrôler ce genre de jeu à ce point, d'être capable d'hypnotiser ses amies aussi facilement ? Est-ce que, avec ses yeux bleus immenses, elle avait observé plus que ce qu'on avait remarqué depuis la rentrée ? Est-ce qu'elle en savait plus sur nos vies que ce qu'elle laissait paraître ?

Peut-être que c'était dû à l'enthousiasme de Mischa pour que le jeu réussisse, mais en tout cas nous l'avons élevée plus haut que n'importe qui d'autre : alors qu'on retenait notre souffle, gonflées à bloc, le corps de Mischa a dépassé nos épaules, puis nos yeux et enfin nos têtes.

C'est la vibration du portable d'Olivia sur la table basse qui nous a déconcentrées. Heureusement pour Mischa, nous l'avons rattrapée avant qu'elle tombe du haut du mètre cinquante qui la séparait encore du sol.

— Eh ben dis donc, t'étais hyper haut ! a lancé Candace alors qu'Olivia se précipitait de l'autre côté de la pièce pour vérifier son téléphone.

— C'est Pete ! a-t-elle murmuré. Lui et Jeff Harrison sont…

Bam ! Bam ! Bam !

Le tambourinement sur la vitre anti-tempête de la cave côté jardin nous a fait sursauter. Mischa a hurlé et nous avons immédiatement entendu du bruit au premier étage alors que les parents d'Olivia se levaient. Nous nous sommes mises à glousser dès que nous nous sommes rendu compte que les bruits venaient du beau Pete, qui se tenait accroupi dans le jardin d'Olivia avec un autre membre de l'équipe de basket, Jeff Harrison.

La porte en haut de l'escalier de la cave s'est ouverte et nous nous sommes toutes arrêtées net.

Olivia a fait des gestes de la main pour que Pete s'éloigne de la fenêtre.

— Olivia, qu'est-ce qui se passe ici ? a lancé M. Richmond du haut des marches.

— C'est rien, papa ! a répondu Olivia d'un ton chantant. C'est juste Mischa qui a vu une araignée.

— Eh bien ça devait être une sacrée araignée, a répondu M. Richmond d'un ton qui suggérait qu'il savait qu'elle mentait.

Mischa et Olivia ont étouffé leurs gloussements avec la main.

— Ah oui alors, a répondu Mischa en se tournant.

— Il est temps de se coucher, les filles, nous a recommandé M. Richmond. Il est 1 heure passée. C'est une grosse journée demain.

— D'accord, papa, a répondu Olivia, qui voulait juste faire en sorte qu'il retourne au premier étage et qu'il nous laisse tranquilles.

La tête légèrement inclinée tandis qu'elle comptait ses pas, elle a attendu qu'il ait remonté l'escalier jusqu'au premier étage pour tirer une chaise vers la fenêtre afin de l'ouvrir.

— Pete, qu'est-ce que vous faites là ? a-t-elle demandé, debout sur sa chaise tandis que nous regardions la scène.

— On passait par ici avec Jeff et j'ai pensé que ce serait marrant de venir te souhaiter bon anniversaire en personne, a-t-il répondu en mettant sa main sur la moustiquaire qui les séparait.

— C'est tellement romantique, a murmuré Candace.

— C'est trop mignon, mais il faut vous tirer d'ici, les mecs ! Si mon père vous entend, il va appeler les flics !

Pete a promis de partir en silence, mais uniquement après qu'Olivia aurait trouvé un moyen d'ouvrir la moustiquaire pour qu'il puisse l'embrasser. Elle a tripoté l'écran jusqu'à ce que le cadre tombe en silence sur l'herbe du jardin et s'est hissée sur la pointe des pieds pour que Pete puisse se pencher dans l'ouverture et l'embrasser.

— Isaac ne serait jamais aussi romantique que ça, a marmonné Candace.

Une heure plus tard, une fois la moustiquaire remise à sa place dans le cadre de la fenêtre, on a rétabli le son des clips vidéo et on s'est emmitouflées dans nos couvertures, enfin prêtes à nous endormir. J'ai étalé mon sac de couchage sur le sol et j'ai tourné le dos à mes amies, que j'ai entendues respirer plus profondément puis ronfler.

Je ne pouvais pas dormir. Absolument tout ce que Violet avait fait à propos de ce jeu me troublait, y compris sa suggestion initiale qu'on y joue. Comment Violet avait-elle su que les parents d'Olivia lui avaient acheté une Toyota rouge alors qu'elle n'était pas sortie de la cave de toute la soirée ? Est-ce qu'il était possible que quelqu'un dans notre petite ville lui ait parlé de Jennie, même si ça paraissait un sujet vraiment étrange à aborder avec une nouvelle au lycée ?

Mes yeux ont commencé à brûler de fatigue et je me suis rendu compte qu'il était 3 h 31 du matin sur la box de la télé. Soudain, j'ai eu la sensation que je n'étais pas la seule à ne pas dormir dans la cave et, en me retournant, j'ai vu Violet qui se frottait les yeux, assise sur son sac de couchage de l'autre côté de la pièce.

— Je suis désolée si je t'ai fait flipper tout à l'heure, a-t-elle murmuré pour ne pas réveiller les autres.

— Ça va, t'inquiète.

C'était un mensonge, mais c'est ce qu'on se dit entre filles. Au contraire, ça n'allait pas du tout, mais après sa performance impressionnante j'avais un peu peur de la vexer. Puis je me suis retournée à nouveau pour ne pas la voir. Je n'ai quasiment pas dormi de la nuit. J'étais incapable de calmer mes craintes : j'étais convaincue que le feu dans la cheminée qui avait brûlé de façon si folle pendant nos incantations ne s'était jamais totalement éteint.

Chapitre 3

Au réveil, Olivia s'est précipitée à l'entrée de la maison et a crié de plaisir (au grand désagrément de ses voisins) en découvrant sa nouvelle voiture rouge dans l'allée.

— Oh mon Dieu, je l'adore, elle est trop belle ! s'est-elle exclamée encore et encore en se jetant dans les bras de son père, puis de sa mère, puis à nouveau de son père.

Mme Richmond nous a fait des pancakes de la forme de la première lettre de nos prénoms, ce qui était un peu enfantin mais qui nous a quand même fait plaisir. Mon pancake, un M déformé et irrégulier, était le plus gros de tous. Il faisait presque le double en taille du M de Mischa et je l'ai dévoré en silence, toujours secouée par le jeu auquel on avait joué la veille. Heureusement, Henry et Charlie avaient quitté la maison pour aller faire les radios d'Henry avant même qu'on se soit réveillées. Je n'étais pas d'humeur à flirter ou à jouer les charmeuses. Je voulais juste faire mon sac et me dépêcher de rentrer chez moi en toute sécurité en plein jour.

Lorsque je suis sortie de la salle de bains du rez-de-chaussée, j'ai commencé à descendre l'ecalier de la cave pour récupérer mon sac à dos et mes achats de la veille au centre commercial, et j'ai entendu Olivia prononcer les mots « jumelle » et « incendie ». J'ai tout de suite compris qu'elle racontait ma vie à Violet, et d'un certain côté j'étais flattée qu'Olivia s'en souvienne. Tous les événements qu'elle racontait avaient eu lieu avant que je perde la cote auprès d'Olivia, de Candace et des autres filles qui étaient considérées à l'époque comme les plus jolies et sympas de l'école primaire. Je ne pouvais pas leur en vouloir d'avoir rompu nos amitiés quand on était petites. Ce qui était arrivé à ma famille était si atroce que les parents voulaient tenir leurs enfants loin de nous, comme si la distance était une mesure préventive pour éviter que la tragédie ne les frappe, eux aussi.

Le bruit de mes pas sur les marches grinçantes a coupé net le récit, et Olivia et Violet ont eu un sourire gêné lorsque je suis arrivée dans la cave. Candace s'est tournée et m'a fait un signe de la tête avec des yeux tristes, confirmant que j'interrompais exactement ce que je pensais.

— On va aller voir *Moisson de sang 2 : le Châtiment* cet après-midi, a annoncé Olivia d'une voix faussement joyeuse. Tu veux venir ?

J'ai menti sans problème :

— Je ne peux pas. Je dois aller au centre commercial avec ma mère pour trouver des trucs pour le gala d'automne.

J'étais soulagée de ne pas avoir annoncé à mes nouvelles amies que j'avais déjà acheté une robe couleur lavande. J'avais gardé l'info pour moi, au cas où personne ne m'inviterait.

C'est ce jour-là que l'été a laissé place à l'automne. Les températures ont enfin chuté clairement, de plus de dix degrés, et le parfum des feuilles mortes a commencé à embaumer et à recouvrir les odeurs d'herbe fraîchement coupée et de chèvrefeuille qui embaumaient la ville l'été. Je suis rentrée à pied à toute vitesse, je ne voulais pas attendre ma mère qui serait arrivée devant chez les Richmond dans son break. Ma mère mettait les autres parents mal à l'aise. Elle avait la chance de pouvoir s'échapper de Willow trois jours par semaine pour enseigner à Sheboygan, où les seules personnes à la connaître depuis suffisamment longtemps pour se souvenir de Jennie étaient les professeurs qui enseignaient à l'université depuis aussi longtemps qu'elle. Dans notre ville, tous les gens de son âge se souvenaient non seulement du drame, mais aussi des gros titres qui étaient parus le lendemain dans le *Willow Gazette* : « Une fillette périt dans les flammes rue Martha. » Beaucoup des jeunes que je connaissais avaient des parents divorcés et vivaient avec leur mère après que leur père était parti de Willow pour trouver un nouveau travail, une nouvelle femme et tout recommencer du début avec de nouvelles règles. Mais les gens réagissaient de manière exagérément gentille devant ma mère, où qu'elle aille. Même les caissières de l'épicerie lui faisaient un sourire mélancolique lorsqu'elles lui rendaient la monnaie.

J'avais trois kilomètres à parcourir, mais je me suis dépêchée. J'avais hâte de rentrer chez moi et de me recoucher dans mon lit pour rattraper quelques heures de sommeil. Ça m'épuisait de penser à Jennie et je n'étais pas contente qu'on ait parlé d'elle juste avant le gala d'automne, alors que ma vie prenait enfin une orientation positive. Il y avait des jours entiers où je ne pensais presque pas à elle et, bien sûr, quand ça arrivait, je m'en voulais. Ce n'était même pas vraiment qu'elle me manquait ; ça faisait tellement longtemps qu'elle n'était plus là que je ne me rappelais presque plus comment c'était quand elle était en vie. Cet automne-là, ça faisait autant de temps que je vivais sans elle qu'avec elle. Ma vie se divisait en deux moitiés distinctes : avec Jennie et sans Jennie. La sensation de perte et de vide qui avait suivi sa mort avait été remplacée par une sensation de malaise, une sensation évidente mais intangible que la nature s'était trompée. C'était la mauvaise jumelle qui était partie.

La nature ne fait pas d'erreurs, disait maman quand elle évoquait sa profession et qu'elle s'adressait à de futurs botanistes et biologistes des phasmes, des insectes-branches qui peuvent se fondre dans leur environnement, ou qu'elle leur parlait des vers de terre qui aèrent le sol.

Mais je ne pouvais pas m'empêcher de me demander : *Et si…*

Et si elle s'était trompée, même une seule fois ?

Ma mère aimait se consoler en se disant que la mort de Jennie avait été le début de la fin de son mariage. Selon elle, mon père n'était pas suffisamment mature pour l'aider à traverser la perte tragique d'un enfant. Honnêtement, je pense que mon père aurait fait ses valises et serait parti en Floride dès que ma mère aurait eu des cheveux gris, même si Jennie n'était pas morte l'année précédente. Son détachement n'était pas lié au deuxième lit vide, recouvert de son couvre-lit rose, qui restait intouché aux côtés du mien même après le déménagement dans notre nouvelle maison, ni au placard rempli de robes et de justaucorps qui étaient bien trop petits pour moi et que ma mère refusait de donner. Il était plutôt lié à l'incapacité de ma mère à passer à autre chose, à accepter. Et aux rides qui sont apparues autour de ses yeux au fil de toutes les nuits qu'elle passait à veiller tard en buvant du thé sur le porche pour être sûre, complètement sûre que tous les appareils électriques étaient bien éteints avant d'aller se coucher. Même si mon père avait des connaissances avancées en psychologie, il n'arrivait pas à comprendre pourquoi il pouvait pardonner à ma mère sa paranoïa et pourquoi il était incapable de surmonter son propre rejet face aux marques du vieillissement qui la touchaient.

J'avais peur qu'un jour, moi aussi, je devienne trop vieille pour conserver son affection. À l'âge de seize ans, je remettais déjà bien trop en cause son autorité, ses décisions et son expertise selon lui. Rhonda avait eu vingt-sept ans cet été pendant mes vacances en Floride. « Ha ! » avait dit ma mère en l'apprenant. Ma mère venait d'avoir quarante et un ans.

L'automne était ma saison préférée, même si c'était une saison qui comportait beaucoup de souvenirs tristes. Entre autres, il y avait l'anniversaire de la mort de Jennie et celui, l'année suivante, du jour où mon père avait mis tous ses vêtements dans des cartons et les avait empilés à l'arrière de sa voiture pour partir en Floride. Les feuilles colorées des arbres et le bruit sous mes chaussures me rendaient nostalgique mais me réconfortaient aussi. Pour moi, le Wisconsin était en gros la capitale mondiale de l'automne. C'était le moment de l'année où Willow était le plus joli, et je ne me sentais jamais plus chez moi qu'en cette saison.

J'ai atteint le coin de notre rue, je suis passée devant le terrain vacant où se trouvait notre ancienne maison. Maman avait insisté pour qu'on utilise l'argent de l'assurance pour acheter le seul bien à vendre dans la même rue à l'époque où notre première maison avait brûlé tout entière. Morbide ? Oui. Mais, à l'époque, ma mère faisait son deuil. Elle ne supportait pas l'idée que l'esprit de Jennie se retrouve seul dans notre ancienne rue, avec nous potentiellement à l'autre bout de la ville continuant à mener nos vies comme si de rien n'était. Ça faisait un peu bizarre de passer devant ce terrain vide tous les jours, mais je ne me souvenais presque plus de la maison qui avait existé là. Les traces de sa structure avaient depuis longtemps disparu sous l'herbe sauvage. Ça faisait huit ans que nous vivions dans la maison de l'autre côté de la rue, à côté des Emory, et ma mère n'avait jamais pensé à déménager. Le terrain vacant au coin était devenu propriété de l'État et, de temps en temps, quelqu'un au conseil d'administration de la ville émettait l'idée ridicule d'en faire un parc. La proposition était toujours enterrée par au moins vingt femmes qui juraient qu'elles ne laisseraient jamais leurs enfants jouer sur des toboggans et des balançoires sur un site où un événement aussi atroce avait eu lieu.

— Bonjour, ma puce ! a lancé ma mère en m'entendant rentrer par la porte de côté qui donne dans la cuisine – celle-ci faisait un bruit en deux temps à cause d'un ressort cassé.

Elle était dans le séjour et lisait son journal comme elle aimait le faire le week-end, lunettes sur le nez et tasse de café à la main. J'étais sûre que c'était le café qu'elle s'était fait plusieurs heures plus tôt, au moment de se lever pour aller promener le chien.

— Comment s'est passée la fête ?

— Bien. Olivia a eu une Prius neuve.

— Randy et Beth ont toujours gâté cette fille. Tu peux tenter ta chance avec ton père, a ajouté ma mère. Mais les voitures neuves ne sont pas vraiment dans mes cordes.

— Bon, ai-je annoncé en posant mon sac à dos sur la table derrière le sofa en souriant, devine qui a été invitée au gala ?

— Non ! Sérieux ? s'est exclamée ma mère. Qui ? Attends ! Il y avait des garçons avec vous hier soir ?

À sa décharge, elle enseignait à des étudiants et voulait toujours utiliser ce qu'elle pensait être un langage jeune.

— Non, maman. On a passé toute la nuit dans la cave d'Olivia, comme je te l'avais dit. C'est son frère qui m'a demandé.

— Henry ? Il n'est pas un peu vieux pour toi ?

Un des drames de la vie dans une petite ville, c'est que tous les parents connaissaient tous les enfants de l'école. Toutes les familles allaient pique-niquer ensemble, entraînaient les mêmes équipes de sport, faisaient du covoiturage pour se rendre à la patinoire.

— Il n'a que deux ans de plus que moi. C'est pas grand-chose, ai-je insisté, même si au fond je me disais que c'était un truc énorme.

Énorme au point que j'appréhendais un peu la réaction de Candace, Olivia et Mischa. Olivia était plutôt facile à vivre et sympa envers la plupart des filles du lycée, ou en tout cas plus sympa que le stéréotype de la blonde riche et populaire. Candace, en revanche, pouvait être vicieuse. Mischa, dans ce genre d'événement, avait tendance à se caler sur Candace ou Amanda. Je me suis endormie sur mon lit, les muscles endoloris à cause de la fatigue de la veille. J'ai repensé à l'étrange sensation qui m'avait envahie lorsque Violet avait raconté ses histoires, et les poils sur mes bras se sont hérissés alors que ma chambre était pourtant bien chauffée.

Bien sûr, il ne s'agissait pas d'esprits qui faisaient léviter des corps, me disais-je pour me rassurer. Je ne croyais ni aux fantômes, ni aux esprits, ni aux poltergeists, qu'ils soient malveillants ou bienveillants. J'avais passé une grande partie de mon enfance à tenter d'invoquer l'esprit de ma jumelle sans succès. Si Jennie n'avait pas trouvé le moyen de traverser la ligne énergétique séparant les vivants des morts pour venir me parler, alors pourquoi un esprit quelconque, qui n'avait aucune raison particulière de vouloir interférer dans la soirée d'anniversaire d'une fille de seize ans dans un coin paumé du Wisconsin, prendrait-il la peine de nous contacter ?

Quand même, c'était étrange.

J'ai dormi comme une souche, même si on était en plein milieu de la journée. Les rêves commençaient et se terminaient sans raison, comme souvent quand je dormais à des horaires étranges ou que je faisais une grasse matinée trop longue.

J'ai brièvement rêvé d'une de nos fêtes d'anniversaire. Je ne savais pas exactement quand c'était, peut-être qu'on fêtait nos cinq ans. Le rêve défilait comme un film amateur, c'était flou et il n'y avait pas de son. Jennie et moi portions des chapeaux assortis, des cônes roses qui tenaient sur nos têtes à l'aide d'un élastique blanc. On était habillées comme souvent à cet âge-là, Jennie en bleu et moi en rouge, c'était la technique pour que ma mère sache qui était qui. Mes grands-parents étaient là, les voisins aussi, tout le monde chantait de façon enthousiaste en silence et leurs bouches bougeaient dans le rêve alors que Jennie et moi, ravies, nous penchions en même temps pour souffler sur nos bougies. Olivia était là, petite pour son âge, l'air solennel. C'était une fillette sérieuse quand on était plus jeunes. Cheryl était là, souriante avec ses couettes. Mon père tournait autour de la table du séjour avec sa caméra, ma mère coupait le gâteau et déposait de belles parts sur des assiettes en carton avec le logo Barbie imprimé dessus. Dans un moment de lucidité après le rêve, je me suis promis qu'au réveil j'irais demander à ma mère quel âge on avait quand on avait fait une fête Barbie.

Quelques minutes plus tard, ou peut-être plusieurs heures plus tard, mon rêve est devenu bien plus sombre. J'étais dans notre ancien jardin au beau milieu de la nuit, morte de froid dans ma chemise de nuit toute fine, et je sentais la chaleur de l'incendie qui avalait notre maison sur mes bras et mon visage. Des voisins me soulevaient et m'éloignaient, et des sirènes interrompaient le silence de la nuit, apportant dans leur sillage des pompiers avec leurs lances et leur uniforme jaune qui arrivaient bien trop tard pour changer quoi que ce soit à notre avenir. Je ne me rappelais jamais, que ce soit dans mes rêves ou éveillée, comment j'étais arrivée dans le jardin. Qu'est-ce qui m'avait tirée du sommeil si tard et m'avait donné envie de quitter la maison ?

Dans mes rêves aussi bien que dans mes souvenirs, je voyais les silhouettes de mes parents qui se tortillaient, noires contre les flammes rageuses qui émergeaient de la maison derrière elles. Le pyjama rayé de mon père avait pris feu. Un pompier jetait une couverture de survie sur lui et le plaquait au sol pour étouffer les flammes, tandis que ma mère, le visage couvert de suie, scrutait la foule qui s'était rassemblée pour regarder ce spectacle de minuit. Elle avait l'air folle, si méconnaissable avec les cheveux brûlés et le visage sale que je ne voyais que le blanc de sa chemise de nuit et ses iris noirs et affolés contrastant avec le blanc de ses yeux. Lorsqu'elle m'a vue dans les bras d'un voisin près du camion de pompiers, elle a couru vers nous pieds nus sur l'herbe gelée.

— Où est-elle ? m'a-t-elle demandé d'une voix étranglée en me secouant par les épaules. Où est ta sœur ?

Dans les années qui ont suivi l'incendie, j'ai compris, grâce à mon cerveau qui a traité ces moments terribles des centaines de milliers de fois, que ma mère n'avait pas la moindre idée de qui, des deux jumelles, j'étais. Tout ce qu'elle voyait dans la frénésie de l'urgence, c'était qu'une seule des jumelles était sortie de la maison. Dans mon rêve, je ne sentais rien, pas de peur, pas d'horreur. Peut-être que j'étais en état de choc cette nuit-là et que j'avais réprimé tout souvenir de sensation.

Pendant la première moitié de ma vie, toute mon identité a été partagée avec Jennie. Tous ceux qui nous voyaient considéraient que nous étions les deux moitiés d'un tout, que l'une n'existait pas sans l'autre.

— Oh, qu'est-ce qu'elles sont mignonnes, disaient les gens.

Nous n'étions pas mignonnes. Nous étions normales, potelées, avec des grosses joues. L'année de la mort de Jennie, il nous manquait à toutes les deux les dents de devant. C'était le fait que nous étions identiques qui était mignon et mémorable, pas nos traits. Si je n'avais pas eu de jumelle, peut-être que les gens auraient dit derrière le dos de ma mère que j'étais une enfant laide.

— Elles sont si bien élevées, disait-on aussi pour complimenter ma mère.

Mais ça n'était pas vrai non plus. On passait notre temps à se battre et à se disputer. On était toujours jalouses de l'attention des parents que recevait l'autre jumelle. Quel que soit le jouet avec lequel une des deux jouait, c'était précisément celui-là que voulait l'autre. On avait chaque jouet en double, mais ça ne résolvait rien du tout. Nos parents n'avaient pas compris que c'était *précisément* le jouet que Jennie utilisait que je voulais. Et, s'il y avait dans le coffre à jouets une chose pour laquelle nous nous battions bec et ongles, c'était les tableaux lumineux magiques. On se battait d'ailleurs si violemment que ma mère avait fini par annoncer qu'elle en avait fait don à des enfants sans abri (même si après la mort de Jennie j'avais retrouvé les deux boîtes cachées dans le garage).

Clairement, nous n'étions pas bien élevées. Faire tourner en bourrique nos parents et nos instits était une source d'amusement sans fin pour nous : on échangeait nos vêtements, nos badges nominatifs, et on insistait pour être appelées par le prénom de l'autre jumelle. Nos parents étaient souvent furieux contre nous. Quand mon père rentrait, ma mère se plaignait de friser la dépression nerveuse à force de passer la journée entière avec nous à la maison tandis qu'il partait sur le campus donner ses cours. C'était un boulot à part entière pour elle de nous gérer toutes les deux avec nos systèmes élaborés de jeux d'esprit. Chaque fois qu'on permettait à Jennie de faire ou d'essayer quelque chose en premier, je boudais. Quand c'était moi qui avais ce privilège, Jennie se mettait immédiatement à gémir. *C'est quand mon tour ? C'est à moi maintenant !*

Bien sûr, toute ma vie les gens m'ont suggéré de lire des livres et des études sur les pouvoirs télépathiques, les langages et codes secrets, les habitudes identiques et invraisemblables partagés par les vrais jumeaux. Mais Jennie était morte depuis longtemps et je n'avais aucun souvenir d'une telle connexion entre elle et moi. Je me souvenais juste de sa présence et de la sensation de confort que je ressentais lorsqu'elle était près de moi. Avoir une jumelle m'avait rendue très consciente de ce que j'étais : je n'avais pas besoin de miroir pour savoir que j'étais très laide lorsque je me mettais en colère. Je me vois encore dire à ma mère en pleurant « Dis-lui d'arrêter de faire cette tête ! » dès que Jennie me regardait les sourcils froncés et le front plissé, parce que je trouvais ça atrocement laid et que je savais que je pouvais avoir exactement la même tête.

Une fois l'incendie éteint, le chef des pompiers s'était approché de mes parents et ils avaient échangé silencieusement, trop loin de moi pour que je les entende. Ma mère s'était jetée dans les bras de mon père et on nous avait amenés à l'hôpital de la ville d'à côté dans une voiture de police. Là, on nous avait mis dans des chambres séparées pour vérifier qu'on n'avait pas respiré trop de fumée. Un médecin m'avait dit qu'on avait donné un sédatif à ma mère et que je pourrais la voir le lendemain matin. Des infirmières m'avaient apporté de la soupe à la tomate et j'avais eu le droit de rester éveillée et de regarder des cartoons jusqu'à ce que le soleil pointe son nez à l'horizon. J'avais huit ans, j'étais trop jeune pour comprendre la mort. Trop jeune pour comprendre que Jennie était partie pour de bon, et que je ne la reverrais jamais. Pendant au moins un an, je m'attendais presque à ce que, un jour, je me réveille pour aller à l'école et qu'elle soit de retour, saine et sauve et entièrement rétablie, telle qu'elle était avant l'incendie. Sans rentrer dans les histoires de connexion entre jumeaux, cette nuit-là à l'hôpital, je savais de fait que Jennie était morte. Je ne me souviens pas si une des infirmières me l'avait dit ou si j'avais tiré mes propres conclusions pendant que je regardais les pompiers éteindre le feu avec leurs lances depuis le côté de la maison.

Le lendemain après-midi, mes parents sont rentrés ensemble dans ma chambre d'hôpital. Ma mère s'est assise à côté de moi sur le bord du lit, les yeux gonflés d'avoir dormi si longtemps sous l'effet des médicaments. Mon père était debout derrière elle, stoïque, les mains sur ses épaules.

— Jennie, il faut qu'on te dise quelque chose qui va être difficile à comprendre, a commencé ma mère.

J'ai ouvert la bouche pour la corriger, et pendant une fraction de seconde j'ai hésité. Je me suis rendu compte que je pouvais échanger ma vie. J'aurais pu les laisser croire que j'étais Jennie et que c'était McKenna qui avait péri dans l'incendie. Mais j'avais huit ans, j'étais naïve et je n'en voyais pas l'intérêt. Mon instinct de corriger ce qui était incorrect était trop grand.

— Maman, moi c'est McKenna, l'ai-je corrigée.

J'étais trop jeune pour savoir qu'en réalité les parents ont un préféré ; ils n'y peuvent rien.

Même sur la fiche de soins accrochée au pied de mon lit d'hôpital, le nom écrit était « Jennifer Laura Brady ». Est-ce que mes parents avaient espéré que j'étais Jennie lorsque le formulaire d'admission à l'hôpital avait été rempli, ou était-ce une erreur innocente ? Je n'avais jamais osé demander. Six mois plus tard, alors que ma mère passait toutes ses nuits seule sur le porche, les yeux rivés sur le terrain vacant au coin de la rue, et que le printemps se réchauffait à l'approche de l'été, je me suis aventurée dehors un soir et je me suis assise à côté d'elle sur la balancelle du perron.

— Si ça te fait plaisir, je pourrais être Jennie, lui ai-je proposé sérieusement.

Son chagrin était si profond que j'étais prête à faire n'importe quoi, même sacrifier ma propre identité, pour que ma mère aille mieux.

Quand je me suis réveillée, le soleil se couchait, ce qui voulait dire, alors que je bâillais et que je m'étirais, que ce serait bientôt l'heure de dîner.

— Je n'ai pas envie de faire la cuisine. Que dirais-tu d'aller au Bobby's ? a demandé ma mère pendant que j'ouvrais le frigo et que j'inspectais son contenu pour voir quelles options s'offraient à nous.

Si j'avais été l'ancienne McKenna, ça aurait été la honte totale de me montrer au Bobby's avec ma mère un samedi soir. Mais plus maintenant. Après une brève hésitation, j'ai dit d'accord. J'avais dormi toute la journée, je mourais de faim et il n'y avait rien dans le frigo qui pourrait faire concurrence à la salade du chef géante du Bobby's.

En sortant de la maison, j'ai vu Trey en train de garer sa Toyota grise toussotante dans l'allée d'à côté. J'ai eu un flash-back instantané de l'intérieur de la voiture avec ses sièges avant ratatinés et la vague odeur de pin du désodorisant en forme d'arbre qui pendait à son rétroviseur. Ma première réaction a été de détourner les yeux comme si je n'avais pas entendu le moteur s'éteindre à trois mètres de moi à peine. Mais, bien sûr, ma mère a fait sa maligne et s'est mise à lever le bras en guise de salut, du coup on a dû échanger quelques mots.

— Salut, Trey ! a lancé ma mère au moment où il sortait de sa voiture.

— Bonjour, madame Brady, a répondu Trey.

On appelait encore ma mère Mme Brady, même si tout le monde savait que mon père était parti sept ans plus tôt.

Sans me dire un mot, il m'a adressé un signe de la tête d'un air méprisant qui en disait long sur ce que j'avais besoin de savoir, c'est-à-dire que, pour lui, mon accession à la popularité était déplorable, qu'il était déçu de moi et que l'écart social entre nous s'était agrandi.

— Il est mignon, ce Trey ! a dit ma mère une fois dans la voiture, alors qu'on bouclait nos ceintures. Je n'aurais jamais pensé qu'il deviendrait si beau. Quand il était petit, il semblait si loufoque... Ça donne quoi au lycée ? Il a une copine ?

Je voyais parfaitement où elle voulait en venir : elle essayait de me suggérer que je devrais m'intéresser à Trey.

— Maman, franchement, il est chelou. Toutes les filles l'évitent et pensent qu'il pourrait se transformer en tueur.

Ma mère a démarré le moteur et m'a répondu froidement :

— Chelou ? Je n'aime pas cette nouvelle habitude que tu as prise de dire du mal de tout le monde au lycée. Depuis que tu recommences à passer du temps avec Olivia et Candace, tu ne te rends pas compte à quel point tu es devenue critique. Tu n'étais pas comme ça quand tu passais du temps avec Cheryl.

Pfff, bien sûr, ma mère ne pouvait pas comprendre que je ne pouvais pas à la fois être populaire et garder des amitiés solides avec mes anciennes amies qui n'étaient pas populaires. Et elle ne comprendrait carrément jamais pourquoi, en tant qu'adolescente normalement constituée, je ne pourrais jamais sortir avec Trey Emory au lycée Weeping Willow, même si, comme Candace l'avait suggéré de façon un peu osée la veille, il était franchement sexy si on mettait de côté son air un peu étrange. Ja savais, d'après tous mes souvenirs de lui, qu'il pouvait aussi faire sacrément le malin quand il l'ouvrait. Je me rappelais vaguement de lui nous faisant glousser et rougir, Jennie et moi, avec ses blagues.

Pendant qu'on dînait au Bobby's, j'ai senti mon téléphone vibrer dans mon sac. Je l'ai sorti et j'ai vu que j'avais reçu un texto d'un numéro que je ne connaissais pas. Il y avait aussi une photo. C'était une radio d'un pied, avec un message qui disait : *Prêt à danser. Henry.*

Les samedis soir du mois de septembre m'ont servi de rappel : je n'avais pas encore quitté mon ancienne vie de ringarde. Tout le monde au lycée savait que je n'avais pas de copain, et pourtant j'étais contente qu'il n'y ait pas de témoin pour me voir rentrer avec ma mère alors qu'il commençait à faire nuit. Depuis le début de cette année, les vendredis soir étaient devenus des soirées entre copines, des soirées pyjama, des sorties au cinéma. Mais les samedis soir étaient apparemment réservés aux petits copains. Pendant qu'on rentrait en voiture avec ma mère, je réfléchissais au fait que, même si Olivia et Violet étaient allées voir le dernier film d'horreur avec Ryan Marten dans l'après-midi, Olivia était très certainement en train de se mettre du gloss rose bonbon dans sa chambre en attendant que Pete vienne la chercher et l'emmener dîner pour fêter son anniversaire. Candace et Isaac étaient sans doute en train de se balader dans la voiture d'Isaac à faire des bêtises. Et probablement que même Matt et Mischa avaient prévu d'aller voir un film ou manger une pizza chez Federico.

Olivia était le genre de fille qui adorait avoir une vie sociale, donc, même si elle passait une soirée romantique avec Pete pour son anniversaire, elle nous a envoyé des textos à Candace, Mischa, Violet et moi toute la soirée avec des photos de ses raviolis de courge à la sauce aux truffes, du mini-gâteau au chocolat sans gluten que les serveuses lui ont présenté avec une bougie, d'elle avec Pete et les serveuses qui lui ont chanté *Joyeux Anniversaire* à la fin du dîner devant tout le monde, et du collier en or que Pete lui a offert avec un pendentif en forme de O pour « Olivia ».

Un an plus tôt, je n'aurais même pas imaginé avoir un copain avant la fin du lycée, mais à présent, je commençais à me demander si je ne me mettrais pas bientôt à sortir le samedi soir. Peut-être que d'ici juillet, au moment de mon dix-septième anniversaire, il y aurait un garçon mignon dans ma vie, avec des yeux pétillants, comme Henry, qui me ferait une surprise et un cadeau romantique. Après tout, il y a un an, je n'aurais jamais imaginé aller au centre commercial avec Olivia et Candace. Tout peut arriver en un an, ou d'ailleurs, comme j'allais bientôt l'apprendre… en une semaine.

J'étais allongée à plat ventre sur mon lit et je lisais un magazine lorsque j'ai été distraite dans ma lecture par un rayon de lumière étrange qui passait devant ma fenêtre. Je me suis levée et j'ai ouvert mes rideaux pour y voir mieux. Une fois mes yeux accoutumés à la pénombre, j'ai vu que Trey se faufilait dans son propre jardin avec une lampe de poche. La lumière de sa chambre était allumée, or ma fenêtre donnait directement sur celle-ci. Il y avait aussi de la lumière dans le salon, ses parents et son petit frère regardaient sans doute les émissions du samedi soir. Trey s'est accroupi et a commencé à creuser sous les buissons au niveau de la palissade qui séparait le jardin des Emory du nôtre.

Incapable de contrôler ma curiosité, j'ai ouvert ma fenêtre et j'ai chuchoté :

— Qu'est-ce que tu fabriques ?

J'ai entendu un bruissement et d'un coup Trey s'est relevé, et le faisceau de sa lampe de poche a dansé sur le côté de ma maison jusqu'à se fixer sur mon visage. J'ai protégé mes yeux.

— Un des chats sauvages auxquels ma mère donne à manger a eu des chatons par ici, a-t-il répondu à voix basse.

J'avais du mal à l'entendre à cause du bruit des cigales.

— Attends, ai-je lancé silencieusement.

J'ai pris le cardigan qui était sur le dossier de ma chaise de bureau et je suis sortie par la porte de derrière au niveau de la cuisine. Dehors, j'ai ouvert la grille de notre jardin puis celle du jardin des Emory pour rejoindre Trey dans la pénombre. Il était à nouveau accroupi et penché. Sa lampe de poche était toujours allumée, mais elle était posée par terre et éclairait l'endroit qu'il inspectait.

Son tee-shirt noir délavé se relevait dans le dos, révélant ainsi les bosses de sa colonne vertébrale et le tout début de la raie de ses fesses. Je me suis prise à rougir d'avoir regardé si on voyait ses fesses, heureuse qu'au moins il fasse suffisamment sombre pour qu'il ne remarque pas la honte sur mon visage.

— Il y en a six, je crois, a-t-il murmuré sans se retourner vers moi.

Je me suis accroupie à côté de lui pour regarder. Et, effectivement, une petite maman chat tricolore était étalée en dessous des massifs d'azalées blanches des Emory, qui étaient bizarrement toujours en fleur vu qu'il avait continué de faire chaud bien après la fin du mois d'août.

— Regarde un peu le petit gris, là.

Il y avait six boules de poils, peut-être plus, blotties contre leur mère qui leur faisait la toilette. La chatte tricolore a cligné des yeux, l'air fatigué. Le chaton du milieu était tigré gris.

— Comment t'as su qu'ils étaient par là ? ai-je demandé à voix basse pour ne pas alarmer la maman chat.

— J'ai entendu des miaulements de ma chambre. Je me suis dit que j'allais apporter de la nourriture pour chats, mais je risque de faire peur à la mère si je m'approche trop près.

Nous les avons observés en silence pendant quelques minutes à la lumière du croissant de lune. J'étais étonnée de me retrouver à quelques centimètres de Trey. Nos coudes se touchaient presque et on avait enfin une conversation après des années de relation silencieuse. Le plus étrange était qu'on aurait dit qu'on se connaissait depuis toujours. Comme si c'était la chose la plus naturelle au monde de se retrouver à regarder sous des massifs de fleurs à minuit.

— Tu devrais laisser une conserve de nourriture ici pour la maman, ai-je fini par lui dire. Mais ne la mets pas trop près du buisson.

— Bonne idée, a-t-il acquiescé avant de se lever lentement.

Il a traversé le jardin et est rentré chez lui en silence par la porte de derrière. La maison des Emory était identique à la nôtre. Toutes les habitations de la rue avaient été construites dans les années quatre-vingt par le même cabinet d'architectes. C'étaient des copies conformes, sauf la poignée de maisons qui avaient investi dans des surélévations pour ajouter un étage au cours des trente dernières années. Lorsqu'il est revenu, il avait déjà ouvert une petite conserve de nourriture gourmande pour chats et il m'a rejointe près des massifs pour déposer la boîte à quelques mètres de la maman chat. L'odeur salée du saumon a retenu l'attention de la chatte, mais elle n'a pas tenté d'en trouver la source en abandonnant ses chatons tant qu'on était là.

— Malheureusement, je crois qu'on va devoir les laisser tranquilles pour cette nuit, a fini par admettre Trey en riant.

— Des tas de chatons naissent dans le quartier et ils s'en tirent très bien, l'ai-je rassuré, sans en croire un seul mot.

Le Wisconsin était plein d'animaux sauvages nocturnes qui pourraient être un danger pour une maman chat avec six chatons à défendre. Dans notre propre jardin, avant que notre chienne Moxie vieillisse, elle passait son temps à tuer les envahisseurs et à laisser leurs carcasses sur le perron de la porte de derrière. Quand ma mère la rappelait dans la maison, après que la chienne avait passé une heure dans le jardin, il était rare que Moxie rentre sans une autre preuve de son travail ardu : des opossums morts, des ratons laveurs morts, des écureuils morts, des chipmunks morts.

— Je vais peut-être dormir ici, a annoncé Trey d'un coup. Histoire de faire peur aux bêtes, tu vois ? Parce que j'arriverai pas à déplacer la chatte et ses chatons dans la maison.

J'ai acquiescé. Ce serait impossible d'installer les chats chez lui. J'étais à la fois amusée et touchée qu'il retourne à nouveau à l'intérieur pour chercher un sac de couchage et un oreiller.

— Tes parents vont pas trouver bizarre que tu dormes dehors sans tente ?

Je m'étais levée, prête à retourner chez moi parce que je commençais à avoir vraiment froid et que j'avais vu ma mère éteindre la lumière du séjour, ce qui voulait sans doute dire qu'elle allait se coucher.

— Mes parents pensent déjà que je suis hyper bizarre, a-t-il répondu d'un ton neutre en haussant les épaules.

On s'est regardés les yeux dans les yeux, et je mourais d'envie de lui dire tout un tas de choses à cet instant précis. Trey Emory, le garçon qui, selon Violet, aurait pu tuer les élèves du lycée, aimait suffisamment une chatte sauvage et ses chatons nouveau-nés pour dormir dehors dans son jardin. C'était totalement bizarroïde. Mais aussi hyper touchant. Qu'est-ce que j'ignorais d'autre de ce garçon qui dormait à quinze mètres à peine de ma propre chambre toutes les nuits ? On s'est dévisagés pendant au moins une minute sans rien dire : aucun des commentaires qui prenaient forme dans ma poitrine ne m'est remonté dans la gorge ni sorti de la bouche.

— Fais attention à toi, lui ai-je conseillé, sans oser lever la main pour lui taper gentiment l'épaule.

— Ça marche, merci, a-t-il répondu.

Je me suis retournée une seule fois, au moment de m'approcher de la grille pour sortir du jardin des Emory, et je l'ai vu déjà occupé à étaler son sac de couchage à quelques mètres des buissons. Mon cœur s'est emballé un instant avant que je me souvienne que j'avais reçu un vrai texto d'Henry Richmond sur mon portable, qui était resté dans ma chambre. J'allais au gala d'automne avec un des garçons les plus mignons à être sortis du lycée Weeping Willow. Je ne pouvais pas me permettre d'avoir un coup de cœur de rien du tout pour mon voisin.

Le lendemain matin, ma première réaction au réveil a été de regarder par la fenêtre pour voir si Trey était toujours dehors. Mais j'avais dormi un peu tard, le soleil était déjà assez haut dans le ciel et Trey avait manifestement roulé son sac de couchage pour rentrer chez lui.

J'ai passé la journée à tenter de ne pas penser à lui, mais je ne pouvais pas m'empêcher de croire que quelque chose d'important s'était passé entre nous sous la lune dans son jardin, tout comme il s'était passé quelque chose de très étrange dans la cave d'Olivia vendredi soir.

Chapitre 4

Lundi matin, retour à la normale.

Depuis le lever du jour, on avait l'impression que c'était officiellement l'automne. Les feuilles mortes tapissaient les trottoirs sur le chemin du lycée. On sentait l'odeur douce de l'automne dans l'air. En seulement quarante-huit heures, on avait changé de saison. Ça faisait bizarre de penser qu'à peine trois jours plus tôt on se prélassait dans la piscine des Richmond. L'été était bel et bien terminé.

Avant le début des cours, Olivia s'est approchée de moi dans le couloir.

— Mon frère m'a dit qu'il t'avait invitée au gala d'automne.

J'ai fait une grimace, incapable de savoir si elle était contente ou en colère.

— T'inquiète, ça me va.

J'ai soupiré de soulagement.

— T'es sûre ? Parce que sinon je peux demander à quelqu'un d'autre. Sérieusement, Olivia. Si ça te pose problème, je demanderai à Dan.

Dan avait d'innombrables taches de rousseur et une tignasse bouclée. Il était à l'autre bout du hall, il ne pouvait pas entendre. Il avait déjà rassemblé ses livres pour le premier cours et m'avait souhaité bonne journée.

— Sois pas bête, bien sûr que c'est bon. Vous faites un couple mignon, toi et mon frère. Candace va peut-être faire une syncope, mais ignore-la. Henry trouve que c'est un moulin à paroles.

Ça me rassurait énormément qu'Olivia approuve.

— Et Mischa ? ai-je demandé en marchant sur des œufs. Tu crois qu'elle et Amanda vont penser que j'exagère par rapport à Michelle ?

Olivia a froncé le nez.

— Michelle a déjà un nouveau copain à l'université du Minnesota. Je m'inquiéterais pas pour ça.

À l'heure du déjeuner, à la cafétéria, la conversation est revenue sur le match qui serait joué à Kenosha vendredi à l'occasion du gala d'automne pour savoir si oui ou non on allait prendre le car pour traverser la région et soutenir l'équipe. Le verdict a finalement été qu'on irait à Kenosha parce que Candace insistait pour qu'on soutienne Isaac, mais on ne voulait pas en être réduits à voyager en car et nous retrouver avec des secondes dégueu et incontrôlables.

— Je peux conduire, a proposé Pete. On tient à cinq dans l'Infiniti.

Il a fait un tour de table des yeux.

— Un, deux, trois, quatre, cinq, a-t-il compté en pointant sur lui d'abord, puis sur Olivia, moi, Candace et Jeff.

Même si Jeff était grand et qu'il faisait du basket avec Pete, il n'était pas particulièrement mignon ou drôle. J'avais l'impression que, d'ici le milieu de la semaine, Olivia mettrait la pression à Pete pour que Jeff invite Violet au gala d'automne et que personne ne soit exclu.

— Amanda et moi devons y aller en car avec les cheerleaders, a dit Mischa à Violet. Tu peux venir avec nous si tu veux, ce sera sympa.

Violet était au bout de la table et mangeait son yaourt. Elle a acquiescé.

Je n'avais encore jamais assisté à un match de foot américain comme spectatrice. En tant que porte-drapeau, j'étais toujours assise avec la fanfare dans mon uniforme bleu tout moche à attendre le moment de notre performance dans le stade. Je ne m'étais jamais dit qu'un jour je pourrais être assise dans les gradins à manger des hotdogs et du popcorn avec le groupe populaire du lycée. Je n'étais pas particulièrement fan de sport, mais l'idée d'aller au match dans la voiture de Pete jusqu'à Kenosha m'a mis des papillons dans le ventre.

Après déjeuner, je suis retournée à mon casier avec Candace, qui était étonnamment calme depuis une heure. De notre petit groupe d'amies, Candace était probablement celle dont j'étais le moins proche, mais nos casiers étaient le long du même mur, donc de temps en temps je me retrouvais à marcher avec elle, souvent sans grand-chose à dire.

— Je voulais te dire un truc, a-t-elle murmuré dès que les autres sont partis dans la direction opposée vers leurs propres casiers récupérer leurs livres pour les cours de l'après-midi. C'est à propos de vendredi dernier. Violet a dit quelque chose de bizarre sur moi pendant qu'elle racontait ses histoires.

Je me suis arrêtée net une seconde, tellement j'étais surprise de la façon abrupte qu'avait eue Candace de changer de ton : à la cafétéria, elle discutait joyeusement des plans pour vendredi soir, et là, elle est devenue instantanément sérieuse quand elle s'est mise à parler de la soirée du vendredi dans la cave d'Olivia. Peut-être que je n'étais pas la seule à avoir eu trop peur pour m'amuser pendant ce jeu.

— Ah bon ? ai-je répondu, sans vouloir parler de mes propres souvenirs déplaisants de la fête.

— Violet a dit tous ces trucs sur l'eau, sur le fait que j'allais dans les vagues loin de mes frères. Mais je n'ai pas de frères. J'ai deux demi-frères que mon père a eus avec sa deuxième femme, mais je suis à peu près sûre de n'avoir jamais parlé de Dylan et Jordan à Violet. Ils habitent à Green Bay, alors tu imagines sans voiture… Je les vois quasiment jamais, vu qu'ils ne viennent jamais ici. Et puis, on n'est pas particulièrement proches.

J'ai froncé les sourcils. Je connaissais Candace depuis la maternelle et même moi je ne savais pas que son père avait eu deux fils avec sa nouvelle femme. Les deux parents de Candace s'étaient remariés et je n'avais entendu parler que de Julia, sa demi-sœur, qui était en quatrième.

— C'est vrai que c'est bizarre.

Je me demandais si je devais confier à Candace que ça m'avait étonnée que Violet sache qu'il y avait une Prius rouge dans l'allée des Richmond le soir de la fête d'anniversaire. Mais, pile à ce moment-là, j'ai levé les yeux et j'ai vu Trey s'approcher de nous. Ma réaction initiale a été de sourire et de lever la main pour le saluer mais, une nanoseconde après m'avoir regardée, il a détourné les yeux et il est passé devant moi comme si je n'existais pas. J'en ai rougi d'humiliation. J'avais clairement surestimé ce qu'on avait partagé dans son jardin, et j'avais honte de sentir mon cœur battre à plein régime. Heureusement, Candace n'avait pas remarqué ma brève distraction. Elle a suivi Trey des yeux le long du couloir.

— Pas mal, a-t-elle chuchoté avec un sourire malicieux.

Nous sommes arrivées à mon casier et Candace a attendu, ses livres serrés contre la poitrine, pendant que je faisais mon code. Elle est revenue sur Violet et les événements de vendredi soir.

— Tu crois que Violet nous espionne depuis le début ? Je suis même allée vérifier sur mon compte Facebook pour voir s'il y avait des photos de mes demi-frères, mais je n'en ai posté aucune.

Et, aussi simplement que ça, j'ai compris que, si Candace s'inquiétait de Violet, c'était par rapport à des choses de la vie de tous les jours, pas comme moi qui m'interrogeais sur de potentiels pouvoirs surnaturels. C'était ridicule de ma part de penser que Violet pouvait faire de la télépathie ou parler avec les fantômes.

— Peut-être que quelqu'un le lui avait juste dit, ai-je rétorqué. Genre Olivia.

Candace a froncé les sourcils. Elle n'était pas convaincue et je pouvais comprendre pourquoi. Olivia ne s'intéressait pas aux détails des vies des autres. Elle évoluait dans son petit monde parfait, totalement ignorante de la banalité des difficultés des autres.

— J'en sais rien. Je trouve juste que c'est bizarre.

Violet était dans le même cours d'histoire que moi après le déjeuner. M. Dean, le prof, était au lycée Weeping Willow depuis si longtemps que, le jour de la rentrée en première, il avait plissé les yeux en voyant mon nom et m'avait demandé si j'étais de la même famille que Krista Brady, ma cousine, qui était sortie du lycée dix ans plus tôt.

— Je sais que, cette période de l'année, la seule élection à laquelle vous pensez est celle de la reine du gala d'automne. Mais je tiens à vous rappeler qu'on ne peut se présenter au conseil des élèves que jusqu'à vendredi, et je veux que vous réfléchissiez tous à la possibilité d'y participer, a annoncé M. Dean.

C'était lui l'administrateur du conseil des élèves, responsable des élections et de la répartition des tâches entre les cinq membres du conseil de chaque promo. Le conseil des élèves me traversait rarement l'esprit. Olivia en était naturellement la présidente, et Michael Walton, un génie membre de l'équipe de maths qui, on en était tous convaincus, serait notre major de promo, était toujours élu vice-président. Tracy Hartford, la plus grande commère de notre promo de première, en était chaque année la secrétaire, et Emily Morris en était la trésorière depuis son entrée au lycée.

Quand la cloche a sonné, pendant que je ramassais mes livres, M. Dean m'a appelée :

— Mademoiselle Brady ? Puis-je vous parler un instant ?

Violet m'a lancé un regard en quittant la salle, les sourcils levés, étonnée que M. Dean souhaite me parler à part.

Je me suis approchée de M. Dean pendant qu'il effaçait le tableau. On était en train d'étudier la guerre d'Indépendance, puisqu'on reprenait l'histoire des États-Unis depuis le début. On avait eu à faire une dissertation le week-end précédent sur *Le Sens commun*, le pamphlet que Thomas Paine avait écrit pendant la révolution américaine contre la domination britannique, et je n'avais pas rendu un boulot terrible parce que j'étais trop préoccupée par Trey, Henry et les événements bizarres à la fête d'Olivia.

— Oui, monsieur Dean ?

— Je voulais vous demander si vous aviez pensé à vous présenter au poste de trésorière de votre promotion. Je pense que vous feriez du bon travail.

J'avais du mal à voir d'où il sortait cette idée. Si j'étais bonne en quelque chose, c'était en arts plastiques, et je n'avais aucune raison de penser que ce vieux monsieur avec ses bretelles et son nœud papillon irait échanger des infos sur ses élèves avec Mlle Kirkovic, la prof d'arts plastiques, qui était bien plus cool et bien plus jeune que lui. De toute façon, j'avais déjà entendu dire que Jason Arkadian, qui représentait la moitié du maigre club de débat du lycée, avait rendu un formulaire de nomination avec ses cinq signatures pour se présenter à ce poste. Jason était loin d'être aussi populaire que Pete et Isaac, mais les gens savaient qui il était. On n'avait jamais dit de lui qu'il était gros et il n'avait pas perdu de jumelle dans un incendie tragique dont tout le monde en ville avait entendu parler. En gros, j'avais l'intuition que gagner contre lui me demanderait beaucoup de boulot.

— Je suis nulle en maths, lui ai-je répondu. Je ne pense pas que je serais très bonne pour gérer les finances de la promo.

— Mais vous me semblez être une jeune fille pleine de ressources, m'a-t-il rétorqué. Le trésorier du conseil joue un rôle important. Vous seriez responsable des levées de fonds pour le voyage des premières.

Chaque année, début mai, tous les élèves de première s'entassaient dans des cars pour aller passer deux jours soit à Chicago, soit à

Minneapolis. L'année précédente, le conseil des élèves avait organisé une vente de jonquilles et de chocolats. Les deux événements avaient fait un flop et l'argent récolté était si loin de l'objectif fixé que chaque élève avait dû payer deux cents dollars de sa poche pour pouvoir participer au voyage. Je n'avais pas vraiment envie de me présenter à l'élection, mais la suggestion de M. Dean me donnait déjà des idées : j'ai pensé à toutes ces feuilles mortes que j'avais vues sur les trottoirs ce matin même. Je pourrais organiser un service de ramassage des feuilles et de la neige, les deux choses dont tout le monde à Willow avait le plus besoin.

— D'accord, je vais y réfléchir, lui ai-je assuré avant de filer rejoindre Violet, Candace, Mischa et Olivia au cours de gym.

Dans le couloir, à la sortie de la salle d'histoire, Cheryl m'attendait patiemment. Je me détestais vraiment de la traiter comme je le faisais depuis le début de l'année. Cheryl était douce et sincèrement gentille. C'était typiquement le genre de fille qui s'épanouirait une fois à l'université. Elle se trouverait un petit ami intello et ses capacités intellectuelles seraient enfin reconnues. Mais, au lycée, c'était une fille aux lunettes de travers qui portait un jean démodé.

— Salut, a-t-elle dit timidement.

Pauvre Cheryl. Je n'avais pas officiellement mis un terme à notre amitié, mais elle savait exactement ce qui se passait. Je m'asseyais avec mes nouvelles amies au déjeuner, et je m'étais mise en binôme avec Mischa en chimie plutôt qu'avec elle. À l'époque, j'avais expliqué que Mischa avait vraiment besoin de mon aide alors que Cheryl aurait de bonnes notes en chimie toute seule.

— Je me demandais ce que tu faisais vendredi. Ma mère a des billets pour aller voir les Lamb and Owl à Madison, et je me disais que ça te plairait peut-être d'y aller.

Mon cœur s'est serré. Cheryl savait que j'adorais ce duo folk de Nouvelle-Zélande. Je ne savais même pas qu'ils étaient en tournée aux Etats-Unis, et soudain je me suis sentie à la fois jalouse qu'elle ait des tickets et en colère après elle parce qu'elle les avait clairement achetés pour tenter de renouer avec moi. Cheryl ne les appréciait de loin pas autant que moi. Si je laissais tomber le gala d'automne pour aller à un concert de folk avec Cheryl et sans doute ses parents, ça serait sanctionné par Olivia et Candace, à tous les coups.

— J'aurais adoré, ai-je menti avec mélancolie, mais je vais peut-être devoir rester tard après les cours vendredi pour assister à une réunion dont M. Dean vient de me parler. Et ensuite, en général je reste chez moi le vendredi. Avec ma mère. Tu sais, en cette période de l'année…

Je m'en voulais d'utiliser la mort de Jennie comme excuse pour ne pas aller au concert, mais le mensonge est sorti avec une aisance étonnante. Le visage de Cheryl s'est décomposé, elle était à la fois déçue que je décline l'offre et honteuse d'avoir oublié que c'était le moment le plus difficile de l'année pour ma famille. Dès que j'ai vu sa réaction, j'ai regretté d'avoir eu recours à cette excuse, mais c'était trop tard pour revenir dessus. Je ne savais pas si elle était au courant que j'avais l'intention d'aller au match du gala d'automne avec mes nouveaux amis, mais j'imaginais déjà les mensonges comme quoi ils avaient insisté pour que je les accompagne au match, qu'ils s'étaient pointés devant chez moi et qu'ils avaient klaxonné jusqu'à ce que j'accepte d'aller à Kenosha avec eux.

— Oh, ma pauvre McKenna, je suis désolée. J'avais complètement oublié. C'est juste que ça me manque de passer du temps avec toi, et je me disais que ce serait sympa d'aller au concert ensemble.

On aurait dit qu'elle était sur le point de pleurer.

Mon cœur était en train de se briser. Je n'avais pas vraiment d'expérience pour ce qui est de mettre fin à une amitié et j'aurais voulu qu'il y ait un moyen pour que j'invite Cheryl à rejoindre le cercle d'Olivia, mais ça ne marchait pas comme ça au lycée. Je me décevais moi-même et je savais que ma mère n'apprécierait pas ma façon de me comporter. Mais je voulais juste tirer le plus possible de mes années de lycée, sans savoir exactement quoi. Je voulais appartenir à quelque chose. Je voulais aller au gala d'automne au bras d'Henry et ne plus jamais m'inquiéter de me faire traiter de vache par des idiots. Je voulais connaître la satisfaction d'avoir été populaire quand je quitterais Willow pour aller à l'université. Bizarrement, après une enfance saturée de tristesse, j'avais l'impression que je méritais deux ans de popularité.

— T'inquiète pas, Cheryl. On pourra peut-être se voir le week-end prochain, ai-je suggéré, tout en sachant bien que je trouverais des excuses pour ne pas être libre ce week-end-là non plus.

***

Nous étions dehors sur la piste du stade, toutes habillées dans nos joggings de clones rouge et noir. Olivia et Mischa sont passées comme des flèches devant nous, bien plus sérieuses dans leur course que moi, Candace et Violet. Candace nous ignorait avec sa musique en tripotant son iPod en permanence pour sauter les chansons qui ne lui disaient rien cet après-midi-là et elle chantonnait faux au rythme de celles qu'elle écoutait. On marchait tranquillement, au grand énervement de la coach, Mme Stirling, et nos ombres s'étendaient devant nous sur le gravier. L'ombre de Candace faisait trente centimètres de plus que la mienne ou celle de Violet.

— Pour vendredi, a commencé Violet, timide et nerveuse, en jouant avec son médaillon, quand Candace n'écoutait pas. Je te dois des excuses pour ce que j'ai dit. Je ne savais pas pour ta famille. Je m'en suis voulu tout le week-end mais je ne voulais pas t'envoyer un texto, ça aurait rendu les choses encore plus bizarres.

— T'inquiète pas, ai-je répondu. Tu es nouvelle en ville, tu pouvais pas savoir.

Je n'avais pas vraiment envie de parler de Jennie dans le stade alors qu'il faisait si beau et qu'une brise agréable soufflait.

Elle s'est mordu la lèvre inférieure, comme elle le faisait souvent, et j'ai eu la pensée sournoise que, si elle n'était pas aussi jolie, il aurait été facile de mettre Violet dans le groupe des geeks nerveux et autres coincés du lycée.

— Je ne voudrais pas passer pour une folle, mais parfois je vois des choses.

J'ai senti le temps ralentir autour de moi comme un effet spécial dans un film. Je n'étais pas sûre d'avoir bien entendu. Est-ce qu'elle était en train de me dire qu'elle avait des pouvoirs télépathiques ? Peut-être que je ne m'étais pas trompée, finalement.

— Euuuh, c'est-à-dire ? Tu peux pas sortir des trucs pareils et ne pas t'expliquer.

Violet a haussé les épaules comme si ce n'était pas important.

— Oh tu sais, des petites choses. Sur les gens. C'est pas comme si j'avais des lasers à la place des yeux. J'ai juste une vague impression de ce qui leur est arrivé, ou qui va leur arriver, mais je ne sais jamais exactement ce que ça veut dire. Quand j'ai touché ton front, j'ai senti l'odeur du feu et j'ai vu de la fumée. Je ne savais pas que tu avais survécu à un incendie, a-t-elle ajouté, l'air désolé.

Je marchais à présent à la vitesse d'un escargot et, comme Candace ne pouvait pas vraiment nous entendre avec sa musique, elle continuait à avancer devant à une cadence rapide. J'avais du mal à croire ce que Violet me racontait, mais en même temps j'étais bien obligée de la croire parce que c'était logique. Elle savait les choses sans les savoir. Elle voyait les choses sans utiliser ses yeux.

J'ai enfin osé poser la question :

— Mais alors… la voiture d'Olivia ? Tu as dit dans ton histoire sur Olivia que ses parents allaient lui offrir une voiture rouge pour son anniversaire. Est-ce que tu savais que la Prius rouge était déjà garée dans l'allée des Richmond ?

Violet est devenue toute blanche et a posé les doigts sur son front, clairement stressée par mes questions. Je ne faisais pas exprès de lui mettre la pression, mais j'avais des tonnes de questions à lui poser.

— Non, je savais pas qu'elle était déjà là. Mais le jour de la rentrée, quand Olivia s'est présentée, j'ai vu qu'elle allait conduire une petite voiture rouge. Je m'y connais pas vraiment en voitures. J'ai juste deviné que c'était une Prius rouge.

— C'est vraiment ouf.

D'un côté, j'étais reconnaissante à Violet de s'être confiée à moi. De l'autre, j'avais un million de questions qui prenaient forme dans ma tête.

— Alors qu'est-ce que tu sais d'autre... sur moi ?

Elle ne m'a regardée qu'une seule seconde avant de fixer le ciel pour éviter mon regard.

— Oh, pas grand-chose. C'est tout. Juste l'incendie. Et... tu n'aurais pas un chien ? Quelque chose de lent, tacheté et à fourrure.

Moxie était un épagneul breton, et ces derniers temps elle était plutôt lente, elle avait du mal à se déplacer avec ses pattes arthrosiques. J'ai hoché la tête pour confirmer que j'avais bien un chien, mais je n'ai pas cru Violet un seul instant.

Car Violet en savait plus, bien plus.

Mais, si je disais quoi que ce soit à quiconque, on me croirait folle.

Et, quelque part, elle en savait suffisamment sur moi pour se confier à moi, sans doute parce qu'elle sentait que je m'interrogeais à son sujet.

La question la plus importante, et que je n'osais pas poser, était de savoir, puisque Violet avait été capable de sentir l'incendie qui avait tué ma sœur, si les histoires qu'elle avait racontées sur Olivia, Candace et Mischa étaient elles aussi basées sur quelque chose de vrai.

***

— M. Dean pense que je devrais me présenter au poste de trésorière de la promo de première, ai-je annoncé à ma mère pendant que je jouais avec les spaghettis dans mon assiette au dîner.

J'étais anormalement silencieuse pendant le repas, parce que je pensais à Violet et à tout ce qu'elle m'avait confié au stade. Ce n'était pas habituel pour moi de me taire pendant les repas, mais je n'avais clairement pas l'intention de révéler à ma mère que je suspectais une amie d'avoir des pouvoirs surnaturels. Elle aurait téléphoné à mon père direct pour lui demander de m'évaluer.

— Trésorière ? Pourquoi trésorière ? Tu ferais une bien meilleure secrétaire au conseil, a répondu ma mère, qui n'était pas du genre à m'encourager à tout prix, à moins que je ne sois déterminée.

Elle disait toujours : « Garde ton énergie pour les choses qui en valent la peine. »

— Je peux pas me présenter en tant que secrétaire, je n'ai aucune chance de gagner. Tracy Hartford se présente toujours et chaque année elle gagne. Le seul poste auquel je peux me présenter, c'est celui de trésorière, parce que là j'ai une chance d'être élue, ai-je précisé.

Ma mère a ajouté un peu plus de sauce froide du bocal dans ses pâtes. La plupart du temps, le dîner chez nous était l'affaire de pas grand-chose. On mangeait beaucoup de plats préparés et, au moins trois fois par semaine, on commandait à emporter et ma mère récupérait le repas en rentrant de ses cours à Sheboygan. J'avais remarqué une tendance étrange ces deux dernières années : le mardi, elle rapportait du chinois, le mercredi des hamburgers et le vendredi des pizzas. Je ne le lui avais pas fait remarquer, même si elle n'était sans doute pas consciente de ce cycle.

— Ce n'est pas une attitude de gagnante, m'a-t-elle reproché. Je ne savais même pas que tu t'intéressais au conseil des élèves. Si tu y vois un intérêt, tu devrais te présenter au poste que tu vises vraiment. Autrement, si tu gagnes, tu t'en voudras. Qui d'autre est candidat ?

— Jason Arkadian, ai-je répondu en entortillant mes spaghettis un peu plus.

Il était inutile d'essayer d'expliquer à ma mère qu'il était impossible que les élèves votent pour moi plutôt que pour Tracy, et que, si je décidais de la défier en proposant ma candidature au poste de secrétaire, je subirais inévitablement une humiliation publique.

— Et ce Jason Arkadian, est-ce qu'il tient réellement à être trésorier ? Tu ne t'en voudrais pas si tu le privais de cette occasion juste parce que tu as eu une lubie de quelques jours ? m'a demandé ma mère d'un air critique.

Elle ne comprenait rien à la vie au lycée.

— Non, parce que moi aussi il m'intéresse, ce poste, ai-je admis.

Maintenant que M. Dean avait fait la suggestion, toute l'organisation et les possibilités associées à cette élection offraient à mon cerveau un refuge loin des pensées perturbantes que j'avais sur Violet et ses visions étranges. Je pourrais faire une super-levée de fonds, j'en étais quasiment sûre. Et, vu qu'Emily avait été une trésorière plus que moyenne, je n'aurais pas besoin de travailler dur pour faire mieux qu'elle. Je n'avais jamais bien connu Emily, mais j'avais l'impression qu'elle s'était présentée uniquement pour faire comme Olivia.

— Il faudra que j'organise une levée de fonds pour financer le voyage de promo en mai. J'ai déjà quelques idées.

Ma mère m'a regardée depuis l'autre bout de la table comme si elle voyait un alien à ma place.

— Tu as vraiment envie de te lancer.

— Oui, ai-je déclaré.

— Bien. Si tu es décidée, alors moi aussi. Ce sera une ligne super à ajouter à ton dossier d'inscription à l'université. Que faut-il que tu fasses ?

Je lui ai expliqué que je devais formellement annoncer ma candidature vendredi lors d'une réunion à l'école. Dès que les mots me sont sortis de la bouche, je me suis rendu compte que ça compliquerait l'expédition au match du gala d'automne à Kenosha. Je m'en voulais moins d'avoir décliné l'offre de Cheryl d'aller à Madison. Finalement, je ne lui avais pas complètement menti quand j'avais dit que j'avais une obligation vendredi après les cours qui m'empêchait d'aller au concert.

— Je prendrai des affiches vierges au magasin en rentrant de Sheboygan demain. Mais j'aimerais vraiment que tu penses à te présenter contre Tracy Hartford. Sa mère est une grande gueule, tu n'imagines pas, a ajouté ma mère d'un ton agacé.

***

Ce soir-là, alors que je faisais mes devoirs, j'ai laissé volontairement mes rideaux ouverts parce que j'avais vu que ceux de Trey étaient restés ouverts aussi. Je ne voyais pas de mouvement dans sa chambre, mais la lumière était allumée, ce qui voulait dire qu'il était encore éveillé. Henry m'a envoyé un texto et mon cœur s'est mis à battre très lentement quand j'ai lu son message qui me demandait la couleur de ma robe pour le gala. Il allait louer un smoking et voulait être sûr que la couleur de sa ceinture de smoking s'accorderait bien pour qu'on ait l'air d'un vrai couple. Je me suis brièvement demandé s'il allait m'offrir des fleurs à porter en bracelet au poignet. Ma mère n'en reviendrait pas si un garçon venait à la porte de la maison avec un bracelet de fleurs pour moi.

Finalement, vers 1 heure du matin, j'étais trop fatiguée pour garder les yeux ouverts plus longtemps, alors je me suis levée pour fermer mes rideaux. J'ai regardé par la fenêtre et j'ai vu que Trey m'observait. Cette fois, je me suis retenue de lui faire signe. Je n'avais pas l'intention de passer pour une idiote qui se fait des films deux fois en une journée.

Pendant un moment, ni l'un ni l'autre n'a détourné le regard. Puis, sans me saluer de la main, Trey a fait un mouvement de la tête pour indiquer qu'il m'avait vue. Je me demandais comment allaient les chatons, s'ils avaient survécu à leur première nuit, quand Trey avait dormi dehors avec eux. Ce serait de la folie d'aller dans le jardin des voisins pour satisfaire ma curiosité. J'ai détourné le regard la première et j'ai fermé mes rideaux. Je me suis demandé honteusement ce qui se serait passé si je les avais laissés ouverts pendant que je mettais mon pyjama. Est-ce que Trey aurait regardé ? Aurait-il voulu que je sache qu'il regardait ? Rien que d'envisager toutes ces possibilités a suffi à me faire rougir, et mon cœur s'est mis à battre à toute vitesse. Pourquoi est-ce que je m'imaginais en train de flirter avec Trey Emory ? Après tout, on avait beau vivre à quinze mètres l'un de l'autre, il aurait tout aussi bien pu venir d'une autre planète.

Cette nuit-là, j'ai essayé de réfléchir à des slogans que je pourrais mettre sur mes affiches pour encourager les lycéens à voter pour moi. Je me demandais qui d'autre viendrait à la réunion pour le conseil des élèves vendredi après-midi et qui se présenterait potentiellement contre moi. Mon statut au sein du cercle d'Olivia était encore tout récent, et je n'étais pas sûre de gagner. Et, si je perdais, je risquais fort d'être reléguée de nouveau au statut de porte-drapeau. C'était d'ailleurs une raison suffisante pour ne pas me présenter, même si le fait de gagner m'assurerait la popularité jusqu'à la fin de l'année.

Mais je savais pertinemment que cette élection n'était qu'une diversion. Elle masquait mes autres pensées, celles qui m'empêchaient de m'endormir à l'heure habituelle. Ces pensées sur Violet : qui était-elle, est-ce qu'elle était aussi innocente qu'elle le paraissait et est-ce qu'elle en savait aussi peu qu'elle le disait sur moi ? Et puis des pensées sur Trey : est-ce qu'il me détestait et, si oui, pourquoi ? Je savais que je n'aurais pas dû songer à ces choses. J'aurais dû sourire dans le noir parce que Henry Richmond pensait à moi. Il avait mon numéro et j'allais le voir samedi soir.

***

— Regardez, les filles ! Je crois que c'est la bonne.

Olivia est sortie de la cabine d'essayage dans une robe qu'elle avait trouvée chez Tart, une des deux boutiques sympas du petit centre commercial d'Ortonville, la ville à l'ouest de Willow. Ce centre commercial était beaucoup moins grand que celui de Green Bay, mais on avait décidé d'y aller mercredi après les cours pour voir si Olivia y trouverait la robe de ses rêves. La mère de Candace était propriétaire d'un salon de manucure là-bas et Candace a insisté pour qu'on évite la galerie où elle travaillait afin que sa mère ne voie pas qu'elle était en train de faire du shopping plutôt que de potasser ses devoirs.

— Waaaaaouh ! T'as raison, je crois que c'est la bonne ! a répondu Candace entre deux gorgées de son chocolat liégeois glacé.

La robe crème sans manches était juste dans le ton souhaité pour ne pas faire trop estival en septembre. Elle allait à Olivia comme un gant. Elle était couverte d'une délicate couche d'œillets et, quand Olivia a tourné sur elle-même devant le miroir, la jupe ample a froufrouté autour de ses genoux comme si c'était une princesse de Disney.

— Je l'adore, a annoncé Olivia. Ce n'est pas vraiment à ça que je pensais, mais c'est presque mieux finalement.

— Trop sexy, a ajouté Violet. Tu devrais l'acheter maintenant, parce qu'elle ne sera peut-être plus là à la fin de la semaine.

J'ai brièvement vu les chiffres sur l'étiquette avant qu'Olivia retourne dans la cabine d'essayage pour remettre son jean couleur melon et sa blouse en soie. Le prix m'a fait bondir. Je me suis demandé si Violet reconnaissait la robe qu'Olivia allait emporter chez elle dans un sac rose vif de chez Tart cet après-midi-là. Elle était étonnamment enjouée et parlait beaucoup dans la voiture sur le chemin du retour, et j'avais l'impression qu'elle évitait exprès mon regard.

Mischa a insisté pour qu'on s'arrête au magasin de cookies sur la route, puis on s'est entassées dans la voiture d'Olivia et on est allées acheter des snacks pour le retour. Je n'ai rien pris et j'enviais le métabolisme de Mischa. Je voulais surtout éviter de reprendre du poids après mon régime de cet été. À l'approche de la ville, Olivia a déposé Mischa en premier, parce qu'elle devait aller à son cours de gym avec Amanda. Violet a insisté pour qu'on la dépose à la bibliothèque, où sa mère viendrait la récupérer après le travail. J'ai été surprise d'être la dernière à rester dans la voiture avec Candace, qui a exigé d'aller sur le siège avant de la Prius rouge. Bizarrement, être la dernière à être déposée me donnait l'impression d'être la toute dernière dont Olivia espérait se débarrasser.

J'ai décidé que c'était le moment de tester mon idée de me présenter en tant que trésorière. J'en ai parlé l'air de rien, comme si c'était encore au stade d'une idée comme ça.

— Tu es sûre ? Je veux dire, être au conseil des élèves, c'est mortellement ennuyeux. C'est atroce. La seule raison pour laquelle j'ai décidé de me présenter comme présidente, c'est parce que mon père veut vraiment tenter de me faire avoir une bourse à l'université du Wisconsin.

Après avoir tergiversé toute la journée de mardi sur la possibilité de gagner, mercredi soir j'étais certaine de vouloir me présenter. Et surtout, j'étais sûre de vouloir gagner. C'était marrant de voir que, en à peine trois jours et grâce à la suggestion de M. Dean, j'étais passée du manque d'intérêt total pour le conseil des élèves à un stade où j'avais l'impression que ma vie ne pourrait pas continuer si je ne gagnais pas l'élection.

— Oui, totalement sûre. Je ne m'ennuierais pas. Je ne suis pas folle, hein, mais plus j'y pense, plus ça me plaît.

— T'es complètement barrée, a rigolé Olivia. Mais les réunions seront moins atroces si tu es là. On devrait se présenter ensemble, comme des colistières !

Obtenir l'approbation et l'enthousiasme d'Olivia m'a confortée dans l'idée que je devais me lancer. En moins d'une minute, grâce aux quelques mots qu'elle avait prononcés, ma participation à l'élection, qui était trente secondes plus tôt un risque pour mon statut social, est devenue l'accès nécessaire à une victoire certaine.

— Oh, les filles, arrêtez avec votre politique, s'est plainte Candace. Je vais devenir quoi moi, dans ce trou, quand vous serez en train de faire passer des lois au Capitole ?

— Tu vas épouser Isaac et avoir au moins cinquante gosses, s'est moquée Olivia.

On est arrivées dans l'allée devant ma maison et mon cœur s'est un peu serré quand j'ai vu que la voiture de ma mère n'était pas là. Elle était sans doute sur la route du retour de Sheboygan, peut-être en train de récupérer les hamburgers à cet instant précis. C'était le moment que j'aimais le moins, rentrer dans une maison sombre et déserte. Au moins, Moxie serait heureuse de me voir, même si c'était juste parce que je la laissais sortir pour qu'elle aille renifler des trucs dans le jardin.

Je prenais mon sac à dos et j'étais en train d'ouvrir la porte arrière de la voiture pour en sortir quand Olivia a dit :

— Bon, donc Violet n'a toujours pas été invitée à aller au gala.

Je me suis arrêtée net. Olivia, qui était joviale et drôle quelques instants plus tôt, a pris un ton menaçant d'un coup, rien qu'en changeant de sujet. Comment c'était possible qu'on soit mercredi et que Violet n'ait toujours pas osé inviter quelqu'un ? Elle savait bien qu'Olivia et Candace ne lui permettraient pas d'aller au gala non accompagnée. Aller au gala entre copines, c'était pour celles qui ne faisaient pas partie du cercle des filles populaires, mais ce n'était en aucun cas permis pour les amies de celle qui serait à coup sûr couronnée reine du gala d'automne.

— Est-ce qu'elle t'a parlé d'y aller seule ? Parce que, bon, je sais qu'elle a dit qu'elle avait une robe, mais ce serait quand même…

Candace s'est interrompue pour trouver le mot juste :

— … pathétique.

J'ai secoué la tête comme pour me distancier autant que possible du statut de Violet sans cavalier.

— Non, elle n'a rien dit, ai-je déclaré.

— Bon, alors si elle dit quoi que ce soit, est-ce que vous pourriez la décourager d'y aller seule ? Bien sûr, elle peut faire ce qu'elle veut, mais franchement ce serait hyper bizarre, a ajouté Olivia.

Je suis rentrée par la porte de derrière avec mes clés, mal à l'aise malgré le fait que l'intérêt d'Henry pour moi me protégeait de ce genre de conversation derrière mon dos. Mais je savais qu'Olivia et Candace se seraient retournées contre moi aussi rapidement que contre Violet pour n'importe quelle raison. Ça me stressait d'y penser, mais il était évident qu'avoir un vrai copain serait bien plus efficace pour assurer ma popularité que de gagner une élection au conseil des élèves. Henry m'avait juste invitée à un gala, il n'avait rien fait qui suggère qu'il avait envie de sortir avec moi.

Moxie est venue vers moi en boitillant pour me faire la fête en remuant la queue. Je l'ai caressée et je suis sortie dans le jardin pour la regarder s'étirer les pattes. Le soleil commençait déjà à se coucher alors qu'il était à peine 19 heures, autre rappel que l'été était bel et bien terminé. L'attention de Moxie a été captée par quelque chose au fond du jardin contre la clôture, et je me suis demandé si elle aurait suffisamment d'énergie pour attraper un de ses jouets à mastiquer si je le lui lançais. J'ai entendu la porte de derrière s'ouvrir chez les Emory et j'ai senti comme un électrochoc dans le corps quand je me suis retournée et que j'ai vu Trey en sortir avec une boîte de nourriture pour chats à la main.

— Salut, m'a-t-il lancé d'un ton blasé pendant qu'il traversait le jardin vers l'endroit où on avait vu la mère chat avec ses chatons sous les buissons près de la palissade durant le week-end.

— Salut, ai-je répondu en essayant d'avoir un ton aussi indifférent que le sien.

Il a disparu pour s'accroupir et placer la nourriture sous les massifs d'azalées et je suis restée là, sans savoir quoi faire, parce que je voulais dire plus.

— Ils vont comment ? ai-je lancé par-dessus la palissade.

Vraiment, je voulais guérir de ce désir de me faire remarquer par Trey.

Un moment a passé, puis Trey s'est relevé et a répondu en me regardant droit dans les yeux, par-dessus la palissade :

— Ils vont bien. L'un d'eux n'a pas survécu, mais les autres ont déjà grossi.

J'ai grimacé. L'idée qu'un chaton à peine né puisse mourir m'a coupé le souffle un moment. J'ai été remplie de tristesse, une sensation aussi familière que la faim ou la fatigue.

— Lequel ? ai-je osé demander, en essayant de me souvenir des six boules de poils le soir où je les avais vues.

Le seul chaton dont je me souvenais clairement était le petit tigré gris pelucheux, parce que Trey me l'avait montré.

— Un des noirs, a répondu Trey.

Pendant un moment, je me suis interrogée sur ce que Trey avait fait du petit corps poilu. J'imagine qu'il ne l'avait pas laissé sous les buissons avec la mère et les autres chatons. Mais je n'ai pas voulu poser la question.

— C'est trop triste, ai-je dit, et ma voix s'est un peu brisée.

Je n'avais pas réalisé que j'étais au bord des larmes à cause de la mort d'un petit chat que je n'avais jamais ne serait-ce que touché.

Trey a froncé les sourcils quelques secondes en regardant la maman sous les buissons, et il a acquiescé :

— Ouais.

Il ne faisait pas encore totalement nuit mais presque, et ce moment solennel de recueillement devant la mort du chaton était ponctué par le bruit des sauterelles. La lune croissante était déjà haute dans le ciel, brillante et presque pleine.

Trey a regardé par-dessus son épaule vers sa maison pendant un moment, et puis s'est soudain retourné vers moi.

— C'est bizarre, a-t-il lancé.

— Quoi ?

— Tu sens ça ? On dirait que quelqu'un nous observe.

J'ai dirigé mon regard dans la même direction que lui, il avait parfaitement raison. On avait l'impression qu'il y avait quelqu'un d'autre, quelqu'un qui nous observait, exactement comme vendredi dans la cave d'Olivia quand on avait joué au jeu de Violet. J'ai senti mes poils se dresser sur mes bras, j'avais la chair de poule. C'était une sensation hyper stressante et j'aurais voulu que Trey et moi soyons au moins du même côté de la palissade.

— Oui, je le sens aussi.

Trey a eu l'air de vouloir dire autre chose, mais on a tous les deux entendu le moteur de la voiture de ma mère et la lumière de ses phares a illuminé le côté de la maison des Emory en arrivant dans l'allée au son de la musique country qu'elle écoutait.

— Salut, m'a lancé Trey en partant à l'arrivée de ma mère.

Il est retourné chez lui en passant par la porte de derrière et j'ai frappé des mains pour appeler Moxie.

— Moxie ! Allez viens !

Les oreilles de ma vieille chienne chérie se sont levées au son de ma voix et elle a boitillé aussi vite qu'elle pouvait jusqu'à moi. J'ai entendu ma mère rentrer dans la maison par la porte du côté et déposer les sacs sur la table de la cuisine. Un instant plus tard, elle passait la tête par la porte de derrière pendant que j'attendais que Moxie revienne du fond du jardin.

— Coucou ! m'a-t-elle dit. J'ai apporté de quoi dîner.

— Des hamburgers.

— Comment as-tu deviné ? a-t-elle demandé, surprise.

— Coup de chance, ai-je répondu.

De retour à l'intérieur, elle a sorti deux hamburgers du sac graisseux et les a déposés sur la table tandis que Moxie se léchait les babines en quémandant.

— Tu parlais à Trey quand je suis rentrée ?

Je ne comprenais pas pourquoi ma mère voulait à ce point que je me mette avec Trey. Elle ne pouvait pas ignorer ce que tout le monde en ville voyait : un mec avec des yeux chauds comme la braise, des sourcils en permanence froncés, et qui portait tous les jours la même veste militaire. Pas exactement le genre de garçon qu'une mère respectable voudrait voir avec sa fille.

— Les Emory ont des chatons dans leur jardin, ai-je expliqué pour contourner la raison pour laquelle on discutait. Il y en avait six, mais un n'a pas survécu.

— Il aurait bien besoin d'une coupe de cheveux, ce Trey, a continué ma mère pour contrer ma tentative de changement de sujet tout en me tendant mon assiette. Toi et Jennie, vous passiez votre temps à jouer chez les Emory quand vous étiez petites. Ils avaient des balançoires super. C'est Trey qui vous a accompagnées dans le car scolaire pour la première fois quand vous êtes rentrées en CP.

J'ai déballé mon hamburger en silence. Je ne voulais pas repenser à tout ça. J'avais un vague souvenir de nous trois dans le jardin des Emory, sur les balançoires, on montait toujours plus haut. Jennie disait qu'elle voulait toucher le ciel.

— J'ai toujours pensé qu'une de vous deux épouserait Trey. Vous étiez inséparables à l'époque. Mary Jane permettait tout à son fils. Il refusait de manger la croûte du pain de mie quand il venait manger des sandwichs ici parce qu'elle la lui enlevait toujours…

— Maman, ai-je interrompu froidement, je ne veux pas en parler.

Les mots sont sortis avant que je n'aie pu réfléchir, mais c'était vrai. Je ne voulais pas me souvenir. C'était trop bizarre, ça me rendait trop nostalgique de repenser à comment c'était de courir le long de la rue Martha avec Jennie. On sillonnait le quartier pendant l'été quand on était petites et les souvenirs remontaient d'un coup, les vélos qui tombaient, les genoux abîmés, les parties de cache-cache, les escalades par-dessus les barrières.

Maman s'est concentrée sur le ketchup et la moutarde qu'elle mettait sur son burger et a ensuite remis le chapeau du burger à sa place tout en préparant sa réponse :

— Excuse-moi, McKenna. C'est juste que cette période de l'année… Dès que les feuilles changent de couleur, je ne peux pas m'empêcher de me rappeler comment c'était quand vous étiez petites.

J'ai choisi de l'ignorer et j'ai donné à Moxie un gros bout de viande.

— Je ne suis pas intéressée par Trey. Donc arrête… Arrête de croire qu'on va sortir ensemble. Ça n'arrivera pas.

Plus tard cette nuit-là, alors que je m'impatientais parce que je n'arrivais pas à m'endormir, toutes mes appréhensions de la semaine sur Violet et ses histoires étranges ont disparu. En fait, je pensais exclusivement à Trey Emory. Les deux fois où je l'avais croisé récemment, je n'avais pas pensé à regarder la couleur de ses yeux. Ils étaient clairs, ça j'en étais sûre. Verts ou bleus ? Je ne m'en souvenais pas. Il ne portait pas sa veste militaire plus tôt et j'étais si surprise de le voir dans le jardin que je n'avais même pas remarqué ce détail pendant qu'on parlait. Je pensais à ses biceps, au fait qu'ils étaient un peu plus visibles que ce que j'aurais cru sous son tee-shirt noir près du corps. Je me demandais s'il soulevait des poids et, si oui, où, et pourquoi il se donnait autant de mal à cacher ses bras musclés sous sa veste toute vieille.

Je ne pensais pas au fait qu'Olivia avait trouvé sa robe mais qu'elle n'avait toujours pas de chaussures pour aller au gala.

Chapitre 5

Vendredi matin, j'ai fourré mon cardigan rose en cachemire dans mon sac à dos pour le mettre dans la soirée, au match du gala à Kenosha.

— Je rentrerai tard ce soir, ai-je informé ma mère, qui était dans la cuisine en train de corriger ses copies avec un stylo rouge à la main, prête à frapper.

J'ai pris une gorgée de jus d'orange directement à la bouteille dans le frigo.

— « Tard », ça veut dire quoi ? a demandé ma mère sans même lever les yeux de ses copies.

— Assez tard, ai-je répondu, maligne.

Kenosha était à trois heures en voiture de Willow et le match commençait à 19 heures. Même s'il devait finir pile à 21 heures, ce qui n'était pas sûr vu que, de ce que je savais, la mi-temps durait au moins vingt minutes, je rentrerais au plus tôt à minuit. Et ça, c'était si on ne s'arrêtait pas pour manger un morceau en route. Et il y avait de grandes chances pour qu'on s'arrête.

— Définis « assez », a demandé ma mère.

Cette fois-ci elle a posé son stylo rouge, a réajusté ses lunettes et m'a regardée.

J'ai levé les yeux au ciel. Je savais qu'elle allait faire tout un cinéma sur le fait que je rentre après minuit.

— Je vais au match du gala avec Olivia et Candace. Le match doit commencer à 19 heures, mais il y a toujours un peu de retard.

Ça va durer au moins deux heures et c'est à Kenosha, donc il faudra presque trois heures pour rentrer.

Ma mère a pris une longue inspiration, loin d'être impressionnée par ce que je venais de débiter.

— Donc tu es en train de dire, sans le dire, que tu rentreras après minuit.

J'ai croisé les bras sur ma poitrine pour montrer qu'elle m'agaçait.

— Ça ne me plaît pas beaucoup, McKenna, m'a dit ma mère. Tu sais que je n'aime pas être rabat-joie, mais ça fait tard sur l'autoroute pour des jeunes qui viennent tout juste d'avoir leur permis. Qui va conduire ?

J'ai hésité, ne voulant pas dévoiler qu'on serait dans la voiture de Pete ; sa voiture très chère.

— Le copain d'Olivia, ai-je répondu, parce que je n'étais pas sûre que ma mère saurait de qui je parlais si je disais Pete Nicholson.

— Et il a quel âge, le copain d'Olivia ? Il est suffisamment âgé pour acheter de la bière ?

Ça devenait difficile de contenir un gémissement et de ne pas dire à ma mère qu'elle était ridicule.

— Maman, personne ne va boire de la bière. Tu te rends compte qu'Olivia est présidente du conseil ? Elle ne s'amuserait pas à conduire saoule. Et son copain n'a pas l'âge légal pour acheter de l'alcool, d'accord ? Je vois pas où est le problème. Tu m'as laissée aller au match du gala l'année dernière avec les porte-drapeaux et la fanfare et tu n'as pas fait tout ce cirque.

Ma mère a poussé un soupir, comme si elle ne pouvait pas supporter un mot de plus de ma part.

— McKenna, je te trouvais beaucoup plus sympa avant que tu deviennes fabuleuse. Je veux que tu sois de retour avant minuit. Fin de la discussion.

J'ai soupiré de toutes mes forces pour bien montrer qu'elle détruisait ma vie sociale. Comment dire aux autres que j'allais gâcher la fête parce que je devais rentrer avant minuit ?

Au déjeuner à la cafétéria du lycée, toute la table bouillonnait d'excitation. L'équipe de foot, y compris Isaac, était bruyante et désagréable. Clairement, ils s'encourageaient pour le match qui aurait lieu le soir même.

— Victoire ! Victoire ! a hurlé Isaac en empoignant son long sandwich aux boulettes de viande comme si c'était une baguette de chef d'orchestre et qu'il dirigeait la tablée en un chant uni.

Les autres joueurs étaient morts de rire et s'y sont mis aussi en tapant sur la table et en frappant des pieds. Les surveillants étaient hilares. N'importe quel autre jour de l'année, ils auraient distribué les heures de colle dans tous les sens pour comportement tapageur, mais, le jour du match du gala, tout le monde encourageait le chaos.

— Faudra qu'on parte au plus tard à 15 h 45, nous a dit Pete. J'ai entraînement de basket pendant une heure après les cours, mais après on devrait se retrouver devant la bibliothèque.

J'ai soupiré de soulagement. Quoi que M. Dean ait prévu pour ceux qui comptaient se présenter au conseil des élèves, cela ne pourrait pas durer plus d'une heure.

— Tu vas à la réunion pour le conseil des élèves ? ai-je demandé à Olivia.

Je voulais vraiment qu'on y aille ensemble, j'espérais innocemment qu'elle n'avait pas dit ça pour rire quand elle avait parlé de se présenter en colistières.

— Pas sûre, a-t-elle répondu en fronçant son joli nez. Je dois gérer une petite crise. Je n'ai toujours pas de chaussures pour aller avec ma robe pour le gala demain. Bon, j'ai une paire de chaussures blanches que j'ai mises au mariage de mon oncle, mais ça ne va pas ensemble. Je me disais que je pourrais aller au centre commercial vite fait après l'école et vous retrouver au match.

J'ai commencé à me sentir mal. Si Olivia ne venait pas à la réunion de M. Dean, est-ce qu'elle voulait sérieusement devenir présidente du conseil ? Qu'est-ce qui se passerait si M. Dean ne la laissait pas se présenter parce qu'elle avait négligé d'assister à cette réunion ? Et si Michael Walton saisissait l'occasion de la dépasser et de prendre le poste de président et que je devais passer le reste de l'année à l'écouter déblatérer en pleurnichant sur la nature inadéquate des poubelles de recyclage de la cafétéria ?

— Oh non, Olivia, arrête, c'est exactement comme dans l'histoire de Violet, a lancé Candace avec des yeux énormes.

Violet, à l'autre bout de la table, a souri nerveusement.

— Ce n'était qu'une histoire idiote, a-t-elle murmuré.

Et effectivement, c'était bizarre : on était vendredi, c'était le grand jour du match, exactement comme Violet avait commencé son histoire sur la mort supposée d'Olivia, et Olivia avait parlé d'aller au centre commercial, exactement comme dans l'histoire de Violet. J'ai eu un frisson quand je me suis souvenue de ce que Violet m'avait dit au stade récemment, sur le fait que parfois elle voyait des choses.

— Et le gala, alors ? a demandé Olivia à Violet d'un coup, comme si pile à ce moment-là elle se rendait compte que Violet n'avait pas encore confirmé qu'elle avait un cavalier. Tu y vas avec qui ?

Elle a ainsi mis un terme aux comparaisons entre les circonstances de la journée et celles décrites dans l'histoire de Violet.

Violet a rougi et ses yeux se sont mis à briller.

— Je ne vous avais pas dit ? J'y vais avec ce garçon qui fréquente la même église que moi. Il est au lycée St. Patrick à Ortonville.

Mischa a levé un sourcil vers moi puis a détourné le regard pour que Violet ne remarque pas nos doutes. Clairement, elle n'avait jamais mentionné ce cavalier mystérieux venu de nulle part, c'était la première fois qu'on en entendait parler. Olivia, qui n'était jamais sceptique tant qu'on ne lui avait pas donné de raison irréfutable de l'être, a eu l'air sincèrement surprise.

— Vraiment ? Mais c'est génial ! Il s'appelle comment ?

— Mark, a expliqué Violet. Regan. Je crois qu'il est allé à l'école publique de Willow jusqu'au CM2 avant que ses parents lui fassent prendre le car pour aller à l'école privée.

— Ça y est, je me souviens, a lancé Candace d'une voix blasée. Je me souviens de lui en CP, il mangeait des pâtes crues alors qu'on était censés les utiliser pour faire des colliers pour nos mères en arts plastiques. Il est blond et il a des fossettes, c'est ça ?

Violet a acquiescé.

— C'est marrant, j'ai du mal à voir à quoi il ressemble maintenant, a commenté Mischa en pelant son orange.

J'ai tenté de me remémorer un garçon blond dans notre classe en primaire qui serait parti pour aller à l'école privée à un moment ou un autre, mais j'avais tellement de noms et de visages d'enfants ayant quitté Willow qui me revenaient que Mark Regan ne me disait rien.

— C'est cool, a dit Olivia avec un sourire sincère, soulagée de ne pas avoir à faire de reproches à Violet parce qu'elle n'avait pas réussi à susciter l'intérêt d'un garçon avant le gala. Est-ce qu'il vient au match ce soir ?

— Non, a répondu Violet en secouant la tête. Il est dans l'équipe de foot de St. Patrick et ils jouent ce soir à Ortonville. Je pense que je vais aller là-bas plutôt qu'à notre match. Enfin, si ça vous dérange pas ?

Tout le monde autour de la table a été d'accord pour que Violet aille au match d'Ortonville plutôt que de venir avec nous à Kenosha. Avant qu'on range nos plateaux et récupère nos livres, Olivia nous a patiemment rappelé de voter pour le roi et la reine du gala d'automne. Ses doigts se sont enlacés avec ceux de Pete sur la table et ils se sont souri de la manière propre aux élèves les plus populaires quand ils sont amoureux. Personne ne pouvait être plus parfait qu'Olivia et Pete, pas même Candace et Isaac. Je me suis dirigée vers une table où deux ados de seconde s'occupaient de la boîte à bulletins, Candace sur mes talons.

— Il faut remplir une case pour la reine et une case pour le roi, a indiqué la seconde boutonneuse qui m'a donné le bulletin.

Notre lycée était si petit que les noms de chaque élève de première avaient été imprimés sur le bulletin avec des cases ; comme si d'autres risquaient d'obtenir des voix à part Olivia et Pete. J'ai coché la case à côté du nom d'Olivia en imaginant la tiare qui serait placée sur sa tête la nuit suivante. En général, le lycée Weeping Willow se lâchait quand il s'agissait de choisir les tiares pour les reines de promo et de gala. Olivia recevrait une monstruosité à plusieurs niveaux surchargée de pierres qu'elle placerait sur ses cheveux blonds raidis par la laque, et elle recevrait sans doute une couronne de tout aussi mauvais goût l'année suivante lorsqu'elle serait nommée reine de la promo de terminale. J'ai eu une vague sensation tandis que je repliais mon bulletin pour le glisser dans la boîte. De la jalousie ? Peut-être. Mais il valait mieux ne pas me demander ce que ça me ferait de porter cette couronne ridicule pendant qu'on me jetterait des confettis. Ce ne serait pas mon expérience du lycée, pas dans cette vie.

— Comme si on ne savait pas qui va gagner, a souri Candace d'un air suffisant alors qu'elle donnait son bulletin.

J'ai surpris un soupçon de mélancolie dans sa voix. Pendant un instant, je me suis demandé ce que ça faisait à Candace de vivre dans l'ombre d'Olivia. J'avais déjà mis quinze ans à comprendre qu'il était futile d'espérer être un jour la plus jolie fille de l'école. Pour Candace, l'échec inconscient d'une compétition sans fin devait être douloureux, même si elle savait qu'elle avait perdu le droit d'être jalouse lorsqu'elle et Olivia étaient devenues meilleures amies.

Après le dernier cours, je me suis dépêchée jusqu'à mon casier pour que la réunion du conseil des élèves avec M. Dean commence au plus vite. J'étais encore angoissée à l'idée qu'un inconnu entre dans la course et me vole la victoire. Il y avait une petite poignée de gens en première qui pouvaient faire ça. Des garçons des équipes de basket ou de foot, une des amies de Tracy Hartford de l'équipe de softball ou du club de français. Je ne voulais pas me dire que la victoire était assurée.

Olivia est apparue à côté de mon casier, elle portait déjà ses livres dans son sac en toile personnalisé accroché à l'épaule.

— J'ai parlé à M. Dean, m'a-t-elle prévenue. Il m'a dit que, puisque je m'étais déjà présentée par le passé, je n'étais pas obligée de venir aujourd'hui.

Elle souriait comme si elle avait un secret malicieux, comme si elle attendait quelque chose.

— Oh, ai-je répondu, sans comprendre pourquoi elle restait là, à côté de mon casier, pendant que je remplissais mon sac de livres auxquels je ne toucherais pas avant dimanche après-midi.

— Alooors, a dit Olivia en prolongeant le mot sur une octave entière, tu veux venir au centre commercial avec moi ?

J'ai fermé mon casier et je l'ai verrouillé.

— Olivia, tu peux manquer la réunion, mais moi non. Je dois y aller si je veux me présenter, même si c'est une obligation à la noix.

À n'importe quelle autre occasion, j'aurais abandonné tout ce que j'avais prévu pour accompagner Olivia. Mais l'étrange note de tristesse que j'avais remarquée dans la voix de Candace à la cafétéria plus tôt dans la journée me poussait à ne pas tout lâcher pour soutenir Olivia. Celle-ci avait déjà quasiment gagné le poste de présidente du conseil, avant même que les affiches soient placardées, avant que le vote ait lieu et que les bulletins soient comptés. On pouvait en dire autant de son couronnement en tant que reine du gala : la couronne lui appartenait avant même la rentrée. Olivia avait déjà tout, elle n'avait pas vraiment besoin que je laisse tomber ma chance de rentrer au conseil des élèves pour aller acheter des chaussures avec elle. Et pourtant, j'avais l'impression que lui refuser d'aller à Green Bay avec elle pourrait menacer tout l'équilibre de ma nouvelle vie en vingt-quatre heures, y compris le fait d'aller au gala avec son frère.

— Je sais, je sais. C'est juste que j'ai pas envie d'aller à Green Bay toute seule. S'te plaît. On peut aller à Kenosha ensemble, et je t'achèterai même des tacos sur la route.

Olivia m'a regardée intensément de ses yeux bleu lagon, clairement habituée à ce qu'on fasse tout ce qu'elle demandait. J'ai senti que ma volonté d'assister à la réunion vacillait. Mais je n'allais pas céder, hors de question. Si je revenais sur ma décision de me présenter au conseil, je le regretterais toute l'année.

J'ai tenté de cacher mon agacement. Manifestement, son envie de ne pas aller faire ses courses toute seule avait plus d'importance que mon besoin de m'épanouir au lycée.

— Honnêtement, Olivia, je le ferais volontiers, mais je veux vraiment me présenter au poste de trésorière. C'est juste une réunion. Ça sera sans doute terminé dans vingt minutes, si tu peux m'attendre.

Olivia a soupiré. Elle était énervée, mais elle avait compris que je ne céderais pas.

— Alors là, aucune chance. À tous les coups M. Dean va causer pendant au moins quarante minutes et va en profiter pour vous torturer en vous expliquant ce qu'est le collège électoral et en quoi l'élection de notre conseil des élèves de rien du tout est comparable aux présidentielles de ce pays. J'y ai déjà eu droit deux fois.

Elle a sorti les clés de sa nouvelle voiture de son porte-monnaie en cuir rose et les a fait pendouiller au bout de son doigt.

— C'est ta dernière chance !

— Tu es sûre de vouloir aller à Green Bay ? ai-je demandé soudain, en me souvenant de l'histoire bizarre de Violet pendant sa fête d'anniversaire. C'est juste un peu trop chelou, Olivia. Ça ressemble trop à l'histoire de Violet.

— Oh, arrête, a-t-elle souri en plissant le front. Tu vas pas me dire que tu as peur d'aller faire du shopping avec moi à cause d'une histoire de fantômes à deux balles ?

Ce n'était pas du tout ça. La vraie raison pour laquelle je n'allais pas à Green Bay était que je voulais assister à la réunion de M. Dean qui allait commencer d'un instant à l'autre.

— Non, bien sûr que non, ce serait débile ! Mais, honnêtement, reconnais que c'est bizarre.

— McKenna, franchement tu es trop crédule. Violet parlait d'un orage, or là il fait super beau. Candace a vérifié la météo toute la semaine pour s'assurer que le match ne serait pas reporté. Tout va bien.

Puis Olivia a levé les yeux au ciel et m'a donné une petite tape sur l'épaule.

— Tant pis pour toi, tu n'auras pas de tacos.

— À ce soir, ai-je répondu.

J'espérais vraiment ne pas l'avoir mise en colère. Quand Olivia était furieuse, elle pouvait devenir sournoise. Pour une fille populaire, elle n'était pas méchante ou cruelle, contrairement au stéréotype de la cheerleader de base qu'on voyait parfois dans les films. En fait, c'était plutôt une bonne nature, une fille généreuse, mais elle pouvait se transformer en furie en une seconde et sortir les griffes sans donner aucune indication extérieure de son changement d'humeur. Elle déciderait dans sa voiture en route vers Green Bay si elle était en colère contre moi, et elle frapperait plus tard. Je l'ai regardée traîner le long du couloir vers les portes qui menaient au parking, ses longs cheveux blond pâle lui tombant droit sur la taille, et je me suis rendu compte que Pete ne m'attendrait peut-être pas après la réunion. C'est comme ça que fonctionnait Olivia. Comme une reine, qui bouge ses pions selon sa volonté du moment et au gré de ses caprices.

***

— Le vote aura lieu lundi et mardi dans deux semaines. Tous les bulletins seront comptés mardi soir, ce qui vous laisse une bonne semaine pour faire campagne. Les bulletins seront récoltés par une équipe de professeurs, ce qui évitera toute possibilité de triche.

M. Dean parlait et parlait, développait et documentait en détail le processus strict des élections. Je commençais à me demander sérieusement si le fait de se présenter au conseil était un tel cirque dans les autres lycées ou si les gens se contentaient d'écrire des noms sur des cartes qu'ils mettaient ensuite dans une boîte à chaussures à la cafétéria. Au moins, je pouvais me détendre maintenant que j'avais vu mes concurrents. Personne n'essayait de se présenter contre Olivia Richmond ; ça aurait été de la folie pure. Michael Walton avait une adversaire, Nicole Blumenthal, qui était également la seule à pouvoir rivaliser avec lui pour le titre de major de promo. Je ne connaissais pas assez Nicole pour deviner la raison de sa nomination. Peut-être que, maintenant qu'on était en première et que les études supérieures devenaient une réalité un peu plus tangible, ses parents la poussaient à prendre au sérieux ce qu'elle pourrait mettre dans son dossier d'inscription à l'université. Jason Arkadian m'a souri faiblement depuis l'autre côté de l'allée de chaises puis a crayonné dans son cahier pendant toute la réunion. Je me souvenais amèrement de ce que Mischa m'avait dit dans la piscine d'Olivia, sur le fait que je plaisais à Jason, et je me suis dit qu'il y avait des chances que ce ne soit plus le cas.

Depuis la salle de classe, au premier étage, j'entendais la fanfare qui rangeait son équipement dans le bus scolaire orange qui irait jusqu'à Kenosha. Je me souvenais du gala d'automne de l'année précédente, de l'uniforme bleu marine de porte-drapeau dans lequel j'avais tant transpiré et qui grattait horriblement le soir du match parce qu'il avait fait anormalement chaud pour un soir de septembre. Le match avait eu lieu à Fond du Lac, bien plus près de chez nous que Kenosha. Je me demandais si Kelly et Erica, les filles dont j'étais le plus proche dans l'équipe des porte-drapeaux, allaient prendre le bus pour Kenosha. L'autre fille avec qui je m'entendais bien, Maggie, avait quitté l'équipe la semaine de la rentrée, comme moi. Elle aussi s'était transformée pendant l'été. Avant, on se moquait de ses genoux cagneux, mais maintenant elle portait énormément d'eye-liner, elle avait un piercing à la lèvre et elle traînait avec les membres du club de théâtre qui en faisaient des tonnes.

J'ai dissimulé un bâillement du revers de la main. On mourait de chaud dans la salle et, lorsque je me suis retournée pour vérifier que les fenêtres du fond étaient ouvertes, je me suis inquiétée de voir que des nuages orageux avaient fait leur apparition dans le ciel. Au début de la réunion, le ciel était dégagé. Mais, maintenant, il était illuminé de façon étrange et une couche épaisse de nuages cachait le soleil.

J'ai immédiatement pensé à Violet.

J'ai discrètement sorti mon portable de mon sac pour ne pas attirer l'attention de M. Dean et j'ai envoyé un texto à Olivia : *Tu es au centre commercial ? Tout va bien ?*

Elle m'a répondu cinq minutes plus tard, au moment où M. Dean passait à la conclusion de la réunion et qu'il distribuait le règlement concernant la campagne électorale au sein du lycée : *Je viens d'arriver, il m'a fallu une éternité pour trouver une place.* On avait droit aux affiches, aux badges et aux stickers. Mais tout sticker collé sur les objets appartenant à l'école, comme les casiers, serait enlevé par le personnel de nettoyage. Les affiches diffamatoires contre les autres candidats étaient interdites, ainsi que le sabotage du matériel publicitaire des autres candidats. Penser que M. Dean avait passé tout ce temps à imaginer toutes les sournoiseries auxquelles les élèves pouvaient avoir recours afin d'espérer gagner une simple élection de lycée, ça me donnait le tournis.

Enfin la réunion s'est terminée. Il était 15 h 50, c'est-à-dire cinq minutes après l'heure de rendez-vous que Pete avait donnée dans le parking pour partir à Kenosha. J'étais paniquée à l'idée que tout le monde serait parti sans moi, ou qu'Olivia avait donné pour instruction de ne pas m'attendre, même si elle avait pris le temps de répondre à mon texto. J'ai descendu les marches en trombe jusqu'au rez-de-chaussée du lycée et j'ai poussé les portes qui menaient au parking des élèves.

Dehors, j'ai été choquée par l'électricité qu'il y avait dans l'air de l'après-midi. Le ciel nuageux était illuminé et jetait des rayons fluorescents, et tout dans le parking était comme figé. La tension dans l'air était palpable, comme si quelque chose de menaçant était sur le point de frapper, tel un serpent enroulé sur lui-même et immobile, à l'affût. J'ai regardé dans tous les sens pour trouver l'Infiniti noire de Pete sans vouloir donner l'impression que je cherchais comme une folle. Ne la voyant pas dans les trois premières rangées de voitures, j'ai sorti mon téléphone pour faire mine d'être absorbée. Dans ma tête, je paniquais totalement. Est-ce qu'ils étaient vraiment partis sans moi ? Est-ce qu'ils étaient déjà en route pour Kenosha, morts de rire parce qu'ils savaient que j'étais sans doute là, à chercher la voiture de Pete ? Mon cœur battait à pleine vitesse. Je crois que je me suis mise à transpirer. Cet après-midi étrange marquait peut-être bien la fin de ma brève popularité.

Soudain, la porte derrière moi s'est ouverte et je me suis retournée, m'attendant à voir Candace ou Jeff, mais à la place, à mon immense surprise, j'ai vu Trey Emory, sourcils froncés, qui portait son éternelle veste militaire. Lorsque nos regards se sont croisés, j'ai vu qu'il avait l'air tout aussi surpris de me voir que moi, et il s'est redressé.

— Tu n'es pas en route pour Kenosha ? Tu ne vas pas au grand match ? a-t-il demandé d'un ton sarcastique.

— Si, j'y vais, ai-je répondu nerveusement. Mais je crois que mes amis sont peut-être partis sans moi. J'étais à la réunion, et elle a duré plus longtemps que prévu.

J'aurais voulu qu'il ne soit pas là, pile à ce moment.

Trey m'a observée en déplaçant son poids d'une boot Chuck Taylor noire cabossée à l'autre.

J'ai commencé à gratter mon vernis.

— C'est pas comme s'ils m'avaient laissée tomber, c'est un genre de blague. Seulement, je suis pas sûre.

Alors que j'essayais tant bien que mal d'expliquer pourquoi j'étais là, debout sur le trottoir devant le parking, je me suis aperçue que j'énonçais précisément ce que Trey pensait. Si j'avais raison de croire qu'Olivia avait obligé Pete et Candace à me laisser tomber, et qu'ils l'avaient fait sans remettre en cause son autorité, alors ce n'étaient pas vraiment mes amis. Je n'étais pas l'une d'eux, tout ça c'était juste une vaste blague. J'étais morte de honte parce que je m'étais mise dans cette situation toute seule. Ma vie était bien plus simple avant que je rentre dans le monde d'Olivia. Si les choses n'avaient pas changé, j'aurais pu me trouver dans la voiture des parents de Cheryl à cet instant précis, à boire des milkshakes sans me préoccuper du nombre de calories.

— Comment ça se fait que tu es encore ici ? lui ai-je demandé en essayant désespérément de changer de sujet.

Trey a haussé les épaules.

— J'ai une colle. On a changé les bougies et les câbles de la voiture de Mme Stirling à l'atelier hier et… disons simplement qu'elle n'a pas été ravie du résultat.

J'avais du mal à en croire mes oreilles. Mme Stirling conduisait un tas de ferraille légendaire, une Cadillac Fleetwood bleu poudre de 1989 si énorme qu'elle prenait deux places dans le parking du lycée. L'atelier de carrosserie passait son temps à bosser dessus, permettant ainsi à Mme Stirling d'avoir gratuitement les entretiens si indispensables à sa voiture.

— Mais enfin, Trey ! Tu peux pas t'amuser à saboter les voitures des profs !

Trey a souri d'un air innocent :

— Je n'essayais pas de la saboter intentionnellement. Peut-être que je suis juste nul pour réparer les voitures.

J'ai pensé à la Toyota de Trey et au fait qu'elle tenait toujours debout par l'opération du Saint-Esprit. Trey passait quasiment tous ses samedis à la retaper dans l'allée de sa maison.

— C'est ça, oui. Tu en es au stade où tu pourrais être le prof de l'atelier de carrosserie.

Il a regardé ses chaussures, et il a peut-être bien rougi avant d'ajouter :

— Ben peut-être que j'ai décidé d'utiliser la voiture de la coach pour expérimenter quelque chose de nouveau parce qu'elle n'aime pas mon sens de l'humour.

Je m'apprêtais à approfondir la question quand l'Infiniti noire de Pete est soudain arrivée dans le parking, la musique à fond. Jeff était à l'avant, sur le siège passager. Candace et Melissa, une fille que je ne connaissais pas bien, étaient à l'arrière. À ma grande horreur, j'ai vu la voiture faire un tour dans le parking en se dirigeant vers moi. J'ignorais si elle me passerait devant sans freiner, tout le monde riant aux éclats pour bien me faire comprendre qu'ils me laissaient en plan, ou s'il y avait une bonne raison pour expliquer qu'ils étaient partis quelque part sans moi avant de revenir sur leurs pas. Dans un cas comme dans l'autre, j'étais catastrophée que Trey soit à côté de moi pour être témoin de mon humiliation, quelle qu'elle soit.

— T'es prête, McKenna ? a demandé Jeff par la vitre baissée.

— Vous étiez où ? ai-je osé demander.

— On est passés chez moi pour prendre des parapluies, a lancé Candace depuis le siège arrière. Il va flotter.

J'ai regardé le ciel. Les nuages s'accumulaient et ressemblaient de plus en plus à des nuages noirs d'orage.

— Vous croyez que le match va être annulé ?

— Il ne pleut pas à Kenosha. Je vérifie la météo sur mon appli, a répondu Jeff.

À côté de moi, j'ai vu Trey disparaître vers sa propre voiture. Je voulais l'appeler, mais j'ai hésité un moment. J'espérais qu'il ne serait pas fâché parce que je l'avais affiché devant une voiture pleine d'élèves populaires.

— Eh ! Trey ! l'ai-je finalement appelé alors que je m'étais promis de ne pas le faire.

Il a ralenti une seconde et s'est retourné en continuant à marcher à reculons vers sa voiture pour ne pas ralentir sa cadence.

Je n'avais rien de particulier à lui dire, mais je ne voulais pas qu'on se quitte sans se dire au revoir.

— Tu vas au match ?

— Nan, a-t-il répondu, mais c'était évident qu'il allait dire ça. J'ai quelques courses à faire et, de toute façon, tu sais, j'ai déjà utilisé toute l'énergie annuelle que je donne au lycée dès le premier jour de cours !!

— OK, salut alors, ai-je lancé d'une voix faible.

Il a sorti la main de la poche de son pantalon sans dire un mot de plus, juste une seconde, pour me saluer.

Je suis montée sur la banquette arrière de la voiture de Pete, et Melissa s'est déplacée au milieu pour me faire de la place.

— Salut, ai-je lancé à Melissa.

— Melissa va au gala avec Jeff, a annoncé Candace pour expliquer la présence de cette fille rousse au visage plein de taches de rousseur.

— Vous avez des nouvelles d'Olivia ? ai-je demandé, et, pile à ce moment-là, mon portable et celui de Candace se sont mis à vibrer à l'unisson.

— Tiens ! Quand on parle du loup, a rigolé Candace.

On a vérifié nos téléphones : Olivia voulait notre avis sur deux paires de ballerines couleur crème qu'elle avait trouvées au centre commercial.

— Clairement la première paire, a commenté Candace en montrant les photos à Melissa pour avoir son approbation.

— Ah non, alors, ai-je répondu. Moi je dirais la deuxième.

On a toutes les deux répondu à Olivia à toute vitesse pour lui donner notre opinion.

Une heure et vingt minutes de heavy metal plus tard, on était aux abords d'Oshkosh quand il s'est mis à pleuvioter. La pluie m'a stressée. Tout commençait à ressembler beaucoup trop à l'histoire de Violet. Trop de similitudes, comme si tout l'après-midi était une impression prolongée de déjà-vu. Je me demandais si Candace pensait la même chose que moi, mais, si c'était le cas, elle ne laissait rien paraître. J'ai essayé de me concentrer sur ce qui se passerait une fois qu'on serait à Kenosha. Les cris de la foule, l'odeur des hotdogs et Olivia qui nous attendrait dans les gradins.

— Eh ! Vous savez ce qui serait cool ? Si on s'arrêtait à la prochaine station ? a lancé Candace d'un ton enjoué, comme si elle faisait la suggestion du siècle.

Pete et Jeff ont commencé à grogner. J'étais secrètement soulagée parce que moi aussi j'avais besoin d'aller aux toilettes, mais ma relation avec Pete n'était pas suffisamment établie pour que je demande qu'on s'arrête. Après s'être longuement plaint des filles et de leurs vessies minuscules, Pete s'est arrêté à une station et s'est garé. La pluie tombait franchement à présent et dansait sur le toit de la voiture. Elle créait de minuscules rivières le long des vitres. Nous avons utilisé les parapluies de Candace pour traverser le parking entre les voitures garées. Pete a fait exprès de sauter dans une flaque pour éclabousser Jeff qui courait à côté, et Jeff lui a lancé un juron. Son pantalon était trempé. On est rentrés comme des boulets de canon dans le complexe de boutiques en gloussant, on était à bloc dans l'attente du grand match.

— La vache, qu'est-ce qu'il pleut ! a dit Candace pendant qu'on se lavait les mains dans les toilettes, éclairées par des lumières aveuglantes. Ils vont devoir annuler le match.

Melissa nous a rejointes une seconde plus tard, elle s'est mise entre nous pour utiliser le lavabo disponible.

— Qui est-ce qu'on pourrait appeler pour vérifier ? ai-je demandé.

Je ne voulais pas vraiment aller jusqu'à Kenosha pour ensuite devoir faire demi-tour et rentrer directement. Six heures pour rien dans une voiture, c'était un peu excessif. J'aurais honnêtement préféré rentrer à Willow pour regarder un film, ou même tenir compagnie à ma mère, parce que je m'en voulais un peu d'être partie de la maison ce matin toujours fâchée avec elle.

Candace s'est appliqué du rouge à lèvres avant de pincer les lèvres d'un air théâtral dans le miroir puis de faire un bisou dans le vide une fois satisfaite du résultat.

— Si on envoyait un texto à Mischa ? a-t-elle suggéré. Les cheerleaders devraient déjà être sur place.

Le groupe s'est retrouvé au niveau des tables disposées dans le hall entre les restaurants, où quelques conducteurs de poids lourd mangeaient leurs burgers en s'ignorant, pendant qu'on attendait la réponse de Mischa pour savoir si le match était reporté ou pas. À travers les vitres, on a vu la pluie qui commençait à tomber à verse et un éclair a éclaté dans le ciel quelques secondes avant qu'un coup de tonnerre assourdissant fasse trembler le bâtiment.

— Bon sang, a murmuré Pete. On dirait la fin du monde.

— Y a pas moyen que le match ait lieu, a dit Melissa avant d'avaler une frite au fromage.

Jeff s'est servi, lui aussi, en s'asseyant sur la chaise en plastique à côté d'elle. L'odeur me rendait folle, j'avais faim et j'ai détourné la tête pour essayer d'y résister. L'énergie qu'on avait en rentrant commençait à s'évaporer. Nos vêtements étaient humides, nos cheveux ébouriffés, et plus on restait assis sans bouger, plus le trajet qui nous restait à parcourir pour arriver à Kenosha nous paraissait colossal.

Le téléphone de Candace a sonné et elle a répondu en se mettant à l'écart quelques minutes pour discuter. Quand elle est revenue, son front était plissé.

— Le match a été annulé. Il est reporté à lundi soir.

Un conducteur de poids lourd avec une longue barbe grise tout emmêlée et une casquette de base-ball des Brewers est passé devant notre table pour jeter les serviettes et les papiers de son plateau dans la poubelle la plus proche.

— Vous feriez bien de rester ici quelque temps. Il y a une alerte aux inondations éclair. Il faut éviter les routes pour l'instant.

Pete a levé les yeux au ciel une fois que le conducteur a eu tourné le dos, mais personne n'a bougé pour se mettre debout et retourner à l'Infiniti. Aucun des conducteurs n'avait l'air pressé de repartir non plus. Tous attendaient patiemment en regardant les éclairs au travers des fenêtres, buvaient des cafés et lisaient le journal. Ils avaient accepté qu'il fallait attendre que l'orage se calme.

— C'est totalement flippant, ai-je dit à Candace d'une voix basse, incapable de retenir ma fascination et ma peur quant à l'évolution de cet après-midi.

On était assises sur un banc, l'une à côté de l'autre, un peu plus loin que Melissa et Jeff. Je repensais à ce qu'Olivia m'avait dit dans le couloir près de mon casier plus tôt dans la journée, lorsqu'elle m'avait suppliée de l'accompagner au centre commercial. Même elle était un peu stressée en repensant à l'histoire que Violet avait racontée à la fête.

— Grave, a acquiescé Candace sans développer.

Sans dire un mot à Pete ou à Jeff, elle a appelé Olivia, qui, à notre grande surprise, a répondu.

— Olivia ? C'est Candace. Le match est reporté.

Elle s'est interrompue et a bouché son oreille libre pour se protéger de la musique grésillante qui passait dans la station pour mieux entendre Olivia.

— Tu es où ?

Elle s'est tue à nouveau, elle avait du mal à entendre Olivia.

— On fait juste une pause à la sortie d'Oshkosh, mais on fait demi-tour dès qu'il s'arrête de pleuvoir pour rentrer. Tu m'entends ?

Candace a décollé l'appareil de son oreille et l'a regardé avec un air assassin, comme si elle s'apprêtait à le balancer de l'autre côté de la station.

— Son téléphone n'a plus de batterie, m'a-t-elle expliqué, l'air frustré. Elle dit que tout va bien et qu'elle est encore au centre commercial, mais…

Candace n'avait pas besoin de finir sa phrase, je savais déjà comment elle allait se poursuivre.

— … sa voiture ne démarre pas.

Nous nous sommes regardées et j'ai été envahie d'un froid si violent que j'en ai frissonné. Melissa a remarqué le sérieux sur nos visages et a cessé de mâchouiller ses frites un instant.

— C'est quoi, le souci ? a-t-elle questionné.

— Rien, a répondu sèchement Candace par-dessus son épaule, avant de refermer la bouche en une ligne sévère et de se retourner vers moi.

— Tu crois qu'on devrait dire quelque chose à Pete ? ai-je demandé à voix basse.

Pete et Jeff jouaient à un jeu sur leurs portables, totalement inconscients de notre panique.

Candace a secoué la tête :

— Non, tu rigoles ? Ils vont nous prendre pour des folles. Et, pour être honnête, moi aussi je pense qu'on est folles. Mais c'est juste flippant.

Candace avait l'air sur le point de pleurer, ce qui me secouait encore plus. Candace, la fille qui n'avait jamais peur de rien, avait peur. Ça me réconfortait un peu qu'elle soit près de moi parce que, si Candace était prête à admettre que les événements de l'histoire de Violet étaient en train de se dérouler, alors je savais que je n'étais pas complètement parano.

— Bon, ben on fait quoi ? On appelle la police ? ai-je proposé très sérieusement.

— Non, pas la police, a répondu fermement Candace en reprenant son téléphone. On appelle Violet.

Elle a tapoté sur son écran puis a pianoté avec impatience sur la table recouverte de miettes pendant que ça sonnait, une, deux, trois fois, avant de passer sur la messagerie. Candace a froncé les sourcils et m'a passé son téléphone pour que j'entende le message familier de Violet : « Bonjour, vous êtes sur le répondeur de Violet. Je ne suis pas disponible pour l'instant, donc... »

Candace a raccroché et a rappelé.

— Tu vas voir un peu ce qui l'attend, celle-là. Pourquoi est-ce que vous avez voulu qu'on joue à ces jeux débiles le week-end dernier ? Je n'aime pas ça du tout.

Elle a de nouveau attendu que la messagerie de Violet se déclenche, la tête relevée d'un air agacé, et cette fois-ci elle a laissé un message sérieux.

— Violet, c'est Candace. Il pleut des cordes et Olivia est coincée au centre commercial de Green Bay. J'imagine que tu devines pourquoi je t'appelle. Y a intérêt à ce que tu me rappelles dès que tu reçois ce message.

J'étais si anxieuse que j'en avais la nausée. On est restés assis dans la station quinze minutes de plus, pendant que l'orage grondait. Candace a acheté un soda light glacé, ce qui augmentait nos chances d'avoir à faire une autre pause pipi dans l'heure. Enfin, la pluie s'est soudain arrêtée. On s'est tous regardés, étonnés que les trombes aient cessé d'un coup, comme ça.

— On se lance ? a demandé Jeff.

— C'est maintenant ou jamais, a répondu Candace d'un air songeur.

On a débarrassé nos plateaux et on s'est dirigés à l'extérieur, surpris par le froid et l'odeur de propre qui se dégageait dehors après un orage si fort. Quelque chose nous retenait de nous ruer dans la voiture. On est restés devant l'entrée de la station un moment, les parapluies pliés coincés sous le bras, en regardant autour de nous, un peu sonnés de voir le parking trempé.

Un des conducteurs de camion, pas le barbu qui nous avait avertis pour les inondations éclair mais un plus vieux, avec un ventre énorme, a ouvert une des portes de la station et s'est penché au-dehors pour nous parler.

— Vous devriez peut-être attendre cinq minutes de plus. On dirait qu'il va grêler.

Il a regardé le ciel d'un air sceptique. Pete a souri poliment et a répondu de la voix qu'il réservait aux profs et aux parents :

— Merci du conseil, mais on doit y aller.

Le routier a haussé les épaules, il devait penser qu'on était des petits jeunes idiots, et on s'est dirigés vers la voiture de Pete. Mais nous n'avions traversé que la moitié du parking lorsque le premier grêlon est tombé. Au départ, ils étaient minuscules, de petits dés à coudre de glace qui se déversaient sur l'asphalte du parking à une vitesse affolante avant d'éclater une fois qu'ils avaient frappé le sol et les carrosseries des véhicules. Derrière moi, j'ai entendu Candace crier et, devant moi, Melissa a mis la capuche de son pull pour se protéger. Mais, en quelques secondes, les grêlons sont devenus plus denses, incroyablement gros, comme de petites balles de ping-pong affreusement dures qui nous tombaient dessus depuis le ciel. Ils frappaient les camions et les capots des voitures avec un son qui ressemblait à des coups de feu. J'ai senti les grêlons me bombarder le dos, les épaules, le visage, et ça faisait si mal que je n'arrivais presque plus à penser. Je me suis mise à courir vers l'Infiniti de Pete. C'était difficile d'y voir quoi que ce soit avec toute cette grêle accumulée au sol, glissante et craquante sous mes chaussures.

Bang ! Bang ! Bang !

Avec sa clé, Pete a ouvert à distance les quatre portes de sa voiture, et on s'est tous rués dedans comme des maniaques. Pendant un moment, après avoir refermé les portières, nous sommes restés silencieux, gênés. On essayait de reprendre notre souffle et de comprendre ce qui se passait avec la météo. La grêle a continué de frapper le capot et le toit. On était temporairement coincés dans le véhicule.

— C'est complètement fou, a murmuré Pete.

— C'est carrément apocalyptique, a ajouté Jeff.

La grêle tombait maintenant si dru que, depuis l'endroit où on était garés, on ne pouvait même pas voir la station. Un grêlon particulièrement gros est tombé à toute vitesse en plein centre du pare-brise. On a tous sursauté. Candace et Melissa ont hurlé et Candace a planté ses ongles dans mon bras. La vitre s'est craquelée et des ondes se sont propagées comme lorsqu'une pierre est jetée dans un lac. Le grêlon a laissé une marque un peu comme une toile d'araignée sophistiquée à l'endroit de l'impact.

— Oh la vache ! a dit Jeff.

Pete a sorti son portable pour appeler une dépanneuse.

— Génial. Maintenant on peut même plus rentrer. Mon père va me tuer.

***

Plus d'une heure après, une dépanneuse tirait la voiture de Pete pour la sortir du tas de grêle qui s'était mis à fondre. On se chamaillait pour décider quels parents appeler pour venir nous chercher : on ne voulait pas qu'ils fassent tout un drame de la situation. Étrangement, les nuages orageux s'étaient dissipés et le ciel bleu paisible était à nouveau visible. La nuit approchait et le ciel s'assombrissait. Malgré les changements inattendus de la météo, l'annulation du match était maintenue et l'équipe de foot était sur la route du retour pour Willow, déçue de ne pas avoir de victoire à célébrer le lendemain soir au gala. Notre sortie s'était déroulée de la façon la plus étonnante, gâchée par un orage totalement insolite, exactement comme l'avait prédit Violet la semaine précédente. On n'avait pas encore eu de nouvelles d'Olivia, mais Candace était convaincue que tout allait sans doute très bien.

— Elle n'arrêtait pas de répéter que son portable allait s'éteindre. C'est pour ça qu'elle n'a pas appelé, c'est tout, insistait-elle.

Je ne pouvais pas m'empêcher de penser que quelque chose de très très grave avait eu lieu. J'ai enfin pris mon courage à deux mains et je suis rentrée dans la station seule pour appeler ma mère. Je ne sais pas pourquoi mais, dès que j'ai entendu sa voix, j'ai éclaté en sanglots.

— McKenna, où es-tu ? a-t-elle demandé.

Elle était dans son bureau à l'université, je l'aurais deviné, et n'avait aucune idée qu'un orage de grêle venait de s'abattre sur tout le centre du Wisconsin.

— À la sortie d'Oshkosh, ai-je répondu en tentant de stabiliser ma voix. On a été pris dans un orage de grêle affreux et le pare-brise de Pete a été brisé.

Ma mère ne comprenait pas pourquoi j'étais dans un tel état de désarroi.

— Mais tout va bien ? Pourquoi es-tu si bouleversée ?

Évidemment, je ne pouvais pas lui dire que j'avais de bonnes raisons de croire qu'une de mes meilleures amies était sans doute en train de mourir d'une mort violente du côté de Green Bay en cet instant précis. Et que je basais ma théorie entièrement sur une histoire paranormale inouïe qu'une de mes copines bizarres, qui avait peut-être un don de voyance, avait racontée.

— C'est juste que je voulais vraiment aller au match, et maintenant il est reporté, ai-je menti.

— Tu as besoin que je vienne te chercher ? Vous allez rentrer comment ?

Je m'apprêtais à lui demander de venir quand Candace est arrivée dans la station et m'a dit à voix basse :

— Ma mère est en route.

— Je rentre avec Candace, sa mère est en route pour nous ramener, ai-je répondu, même si j'aurais préféré que ma mère vienne me chercher.

Comme toujours au lycée, la mère de Pete est arrivée presque une heure plus tard pour retrouver son fils et Jeff, et elle a attendu à la station jusqu'à ce que la mère de Melissa arrive en Mercedes. Puis les deux mères sont parties prendre un café en attendant la mère de Candace.

La mère de Pete conduisait un 4 × 4 énorme dans lequel on aurait sans doute tous pu monter, mais on avait beau insister sur le fait qu'ils n'avaient pas tous besoin de se déplacer, nous étions encore à un âge où les parents étaient tous prêts à conduire des dizaines de kilomètres pour venir récupérer leur enfant. Enfin, la mère de Candace est arrivée, couverte de ses bijoux en argent garnis de turquoises qui cliquetaient bruyamment. Elle a insisté pour aller s'acheter un café afin de rester éveillée sur le chemin du retour, suivie de la demi-sœur de Candace, Julia, qui exigeait qu'on lui achète des chewing-gums. Après ça, les trois voitures ont quitté la station dans un cortège étrange. On est rentrés à Willow lentement, parce que les routes étaient devenues dangereusement glissantes avec toute cette glace. Le temps qu'on arrive aux alentours de la ville, il n'était pas encore 20 heures, mais Candace et moi n'arrêtions pas de bâiller.

— Maman, on peut passer devant la maison des Richmond pour voir si Olivia est déjà de retour ? a demandé Candace depuis le siège passager à l'avant de la voiture pendant que sa mère nous rapprochait de la rue Martha.

J'étais à l'arrière avec Julia. Elle avait la même taille que Candace, mais les cheveux noirs et épais de son père et des yeux sombres et plissés.

— Oh, Candace, c'est à l'autre bout de la ville et la circulation est vraiment mauvaise, a-t-elle répondu de la même voix rauque et rocailleuse que sa fille.

— Mais c'est vraiment important, a insisté celle-ci. Ça fait plus de deux heures qu'elle n'a pas répondu à mes textos et, la dernière fois qu'on s'est parlé, elle était coincée au centre commercial de Green Bay.

La mère de Candace a tourné à droite dans la rue Martha. Juste derrière la tête de Julia, j'ai aperçu le terrain vacant, silencieux et figé comme toujours, et nous nous sommes avancés vers ma maison.

— Tu pourras appeler son fixe quand on sera arrivées.

La mère de Candace essayait de la dissuader.

Julia a pris la parole alors que sa mère freinait devant chez moi :

— Maman, on peut s'arrêter au Bobby's et prendre des sandwichs au poulet pour dîner ?

J'ai tout de suite remarqué deux choses anormales. Premièrement, la lumière était allumée chez moi, ce qui voulait dire que ma mère était déjà rentrée du campus, et deuxièmement, chez les Emory c'était le noir total. Leur maison n'était jamais dans le noir le vendredi soir. On pouvait toujours voir le père de Trey par la fenêtre du séjour, en train de regarder la télé après son retour du travail, ou le frère de Trey, Eddie, qui passait son temps sur la console de jeux rattachée à la télé quand M. Emory ne la regardait pas. Et la lumière de la cuisine des Emory était en gros allumée vingt-quatre heures sur vingt-quatre. C'était flippant de voir leur maison si obscure, si inhabitée.

— Merci de m'avoir raccompagnée, ai-je lancé en sortant de la voiture.

— Tu m'appelles *direct* si Olivia te contacte, d'accord ? a ordonné Candace.

Une fois chez moi, je n'ai pas pu résister et j'ai de nouveau envoyé un message à Olivia pour voir si elle était bien rentrée et si elle avait rechargé son téléphone. J'ai attendu que ma mère et moi ayons fini de manger nos pizzas avant de prendre la décision osée d'appeler sur le fixe des Richmond. Je savais que, si les parents d'Olivia ou Henry répondaient au téléphone, mon appel leur paraîtrait hyper bizarre, mais j'étais trop inquiète. J'étais prête à m'excuser d'interrompre leur soirée et de demander poliment si Olivia était bien rentrée du centre commercial. Même en mettant de côté mes peurs irrationnelles concernant l'histoire folle de Violet, il était malgré tout possible qu'Olivia soit coincée dans le parking du centre commercial, à une heure d'ici, incapable d'appeler qui que ce soit pour qu'on vienne la chercher. Il n'était donc pas déraisonnable (j'essayais de me rassurer) qu'une amie appelle chez les Richmond.

Seulement, personne n'a répondu.

J'ai envoyé un texto à Candace : *Du nouveau ?*

Et elle a répondu : *Rien. Pas de réponse. Et pas de nouvelles de Violet.*

Je me suis couchée tôt parce que j'allais rentrer tard le lendemain. Je m'imaginais ce que ça ferait de danser un slow avec Henry dans tout juste vingt-quatre heures et j'ai chassé mes pensées angoissées sur Violet et Olivia. Vers minuit, j'ai entendu une voiture dans l'allée d'à côté et je me suis assise dans mon lit. J'ai vu M. et Mme Emory rentrer dans leur maison avec Eddie derrière eux qui se frottait les yeux, l'air endormi. Ils étaient en pleine discussion, mais, comme ma fenêtre était fermée, leurs voix étaient étouffées et difficiles à distinguer. Je ne sais pas pourquoi, mais ça me dérangeait que Trey ne soit pas avec eux. Où est-ce qu'il pouvait bien être à cette heure-ci ? Pour la première fois, je me suis dit que Trey avait peut-être une copine sans que je le sache.

Dix minutes plus tard, je commençais enfin à m'endormir quand la porte de ma chambre s'est ouverte sur la silhouette de ma mère, illuminée par la lumière du couloir derrière elle.

— McKenna, chérie ? Tu es réveillée ?

J'ai eu du mal à me sortir de mon sommeil pour me concentrer sur ma mère. Quelque chose n'allait pas, je l'ai su tout de suite. Elle ne rentrait jamais dans ma chambre comme ça, et elle ne me réveillait jamais au beau milieu de la nuit.

— Ma chérie, je suis désolée mais j'ai de très mauvaises nouvelles. Il y a eu un accident.

Chapitre 6

La veillée d'Olivia s'est tenue lundi et les cours ont été annulés pour la journée afin que tout le monde puisse y assister. C'était lugubre, presque insoutenable tellement c'était long, avec les élèves, les parents et la famille proche et éloignée des Richmond qui sont venus se recueillir au funérarium Gundarsson pendant près de trois heures. Ma mère a insisté pour m'accompagner, même si je savais que passer du temps dans un funérarium était loin de correspondre à son idée de la journée de repos idéale. Les Richmond, tous grands et blonds, étaient regroupés à l'avant de la salle. Ils chuchotaient et s'essuyaient le coin des yeux de leurs mouchoirs. Le cercueil blanc étincelant était orné et fermé. Un immense portrait d'Olivia souriante dans son uniforme de volley-ball trônait sur un chevalet à côté du cercueil, avec quelques photos d'elle bébé accrochées par-dessus en une sorte de collage fait à la va-vite. J'avais entendu des rumeurs comme quoi Henry avait été obligé d'identifier le corps de sa sœur à la morgue parce qu'il était si mutilé que, avant lui, Mme Richmond s'était évanouie à sa vue. Il m'a accueillie d'un sourire douloureux quand je suis arrivée, mais, après quelques minutes de conversation forcée, il s'est excusé pour retourner auprès de sa famille à côté du cercueil et a même évité de regarder dans ma direction.

Pendant le week-end, j'avais réussi à avoir des bribes d'informations de plusieurs sources. Les gros titres du *Willow Gazette* du samedi matin disaient : « Tragédie à Green Bay : une adolescente tuée dans une collision. » Les trois maigres paragraphes consacrés à l'accident expliquaient que deux jeunes du lycée Weeping Willow avaient été impliqués dans un accident à la sortie de Green Bay lorsqu'un poids lourd les avait percutés de front pendant un orage de grêle. Le conducteur du véhicule dans lequel se trouvait Olivia n'était pas nommé, mais s'en était apparemment sorti avec des blessures mineures. Une image de ce qui restait de la voiture accompagnait l'article. Celle-ci était méconnaissable. Elle ressemblait plus à une boule compacte de bouts de métaux, et l'expression sur le visage du policier photographié à côté de l'épave indiquait qu'il pensait la même chose que moi : comment était-il possible que quelqu'un soit sorti vivant de cet accident ? Le journal expliquait que le conducteur du camion responsable était dévasté : il n'avait même pas vu qu'il avait dévié tant il n'y voyait rien avec la grêle qui tombait dru. Cheryl m'avait appelée samedi après-midi pour partager la rumeur comme quoi le corps d'Olivia avait été quasiment coupé en deux par la force de la collision. On avait retrouvé les chaussures qu'elle venait de s'acheter à presque dix mètres de la carcasse, sur le bas-côté de la route de campagne, entre les arbres. Et non loin, avait ajouté Cheryl, on avait retrouvé le bras tranché d'Olivia.

Bien sûr, je me demandais qui conduisait la voiture, si elle était tombée sur quelqu'un du lycée au centre commercial et avait décidé d'accepter qu'on la conduise soit au match, soit chez elle, lorsque sa voiture avait refusé de démarrer. Personne, au cours des conversations tristes que j'avais eues avec les amis qui m'avaient appelée pour en parler, n'avait donné le nom du conducteur. J'avais l'impression que personne ne savait avec qui Olivia avait passé ses derniers instants.

Au fond de la salle, juste à côté des portes, je traînais dans un coin en regardant silencieusement les jeunes du lycée et les professeurs qui rentraient. Personne ne savait trop quoi dire aux parents d'Olivia, ni comment se tenir, où mettre les mains, où poser les yeux. Tout le monde était avide de détails, y compris moi, mais il était hors de question de parler de l'accident à la veillée. De la musique classique douce a été diffusée dans le funérarium durant tout l'après-midi ; elle sortait des conduits d'aération avec l'air froid. Le cercueil était entouré d'énormes arrangements floraux de chaque côté, envoyés par le service international de bénévoles du Lions Club, par l'organisation catholique de bienfaisance des Chevaliers de Colomb, par l'association des parents d'élèves, par les enseignants du lycée et par le cabinet comptable du père d'Olivia. Une composition de boutons de roses rose pâle et de gypsophiles, ces petites fleurs blanches vaporeuses, recouvrait le cercueil, maintenue par un ruban de soie couleur crème. Ça ressemblait sans doute assez au bracelet de fleurs que Pete avait prévu de mettre au poignet d'Olivia le soir du gala, qui avait été annulé étant donné les événements tragiques. C'était totalement morbide, mais, si Olivia avait pu donner son opinion sur sa propre veillée, je pense qu'elle aurait approuvé.

Pete est arrivé peu après moi et ma mère. Il n'est resté que quelques minutes avec ses parents avant d'embrasser ceux d'Olivia et de repartir rapidement. Il m'a fait un salut depuis l'autre côté de la salle, les yeux rouges et gonflés. Ça me mettait mal à l'aise de voir un garçon de mon âge qui avait clairement pleuré. Il était si beau que c'en était choquant, et je me suis sentie idiote de penser à son apparence trois jours à peine après la mort d'Olivia. Son costume lui allait à la perfection et je me demandais s'il ne l'avait pas acheté récemment pour le gala.

Tracy Hartford et sa mère étaient arrivées tôt, le visage pieux et solennel. Elles faisaient en sorte de saluer tous ceux qui arrivaient en les remerciant d'être venus, comme si elles étaient de la famille. En réalité, Olivia parlait à peine à Tracy et trouvait que c'était une commère ennuyeuse, mais les Hartford adoraient les potins et se sentaient sans doute dans leur élément ce jour-là au funérarium. Elles demandaient à tous ceux qui étaient présents de signer le livre d'or et insistaient tellement que c'était presque comme si atteindre un certain nombre de signatures ferait revenir Olivia.

Je ne me souvenais pas d'avoir assisté à un hommage ou à une veillée pour Jennie, mais je suppose qu'il y en avait eu une, dans cette même salle. Willow était une petite ville et tout le monde avait droit à une veillée chez Gundarsson avant d'être enterré soit près de notre église, St. Monica, là où Jennie reposait, soit dans le cimetière juif de l'autre côté de la ville. Je portais l'unique robe noire que j'avais, qui était deux tailles trop grande pour moi. Je grattais le vernis bleu clair de mes pouces et je faisais la conversation aux gens que je reconnaissais lorsqu'ils arrivaient ou qu'ils repartaient. Mischa et Amanda sont entrées avec leurs parents, et Mischa et moi nous sommes prises dans les bras l'une de l'autre pendant près de cinq minutes, alors qu'on avait parlé au téléphone presque toutes les heures depuis l'aube du samedi matin.

— Candace est arrivée ? a-t-elle demandé.

J'ai secoué la tête.

Candace était en panique totale. Comme si ça ne suffisait pas d'avoir perdu sa meilleure amie, elle était tellement convaincue que la mort d'Olivia avait quelque chose à voir avec Violet, qui avait prémédité le drame, qu'elle était au bord de la folie. Elle m'avait appelée trois fois depuis vendredi soir, chaque fois elle était hystérique et voulait prévenir le monde entier de ce que Violet avait fait parce que c'était ce qu'Olivia aurait voulu. Mais je n'avais eu aucune nouvelle d'elle depuis dimanche matin, pas même une réponse lorsque je lui avais envoyé un texto dimanche après-midi pour lui demander si ça allait.

— Sa mère l'a emmenée à l'hôpital hier, m'a confié Mischa. Julia m'a envoyé un texto. Ils avaient peur qu'elle ne fasse une dépression nerveuse, du coup elle est en psychiatrie.

Je me suis mordu la lèvre. J'ai soudain eu atrocement froid dans l'air gelé du funérarium. La peur indélogeable et certaine que nous avions attiré cette tragédie impensable sur nos épaules s'est enfouie profondément, jusque dans mes os. On avait fait quelque chose de puéril et d'irresponsable en jouant à ce jeu. Et maintenant, si mes peurs irrationnelles étaient fondées, Olivia en avait payé le prix de sa vie. Pauvre Candace. Personne ne la croirait, évidemment. Je n'étais même pas sûre, malgré ce sentiment chelou, de croire que Violet avait prédit la mort d'Olivia avec tous ces détails étonnants. J'imaginais Candace internée, observée de façon condescendante par les spécialistes à l'hôpital tandis qu'elle racontait d'un air égaré la fête d'anniversaire et qu'elle passait pour une folle.

Léger comme une plume, raide comme la mort.

— Je me disais que sa mère la laisserait peut-être venir, ou peut-être qu'au contraire elle le lui a interdit, a déclaré Mischa. Peut-être qu'elle va plus mal que ce que je pensais.

On ne pouvait pas exclure que la mort d'Olivia était une pure coïncidence. Même s'il était plutôt évident que Violet savait exactement ce qui allait se passer, il était difficile de croire qu'elle y était pour quelque chose. Il n'y avait tout simplement aucune façon d'expliquer comment elle aurait pu prédire tout ça, ni comment elle aurait pu jouer un rôle dans la réalisation de tous ces événements.

— On sort prendre l'air, ai-je dit à ma mère, qui jouait avec son sac pour indiquer qu'elle était prête à partir.

Naturellement, les gens ne pouvaient pas s'empêcher de regarder ma mère. Beaucoup des personnes présentes avaient probablement aussi assisté à la veillée de Jennie. Elles se disaient sans doute que ma mère était d'une certaine manière obligée d'offrir quelques mots de réconfort aux Richmond, vu qu'elle-même avait perdu une fille dans un accident terrible. Mais ma mère n'était pas comme ça. Même après huit ans, sa tristesse par rapport à la mort de Jennie restait très privée. Lorsqu'elle avait vu la mère de Tracy Hartford s'avancer vers elle plus tôt dans l'après-midi, elle avait fait semblant d'être occupée à lire le livret des prières du service funéraire d'Olivia.

— T'es pas obligée de rester. Je peux demander à quelqu'un de me raccompagner plus tard.

C'était comme si j'avais donné à ma mère le ticket gagnant du Loto et elle a avoué qu'elle avait des cours à préparer à la maison. Mischa et moi l'avons accompagnée jusqu'au parking et nous avons attendu en silence, le dos contre le mur de brique du funérarium, qu'elle soit rentrée dans la voiture puis que la voiture soit partie. Il faisait froid dehors, bien plus froid que pendant les dix jours qui avaient suivi l'anniversaire d'Olivia. Suffisamment froid pour que je reboutonne ma veste en jean et que Mischa tire sur son cardigan de laine autour de sa taille. On a attendu dehors en regardant les voitures passer sur l'autoroute en silence pendant quelques secondes. Nos yeux s'ajustaient à la luminosité de cette journée nuageuse après avoir passé tant de temps dans le funérarium à la lumière tamisée.

— Mes parents m'ont demandé pour le jeu. La mère de Candace a appelé la mienne pour savoir ce qu'on a fait ce vendredi soir-là, a fini par dire Mischa d'une voix monocorde et sans émotion.

— Sérieux ? Tu lui as rien dit, j'espère !

J'étais soudain inquiète que des rumeurs comme quoi on avait invoqué les esprits ou on vouait un culte au diable puissent se répandre au lycée. Mon estomac était complètement retourné, comme si je savais que j'allais être dans le pétrin. Seulement, j'étais bien trop âgée pour avoir peur des punitions, et j'étais surtout gênée parce que le jeu auquel on avait joué était puéril, le genre de jeu auquel on joue quand on est au collège. Ce serait la honte si le lycée apprenait que les filles les plus populaires de la promo de première avaient passé un vendredi soir à s'amuser de cette façon.

— Non ! Bien sûr que non, s'est exclamée Mischa.

Elle a réfléchi une seconde avant d'ajouter :

— J'ai dit qu'on s'était raconté des histoires de fantômes, mais c'est tout. C'est clair, je m'en voulais de suggérer que Candace avait menti mais il faut qu'elle se réveille ! Elle ne peut pas raconter à tout bout de champ que Violet a quelque chose à voir avec la mort d'Olivia. Elle va toutes nous faire passer pour des folles.

— Tu as eu des nouvelles de Violet ? ai-je demandé. J'ai laissé deux messages sur son répondeur, mais elle ne m'a pas rappelée.

Une voiture est rentrée dans le parking du funérarium et on s'est toutes les deux retournées. C'était celle des Emory et, quand elle s'est garée, Trey en est sorti avec ses parents, presque méconnaissable. Ce n'est pas vraiment l'œil au beurre noir ou l'écharpe autour de son bras gauche qui lui donnaient une apparence si différente, mais le costume bleu nuit qu'il portait avec une cravate en soie. Je me suis tout de suite dit qu'il s'était battu, et je me demandais s'il avait fait le malin vendredi soir. Je savais qu'il sortait parfois au parc Tallmadge avec les garçons du lycée qui écoutaient du heavy metal et, de temps en temps, la racaille d'Ortonville s'y rendait aussi pour chercher la bagarre. Nos regards se sont croisés et il a détourné les yeux rapidement en approchant de l'entrée avec ses parents.

— J'arrive pas à croire qu'il est venu, a commenté Mischa tandis que les Emory s'approchaient de là où on était.

— Pourquoi ? Parce qu'il n'était pas proche d'Olivia ?

Mischa m'a regardée comme si j'étais folle.

— Non, McKenna. C'est Trey Emory qui conduisait le soir de l'accident. Comment c'est possible que tu saches pas ça ?

La Terre s'est arrêtée de tourner. Mon cœur a cessé de battre pendant de longues secondes tandis que j'essayais de comprendre ce que Mischa venait de me dire. J'ai remonté le temps depuis le présent jusqu'au début des événements qui avaient mené à la mort d'Olivia. Il s'était approché d'elle dans le parking et avait offert de l'aider. C'était ça qui me dérangeait le plus, il lui avait offert de l'aide. Peut-être que j'avais commencé à penser à lui comme étant à moi, puisqu'il vivait à côté de chez moi. Mais ça me posait vraiment un problème de me dire qu'il avait peut-être eu un coup de cœur pour elle et que, si ça se trouve, il avait proposé de la raccompagner parce que ça lui donnerait une chance de se rapprocher d'elle. Olivia n'aurait jamais jeté un regard à Trey, jamais elle n'aurait vu à quel point il était unique. Soudain, le jour où il avait offert de m'accompagner au lycée en seconde quand il pleuvait perdait tout son sens. C'était juste un mec qui proposait aux gens de les accompagner en voiture. Il n'y avait rien de particulier entre nous, et le fait de prendre conscience de ça m'a rendue toute vide.

— On s'est téléphoné genre cinquante fois depuis samedi matin et tu ne m'en as jamais parlé, lui ai-je reproché d'une voix rauque.

— Je pensais que je te l'avais dit ce matin. Il a vu Olivia dans le parking du centre commercial et lui a suggéré d'essayer de démarrer sa voiture avec des câbles de démarrage. Quand ça n'a pas marché, il a dit qu'il pouvait la raccompagner à Willow. C'est là que l'orage de grêle a éclaté.

Les Emory ont atteint l'entrée du funérarium et Trey est entré sans même nous saluer, Mischa et moi. Mme Emory m'a reconnue et s'est arrêtée pour me dire bonjour et M. Emory est resté derrière elle, stoïque, la main sur son dos tandis qu'elle m'embrassait. Mme Emory portait un parfum poudreux, un parfum cher qu'elle n'utilisait que lors des occasions spéciales.

— Bonjour, McKenna, a-t-elle dit, l'air fatigué. Ta mère est avec toi ?

— Elle est déjà repartie, ai-je répondu. Elle avait des choses à faire à la maison.

— Je passerai lui dire bonjour tout à l'heure, a répondu Mme Emory d'un ton mélancolique, comme si elle et ma mère étaient proches.

Mme Emory était un peu plus jeune que ma mère et, de ce que je savais, elles parlaient rarement en dehors des quelques mots échangés dans l'allée. Elle et M. Emory sont rentrés et Mischa a levé les sourcils.

— Tu as appris ça où, pour Trey ? ai-je demandé, la gorge toujours nouée.

— Mais attends, tu les connais ? a lancé Mischa d'un ton plein de suspicion, surprise par ma conversation avec les parents de Trey.

Son regard s'est dirigé vers les portes du funérarium pour montrer qu'elle parlait bien des Emory. J'ai laissé mes yeux passer d'une voiture à l'autre sur le parking.

— Un peu. Ils vivent dans la même rue que nous.

Cette explication a semblé suffire pour que Mischa ne s'imagine pas que je lui avais caché que j'avais une amitié secrète.

— C'est cette fille, Megan, dans mon équipe de gymnastique. Sa mère travaille aux urgences à l'hôpital St. Matthew à Suamico. Elle m'a dit que Trey avait été amené en ambulance vendredi en état de choc. Il n'était même pas capable de dire aux médecins ce qui s'était passé. Il avait tout vu, a expliqué Misha, les yeux équarquillés. Ils ont dû lui donner un calmant et prendre son portefeuille pour obtenir son identité et trouver qui appeler. Mes parents sont nazes et nous ont forcées, Amanda et moi, à aller à l'entraînement de gym hier soir alors qu'on est en deuil. Donc je l'ai appris hier soir quand Megan me l'a dit, pas avant.

Mischa a continué à râler sur le fait que ses parents étaient totalement insensibles à la mort d'Olivia et qu'ils exagéraient d'insister pour qu'elles aillent s'entraîner pour les compétitions régionales de février. Sa voix s'est estompée peu à peu et mes genoux ont faibli. J'avais la nausée. J'avais mal au cœur pour Trey et j'étais encore plus blessée qu'il ne m'ait pas dit bonjour en passant devant nous juste avant. Si les blessures d'Olivia avaient réellement été aussi terribles que ce qu'avait décrit Violet, je n'imaginais même pas ce que ça pouvait faire d'être à quelques centimètres de cette horreur. J'ai repensé à la Corolla chérie de Trey et j'ai compris que c'était sa voiture que j'avais vue, transformée en boule de ferraille informe, sur la photo du journal de la ville. La fameuse voiture qu'il avait passé tant de week-ends à réparer était totalement détruite.

J'étais si absorbée par mes réflexions sur Trey et si inquiète de savoir si on allait pouvoir se parler avant qu'il parte du funérarium que j'en ai oublié si Mischa avait dit qu'elle avait eu des nouvelles de Violet ou non. Le soleil a commencé à se coucher juste après 18 heures et les parents de Mischa ont insisté pour me raccompagner. En sortant, j'ai enfin cédé à la demande de Tracy Hartford et j'ai signé le livre d'or. Presque toutes les pages étaient couvertes de l'écriture propre des parents et de dessins rudimentaires de petits chats, de papillons, de cœurs et de licornes. Michael Walton était tellement chelou qu'il avait écrit sous son nom qu'il était vice-président de la promo de première, comme s'il était vice-président des États-Unis et comme si l'élection du conseil des élèves avait déjà eu lieu. Pendant que je signais lentement de ma plus belle écriture, j'avais l'impression de faire la promesse à Olivia que je résoudrais l'énigme de cet accident. Je me souvenais d'elle en train d'essayer de m'acheter avec des tacos. Si j'avais été une meilleure amie, si j'avais voulu qu'elle m'apprécie plus, si je n'avais pas autant voulu me présenter au conseil et affirmer ma propre indépendance, alors je lui aurais peut-être sauvé la vie.

Ou alors, peut-être que je serais morte à ses côtés.

***

Ma mère avait préparé un vrai dîner : de la dinde et des pommes de terre au four, un menu composé de choses que Rhonda m'avait recommandé de manger, ce qui prouvait que ma mère était bien plus consciente de l'impact que la mort d'Olivia avait sur moi qu'elle ne l'avait montré plus tôt. On a mangé en silence et elle m'a dit que mon père avait appelé avant que je rentre.

— Il s'inquiète pour toi. Si tu veux parler à quelqu'un, il peut s'arranger pour que tu voies un de ses anciens collègues à Sheboygan.

Je n'ai pas levé les yeux et j'ai continué à poignarder ma dinde à coups de fourchette. Mes émotions sur la mort d'Olivia étaient trop compliquées pour que je les partage avec un psychiatre. J'étais effondrée par sa mort, évidemment. Mais j'étais aussi suffisamment honnête pour reconnaître que, après trois petites semaines d'amitié proche, je n'avais pas vraiment le droit d'être totalement dévastée par sa mort. Je ne la connaissais pas si bien que ça, pas du tout même, et maintenant je ne la connaîtrais jamais. Les émotions les plus fortes étaient la surprise, et un sentiment immense de responsabilité indirecte. À force de pleurer, j'avais mal à la gorge et à la poitrine, et, si j'étais dans un tel état, c'était parce que je me sentais responsable, pas parce que j'avais du mal à supporter l'idée de continuer à vivre sans Olivia. Un psychiatre professionnel aurait été incapable de comprendre ce que je ressentais, incapable de comprendre que j'étais convaincue que ma participation à un jeu débile lors d'une fête avait entraîné la mort de mon amie.

Pire encore : nous avions toutes été au centre du jeu à tour de rôle. Violet avait prédit nos morts à nous toutes.

Toutes, sauf la mienne.

Pour la première fois, je me suis demandé avec horreur… Est-ce que Candace ou Mischa seront les prochaines ?

— Non, ça va aller, ai-je répondu à ma mère avant de débarrasser mes affaires.

Je me suis mise en pyjama et, au moment où j'allais me coucher, Moxie a gratté à la porte de ma chambre pour me faire savoir qu'elle voulait faire un tour au jardin une fois de plus. J'ai mis mes chaussons et ma veste en jean et je l'ai suivie dans la cuisine. Lorsque j'ai ouvert la porte de derrière, j'ai vu avec surprise Trey assis sur les marches du perron, dos à moi. Il s'était changé et portait à nouveau sa veste militaire et son jean. Il n'a bougé que lorsque Moxie s'est ruée sur lui en remuant la queue et a commencé à l'agresser avec ses coups de langue. De sa main droite, il s'est mis à la caresser et il a pivoté pour qu'elle lui lèche le visage. Son bras gauche, toujours en écharpe, est resté immobile sur sa poitrine.

L'attention de Moxie a rapidement été détournée par des feuilles mortes qui voletaient dans le coin au fond du jardin, donc elle est partie aussi vite qu'elle pouvait sur ses pattes abîmées pour aller voir de plus près. J'ai hésité un moment avant de rejoindre Trey, tout en laissant autant d'espace entre nous que le permettaient les quelques marches. La lune était pleine et illuminait le jardin d'une lueur pâle au gré des nuages qui passaient lentement, comme une série de caravane de nomades. Il n'y avait rien à dire, je le savais, bien que mon cerveau forme toutes sortes de condoléances qui étaient toutes nulles. Même le fait de demander comment il allait aurait sonné faux. Il n'allait pas bien, c'était évident. Je n'osais pas le regarder, ne serait-ce que du coin de l'œil, parce que je savais que, si je commençais à le regarder, je ne pourrais plus arrêter de fixer son coquard tout gonflé. Mischa disait que Trey n'avait pas pu parler à l'hôpital vendredi soir. Il était tout à fait possible qu'il en soit encore incapable. Après quelques minutes de silence, sans dire un mot, il a soudain pris ma main gauche de sa main droite, et je suis redevenue attentive quand j'ai senti sa paume humide contre la mienne. On est restés comme ça dans l'air frais de la nuit sans parler, ma main dans la sienne, nos mains entrelacées entre nous sur la marche en bois, pendant bien plus longtemps que je n'aurais pu le croire. Je sentais mon cœur battre et j'avais du mal à ne pas bouger la main gauche. Je ne comprenais absolument pas pourquoi Trey Emory, que je connaissais depuis toujours, me faisait soudain autant d'effet. J'aurais dû m'inquiéter pour Henry, m'inquiéter de son chagrin, mais tout avenir entre Henry et moi était à présent dans le flou le plus total.

— Je suis désolé que tu aies raté le gala d'automne, a fini par dire Trey.

De toutes les choses qu'il aurait pu dire en cet instant, la dernière à laquelle je m'attendais était de recevoir des excuses de sa part sur l'annulation du gala. Le gala ainsi que toutes mes attentes romantiques faisaient partie d'une autre vie, une vie dont j'avais du mal à me souvenir.

— Je me fiche de ce gala, Trey, ai-je répondu en toute honnêteté.

Il y avait tellement plus urgent à l'horizon que de danser un slow avec un garçon que je connaissais à peine. Comme essayer de savoir si Violet avait tué Olivia d'une manière ou d'une autre.

— Oui, mais tu tenais vraiment à y aller. Avant vendredi, ça avait de l'importance pour toi, a dit Trey lentement, comme s'il énonçait ce qu'il pensait être un fait, pas du tout sur le ton de l'accusation.

J'ai senti que je devais lui dire. J'avais l'impression que je n'avais pas le choix, il fallait lui confier ce qui s'était passé à l'anniversaire d'Olivia, comment on avait invoqué ces événements et comment Mischa et moi essayions de comprendre ce qui se passait, comment Candace était en train de devenir folle. Maintenant, il faisait partie de l'histoire et j'étais obligée de me demander si Violet avait vu Trey dans sa vision de la mort d'Olivia. Mais j'ignorais dans quel état d'esprit était Trey, et s'il serait ouvert à mon histoire paranormale à dormir debout si peu de temps après l'accident.

— Rien de ce qui s'est passé avant vendredi n'a d'importance, ai-je fini par dire.

J'ai décidé de ne rien révéler sur le jeu de Violet à ce stade.

Il s'est tourné vers moi, et c'est quand j'ai senti son regard se poser sur moi que j'ai osé tourner la tête vers lui. Son œil droit était si gonflé qu'il était presque fermé, et le bleu autour était violacé. Je n'avais pas remarqué cela au funérarium, mais il avait aussi des points de suture noirs, toute une ligne de petites croix le long de la joue droite, et sa lèvre inférieure était gonflée. Ses yeux étaient bleus, un bleu-vert hallucinant. Cette fois, j'ai bien pris le temps de vérifier, je ne voulais pas rater encore une occasion.

— C'est pas vrai. Il y a eu beaucoup de choses avant vendredi soir qui ont de l'importance.

Je n'ai pas répondu. J'étais tellement choquée par la gravité des blessures qu'il avait subies pendant l'accident de voiture que je n'ai rien réussi à dire. C'était un miracle qu'il n'ait pas été lui aussi tué sur le coup. Il n'aurait pas pu savoir ce qui l'attendait sur l'autoroute quand il avait proposé à Olivia de la raccompagner, alors que moi je savais.

— Je suis désolée, ai-je murmuré. Désolée que tu aies été blessé et impliqué dans tout ça.

Ses lèvres se sont entrouvertes comme pour poser une question, mais je me relevais déjà en détachant ma main de la sienne.

— Moxie ! Allez, viens ! ai-je appelé, et la chienne s'est redressée pour me regarder du bout du jardin avant de s'élancer clopin-clopant jusqu'aux marches.

Même debout, alors que j'attendais la chienne, un peu gênée, je me demandais si je n'avais pas raté ma chance d'être embrassée par Trey, mon premier vrai baiser avec un garçon que j'aimais clairement beaucoup. Mais Trey n'était pas censé être le garçon qui m'embrasserait en cette année de première. C'était censé être Henry, au gala d'automne. C'était d'Henry que j'étais censée rêver.

Rien de tout ça n'était censé arriver.

***

— Tu étais passée où ?

Dans les vestiaires, mardi matin, Mischa et moi avons trouvé Violet qui mettait son uniforme dans un coin. Elle était pâle et avait de petits yeux, comme si elle avait eu la grippe pendant le week-end. Lorsqu'elle nous a vues nous approcher d'elle, son expression n'a pas changé et elle a immédiatement détourné le regard pour fermer son casier. Elle s'est assise sur le banc pour lacer ses baskets.

— Tu m'entends ? Je t'ai envoyé des textos tout le week-end, Violet. Qu'est-ce qui se passe ?

Mischa s'est plantée devant Violet, les mains sur les hanches, furieuse. Pour quelqu'un de petite taille, Mischa pouvait dégager une puissance vraiment flippante.

Les autres filles qui se changeaient pour le cours de gym se sont retournées pour regarder. Tout le lycée était tendu ce jour-là. C'était comme si ce week-end tragique nous avait à tous fichu un coup par-derrière, comme quelqu'un qu'on aurait poussé de force d'un avion pour son premier saut en parachute contre son gré, afin de tomber pile dans les cours du mardi. La mort d'Olivia avait été annoncée pendant les déclarations du matin du professeur principal et la moitié des élèves avaient éclaté en sanglots avant même le début des cours. Il y avait des rumeurs prétendant que le gala d'automne serait décalé au week-end prochain et d'autres disant qu'il était purement et simplement annulé. Je n'avais vu ni Pete ni Trey ce matin, et l'idée de rentrer dans la cafétéria au déjeuner et de les y trouver suffisait à me donner mal au ventre.

Quand Violet a levé les yeux, une fois ses baskets lacées, ses yeux étaient remplis de larmes et elle faisait une grimace comme si l'envie irrépressible de pleurer était physiquement douloureuse.

— Je suis désolée, mais qu'est-ce que j'étais censée faire ? Quand j'ai entendu pour Olivia, je savais que vous seriez furieuses contre moi.

— On n'est pas furieuses ! a hurlé Mischa, qui en tout cas avait clairement l'air furieux. Mais tu dois t'expliquer, Violet, et je pense que tu sais de quoi je parle.

Les autres filles nous fixaient des yeux en se changeant. On était en train de faire une vraie scène dans les vestiaires. Je me tenais derrière Mischa, les bras croisés sur la poitrine. La confrontation, ce n'était vraiment pas mon genre, et j'étais terrifiée à l'idée d'accuser Violet de quoi que ce soit sans savoir exactement comment elle avait fait pour prédire les circonstances de la mort d'Olivia. J'avais le tout début d'un germe d'idée : je pourrais me rapprocher de Violet et faire l'espionne. Pour le moment, Mischa était ravie de lancer toutes ses accusations, je l'ai laissée faire et je suis restée derrière elle comme une ombre.

— Allez, mesdemoiselles ! Je veux vous voir sur la piste ! Dix tours de stade chacune ! On y va !

La voix tonitruante de Mme Stirling a résonné dans les vestiaires, avant même qu'elle n'apparaisse, quelques secondes plus tard, du côté des casiers bleus, avec son uniforme de sport aux couleurs de l'école et son sifflet au bout d'un cordon autour du cou.

— Portnoy ! Brady ! On se change et on se dépêche !

Violet nous a lancé un regard noir et a profité de la présence protectrice de la coach pour s'enfuir des vestiaires et rejoindre la piste.

Mischa a posé son sac sur le banc pour en sortir ses affaires de sport.

— À tous les coups elle sait quelque chose, a-t-elle affirmé en plissant les yeux. Je te dis que cette fille en sait plus qu'elle n'est prête à l'admettre.

Dehors, c'était un jour de septembre parfait, l'air embaumait les feuilles mortes et le soleil réchauffait mes jambes et mes bras nus. Mischa et moi nous sommes mises à courir pour rattraper Violet, qui avait presque un tour de stade d'avance sur nous.

— Tu ne pourras pas fuir toute ta vie, Violet, a lancé Mischa derrière elle.

Violet a ralenti sa course puis s'est mise à marcher pour nous permettre de la rattraper. Elle regardait droit devant elle pour éviter de croiser notre regard. Elle a enlevé ses écouteurs et les a laissés pendouiller le long de leurs fils blancs jusqu'aux genoux.

— Pourquoi t'as pas répondu de tout le week-end à mes appels ? a demandé Mischa d'un ton autoritaire.

— Tu aurais voulu que je dise quoi ? a rétorqué Violet d'une voix aiguë et farouche. Je ne savais pas que toutes ces horreurs allaient se réaliser. C'était une pure coïncidence mais, dès que j'ai appris, j'étais sûre que vous penseriez que j'avais quelque chose à voir avec tout ça.

— Bah, évidemment, suis-je intervenue, aussi paisiblement que possible parce que je ne voulais pas en rajouter. Violet, comment veux-tu qu'on ne se pose pas la question ? Tu as prédit absolument chaque détail de l'accident.

— Je n'ai rien prédit du tout, a insisté Violet.

— Excuse-moi, mais t'appellerais ça comment ? a demandé Mischa. Tu savais ce qui allait se passer, comment ça allait se passer, jusqu'à chaque détail de l'état dans lequel se retrouverait le corps d'Olivia, où ça aurait lieu et quand. On n'exagère pas, Violet. Ça fait trop de coïncidences.

— C'est ça, a jeté Violet d'un ton sarcastique.

C'était nouveau d'entendre du sarcasme de sa part. Son ton était étonnamment dur, ça ne lui ressemblait pas du tout. Jusqu'à cet instant, elle était plutôt timide et voulait surtout faire plaisir aux autres.

— J'ai vu dans l'avenir d'Olivia pendant son anniversaire et j'ai prédit cet horrible accident jusqu'aux moindres détails. Non mais écoute-toi deux minutes, Mischa. Tu es folle.

Mischa est restée silencieuse un instant.

— Attends, si je voyais vraiment l'avenir, je travaillerais pour la CIA pour contrer des attaques terroristes. Et puis je jouerais au Loto tous les soirs, et je vivrais dans un château grâce à tout l'argent que je gagnerais. Franchement !

Violet déroulait son argument et prenait confiance en elle :

— N'est-ce pas, McKenna ?

J'ai grimacé. Elle avait raison, c'était totalement ridicule de suggérer qu'elle avait des pouvoirs magiques. Mais, en même temps, j'étais convaincue qu'il y avait quelque chose de pas net chez Violet. Elle m'avait dit à moi et à personne d'autre qu'elle avait des visions bizarres sur les gens. Pourquoi est-ce qu'elle m'avait dit ça à moi ?

Peut-être qu'elle se demandait si j'avais parlé aux autres de la conversation qu'on avait eue. Mais ce n'était pas le cas. Pourquoi est-ce que je n'en avais pas parlé ? Violet devait savoir qu'en me confiant ce qui lui arrivait dans le contexte spécifique où elle m'expliquait que c'était pour ça qu'elle savait pour la mort de ma sœur, elle pouvait être sûre que je le garderais pour moi. Ça me mettait vraiment mal à l'aise qu'elle tente de me ranger de son côté, qu'elle compte sur moi pour confirmer ce qu'elle disait, mais ça pouvait me permettre d'avoir un avantage sur Mischa et d'apprendre ce qui était réellement arrivé à Olivia.

— Peut-être bien, ai-je concédé doucement. Mais admets que toute cette histoire est vraiment bizarre, Violet.

— Oui, c'est bizarre, a-t-elle reconnu. Mais mets-toi à ma place. Olivia était mon amie à moi aussi.

Sur ce, elle a remis ses écouteurs et a repris sa course devant nous sur la piste.

Chapitre 7

Après les cours, pendant que je récupérais mes livres, j'ai vu M. Dean en pleine conversation avec Violet dans le couloir. Olivia était morte et Candace était à l'hôpital, j'en étais donc réduite à mon ancienne routine de seconde, à savoir rentrer chez moi à pied, seule. Violet avait l'air très sérieux et hochait la tête lentement en écoutant chaque mot que lui disait M. Dean. Je ne pouvais pas m'empêcher de me demander s'il lui parlait du conseil des élèves. Avec le chaos qui avait frappé le week-end dernier, je n'avais pas pris le temps de préparer mes affiches de campagne. L'élection avait été reportée à cause de la mort inattendue d'Olivia, mais seulement de deux semaines. Le vote était prévu pour lundi et mardi, donc je n'avais pas d'autre choix que de me mettre à mes posters en rentrant cet après-midi-là.

Le lendemain matin, je suis partie au lycée tôt et à pied. J'espérais que personne, surtout pas Trey (que je n'avais pas du tout vu mardi), ne passerait à côté de moi en voiture alors que je portais mes immenses affiches enroulées sur les trois kilomètres qui me séparaient du lycée. Une fois arrivée, je les ai accrochées avec de petits ronds de scotch, toute seule, à quelques centimètres à peine de celles de Michael Walton. C'était sans doute une stratégie inconsciente. Le temps que je retourne à mon casier, les élèves commençaient déjà à remplir les couloirs et j'ai remarqué quelque chose d'inouï au bout du hall.

Violet accrochait un poster au-dessus de la fontaine à eau et Tracy Hartford semblait être en train de l'aider.

Incapable de réprimer ma curiosité, je me suis avancée comme en transe. Et, bien sûr, l'affiche que Violet accrochait annonçait qu'elle se présentait à la présidence du conseil. Elle la montrait souriante, avec écrit soigneusement en lettres majuscules remplies au marqueur rouge :

VIOLET SIMMONS
CANDIDATE À LA PRÉSIDENCE
DE LA PROMO DE PREMIÈRE

C'était bien plus stylé, même si c'était beaucoup plus simple que mes propres affiches, sur lesquelles j'avais tenté de cacher mon manque d'inspiration artistique avec des tonnes de paillettes.

— Euuuh, qu'est-ce qui se passe ? ai-je demandé pendant que Violet lissait son affiche contre le mur avec la paume de la main.

— Oh, salut, McKenna. M. Dean m'a demandé hier si je serais d'accord pour me présenter à la présidence vu que le vote a lieu bientôt, a-t-elle répondu innocemment.

— Elle serait parfaite, a ajouté Tracy en souriant à Violet, comme si quelqu'un lui avait demandé son avis.

— Vraiment, ai-je rétorqué, sans être convaincue d'avoir réussi à cacher le doute dans ma voix.

— Eh bien, j'étais secrétaire de promo dans mon ancienne école, a précisé Violet en glissant une mèche de cheveux derrière son oreille. Et puis, si Tracy a l'habitude d'être secrétaire ici, ce serait idiot de se présenter contre elle. Donc, si elle est secrétaire et que tu es trésorière, on pourrait vraiment s'amuser si je gagnais.

C'était la première fois que je l'entendais parler de son implication dans le conseil des élèves de son ancienne école en Illinois.

— Est-ce que quelqu'un d'autre se présente ? ai-je demandé de façon plutôt malpolie.

C'est juste que sa décision était hyper inattendue, étant donné qu'Olivia était morte depuis même pas une semaine. Ça me paraissait très froid comme calcul, mais je voyais bien que Violet essayait déjà de faire passer son ambition impitoyable pour un service charitable auprès de ses camarades.

Violet et Tracy ont échangé des regards gênés, puis Tracy a levé les yeux au ciel.

— Évidemment, Michael Walton veut lui aussi se présenter à la présidence, mais il est déjà candidat à la vice-présidence et c'est trop tard pour changer les nominations.

Je me suis mordu l'intérieur de la joue. M. Dean était le seul prof du lycée à tenir autant au conseil des élèves, donc il aurait facilement pu modifier une de ses règles si ça l'arrangeait.

— Comment est-ce que tu l'as convaincu de te laisser te présenter ? Toi aussi tu as raté la date limite de dépôt des candidatures.

J'avais dû collecter cinq signatures pour avoir le droit de postuler. J'avais reçu le soutien de Candace, Isaac, Pete, Mischa et Matt au déjeuner le vendredi de la réunion. Il y avait forcément une raison qui expliquait pourquoi on facilitait autant les choses pour Violet.

— Personne d'autre qu'Olivia ne s'était présenté, a expliqué Violet d'un ton parfaitement neutre. Donc j'ai eu le droit de rendre mes signatures ce matin.

Juste à ce moment-là, M. Dean est sorti de la salle d'histoire au bout du couloir et a hoché la tête dans notre direction. Puis il a levé la main pour nous saluer amicalement.

— Bon, ai-je ajouté, toujours perturbée par ce qui se passait avec Violet et par la sensation grandissante que cette fille était dangereuse, ce serait cool si on était au conseil des élèves ensemble.

En retournant à mon casier pour récupérer mes livres pour les cours du matin, j'ai regretté d'avoir passé le début de la matinée à coller mes affiches. J'aurais préféré que M. Dean ne soit jamais venu me demander de me présenter au poste de trésorière. Vu ce qui s'était passé cette dernière semaine, avoir à collaborer avec Violet jusqu'au mois de juin ne me faisait pas du tout envie. Mais il était de plus en plus clair que la seule façon d'apprendre ce qui motivait Violet était de se rapprocher d'elle. Je me suis dit qu'elle voulait vraiment que je sois son amie, plus que Mischa et Candace, ou alors que j'étais peut-être juste naïve et que m'avoir près d'elle n'était qu'une autre facette du plan machiavélique qu'elle avait en tête.

Au déjeuner, notre groupe a remarqué que Violet s'était assise deux tables plus loin de la nôtre, en face de Tracy Hartford. Mischa était furieuse.

— Pour qui elle se prend ? Elle croit vraiment qu'elle peut reprendre la vie d'Olivia là où Olivia l'a laissée ?

Matt a posé la main sur le dos de Mischa pour la calmer.

— Elle se présente à la présidence, c'est tout. C'est pas la fin du monde.

Rien n'aurait pu calmer Mischa, qui jetait un regard noir dans la direction de Violet.

— Si, c'est la fin du monde, et c'est bien plus qu'une simple candidature à la présidence.

J'essayais de toutes mes forces de faire l'indifférente lorsque j'ai été totalement déconcentrée par un garçon qui portait une veste militaire du côté des distributeurs de boissons. C'était Trey, sans aucun doute, même si je me demandais bien comment j'avais fait pour ne pas le remarquer plus tôt dans la matinée. Il me tournait le dos et je l'ai vu glisser un billet d'un dollar dans le distributeur de la main droite avant d'appuyer sur le bouton pour avoir sa canette. D'un tremblement que je n'ai pas pu entendre au-dessus du brouhaha de la cafétéria, la machine a craché la boisson demandée et Trey l'a prise avant de sortir de la salle en direction de l'escalier qui menait aux vestiaires.

Je me suis demandé une fois de plus si Violet avait vu Trey dans sa vision de la mort d'Olivia. Elle en avait suffisamment vu pour affirmer qu'Olivia ne conduisait pas au moment de l'accident. Est-ce qu'elle avait su que Trey survivrait ?

***

Candace était toujours à l'hôpital et je trouvais que ma nouvelle vie commençait à ressembler péniblement à celle que j'avais laissée en seconde. Après les cours, Mischa est allée à son entraînement de gym avec Amanda et j'ai évité de croiser le regard interrogatif de Cheryl au moment de descendre l'escalier du couloir des premières pour rentrer chez moi. J'aurais adoré qu'elle me raccompagne, mais je me suis rendu compte que, si Cheryl me raccompagnait en voiture, alors je lui serais redevable. Il valait mieux que je marche trois kilomètres plutôt que de laisser Cheryl tenter de renouer avec moi.

J'ai pris un chemin détourné afin d'éviter les voitures et je me suis arrêtée au bout d'un kilomètre pour enlever mes souliers oxfords à talons compensés stylés et mettre mes baskets à la place. Sur le pied gauche, je voyais qu'une ampoule énorme se formait, pleine d'eau et toute rose. Au moment de tourner au coin de ma rue, en passant devant le terrain vacant, j'ai été envahie par l'impression qu'il se passait quelque chose d'anormal à la maison. Je ne savais pas quoi, au juste. Ce n'était pas une prémonition, ni une vision de danger. C'était plutôt un soupçon, un peu comme l'ampoule que j'avais sentie en train de se former sur mon pied une demi-heure plus tôt.

Lorsque j'ai franchi le seuil, tout était étrangement calme. Je suis rentrée dans la cuisine et, par habitude, j'ai ouvert le frigo, même si je m'étais entraînée à ne plus grignoter en rentrant des cours. Et puis je me suis rendu compte que je n'avais pas entendu Moxie s'ébrouer. Ça faisait longtemps qu'elle ne venait plus m'accueillir à la porte parce que son arthrose était trop douloureuse, mais normalement, dès que j'ouvrais la porte, je l'entendais se lever de sa sieste et s'ébrouer en faisant un bruit de clochettes avec les plaquettes qui pendaient à son collier de chien.

Mais ce jour-là, pas de son de clochettes. J'ai fermé la porte du frigo, lentement, et j'ai commencé à me sentir horriblement mal. Je n'avais aucune raison de me mettre à pleurer à ce stade, mais je savais déjà que ça allait venir. D'abord, j'ai vérifié le séjour, où Moxie se couchait parfois contre le radiateur. Puis j'ai regardé dans la chambre de ma mère, où j'espérais vraiment trouver une boule de fourrure noir et blanc au pied du lit, à l'endroit où la chienne aimait faire sa sieste.

— Moxie ? ai-je appelé dans le couloir, sans trop savoir où elle pouvait bien être.

Moxie avait ses habitudes dans la maison, ses lieux préférés dans lesquels elle s'étirait et dormait, mais je ne l'ai trouvée dans aucun d'eux. Je commençais sérieusement à me demander s'il ne se passait pas quelque chose de très étrange. Peut-être que maman avait pris le chien avec elle au travail ? Après avoir vérifié tous ses coins habituels, je suis allée dans ma chambre. Moxie était recroquevillée en boule sur mon lit, la tête sur mon oreiller. C'était comme ça qu'elle dormait quand elle était encore un chiot. Jennie et moi avions reçu Moxie comme cadeau de nos parents à l'âge de trois ans parce que Jennie était obsédée par les chiots et qu'elle n'arrêtait pas d'en demander un. Je me suis assise au bord du lit pour ne pas lui faire peur si elle dormait, mais je savais déjà qu'elle ne dormait pas. J'ai touché sa tête douce délicatement et ce que je craignais s'est confirmé. Elle ne respirait plus, sa poitrine ne se gonflait plus, ses narines ne faisaient plus ce mouvement d'extension-contraction habituel quand elle dormait, rêvant sans doute qu'elle poursuivait des créatures dans le jardin.

Je n'arrivais pas à croire ce qui était en train de se passer.

Je me suis penchée et j'ai posé ma tête sur la sienne, je voulais que ce moment ne cesse jamais, que Moxie ne soit jamais plus loin de moi qu'en cet instant précis, là, sur mon lit. Je ne savais pas à quelle heure elle était morte, mais je suppose qu'elle avait grimpé sur mon lit et qu'elle s'était endormie pour toujours dans l'après-midi, après que ma mère était partie pour Sheboygan. J'ai pensé envoyer un texto à ma mère, mais je n'arrivais pas à trouver des mots qui ne lui briseraient pas totalement le cœur. Il était bien possible que la nouvelle lui fasse tant de peine qu'elle ne soit pas capable de rentrer en voiture. Donc, à la place, après avoir embrassé Moxie plusieurs fois et l'avoir caressée, je suis allée au garage et j'ai décidé de l'enterrer avant que maman rentre. Ce serait suffisamment difficile pour elle d'apprendre que Moxie était morte, mieux valait lui éviter de la voir immobile, sans vie.

Tout au fond du jardin, j'ai commencé à creuser un trou près de la clôture, là où Moxie aussi aimait creuser des trous. Au bout de cinq minutes, mes mains commençaient à gercer à force d'avoir manié la pelle et je suais à grosses gouttes. Je me suis arrêtée un instant pour reprendre mon souffle. Je regardais le progrès de mes efforts, un petit trou d'à peine dix centimètres de profondeur. Derrière moi, j'ai entendu le portillon s'ouvrir et se refermer, et à ma grande surprise, en regardant par-dessus mon épaule, j'ai vu Trey s'approcher de moi. Il portait une pelle de son propre garage. Il n'avait plus le bras en écharpe et, sans dire un mot, il s'est mis à creuser là où j'avais commencé. Je me suis essuyé le front avec la manche de ma veste à capuche en me demandant si son bras gauche était suffisamment remis pour qu'il l'utilise, mais je n'ai pas osé demander.

— Tu peux me dire pourquoi on creuse ? a demandé Trey plusieurs minutes plus tard lorsqu'il a fait une pause.

— Ma chienne est morte, ai-je répondu aussi calmement que possible parce que je ne voulais pas pleurer devant lui.

J'ai senti que mon nez allait se mettre à couler alors que j'essayais de contenir mes larmes. Les blessures sur son visage m'ont momentanément distraite de ma tristesse. Il n'était plus gonflé, mais sa joue, le contour de ses lèvres et sa mâchoire étaient recouverts d'un bleu violet foncé. Trey n'a pas posé plus de questions. Il a continué à creuser jusqu'à ce qu'on se retrouve devant un trou plutôt grand, de près d'un mètre de profondeur.

— Tu crois que c'est suffisant ? a-t-il demandé.

J'ai acquiescé sans trop savoir. Je voulais être sûre que le trou serait assez profond pour que d'autres animaux n'aillent pas la déterrer. C'était une pensée affreuse et morbide, mais tout à fait pertinente parce que le Wisconsin était infesté d'ours, de coyotes et d'autres types d'animaux capables de semer la pagaille dans un jardin.

— Elle est où ? a demandé Trey en regardant derrière moi vers la maison.

J'ai compris qu'il proposait d'aller la chercher à l'intérieur pour que je n'aie pas à le faire. Je ne savais pas s'il était déjà entré chez moi, mais je me suis rappelé que toutes les maisons de la rue avaient été construites à l'identique.

— Elle est sur mon lit, ai-je réussi à dire sans que ma voix se brise.

Trey est rentré dans la maison pendant que je regardais tout droit, dans l'espace, à moitié dans un rêve. J'observais mon souffle qui sortait de ma bouche en fumée blanche alors que le jour devenait nuit et que le soleil disparaissait à l'horizon. Je sentais l'odeur d'un feu de bois et je me disais qu'un des voisins utilisait sans doute sa cheminée pour la première fois de l'automne. Les lucioles qui envahissaient encore le jardin quelques soirs plus tôt avaient disparu pour la saison. J'ai ravalé ma salive. L'idée que Moxie ne verrait plus l'été et qu'elle n'aboierait plus jamais à la vue des lucioles me faisait mal à la poitrine. Trey est revenu quelques minutes plus tard avec le corps de Moxie dans les bras. On aurait dit qu'elle ne pesait rien. J'étais touchée qu'il prenne tant de précautions en la mettant dans le trou qu'on avait creusé, en faisant attention à ses pattes comme s'il essayait de la mettre à l'aise. J'étais sur le point d'éclater en sanglots, même si je savais que c'était bizarre d'être plus triste de la mort d'un chien que de celle d'une amie. Et, même si je me disais que Moxie n'avait enfin plus mal à cause de son arthrose, et que peut-être bien qu'en cet instant précis elle était à côté de Jennie et me regardait d'en haut, ça ne m'apportait pas beaucoup de réconfort.

— Je vais la recouvrir, a fini par annoncer Trey, qui avait remarqué que je n'avais pas bougé d'un pouce depuis qu'il s'était écarté du trou.

Je me suis rendu compte que j'étais incapable de lui mettre de la terre dessus. Je ne sais pas si j'aurais trouvé la force nécessaire si Trey n'avait pas été là, ni si c'est sa présence qui m'a permis d'exprimer ma douleur. Mais, en tous les cas, je me suis retournée en pleurant silencieusement pendant que Trey remplissait le trou avec la petite montagne de terre qu'on avait accumulée.

— Tu peux te retourner, a-t-il dit quelques minutes plus tard.

Un petit tas de terre trônait à l'endroit où on avait creusé le trou.

On a tous les deux fait volte-face quand on a entendu la voiture de ma mère se garer dans l'allée et que le moteur s'est éteint. Elle est sortie du break, pleine de l'énergie d'une bonne journée de cours au campus, et a levé la main dans notre direction.

— Salut, les jeunes, vous faites quoi ? a-t-elle demandé en passant par le portillon.

Tout de suite, son sourire s'est éteint quand elle nous a vus, gênés, une pelle à la main devant le tas de terre.

— Qu'est-ce que c'est que ça ?

— Maman, ai-je commencé, c'est Moxie…

Maman a levé la main pour que je me taise, elle savait déjà ce que je m'apprêtais à dire. Elle a regardé le sol devant ses pieds pour éviter de croiser nos regards.

— Bon, a-t-elle dit d'une voix abrupte, comme si elle ne pouvait pas supporter que je finisse ma phrase. Bon.

— Ça s'est passé de façon très paisible, maman, ai-je sorti pour essayer d'atténuer sa douleur, mais je savais que la mort de Moxie était comme un des derniers morceaux de Jennie qui lui restaient et qui venait de lui être arraché.

Elle retournait déjà dans la maison en secouant la tête, et sans doute qu'elle disparaîtrait dans sa chambre jusqu'au lendemain, comme elle le faisait parfois le jour de l'anniversaire de la mort de Jennie.

— Tu veux rester seule ? a demandé Trey.

J'ai réfléchi un instant et j'ai décidé que, en fait, je n'avais pas vraiment envie d'être seule dans le jardin devant un tas de terre. Je ne voulais pas me retrouver seule dans la maison non plus, à écouter ma mère pleurer au travers du mur qui séparait nos chambres.

— Non, ai-je répondu.

— Tu veux aller te promener ? a-t-il demandé, l'air un peu gêné, en plongeant sa main libre dans la poche de son jean. Enfin, j'aurais pu nous conduire quelque part mais bon… ma voiture…

J'ai accepté d'aller me balader et on a rangé nos pelles dans nos garages respectifs. Je ne voulais pas m'aventurer trop profondément chez moi, donc j'ai pris un des cardigans pas du tout à la mode de ma mère sur le crochet près de l'entrée et j'ai retrouvé Trey devant la maison quelques minutes plus tard.

Sans échanger un regard, on s'est dirigés sur la gauche au bout de la rue et on a pris la direction d'un des tout petits centres commerciaux de notre ville. C'était un des seuls chemins qu'on pouvait emprunter à pied, quasiment tous les trottoirs se transformaient en fossés aux limites de la ville le long des routes de campagne et c'était compliqué de se promener sans s'inquiéter de se faire renverser par une voiture arrivant à toute vitesse. Les feuilles mortes craquaient sous nos pieds et dégageaient une odeur douce, et le bruit des sauterelles avait disparu. L'automne était bien arrivé.

— Au fait, j'aimerais te demander, a commencé Trey une fois qu'on était à quelques blocs de chez nous. Lundi soir dans le jardin, tu m'as dit être désolée que j'aie été *impliqué dans tout ça*. Tu voulais dire quoi ?

Ses mots m'ont sortie de ma torpeur et j'ai tenté de me souvenir de ce que j'avais dit sur le perron. Est-ce que je lui avais donné l'impression que la mort d'Olivia était liée à quelque chose d'autre ?

— Ben je voulais juste dire que tu as été impliqué dans l'accident de voiture, c'est tout.

J'ai essayé de m'expliquer sans parler de Violet à cet instant si délicat. Mais après je me suis dit : Violet avait parlé de Moxie. Elle savait que j'avais un chien. Est-ce que j'étais folle de me dire que Violet avait joué un rôle dans la mort de Moxie ? À part son arthrose, la chienne n'avait pas de problème de santé visible ces derniers temps. Rien que de penser que Violet pouvait avoir fait quelque chose pour entraîner la mort de Moxie m'a mise dans un état de rage tel que j'ai commencé à transpirer malgré la fraîcheur du soir.

— Ça ressemblait pas à ça quand tu l'as dit, a insisté Trey au bout d'un moment. On aurait dit que tu en savais plus à propos de l'accident. Ça m'a fait flipper. Parce que, juste avant que le camion nous percute, Olivia est devenue totalement folle dans la voiture. Elle n'arrêtait pas de répéter : *C'est comme dans l'histoire. Arrête-toi. On va avoir un accident.* Tu sais de quoi elle parlait ?

Je suis restée silencieuse, je ne savais pas si c'était le bon moment pour lui révéler tout ce qui s'était passé à la fête d'anniversaire d'Olivia. Ça ne faisait même pas une semaine qu'il avait eu cet accident et c'était de la folie de penser qu'il était prêt à entendre tous les détails de l'histoire de Violet.

— J'ai vraiment besoin de savoir, McKenna, a-t-il continué. Ça me rend dingue. J'y pense tout le temps. De quoi elle parlait ? Quelle histoire ? Comment elle savait que ce camion allait nous rentrer dedans ? Elle était tellement convaincue qu'il allait nous emboutir par-devant que j'avais peur qu'elle ouvre la portière côté passager et qu'elle saute hors de la voiture. Quand le camion nous a percutés, je voyais rien au travers de mon pare-brise. Juste avant, j'avais viré à droite pour me garer sur le bas-côté pour qu'elle se taise. Elle ne voulait pas… se taire.

On était sur une longue route boisée juste avant l'intersection où se situaient quelques magasins, et il y avait très peu de circulation. Il faisait déjà sombre et les lumières qui longeaient la route commençaient à s'allumer. Pour une raison que j'ignore, avec la tombée de la nuit j'avais encore plus de mal à lui raconter la vérité. Lui parler de ce qu'on avait fait après la nuit tombée, c'était comme invoquer plus de choses horribles. Rien n'était sûr dans le noir.

— Tu as une idée de ce qu'elle racontait ? a-t-il répété.

J'ai pris une longue inspiration. J'étais consciente que je ne pourrais pas revenir en arrière si Trey décidait que j'étais complètement folle une fois que je lui aurais raconté les détails de la soirée.

— Bon. Tu vas dire que c'est totalement taré. Je suis d'accord. Mais c'est tellement bizarre que, quelque part, ça doit être vrai.

J'ai osé lever les yeux sur lui pour voir s'il était déjà sceptique. Il avait l'air impatient d'en savoir plus, donc j'ai continué :

— Il y a deux semaines, c'était la fête d'anniversaire d'Olivia. On est restées debout tard et on a décidé de jouer à un jeu.

— Juste toi et Olivia ? a interrompu Trey.

— Non, il y avait moi, Olivia, Candace, Mischa et Violet, la nouvelle qui vient de l'Illinois. Violet a suggéré qu'on joue à ce jeu qui s'appelle « Léger comme une plume, raide comme la mort ». C'est un jeu débile, du genre auquel on joue au collège. Mais on s'ennuyait tellement qu'on a dit d'accord. L'idée du truc, c'est qu'une personne raconte une histoire élaborée sur comment un des autres joueurs va mourir. Et, à la fin de l'histoire, les autres participants se mettent à dire une incantation et, du bout des doigts, font léviter le joueur dont on vient de raconter l'histoire.

— Comment ça, du bout des doigts ? a demandé Trey, qui essayait de visualiser ce que je racontais.

— Ben, du bout des doigts, ai-je répété. Ah, j'ai oublié de dire que, pendant qu'un des participants raconte l'histoire, celui dont on décrit la mort s'allonge sur le sol. Et, à la fin de l'histoire, si le jeu marche correctement, il ne pèse plus rien. C'est comme si un sort était jeté sur tous ceux qui jouent, et la personne s'élève sans aucun effort jusqu'à ce que quelqu'un éternue ou rigole ou fasse quelque chose pour rompre le sort.

— OK, c'est un peu chelou, ton jeu, a dit Trey. J'ai jamais entendu parler d'un jeu pareil.

— Ben oui, ai-je acquiescé avec réticence. Beaucoup de gens pensent que dans ce jeu on invoque des esprits maléfiques, mais c'est débile. Mon père dit que c'est un genre d'hypnose de groupe. Tous ceux qui jouent sont hypnotisés par l'incantation. Tu sais qu'on peut faire pas mal de trucs impossibles sous hypnose.

— Donc vous avez joué à ce jeu trop bizarre et quelqu'un a prédit la mort d'Olivia ? a demandé Trey.

Dans le noir, j'ai trébuché dans un trou du trottoir et il m'a rattrapée par le coude pour m'éviter de tomber.

— Oui. Mais c'était beaucoup, beaucoup plus chelou que juste prédire sa mort, Trey. C'est Violet qui racontait l'histoire et… je saurais même pas t'expliquer, elle a raconté l'histoire de façon hyper convaincante. Jusqu'aux moindres détails. Elle savait tout, qu'Olivia irait s'acheter des chaussures au centre commercial, que ça arriverait la veille du gala. Elle savait même que quelqu'un dans le parking proposerait à Olivia de la raccompagner en voiture quand sa voiture ne démarrerait pas.

J'ai vu Trey frissonner sous sa veste militaire et il a regardé dans la direction du centre commercial, le visage impassible. Mon cœur battait à toute vitesse en attendant sa réponse. Je n'avais pas voulu exagérer l'histoire ou lui faire croire qu'on avait sciemment joué à un jeu paranormal flippant, mais je n'avais pas pu m'empêcher de tout déballer ; j'avais fait l'exact inverse de ce que je voulais.

— Est-ce qu'elle avait prédit que ce serait moi ? Elle savait que c'était moi qui proposerais à Olivia de la reconduire chez elle ?

Je me posais la même question.

— Elle a rien dit sur toi, Trey, lui ai-je répondu, sincère. Mais ça signifie pas que Violet ne savait pas. C'est juste qu'elle l'a pas précisé.

On est arrivés au centre commercial et on a traversé le parking lentement. Je suivais Trey, qui se dirigeait vers le glacier, devant lequel un tas de jeunes qui étaient sans doute en CM1 sortaient d'un minivan dans leur uniforme de foot.

— Et vous en avez parlé à quelqu'un, genre les parents ? a demandé Trey.

— Non, tu rigoles, ai-je répondu. On serait passées pour des idiotes, ou des folles. Personne ne nous aurait crues. Mischa et moi, on a demandé des explications à Violet et elle a fait comme si on avait tout imaginé. Peut-être… peut-être bien que c'est ce qu'on a fait.

Trey s'est arrêté devant la porte du glacier.

— Tu veux une glace ?

J'en voulais une, mais j'ai refusé.

— Je ne peux pas. C'est trop calorique.

Trey a levé un sourcil, comme s'il n'arrivait pas à croire que je refusais une glace par peur de grossir.

— Et si je prends un cône et que tu goûtes juste un peu ?

On est rentrés et on a commencé à faire la queue derrière les enfants turbulents de l'équipe de foot. Trey a demandé un cône avec deux boules de chocolat pour lui et a demandé à la dame derrière le comptoir d'ajouter un topping multicolore.

— Je pensais pas que t'aimais les paillettes multicolores, ai-je blagué.

— Je suis un homme plein de surprises, a-t-il souri.

De retour au parking, il m'a donné le cône avant même d'y avoir goûté.

— À toi l'honneur.

Je m'apprêtais à refuser catégoriquement, mais je me suis dit : *Après tout, un mec mignon m'offre de goûter à sa glace, une bouchée c'est pas la mort !* J'ai goûté un tout petit peu de topping sur le haut des boules et j'ai pris le temps de savourer leur goût sur ma langue. Ça faisait des mois que je n'avais pas mangé de glace. Le gâteau d'anniversaire d'Olivia était la dernière chose sucrée que j'avais mangée et je n'en avais pris qu'une toute petite part.

Un pick-up est entré dans le parking et nous a aveuglés un moment avec ses phares. Pendant qu'il se garait, j'ai vu que le conducteur n'était autre qu'Henry Richmond. J'ai fait signe à Trey de ralentir, je me sentais obligée de lui dire bonjour au moins.

— Salut, McKenna, a dit Henry après avoir fermé sa portière.

Il m'a saluée timidement, aussi mignon qu'une semaine plus tôt, quand mon cœur battait encore à l'idée de danser un slow avec lui. Il portait une chemise à carreaux dont le col était boutonné et un jean sans ceinture, et sa barbe de quelques jours suggérait qu'il ne s'était pas rasé depuis la veillée d'Olivia.

— Salut, ai-je dit en retour. Alors t'es toujours en ville ?

On était à quelques centimètres à peine l'un de l'autre et j'étais très consciente d'avoir Trey qui mangeait sa glace à ma droite.

Henry a haussé les épaules et a regardé le sol avant de lever les yeux vers moi.

— Oui, ben j'ai décidé de m'arrêter pour le semestre et de rester en famille. Tu vois, c'est ma première année et je voulais éviter de mal commencer l'université. Il vaut peut-être mieux attendre le prochain semestre pour reprendre.

— Oh, ai-je répondu débilement.

Je m'en voulais que mon cœur se mette à battre plus fort parce que Henry serait en ville tout l'automne alors que Trey était à quelques centimètres de moi. Le fait est que je savais déjà que j'avais un lien plus fort avec Trey, mais je n'avais encore jamais été dans la situation de dire non à un garçon mignon.

— Je suis désolée de l'apprendre, mais je suis sûre que tes parents seront heureux de t'avoir près d'eux.

— Oui, a acquiescé Henry, qui semblait tout juste remarquer Trey.

Comme si je venais d'être frappée par un éclair, je me suis rendu compte qu'Henry avait dû rencontrer Trey la semaine passée pendant l'enquête de police sur l'accident.

— Salut, ça va ? a-t-il lancé dans sa direction.

— Ça va, a répondu Trey froidement.

Je sentais qu'il voulait vite mettre un terme à cet échange. Ses yeux fixaient déjà un point au loin vers la route que nous avions empruntée.

— Envoie-moi un texto un de ces quatre, McKenna. On pourrait aller voir un film ou genre. Ça me changerait les idées de… Enfin, tu vois ce que je veux dire.

— OK, ça marche, ai-je acquiescé, bien consciente qu'en gros il me demandait de sortir avec lui pile devant Trey.

Trey n'était pas mon copain, il n'avait même pas indiqué que ça l'intéresserait de le devenir, mais bon… c'était quand même gênant.

— Faut que j'y aille, a ajouté Henry en désignant de la tête le magasin de donuts à côté du glacier. Ma mère veut absolument une tasse de thé et on n'a plus de thé à la maison.

Trey et moi avons pris le chemin du retour dans le noir et Trey a enfoncé le reste de son cône dans sa bouche.

— Ce mec te plaît.

— Il est sympa, ai-je répondu parce que je ne voulais pas que Trey sache à quel point Henry me plaisait il y a tout juste une semaine. Désolée. Ça a dû te faire bizarre vu que c'est le frère d'Olivia.

— Nan ça va, c'est juste…

Trey a marqué une pause pour réfléchir aux mots exacts avant de poursuivre :

— L'année dernière, ce mec n'arrêtait pas de me traiter de loser dans la cafétéria. Et cette année, c'est moi qui entends les derniers mots que sa sœur a prononcés avant de mourir. C'est dingue, le lycée.

J'avais oublié qu'Henry était du genre à s'attaquer aux élèves les moins populaires quand il était encore avec nous au lycée. Je me rendais compte que Trey était cool. Il aurait pu faire partie d'un groupe de rock, mais en bien plus gentil et sensible que ce que j'aurais pu imaginer chez un garçon de mon âge. J'avais honte que quiconque se moque de lui au lycée. Sans parler du fait qu'il y a un an, moi aussi on se moquait de moi.

— Donc il te plaît, a répété Trey pour obtenir une confirmation de ma part.

— Il me plaisait.

— Quand est-ce que c'est devenu du passé ? a blagué Trey.

J'étais relativement sûre de savoir ce qu'il essayait de me faire dire et je voulais voir s'il était intéressé par moi ou si j'avais imaginé le lien qui s'était créé entre nous ces derniers temps.

— Récemment, ai-je répondu. Ça remonte peut-être bien à la nuit où les chatons sont nés, il a perdu de son intérêt à ce moment-là.

Trey s'est arrêté et a pris ma main droite. Il a glissé ses doigts entre les miens et une voiture est passée juste au moment où il a plongé ses yeux dans les miens. Je savais ce qu'il s'apprêtait à faire, et je souhaitais pouvoir graver pour toujours dans mon esprit tout ce qui était sur le point de se passer. Il s'est penché vers moi et m'a embrassée de façon maladroite. Au début, nos lèvres n'ont fait que des mouvements gauches, nos nez se sont retrouvés écrasés l'un contre l'autre et nos dents se sont entrechoquées. Je suppose que c'est comme ça que ça se passe pour tout le monde la première fois, quand personne ne sait exactement quoi faire. Mais, après quelques secondes, tout s'est mis en place et Trey m'a tirée vers lui.

— Bon, ça c'est fait, enfin, a-t-il souri timidement lorsqu'on s'est écartés l'un de l'autre.

— Vraiment ? C'était si important ? ai-je blagué.

— Oui, a-t-il répondu.

Sa réponse était parfaite et mon cœur a bondi de joie.

Et, pendant une toute petite seconde, alors que je regardais Trey à peine illuminé par le lampadaire de la rue, j'ai été reconnaissante que les événements se soient déroulés exactement de cette façon, parce que, si Violet n'avait pas raconté son histoire, si Olivia n'était pas morte, et d'ailleurs si Moxie n'était pas partie, elle aussi, cet après-midi, je ne me tiendrais pas là avec Trey en ce moment même. Et puis, aussi rapidement que l'idée m'était venue, j'ai eu honte d'être reconnaissante de tout ça.

— Alors laisse-moi te demander, a continué Trey tandis qu'on poursuivait notre chemin, main dans la main. Quand vous avez joué à ce jeu, est-ce que Violet a raconté la mort d'autres personnes ? Est-ce qu'elle a prédit la tienne ?

J'ai senti la noirceur s'étendre autour de nous, et tout le confort et la joie que j'avais ressentis un moment plus tôt quand Trey m'avait embrassée ont disparu. Comment est-ce que j'avais pu oublier aussi vite que la mort nous attendait au coin de la rue ? Elle pouvait nous emporter, Trey ou moi, à n'importe quel moment.

— Elle a prédit la mort de tout le monde, ai-je dit, presque en murmurant. Sauf la mienne. Elle n'arrivait pas à imaginer de mort pour moi, à part… Elle a dit qu'elle n'arrivait pas à voir autre chose que du feu. Elle a vu la mort de Jennie. Pas la mienne.

Trey me regardait avec beaucoup d'intensité, clairement intéressé.

On a marché en silence durant les minutes qui ont suivi. Trey réfléchissait à tout ça. Pour la première fois, je me suis demandé si ma mort était imminente. Je n'avais jamais perçu ma propre mortalité, ma fragilité, pas même quand Jennie était morte. Tout le monde meurt, tout meurt, mais avant cet instant, sur le trottoir avec Trey, je ne m'étais jamais demandé comment j'allais mourir. Qu'est-ce que Violet avait fait pour attirer autant de tragédies en seulement quelques jours ? Est-ce que c'était intentionnel ? Est-ce qu'elle avait l'envie secrète de tuer toutes celles qui étaient devenues ses amies ?

— Tu la connais bien, Violet ? a demandé Trey comme s'il lisait dans mon esprit. Je la trouve plutôt naze comme amie.

Trey était d'accord avec moi : quelque chose ne tournait pas rond chez cette fille. Je lui ai expliqué que j'avais l'intention de me rapprocher d'elle pour tenter de comprendre exactement à quoi elle jouait. Il n'avait pas l'air ravi, mais a admis que c'était une bonne idée.

***

Le lendemain matin, ça m'a fait bizarre de ne pas être réveillée par les bruits que ma mère faisait en versant les croquettes de Moxie dans sa gamelle dans la cuisine. Quand mon réveil a sonné et que je suis sortie de ma chambre, la porte de celle de ma mère était toujours fermée. Au moment de partir, j'ai mis les gamelles de Moxie dans le garage dans une boîte pour que ma mère ne les voie pas si elle décidait de se lever un jour pour aller travailler. Je ne m'y attendais pas mais Trey se tenait sur notre perron, il m'attendait. Sans échanger un mot, on s'est mis à marcher sur le chemin de l'école ensemble.

Ensemble, ce qui était absolument parfait.

Je n'ai lu l'article du *Willow Gazette* sur la cérémonie et l'enterrement d'Olivia qu'en rentrant cet après-midi-là. En dessous du titre « Une communauté en deuil après la mort d'une lycéenne », une élève de première du lycée Weeping Willow, Violet Simmons, était citée :

« Tout le monde a du mal à croire ce qui s'est passé. Olivia Richmond était une inspiration pour nous tous et c'était une de mes meilleures amies. »

N'importe qui, en lisant cet article en entier, aurait eu l'impression qu'Olivia et Violet étaient amies depuis toujours.

Chapitre 8

Candace est revenue à l'école le lundi suivant, sous médicaments, amaigrie et sans humour. Ce n'est qu'en la voyant aussi changée que je me suis rendu compte à quel point elle me plaisait avant, lorsqu'elle était une explosion de soleil et de bruit. Vendredi, sa mère était venue au lycée faire modifier son emploi du temps. Mischa et moi l'avions vue assise dans le bureau du proviseur avec M. Bobek, le conseiller d'éducation qui nous encourageait tous à réfléchir à la possibilité d'aller dans la petite université du coin pour dépenser moins d'argent. Mischa m'expliquait que la mère de Candace avait appelé la sienne pour poser des questions spécifiques sur Violet et l'avait informée qu'elle allait s'arranger pour que Candace ne suive plus aucun des cours auxquels la nouvelle assistait. Il avait fallu une semaine de soins psychiatriques et de prise de tranquillisants à forte dose pour que Candace cesse de délirer à propos des pouvoirs maléfiques de Violet et de son implication dans la mort d'Olivia.

Quoi qu'ait dit la mère de Candace au proviseur et à M. Bobek pour justifier la modification de l'emploi du temps de Candace, le résultat a été qu'on nous a convoquées, à ma grande surprise, Mischa, Violet et moi, dans le bureau du proviseur pour nous rappeler à l'ordre.

— Mesdemoiselles. Je ne connais pas votre éducation religieuse et, très honnêtement, ça ne me regarde pas.

M. Nylander s'est penché très en arrière dans son fauteuil de bureau pivotant. Nous trois étions assises dans un canapé marron.

J'étais au milieu, ce qui était apparemment pour le mieux vu que je pouvais presque toucher la fureur qui émanait de Mischa, à ma droite, et j'essayais de garder mes distances par rapport à Violet qui était à ma gauche.

— Mais, lorsque j'entends des rumeurs selon lesquelles des élèves de mon lycée jouent à invoquer des esprits maléfiques, même s'il ne s'agit que d'allégations, je me dois d'agir.

Mon attention s'est portée sur la fenêtre, la pluie battante et les flaques qui se formaient dans le parking des professeurs. M. Nylander et sa femme étaient paroissiens de St. Monica, où nous avions l'habitude d'aller avant que mes parents divorcent. De ce que je savais, les Portnoy n'allaient à l'église qu'à Pâques et à Noël, donc je ne pouvais pas m'empêcher de penser que M. Nylander me faisait des reproches directement à moi, même si je savais que Violet et sa famille allaient régulièrement à l'église.

— Donc, si vous avez des questions sur la vie après la mort, ou sur votre créateur, ou, je n'en sais rien, sur comment passer votre temps libre, alors je vous encourage à prendre contact avec un membre du clergé de votre lieu de culte, ou à en parler avec un professeur en qui vous auriez confiance ou avec vos parents. Mais il est dangereux de vouloir faire les malins avec des pratiques occultes, nous a averties M. Nylander en remontant ses lunettes à monture métallique sur son petit nez retroussé.

De retour dans le couloir étrangement silencieux et totalement vide pendant les cours, Mischa a regardé Violet d'un air menaçant.

— C'était atroce. J'espère que tu es fière de toi. Et, au fait, j'ai lu ce que tu as dit au journal local. Tu n'avais pas le droit de dire ça, tu m'entends ? Tu n'avais pas le droit !

Sur ce, elle a pivoté sur ses ballerines en cuir et m'a laissée en plan, la bouche ouverte, en face de Violet.

— Ben mon vieux ! a dit Violet – les yeux grands ouverts, un demi-sourire aux lèvres, comme si elle trouvait la réaction de Mischa hyper exagérée. C'est pas comme si j'avais raconté quoi que ce soit. J'ai pas dit un mot. C'est Candace qui a commencé à rapporter.

Je me suis rappelé que j'avais promis de me rapprocher de Violet pour savoir exactement ce qu'elle avait fait à Olivia, alors je suis restée là à regarder Mischa s'éloigner.

— Je sais, ai-je répondu pour rassurer Violet.

— Peu importe, a-t-elle ajouté, les yeux plissés, alors que Mischa disparaissait de notre vue. Ses jours sont comptés, de toute façon.

J'ai brusquement tourné la tête vers Violet, incapable de cacher ma confusion.

C'est sûr, vu ce qu'elle venait de suggérer, je devais avoir une tête horrifiée. Elle a immédiatement compris ce que son commentaire sous-entendait et s'est rapidement corrigée.

— Je parlais de sa popularité, a-t-elle clarifié. Sans Olivia, Mischa n'a pas l'ombre d'une chance de rester populaire. Il y a des tonnes de filles qui sont plus jolies qu'elle au lycée.

— Tu as peut-être bien raison, me suis-je entendue murmurer.

Je me demandais si j'arrivais à être convaincante dans le rôle que je m'étais imposé de m'aligner sur elle. Violet m'a observée et a scruté mon visage.

— Tu devrais t'asseoir avec moi et Tracy aujourd'hui au déjeuner. On pourra parler du conseil des élèves. C'est vrai, après tout l'élection est déjà quasiment pliée même si on n'a pas encore voté.

— Peut-être, ai-je hésité. Mais il y a un truc que je voulais faire pendant le déjeuner.

J'avais vraiment envie de reprendre mes habitudes à l'heure du déjeuner, de m'asseoir avec Candace et entendre sa voix rauque pour voir s'il y avait une quelconque chance que le lycée redevienne un jour comme avant la mort d'Olivia, pendant ces quelques semaines si incroyablement chouettes. Mais, si je voulais réussir à convaincre Violet que j'étais de son côté, il allait falloir que je fasse des sacrifices. Et peut-être que recommencer à déjeuner avec Candace et Mischa n'était pas une option.

En l'occurrence, si je déclinais l'offre de Violet aujourd'hui en particulier, c'est parce que j'avais prévu de voir Trey à la bibliothèque. Mais ça allait devoir attendre. Je ne savais pas quand je perdrais l'avantage avec Violet.

— Mais je suppose que je peux m'arranger, ai-je donc ajouté.

Pendant le cours d'espagnol, j'ai donc écrit un mot que j'ai plié et serré pour le mettre dans le casier de Trey à la pause. Dedans, je lui expliquais que j'allais déjeuner avec Violet et que je voulais qu'on rentre ensemble après les cours. La veille au soir, j'avais accepté de passer l'heure du déjeuner avec lui pour faire des recherches sur les esprits maléfiques et les jeux occultes. Il comprendrait évidemment pourquoi il était plus urgent que je déjeune avec Violet à l'écouter parler pendant une heure. En revanche, Mischa ne serait pas aussi docile.

***

— Quelle barbe ! J'ai qu'une envie, c'est de changer de cours de gym et demander si je pourrais pas aller à celui où est Candace à la place.

Mischa râlait déjà quand je suis rentrée dans les vestiaires. Elle enfilait son jogging devant la première rangée de casiers tandis que Violet fermait son propre casier dans l'autre allée. J'ai posé mon sac de toile sur un banc et j'ai attendu que Violet sorte et qu'elle prenne l'escalier qui menait à la salle de sport.

— Écoute-moi, Mischa, ai-je commencé.

Au moment où j'ai ouvert la bouche pour lui expliquer pourquoi je ne m'assiérais pas avec elle et Candace à l'heure du déjeuner – le seul moment de la journée où Candace et Violet seraient dans la même pièce –, j'ai su qu'elle serait sceptique.

— J'ai une idée. Le seul moyen de savoir si Violet a joué un rôle dans la mort d'Olivia, c'est que l'une de nous reste amie avec elle.

Mischa m'a regardée d'un air mauvais.

— Elle a tué notre amie, McKenna. Je comprends vraiment pas pourquoi tu voudrais rester amie avec elle. J'ai loupé un truc ou quoi ?

J'ai enlevé mon haut à rayures en laine pour enfiler mon tee-shirt de sport.

— Je parle pas d'être vraiment amie avec elle. Je veux juste découvrir ce qu'elle a fait.

Mischa semblait outrée quand elle a levé les yeux après avoir lacé ses tennis.

— T'es complètement tarée. Cette nana est dangereuse.

Les filles qui s'étaient changées dans l'autre allée nous ont regardées, curieuses, en passant devant nous au moment de sortir.

— Écoute, à partir de maintenant on devrait sans doute éviter de parler au lycée de ce qui est arrivé à Olivia. Tu as ton entraînement aujourd'hui ? On peut se voir pour en discuter en privé ?

— Je vais chez Candace, m'a informée Mischa d'un air hautain. Tu peux nous retrouver là-bas.

Au déjeuner, je me suis assise avec Violet et Tracy et j'ai essayé de toutes mes forces de les écouter élaborer leurs plans pour la promo de première tout en regardant du coin de l'œil Pete, qui déjeunait à notre ancienne table en compagnie de Matt et d'Isaac. Je me demandais où étaient passées Mischa et Candace, mais après je me suis dit que Mischa avait peut-être décidé que c'était pas une bonne idée de laisser Candace me voir assise avec l'ennemi. Violet et Tracy n'arrêtaient pas de parler de ventes de gâteaux et d'initiatives pour recycler les barquettes en alu dans lesquelles on nous servait tout, depuis les frites jusqu'aux lasagnes de la cafétéria. Je leur ai parlé de mon idée d'organiser un service pour balayer les feuilles mortes et dégager la neige pour lever des fonds pour le voyage de promo. Le joli visage de Violet a alors rosi de plaisir.

— Waouh, McKenna, elle est trop bien ton idée ! C'est génial ! s'est-elle exclamée. On appellerait ça comment ?

Elle me flattait un peu trop à mon goût. Je me suis mordillé la lèvre. Je voulais continuer à l'impressionner, même si je savais que je ne faisais que prétendre être son amie.

— Je me disais qu'on pourrait appeler ce projet les Willow Weather Warriors, les Combattants du climat de la communauté de Willow. Mais je sais pas, si ça se trouve c'est nul comme idée.

Nos équipes de foot américain et de basket s'appelaient les Warriors depuis que les descendants de la tribu des Winnebagos s'étaient opposés à ce qu'on appelle nos équipes les Winnebagos, comme c'était le cas depuis des décennies bien avant que j'arrive au lycée.

— J'adore, a dit Violet, qui s'est mise à écrire le nom de son écriture ronde dans son carnet.

— Parfait, a ajouté Tracy.

Tracy commençait déjà à répéter tout ce que Violet disait comme un perroquet. Clairement, elle voulait être en première ligne pour devenir la nouvelle meilleure amie de Violet.

Violet et moi sommes allées au cours d'histoire ensemble et nous avons croisé Candace dans le couloir. Elle m'a lancé un regard noir. Isaac se tenait en protecteur à côté d'elle près de son casier, la main sur son épaule, et j'espérais que Mischa avait déjà eu l'occasion de lui expliquer pourquoi je passais du temps avec Violet. L'idée que Candace soit en colère après moi me troublait tellement que j'ai eu du mal à me concentrer sur le cours que M. Dean donnait sur l'historique duel au pistolet, en 1804, entre Aaron Burr quand il était vice-président des États-Unis et Alexander Hamilton, ancien ministre des Finances.

Après l'école, je suis sortie du bâtiment sans même m'arrêter à mon casier, parce que je voulais éviter de parler avec certaines qui m'auraient facilement repérée là. J'ai retrouvé Trey près de l'entrée de la bibliothèque, devant les distributeurs de boissons. On s'est souri nerveusement. Le fait de sortir ensemble était encore tout nouveau et étrange. Il m'a fait un bisou sur la joue au bout de quelques secondes, alors qu'on restait l'un devant l'autre sans savoir quoi faire. J'ai été frappée une fois de plus de remarquer à quel point il était mignon malgré ses points de suture et ses bleus, et je me suis demandé pourquoi j'avais mis si longtemps à en prendre conscience.

— Je dois aller du côté du lotissement de Sherwood Hills, ai-je annoncé une fois qu'on a été dehors et qu'on ouvrait nos parapluies. Je vais chez Candace pour les voir, elle et Mischa.

— J'ai eu cours de trigonométrie avec Candace Cotton, a dit Trey. Elle était complètement à l'ouest. Le prof l'a interrogée à un moment et elle n'a même pas répondu quand il a appelé son nom.

Candace n'était pas vraiment elle-même ce jour-là au lycée. Elle portait un cardigan à torsades, une chemise à motifs floraux et un pantalon rose en velours côtelé qui, même s'il était serré, ne ressemblait pas du tout à son style habituel. En y repensant, je me suis rendu compte qu'elle avait exactement le même genre de vêtements que quand sa mère l'habillait pour aller à l'école.

— Tu as trouvé des trucs intéressants à la bibliothèque ? ai-je demandé.

C'est Trey qui avait eu l'idée qu'on fasse quelques recherches de base, à l'ancienne, pour voir ce qui existait sur la prise de contact avec des esprits maléfiques et toutes les choses étranges qui avaient pu avoir lieu à l'anniversaire d'Olivia. J'avais d'abord proposé de regarder sur Google. Il avait secoué la tête comme si j'étais un petit enfant et avait insisté pour qu'on commence avec les livres figurant dans le catalogue de la bibliothèque. Peut-être que c'était idiot de notre part de penser qu'on trouverait la réponse à ce qu'on cherchait dans un livre ou n'importe où, d'ailleurs. Mais Trey avait l'air plutôt convaincu que ce n'était pas en ligne qu'on obtiendrait des informations valables.

— Ah, c'est marrant que tu me demandes ça.

Il a enlevé son sac à dos noir de ses épaules et en a sorti un livre broché. Les coins en étaient arrondis tellement il avait l'air vieux, et il était recouvert de papier décoloré. On pouvait y lire : *Les morts nous sollicitent* de James W. Listerman.

— J'ai trouvé ça, a-t-il poursuivi. Je me sentais pas de le consulter sur place, donc je l'ai piqué.

Il me l'a passé et je n'ai même pas cherché à lui reprocher d'avoir volé le livre. Un garçon comme Trey ne pouvait pas vraiment se mettre à consulter un livre sur le Mal à la bibliothèque du lycée sans se faire remarquer. J'ai regardé le livre en essayant de le protéger de la pluie. J'ai commencé par chercher l'année de publication : 1910. Le livre sentait le moisi et les pages étaient fragiles, comme si elles allaient tomber en miettes si je les tournais.

— Dis donc, c'est une antiquité, ai-je commenté. Tu as trouvé des choses intéressantes ?

— Oui, il y a des trucs prometteurs, a dit Trey en rigolant. En gros, j'ai l'impression que, si ce M. Listerman savait de quoi il causait, il est possible que Violet ait passé un pacte avec un esprit maléfique pour obtenir des pouvoirs de médium. C'est un peu comme si les esprits pouvaient communiquer à travers elle et comme s'ils pouvaient partager des informations avec elle.

— Mais enfin, pourquoi est-ce qu'on voudrait faire un pacte pareil ? ai-je demandé. Si un esprit maléfique essayait de rentrer en contact avec moi, je flipperais totalement.

— En fait, a continué Trey, qui avait l'air d'en avoir lu bien plus qu'il ne m'aurait paru possible pendant l'heure du déjeuner, si Violet voulait obtenir quelque chose de quelqu'un qui est mort, alors elle a pu passer un pacte avec un esprit qu'elle a réussi à contacter et, en échange, cet esprit l'a fait entrer en contact avec la personne à qui elle souhaitait parler. Ou alors, si un esprit maléfique lui mettait la pression, elle a pu accepter n'importe quoi pour que ça cesse. On peut pas être sûrs si on lui demande pas. Ce livre dit aussi que les esprits peuvent être très trompeurs et manipulateurs, donc si ça se trouve elle s'est fait avoir. Mais clairement c'est pas le moment de l'interroger.

— Je peux te l'emprunter ? ai-je demandé en montrant le livre.

Il l'a repris de mes mains et l'a rangé dans son sac.

— Pas avant que je l'aie lu du début à la fin. C'est hallucinant les trucs que ça raconte.

Trey m'a accompagnée jusqu'à la grille du lotissement où Candace habitait, et pendant un moment, alors qu'on se disait au revoir, j'ai souhaité mettre derrière moi tout ce qui avait un lien avec Olivia, Candace, Mischa et Violet pour pouvoir rentrer avec Trey et revenir à une vie normale. Mais je savais déjà que ce que Violet avait entamé avait mis un terme à ma vie normale pour toujours, ou en tout cas jusqu'à ce que je sois absolument sûre que mes amies et moi étions en sécurité.

— Enfin, a dit Candace quand elle m'a vue en ouvrant la porte.

Elle ressemblait plus à elle-même, et son sourire narquois collait plus avec celui qu'elle avait avant l'accident.

— Salut, ai-je dit en rentrant dans l'immense maison des Cotton. J'ai remarqué avec plaisir le parfum de pot-pourri et de bougies rouges aux arômes de baies, si différent de l'odeur de chez moi. Tu as l'air plus… normale qu'aujourd'hui à l'école.

— C'est parce que je prends mes médicaments le matin et le soir. Alors qu'à cette heure-ci les effets des médicaments commencent à s'estomper, a expliqué Candace.

Dans la cuisine, Mischa était assise à la table et tapotait sur sa tablette. Clairement, elle se concentrait sérieusement sur quelque chose.

— Bon, ton plan, c'est donc de rester pote avec Violet, a lancé Mischa en me regardant pendant que je m'asseyais. (Je n'avais pas remarqué Julia, la demi-sœur de Candace, qui était dans le séjour à côté, allongée sur le sofa avec les pieds qui pendouillaient au-delà de l'accoudoir.) Mais j'aime pas ça. Comment on sait que t'es pas agent double ? Genre en fait t'es totalement loyale envers Violet et c'est nous que tu espionnes ?

J'ai regardé Mischa, puis Candace. Je n'y croyais pas. Pour moi, c'était impossible qu'elles m'accusent de m'aligner sur Violet alors qu'en fait j'offrais de rester à ses côtés contre mon instinct, qui était de m'éloigner d'elle le plus possible.

— Tu plaisantes, j'espère ? J'ai aucune envie de passer du temps avec elle ! Je suis quasiment sûre qu'elle a orchestré la mort d'Olivia et qu'elle a aussi quelque chose à voir avec ma chienne qui est morte hier. Mais je peux rien prouver, et vous non plus. Donc, à moins que vous ne vouliez qu'elle s'en sorte et qu'elle continue comme ça, une d'entre nous va devoir gagner sa confiance et en savoir plus sur ce qu'elle a prévu de faire.

Mischa a eu l'air coupable et a haussé les épaules en regardant Candace. Après un moment d'hésitation, Candace a commencé à voir la logique de mon plan. Elle a tiré une chaise pour s'asseoir à la table.

— Qu'est-ce qui est arrivé à ton chien ?

J'ai raconté avec réticence la conversation étrange que j'avais eue avec Violet au stade après l'anniversaire d'Olivia, quand elle avait deviné que j'avais un chien et qu'elle avait décrit Moxie. Et puis je leur ai raconté comment j'étais rentrée à la maison et avais trouvé Moxie morte sur mon lit.

— Oh non, ça craint, McKenna, a dit Mischa en secouant la tête. Elle est sérieusement maléfique, cette fille. Écoute un peu. Dans son ancien lycée à Lake Forest en Illinois, quatre élèves se sont suicidés l'année dernière. C'est trois suicides de plus en un an que les dix années précédentes, pendant lesquelles le lycée n'en a compté qu'un. Et ça ne s'arrête pas là. Une des deux filles qui se sont tuées était capitaine de l'équipe des pom-pom girls, et comme par hasard Violet faisait partie de l'équipe. Un des deux garçons qui se sont suicidés avait un an de moins qu'elle et elle a été citée dans un journal local disant, à son enterrement, qu'elle était sa baby-sitter quand il était petit.

— Et les deux autres ? a demandé Candace, soudain très concentrée.

Elle a croisé les mains sur la table.

— Je ne peux pas encore faire de lien solide, je ne cherche que depuis une heure. Violet est trop cheloue, elle a même pas de compte Facebook ou MySpace. Bon, de toute façon on s'en fiche. Quand on y réfléchit, on a plein de gens sur nos profils. Donc, même si elle avait eu un compte, ses amis en ligne ne l'auraient pas forcément connue si bien que cela, donc ça ne nous aurait pas avancées.

— Est-ce que Violet a expliqué pourquoi sa famille avait déménagé à Willow ? ai-je demandé, incapable de me rappeler si elle avait déjà donné une raison pour son arrivée soudaine dans notre petite ville au beau milieu de nulle part.

— Elle a dit que c'était pour le travail de son père, a répondu Candace.

— Son travail ? a grogné Mischa. Y a quoi comme travail par ici ?

Le père de Candace était cofondateur d'une société de construction à Green Bay. Le père de Mischa détenait plusieurs concessions de voitures de luxe à Willow, Sheboygan et Green Bay. Mon propre père avait laissé tomber les postes à distance raisonnable de Willow en voiture et était parti pour la Floride, où il en avait trouvé un meilleur dans une université. C'est simplement qu'il n'y avait pas beaucoup de boulots à Willow pour lesquels des parents auraient accepté de déménager en famille.

Devant notre incompréhension face aux circonstances qui auraient pu amener Violet dans notre petite ville anodine, Mischa s'est mise à préparer une liste, liste qui est en fait devenue ma responsabilité. Je devais noter tout ce que je pouvais découvrir sur Violet. Est-ce qu'elle était fille unique ? Est-ce qu'elle avait fréquenté d'autres écoles à part celle de Lake Forest ? Je l'observerais, je l'espionnerais, je lui poserais des questions et je ferais mes rapports auprès de Mischa et Candace.

J'avais déjà pensé au fait que Violet ne serait pas contente du tout si elle apprenait ce qu'on manigançait. Heureusement, Mischa et Candace semblaient partager mon inquiétude : ça comporterait des risques de devenir une amie proche de Violet. Donc, pour sauver les apparences, on allait éviter de passer du temps ensemble au lycée. On ferait croire à tout le monde qu'on s'était disputées au sujet de Candace qui refusait d'être sympa avec Violet et je leur enverrais mes nouvelles par mail plutôt que par texto au cas où Violet arriverait à voir les messages sur mon portable.

On a entendu la porte automatique du garage s'ouvrir et Julia a immédiatement éteint la télé. La mère de Candace est entrée dans la cuisine où nous étions assises, et avec elle s'est engouffrée une bouffée d'air frais parfumé. Elle portait des sacs en papier de l'épicerie qu'elle a posés sur le comptoir de la cuisine.

— Salut, les filles ! Qu'est-ce que vous faites de beau ?

— Oh, juste les devoirs, maman, a menti Candace avec aplomb.

— Tu as pris tes médicaments ? a demandé sa mère en ouvrant le frigo pour y mettre une brique de lait de soja.

Candace a soupiré si fort que ça ressemblait au rugissement d'un dragon. Elle s'est levée pour prendre les flacons orange du placard au-dessus de l'évier. En à peine quelques minutes, ses yeux sont devenus vides, et la version passive et perdue de Candace est revenue.

En repartant du lotissement de luxe de Candace, je me suis sentie plus seule que jamais pendant mon année de seconde. Le long du chemin, je suis passée devant le cimetière de St. Monica et j'ai été tentée d'y entrer, non seulement pour aller sur la tombe de Jennie, mais aussi, pour satisfaire ma curiosité, sur celle d'Olivia. Une pancarte sur la grille du cimetière indiquait que la fermeture avait lieu tous les jours au coucher du soleil. Mes pieds se sont mis à avancer et, quand je suis passée devant la loge, le gardien en uniforme a regardé sa montre et a dit :

— Je ferme dans environ vingt minutes, petite.

Je lui ai demandé de m'indiquer où je trouverais la tombe d'Olivia Richmond et il a dû regarder sur son ordinateur. Il a pris un plan, sur lequel il a dessiné un trait le long des allées que je devais suivre pour m'y rendre. C'était à l'opposé de la tombe de Jennie, qui était au nord-est du cimetière. J'ai marché aussi vite que possible le long du sentier qui menait à l'emplacement d'Olivia. La pierre tombale n'avait pas encore été placée, mais il était facile de deviner que c'était la tombe d'Olivia parce que la terre était encore humide et marron, et les trois arrangements de roses de couleur rose avaient été disposés par-dessus.

Je me suis gratté la tête et je suis restée là, sur le chemin. Je n'ai pas essayé de me rapprocher de la tombe. Face à cette pile de terre qui couvrait un cercueil enfoui à plusieurs mètres de profondeur, impossible de faire remonter les souvenirs de rires, de connivence, ses cheveux platine brillants et ses cils recourbés. Je me disais que j'avais une bonne idée de la mort : quand quelqu'un meurt, il part, tout simplement. Pour toujours. Et pourtant, peut-être parce que j'étais plus âgée qu'à la mort de Jennie, celle d'Olivia ne me donnait pas cette impression de finalité. C'est simplement qu'elle ne me faisait pas l'effet d'être si loin que ça.

Cette nuit-là, j'ai tourné dans tous les sens dans mon lit jusqu'à tomber dans une sorte de rêve étrange où mon reflet dans le miroir était mon ancienne version de moi, quand j'étais en seconde, avec un visage plus rond, un ventre plus gros et une coupe de cheveux moins stylée. Cette image m'a dégoûtée. J'avais honte et peur de voir ma transformation effacée. Mon reflet essayait de me dire quelque chose, et j'ai fini par surmonter mon dégoût envers ma propre image. Je me suis rapprochée du miroir pour écouter.

— Je suis toujours une partie de toi, me disait mon reflet.

Il s'est avancé et j'ai senti sa main sur mon cou et…

Je me suis réveillée d'un coup, en sueur, le cœur battant, et j'ai constaté qu'il n'était que 1 heure du matin. C'était loin d'être le moment de se réveiller pour aller au lycée, mais il était beaucoup trop tard pour que je sorte du lit chercher un verre d'eau dans la cuisine sans faire peur à ma mère. Je me suis calmée dans le noir et le silence de ma chambre, et je me suis mise à réfléchir au sens de mon rêve. Mon père était convaincu que les rêves avaient une signification psychologique. Depuis que Jennie et moi étions petites, il nous demandait de raconter nos rêves en détail. Je me suis rendu compte que peut-être que mon rêve n'avait rien à voir avec ma perte de poids ni avec le fait de redevenir l'ancienne McKenna. Peut-être que c'était en rapport avec Jennie. Si elle n'était pas morte quand elle avait huit ans, est-ce qu'elle aurait perdu du poids et qu'elle serait devenue populaire avant moi ?

Est-ce qu'Henry l'aurait préférée à moi ? Et Trey ?

Je me demandais ce que ça aurait fait d'avoir Jennie au lycée avec moi, quand j'ai senti que je n'étais pas seule dans ma chambre. Un petit vent soufflait dans mes rideaux. Quand il s'est arrêté, la pièce est soudain devenue horriblement froide, et c'était comme si quelqu'un était là et inspirait puis expirait.

Inspire, expire. Inspire, expire.

Je me suis assise et je suis restée parfaitement immobile. Je me demandais si ce qui était là me laisserait tranquille si je me rendormais. J'ai fermé les yeux ; c'était sûr, il y avait clairement quelque chose dans ma chambre. Ce n'est pas tellement que je pouvais l'entendre respirer, mais plutôt que je sentais que la pression de l'air dans la pièce changeait, tout comme les côtes de Moxie bougeaient quand elle dormait. Le froid de la chambre et l'étrange sensation d'une présence près de moi m'ont donné la chair de poule et les poils se sont hérissés sur mes bras dénudés, qui dépassaient de ma couette.

Ça y est, je deviens folle, me suis-je dit. *Toutes ces discussions sur les esprits maléfiques et le fait de prédire la mort sont en train de me rendre tarée.*

Et puis, à ma plus grande horreur, j'ai commencé à entendre de la musique au-dessus de mon lit, sur l'étagère où j'avais disposé toutes les boîtes à musique que j'accumulais depuis toute petite. J'ai fermé les yeux, je ne voulais pas voir. Mais je savais même sans regarder que la Minnie Mouse en céramique que mon père m'avait achetée à Disney World faisait de lents cercles au son de *It's a Small World After All*, la chanson de l'attraction de Disneyland. À côté, une danseuse en porcelaine tournait sur sa plateforme sur la *Danse de la fée Dragée* de *Casse-Noisette*. Et, au bout, un coffret à bijoux en bois avec une étoile en argent sur le dessus avait dû s'ouvrir parce qu'il jouait sa version de *My Heart Will Go On* de *Titanic*. Ce mix de chansons que j'adorais quand j'étais petite faisait un capharnaüm alors que je n'avais activé aucune des boîtes à musique. L'étrangeté de ces mélodies mêlées et de la mise en route de toutes ces boîtes me terrifiait au point que j'en avais la nausée. J'avais trop peur pour faire le moindre bruit.

J'ai commencé à me convaincre que je devrais bondir hors du lit et allumer la lumière. Il n'y avait que quelques mètres entre le bout de mon lit et le mur sur lequel se trouvait l'interrupteur. J'aurais pu l'atteindre en une fraction de seconde si seulement j'avais trouvé le courage d'écarter ma couette et de me jeter en avant. Et, juste au moment où je m'étais dit que j'allais faire ça après avoir compté jusqu'à cinq…

… j'ai senti avec certitude un doigt froid et humide qui m'a touché le bras.

Le choc m'a coupé le souffle. J'ai sauté hors du lit pour traverser ma chambre à toute allure et allumer la lumière. Avant même d'avoir peur de me retourner, j'ai fait un demi-tour, convaincue de trouver quelque chose d'affreux en train de planer au-dessus de mon lit. Mais il n'y avait rien. Absolument rien d'anormal, rien de dérangé. Ma housse de couette rayée aux couleurs de l'arc-en-ciel, un peu délavée après ses passages répétés en machine et mon lapin et mon chien en peluche à côté de mon oreiller, étaient bien à leur place. Mes boîtes à musique étaient toujours alignées sur l'étagère au-dessus de mon lit. La musique provenant des statuettes et du coffret à bijoux avait immédiatement cessé. Ma chambre était aussi quelconque que d'habitude, ce qui était étrange et étonnant. Tout était presque trop calme, trop normal.

Je n'ai pas pu m'empêcher de remarquer entre mes rideaux de la lumière dans la chambre de Trey. Je ne pouvais pas voir l'ombre de son corps, mais je supposais qu'il était encore éveillé et j'espérais qu'il n'avait pas remarqué que j'avais allumé ma lumière. Peut-être qu'il était en train de lire les œuvres mystérieuses de James W. Listerman. Quoi qu'il soit en train de faire à cette heure, j'ai soudain eu honte à l'idée qu'il puisse se rendre compte que je ne dormais pas. Une partie de moi aurait voulu qu'il soit dans ma chambre à me réconforter et me rassurer sur le fait qu'il n'y avait pas de raison d'avoir peur, mais mon rêve m'avait perturbée et j'étais soulagée qu'il ne puisse pas me voir dans cet état. J'ai arraché mon oreiller du lit et j'ai appuyé sur l'interrupteur avant de partir dans le séjour pour trouver un sommeil un peu plus paisible.

Je me suis allongée sur le sofa, rassurée par la lumière de la lampe sur la table à côté de moi qui remplissait le séjour de chaleur, avant que mon esprit s'aventure dans un endroit dangereux.

Et si Violet n'était pas celle qui faisait entrer le mal dans nos vies ?

Et si c'était Jennie, et qu'elle avait décidé qu'elle voulait échanger sa place ?

Plus j'y pensais, plus ma théorie me paraissait logique. Si des esprits donnaient réellement à Violet des visions de mort, alors peut-être que les visions qu'elle avait eues pour Olivia, Candace et Mischa lui avaient été envoyées par Jennie ? Le simple fait d'imaginer que

Jennie aurait pu avoir présenté sa propre mort comme la mienne à Violet m'a fait froid dans le dos. Mais pourquoi est-ce que Jennie chercherait à tuer mes amies ? Est-ce qu'elle avait incité Violet à venir jusqu'à Willow spécifiquement pour ça, ou est-ce que l'arrivée de Violet dans notre ville était un hasard heureux qui permettrait à Jennie de remplir son objectif ?

Avant de m'endormir, j'ai remarqué du coin de l'œil une photo encadrée parmi d'autres de Jennie et moi à côté de la télé. L'arrangement de photos était là depuis si longtemps que je prenais rarement le temps d'étudier les images individuellement. Toutes correspondaient à des moments passés au studio du photographe que je me rappelais très vaguement, mais je n'avais aucune raison de m'en souvenir en détail. Celle qui a attiré mon attention était de nous deux, juste avant notre premier jour en maternelle. C'était une des rares occasions où on nous avait habillées à l'identique, en robes roses à smocks avec nos cheveux relevés en de longues queues-de-cheval brunes. Au bout de quelques minutes, m'est revenu très clairement comment le photographe nous avait positionnées devant un décor de mauvais goût qui ressemblait aux feuilles d'automne qui changeaient de couleur, et comment il nous avait donné des sucettes orange à la fin, et nous avait incitées de façon trop enthousiaste à lancer des « Cheese ! ». Mais, dix ans plus tard, alors que je regardais la photo, je ne pouvais honnêtement pas dire laquelle de ces deux petites filles souriantes était moi, et laquelle était ma jumelle décédée.

Chapitre 9

— Alors, il se passe quoi avec ta voiture ? ai-je demandé à Trey le lendemain matin quand on s'est retrouvés pour aller à l'école ensemble. Est-ce que l'assurance va couvrir le coût d'une nouvelle ?

— Pourquoi, tu es déjà sur le marché pour trouver un meilleur petit copain qui pourrait t'emmener à l'école en voiture ?

Je l'ai tapé.

— Non ! Je me demande, c'est tout. Je sais à quel point tu adorais cette bagnole.

— J'en sais rien. Je suis pas sûr de pouvoir m'asseoir derrière un volant de sitôt.

On était en plein milieu d'une période prolongée de mauvais temps. La pluie trempait notre petite ville tous les matins. Trey insistait pour porter le parapluie au-dessus de ma tête pendant qu'on marchait. Je n'avais pas pensé jusque-là que ça pourrait lui faire bizarre de reconduire un jour après l'accident. Il avait l'air distant quand il parlait de voitures, désintéressé, donc j'ai rapidement changé de sujet parce que je ne voulais pas le mettre de mauvaise humeur.

— Alors, qu'est-ce que James W. Listerman avait d'intéressant à nous apprendre sur Violet ?

— Je t'avais raconté qu'elle pouvait sans doute entendre des voix, que les esprits lui disaient des trucs. Eh bien, si elle ne ment pas et qu'elle entend vraiment des choses, alors on appelle ça la clairaudience.

— Comme clairvoyance, sauf qu'on entend au lieu de voir ?

— Exactement, a confirmé Trey. Bien sûr, tout le monde n'a pas cette faculté, donc Listerman suggère deux possibilités. Soit Violet a découvert qu'elle avait ce pouvoir de communiquer avec les esprits parce qu'un esprit en particulier qu'elle avait connu toute sa vie lui a parlé, soit elle a découvert ce pouvoir parce qu'elle est proche de quelqu'un qu'un esprit cherche à contacter sans y arriver.

Une sensation de froid m'a envahie. Je n'étais pas prête à révéler à Trey que je pensais qu'il était possible que Jennie soit derrière tout ça. Mais ce qu'il disait allait parfaitement dans le sens de ma théorie comme quoi Jennie avait parlé à Violet pour essayer de me contacter.

— Donc la question est : est-ce que Violet a perdu quelqu'un de très proche, genre un parent ou un grand-parent ? a poursuivi Trey.

Je n'avais pas la moindre idée de comment faire pour obtenir la réponse l'air de rien.

Pendant le cours de gym, Mme Stirling ne m'a pas rendu service quand elle a décidé que Mischa et moi serions les deux chefs d'équipe de volley-ball et qu'elle nous a forcées à sélectionner les filles les unes après les autres jusqu'à ce que nous ayons nos équipes respectives pour faire un match pendant le cours. Mais ça nous a permis de suggérer notre rivalité imaginaire. On s'est regardées d'un air mauvais chaque fois qu'on devait choisir quelqu'un, et j'ai adoré la mine réjouie de Violet lorsque je l'ai prise en premier dans mon équipe. Il se trouve en plus que, par hasard, c'est mon équipe qui a gagné les deux matchs qu'on a réussi à jouer en cinquante minutes de cours, ce qui aurait sans doute eu plus de sens pour moi si le volley-ball avait eu une quelconque importance dans ma vie. Je me suis obligée à me souvenir qu'on ne faisait que prétendre être en conflit quand j'ai vu l'expression mauvaise sur le visage de Mischa pendant qu'on retournait dans les vestiaires.

Au déjeuner, Violet, Tracy et moi avons travaillé nos discours pour l'élection. On devait préparer un discours d'une minute qu'on prononcerait vendredi pendant les annonces du matin du professeur principal avant le début des cours, via le système audio du lycée qui émettait les messages et les actualités importantes dans toutes les classes. Je n'avais pas vraiment pris conscience que je devais dire un discours destiné à un public, mais, maintenant que les choses se précisaient soudain et que je me rendais compte que je n'allais clairement pas pouvoir l'éviter, il était inutile de nier que j'étais terrifiée. Violet avait écrit un brouillon du sien dans son carnet à spirale, et il était si concis et si bien écrit que je me suis demandé si elle n'avait pas secrètement bossé dessus tout le week-end et si elle n'était pas juste en train de faire semblant de rédiger son premier brouillon à nos côtés. Tracy avait l'intention de parler de son optimisme sur la planification d'événements. Elle voulait promettre plus de galas, une fête d'Halloween, une fête des vacances, et elle insistait sur l'idée de promettre un week-end de ski dans le Michigan en plus du voyage de promo, tout ça pour la promo de première.

— Comment veux-tu qu'on finance deux voyages en un an ? l'ai-je défiée.

— Ben, ton discours pourrait parler d'activités supplémentaires de levée de fonds, a répondu Tracy avec un sourire vicieux.

Génial. Le moyen parfait pour rester calme à l'idée de prononcer un discours dans trois jours. Demander à toute la promo déjà assez tendue comme ça de passer encore plus de temps cet hiver à vendre des babioles que personne en ville n'a l'intention d'acheter.

Il ne semblait y avoir aucun moyen pour moi de commencer mon enquête sur l'histoire personnelle de Violet de façon naturelle. Une fois seulement, j'ai regardé par-dessus mon épaule vers mon ancienne table, où Isaac et Matt faisaient les ânes. Pete mangeait des frites d'un air triste. Mischa et sa sœur feignaient de ne pas voir que je les regardais. On m'avait expliqué que, pour le moment et pour les prochaines semaines, Candace irait déjeuner dans le bureau de l'infirmière.

***

— Et notre dernière annonce du jour avant que je passe la parole à nos candidats au conseil des élèves de la promo de terminale : l'administration a décidé de tenir le gala d'automne vendredi prochain, le 4 octobre. Le Pavillon d'Ortonville a gracieusement offert d'organiser l'événement dans ses locaux. Les tickets déjà achetés pour le gala d'origine seront honorés et des tickets seront mis à disposition à la cafétéria la semaine prochaine pour les premières et les terminales. Le match du gala contre les Red Devils à Kenosha a été reporté au jeudi 3 octobre. Les cars partiront du parking nord juste après le dernier cours pour les élèves qui voudraient assister au match.

La fille de seconde qui venait de lire les annonces timidement s'est écartée du micro mis en place pour le système audio du lycée et a laissé la place à Amanda Portnoy, qui était prête à faire son discours d'une minute. Amanda se présentait à la présidence du conseil des élèves de terminale contre Craig Babson, comme chaque année. Malgré trois défaites consécutives, Craig devait sans doute se dire que tenter sa chance une quatrième fois valait la peine, vu le sentiment de revanche qu'il ressentirait s'il gagnait en cette année de terminale parce qu'il pourrait inclure qu'il avait tenu ce poste dans ses dossiers d'inscription à l'université. Amanda s'est avancée calmement avec ses notes préparées sur des petits cartons.

J'étais totalement focalisée sur l'information qui venait d'être diffusée, bien trop pour écouter ce qu'Amanda racontait. Le gala allait avoir lieu. Comment est-ce que le proviseur pouvait penser que c'était une bonne idée, si tôt après la mort d'Olivia ? Est-ce qu'on élirait une reine et un roi de promo ? J'essayais d'imaginer M. Nylander, debout sur un podium dans la salle de réception du Pavillon d'Ortonville, le seul hôtel à des kilomètres, en train d'annoncer le nom de la reine du gala. Olivia était la seule à avoir reçu suffisamment de voix pour gagner. Je pensais à sa tombe dépouillée, pas même encore marquée d'une pierre tombale. C'était totalement anormal pour moi que la vie reprenne comme si de rien n'était aussi rapidement.

Le discours de Violet m'a sortie de ma torpeur :

— Tout d'abord, je souhaite remercier notre proviseur, M. Nylander, d'avoir conservé le gala d'automne. Célébrer la vie et le temps qu'on passe ensemble entre élèves est le meilleur moyen de nous remettre de la tragédie qui a frappé notre lycée il y a deux semaines. Nous ne devrions jamais perdre de vue le fait que la vie est courte et que chaque moment a de l'importance.

Violet était si calme et paraissait tout maîtriser si bien que même son commentaire improvisé sur l'annonce du gala d'automne semblait avoir été répété. Tous les candidats de terminale avaient déjà prononcé leur discours et je n'avais quasiment rien écouté. J'allais devoir monter sur l'estrade dans moins de cinq minutes et j'arrivais à peine à me concentrer. L'idée d'avoir à mettre la robe lavande que j'avais achetée pour le gala, à l'époque où je rêvais de danser avec Henry sous la boule disco, me rendait malade. Est-ce que j'irais au gala avec Trey ? Est-ce que Mischa et Candace le boycotteraient ? Est-ce que Pete oserait y assister ?

— McKenna, a chuchoté Violet.

C'était mon tour. Tracy était à côté du micro, elle venait de finir son discours et se forçait pour me sourire. J'ai agrippé mes fiches cartonnées couvertes de quelques notes que j'avais écrites la veille au soir et je me suis avancée vers le micro en évitant le regard de Jason Arkadian. Je n'avais pas entendu un mot de ce qu'avait raconté Violet après sa référence éloquente à la mort d'Olivia, comme si elle n'avait rien à voir avec ça. Les discours de Michael et de Tracy m'étaient rentrés par une oreille et ressortis par l'autre sans qu'une seule phrase me frappe. Tout ce qui restait à faire, c'était de lire mes notes puis que Jason prenne la parole, et peut-être bien qu'il me laminerait à ce moment-là.

J'ai tenté de me concentrer même si je restais distraite à l'idée du gala.

— Hum. Je m'appelle McKenna Brady. Je me présente au poste de trésorière de la promo de première. Comme l'a mentionné Tracy, nous avons énormément de bonnes idées pour cette année. Mais, pour qu'elles soient abordables pour tous, il va falloir lever des fonds. Plutôt que de se concentrer sur des collectes où on aurait à vendre aux voisins et à la famille des bonbons ou du fromage ou autres comme on le fait habituellement, je propose qu'on offre un choix de services à notre communauté. Cela exigera que chacun donne un petit peu de son temps, plutôt que de se sentir obligé d'atteindre un certain objectif en termes d'argent et de ventes.

Ma voix tremblait et j'avais du mal à me relire. J'imaginais les réactions dans les différentes salles de cours du lycée à ce moment, après douze minutes de discours diffusés. J'étais convaincue que des boulettes de papier volaient entre les couloirs et que des messages passaient dans les rangs. Mais je devais continuer, si ce n'était pas pour gagner, au moins c'était pour ne pas avoir l'air complètement naze.

— Parmi les idées que je propose, il y aurait un service de ramassage des feuilles pendant l'automne, un service de déblayage de la neige en hiver et un stand pendant les Journées de Winnebago sur lequel on pourrait présenter nos services à Willow et nous faire un peu d'argent pour le voyage. Ça nous permettrait aussi de mentionner cette expérience dans nos dossiers d'inscription à l'université.

J'ai hésité. Je savais que j'allais me détester pour ce que je m'apprêtais à ajouter, mais, comme je savais que Violet l'avait fait, il fallait, moi aussi, que je le fasse.

— Tout le monde sait que donner du temps bénévolement après l'école ou pendant le week-end, ça craint. Mais on mérite que notre année de première soit belle. Notre promo a déjà vécu une immense perte tout récemment, et nous nous devons de faire en sorte que le reste de cette année soit aussi sympa et mémorable que possible. Si vous votez pour moi, je travaillerai sans relâche pour que l'on se rappelle cette année avec joie.

En m'écartant du micro, j'avais les mains qui tremblaient. J'ai entendu une des secrétaires se moucher et, quand je me suis tournée, j'ai vu qu'elle s'épongeait le coin des yeux avec un mouchoir pour essuyer ses larmes. Elle a levé un pouce dans ma direction. Michael Walton m'a tapoté le dos en souriant amicalement. Violet a murmuré : « Bien joué. » Tracy souriait et battait des cils en me regardant. Elle commençait vraiment à m'agacer, surtout parce qu'elle s'était rapprochée de Violet si vite. Elle n'avait aucune idée de ce qu'elle faisait.

Après moi, c'est Jason qui est passé. Son discours portait sur la nécessité d'augmenter les économies de notre promo de façon à nous permettre d'avoir un cadeau de promo impressionnant en terminale. Sa voix tremblait et deux fois il a dû se reprendre parce qu'il avait bégayé. Je m'en voulais un peu et je me demandais s'il n'aurait pas mieux valu que je rate mon discours pour le laisser gagner. Peut-être que ma mère avait raison, c'était égoïste de prendre quelque chose que je ne voulais pas réellement.

Après les cours, Violet m'a trouvée devant mon casier. Elle avait déjà son sac sur le dos.

— Viens chez moi. On pourrait faire des cupcakes qu'on distribuerait demain midi. Un peu comme une promo de campagne.

J'ai pensé au chapitre sur la Constitution que je devais lire ce soir-là dans le livre d'histoire et aux exercices de conjugaison espagnole que j'avais négligé de finir pendant l'heure d'étude, mais je me suis forcée à sourire. Une invitation chez Violet, c'était trop beau pour laisser passer l'occasion. Comment savoir si ça se représenterait ?

— Super, bonne idée. Je dois juste envoyer un texto à ma mère pour la prévenir que je ne rentre pas directement à la maison.

Violet vivait à l'autre bout de la ville, au terminus du bus, dans une rue où je ne pensais pas être passée auparavant. C'était une maison en retrait, presque entièrement cachée par des conifères épais, et seuls les angles pointus de son toit Tudor dépassaient de la verdure.

— Waouh, tu vis vraiment au milieu de nulle part, ai-je commenté en descendant du bus.

Je me demandais bien comment j'allais faire pour expliquer à ma mère le chemin pour venir me chercher plus tard dans la soirée.

— T'inquiète, c'est pas très loin, m'a rassurée Violet en m'entraînant dans la longue allée ombragée qui reliait la rue à sa maison.

Dès qu'on est rentrées dans l'ombre des arbres, j'ai eu l'impression de m'introduire dans un nouveau monde et, instinctivement, mon corps s'est raidi de méfiance. La pluie s'était momentanément arrêtée de tomber et le soleil s'engouffrait entre les aiguilles des pins pour laisser des formes sur le chemin que nous empruntions. Les odeurs lourdes de terre mouillée, de pin et de feuilles mortes nous entouraient et le pépiement des oiseaux était étourdissant.

Après avoir tourné sur l'allée boisée, j'ai vu la maison émerger devant nous. Le sentier de terre a laissé place à du gravier et à une place ronde autour d'une fontaine majestueuse devant la maison. Des marches en ciment blanc menaient à la porte d'entrée. C'était une maison de deux étages avec des lambrequins qui ressemblaient à de la dentelle travaillée au-dessus de chaque fenêtre. Des géraniums rouges et touffus trônaient dans des pots en céramique immenses de chaque côté de la porte d'entrée. La maison des Simmons ressemblait plus à un manoir anglais que n'importe quelle autre maison que j'avais pu voir en ville.

— Comment tes parents ont fait pour trouver cette maison ? ai-je demandé, pas seulement pour obtenir des informations, mais aussi pour satisfaire ma propre curiosité.

Je me demandais pourquoi une famille qui aurait suffisamment d'argent pour acheter une maison pareille choisirait de venir vivre à Willow, dans le Wisconsin.

On a monté les marches.

— Ben, ils n'ont pas exactement trouvé la maison. En fait, c'est la maison qui les a trouvés, a soupiré Violet en sortant ses clés de la poche zippée de son sac à dos. C'est dans cette maison que mon père a grandi. Quand ma grand-mère est morte, il y a deux ans, mon oncle a voulu la vendre mais mon père voulait vraiment la garder dans la famille. J'avais l'habitude de venir ici pendant les vacances d'été quand j'étais petite, et je pensais que c'était un château.

La porte d'entrée a grincé en s'ouvrant et la fraîcheur du hall nous a atteintes avant même qu'on pénètre à l'intérieur. J'avais l'impression de mettre les pieds dans un musée en arrivant dans le foyer. Tout était en bois poli et un escalier immense menait vers un balcon magnifique au premier étage qui surplombait le séjour. Un énorme tapis persan turquoise, menthe et fuchsia recouvrait le sol du séjour, et tous les meubles avaient l'air d'être des antiquités restaurées avec goût. En entrant, Violet a balancé ses chaussures dans un coin et j'ai vu à notre droite une peinture à l'huile avec un cadre travaillé au-dessus de la cheminée. Elle montrait une famille de quatre personnes. Le mari qui souriait poliment en costume sombre, la femme avec ses cheveux délicatement bouclés et deux garçons adolescents dégingandés. La femme, que je supposais être la grand-mère de Violet, avait les mains posées sur les épaules de ses garçons assis. Contrairement aux autres portraits de familles aisées que j'avais vus dans les musées, celui-ci montrait des personnages habillés de façon très simple. La grand-mère de Violet portait un corsage bleu canard en soie unie, ouvert sur son cou, révélant un pendentif en or délicat plutôt que l'habituelle rangée de perles ou de diamants. Violet ne ressemblait pas vraiment à sa grand-mère, qui avait un teint de pêche et dont les cheveux étaient blond foncé alors que Violet avait une peau de porcelaine et des cheveux noir corbeau. Dans ce portrait, la femme souriait avec chaleur et patience et ce sourire remplissait la pièce de sa présence bienveillante.

— C'est magnifique, ai-je dit, bien plus impressionnée que je ne l'aurais souhaité.

Mais ça l'était vraiment. Jamais de ma vie je n'étais entrée dans une maison pareille. J'avais du mal à penser que les gens d'aujourd'hui pouvaient encore vivre dans une habitation aussi immense. C'était comme un décor de film d'un autre temps. Et, contrairement à ce que j'imaginais, ce lieu ne semblait ni flippant ni hanté. Les fenêtres étaient immenses et laissaient passer un soleil joyeux malgré tous les arbres qui entouraient la bâtisse.

— Oui, c'est assez génial, a admis Violet. Notre maison à Lake Forest était beaucoup plus petite. Celle-ci est hyper chic et tout, mais mes parents ont mis un an à la rénover avant qu'on emménage. Il y avait une tonne de vieilleries à remplacer. Du genre, y avait même pas de lave-vaisselle. Ma mère refusait de déménager dans le Wisconsin sans qu'on ait au moins un lave-vaisselle. La seule autre solution aurait été de vendre à des promoteurs qui voulaient tout raser pour construire des immeubles à la place. Ma grand-mère se serait sérieusement retournée dans sa tombe si on avait laissé faire ça. C'est un endroit si spécial…

Dans la cuisine immense, Violet a sorti une préparation pour gâteau d'un placard, en m'expliquant que son père avait travaillé dans une banque d'investissement à Chicago mais que, après la mort de sa grand-mère, il avait créé son propre fonds d'investissement avec des clients privés, et que donc il était prêt à travailler à son compte dans le Wisconsin.

— Il y a des œufs dans le frigo, a dit Violet, suggérant que je devais aller les prendre.

La mère de Violet avait un mixeur automatique dernier cri, le genre que des chefs professionnels devaient avoir selon moi, et en ouvrant le frigo je me suis demandé, hallucinée devant la tonne de nourriture, ce que ma mère aurait pensé de cette maison. Elle n'était pas facilement impressionnée par l'argent, mais clairement les Simmons étaient très très riches.

Pendant qu'on mélangeait la pâte pleine de chocolat et qu'on la versait dans les moules à cupcakes, j'ai appris que Violet était fille unique. Elle m'a expliqué que ses parents avaient tenté d'avoir un autre enfant après elle, mais sans succès. Pendant longtemps, les problèmes de fertilité avaient créé tellement de conflits entre ses parents qu'elle était convaincue qu'ils allaient divorcer. Elle m'a appris que, dans son ancienne école, elle avait eu un copain qui s'appelait Eric, et ils avaient décidé de casser au moment de son déménagement à Willow plutôt que de rester en contact. Il fallait plus de quatre heures de voiture pour aller de Willow à Lake Forest. Ils savaient que leur relation n'était pas suffisamment sérieuse pour durer. Violet était tellement triste qu'elle avait fermé tous ses comptes sur les réseaux sociaux parce qu'elle ne voulait pas découvrir un jour qu'Eric sortait avec une autre fille. Peut-être que c'était sa façon subtile de répondre à une des questions sur la liste de Mischa, je ne pouvais pas être sûre. Si Violet avait un pouvoir surnaturel qui lui permettait de voir ce qu'il y avait sur la liste, elle avait une manière très fluide de répondre à toutes les questions une à une.

Elle avait l'air si détendue et si ouverte avec moi que j'ai commencé à oublier un peu les circonstances de son invitation. Dans sa cuisine ensoleillée, tandis qu'elle faisait préchauffer le four et qu'elle ouvrait les placards un a un, il était facile d'oublier qu'Olivia venait de mourir, que mes amies m'avaient donné pour tâche de découvrir des preuves de la responsabilité de Violet et que j'étais censée récolter des informations.

— Et toi ? a demandé Violet après avoir mis à cuire la première fournée de cupcakes. Le garçon avec qui tu vas au lycée, c'est ton copain ?

Elle nous a servi à chacune un verre de soda light.

Mon cœur a cessé de battre et mes bras sont devenus engourdis. Je me suis mise à rougir et je suis restée silencieuse avant de répondre. Je savais que j'avais été prise de court et que je risquais de me mettre à bégayer. Plusieurs choses se bousculaient dans ma tête. Est-ce que Violet nous avait vus marcher ensemble en direction du lycée ? Est-ce qu'elle avait pressenti que Trey serait le conducteur de la voiture dans l'accident qui tuerait Olivia ? Je me souvenais que Mischa et Candace se moquaient d'elle à la fête d'anniversaire d'Olivia en disant qu'elle et Trey feraient un couple mignon. Même si, à l'époque, Violet semblait n'avoir aucune idée de qui Trey était, la suggestion qu'ils feraient un joli couple me rendait hyper jalouse. J'ai scanné vite fait les informations que j'avais des interactions entre Violet et Trey : Violet savait qui était Trey, mais je n'avais aucune preuve qu'ils avaient parlé ensemble.

— Trey est mon voisin, ai-je avoué en ne lui donnant que les informations qu'elle pourrait obtenir par elle-même. On est… amis en quelque sorte. Il a une réputation bizarre au lycée, tu sais. Tu te rappelles, l'autre fois, quand Mischa et Candace parlaient de lui, j'ai rien dit parce qu'elles n'auraient pas compris. On se connaît depuis qu'on est tout petits.

— Et avant lui ? Tu es déjà sortie avec quelqu'un au lycée ? a-t-elle insisté avec ses yeux énormes et innocents.

Sans raison particulière, je me suis mise à me méfier. J'ai eu l'impression qu'elle avait une idée derrière la tête. Mon esprit allait à toute vitesse. Je voulais piquer sa curiosité par rapport à mon passé sans lui donner des détails qui pourraient me mettre en danger. La mort de Moxie était encore trop fraîche dans ma tête et je n'en avais même pas parlé à Violet.

— Non, ai-je dit en gloussant. J'ai perdu beaucoup de poids cet été. Avant ça, je n'étais pas très populaire. Les garçons ne m'ont jamais vraiment remarquée.

Au moins, si j'étais brutalement honnête avec elle, j'éviterais d'être prise dans des mensonges.

Violet a cligné des yeux, surprise par ce que je venais de dire. Pourtant, elle devait sûrement savoir que j'étais plus grosse avant la première, tout le monde le savait au lycée. N'importe qui aurait pu le lui dire.

— J'aurais jamais deviné, a-t-elle répondu, et j'ai vu qu'elle mentait.

Peut-être qu'avoir un père psychiatre était un avantage que je n'avais pas soupçonné avant. Mon père savait tout de suite quand quelqu'un mentait, et peut-être que j'avais acquis cette capacité à force de l'observer.

— Et pour le gala ? a-t-elle demandé pour changer de sujet. Tu y vas avec Trey ?

J'ai haussé les épaules, parce que je ne voulais pas qu'elle sache que je n'avais pas de réponse. D'un côté, je voulais y aller parce que tout le monde en première et en terminale irait et que je voulais faire comme les autres. Mais au fond, s'il y avait le moindre risque que Trey soit mal à l'aise là-bas, j'y renoncerais. Plus j'y pensais, plus je me disais que, si on nous voyait ensemble sur la piste de danse, les gens nous regarderaient et nous pointeraient du doigt.

— Je sais pas, ai-je répondu. Je suis pas sûre d'avoir vraiment envie d'y aller maintenant. C'était complètement différent il y a quelques semaines.

— Mais attends, McKenna ! s'est exclamée Violet. Il faut venir ! C'est vrai que c'est horrible ce qui est arrivé à Olivia. Mais on est en première. La vie continue, quoi !

Les cupcakes se sont mis à embaumer dans la maison et le soleil qui illuminait la cuisine a entamé sa descente. Munie de gants de cuisine, j'ai sorti les trois premières plaques de gâteaux et Violet a enfourné les trois suivantes. Après s'être éloignée de la chaleur du four, elle a gémi de douleur et a mis la main au-dessus de sa poitrine.

— Aïe, a-t-elle murmuré.

Son médaillon avait chauffé le temps qu'elle glisse les plaques dans le four et, quand elle s'était redressée, il l'avait brûlée et avait laissé une petite marque.

On est passées dans le salon à côté de la cuisine et on a regardé la télé pendant une demi-heure tandis que les cupcakes cuisaient. Ensuite, Violet a tourné les pages du gros livre de cuisine de sa mère jusqu'à ce qu'elle trouve la recette du glaçage à la crème au beurre. Dans le mixeur, on a mis un énorme paquet de sucre en poudre, quelques gouttes de vanille et des morceaux de beurre à température ambiante. Quand on a mis l'appareil en marche, j'ai constaté que c'était presque l'heure du dîner. Je n'avais rien mangé depuis ma salade du déjeuner et mon estomac gargouillait.

— Goûte, a ordonné Violet comme si elle pouvait entendre mon estomac.

Elle m'a tendu un cupcake au chocolat encore chaud, avec une grosse couche de glaçage à la vanille par-dessus. J'ai repoussé le cupcake des mains.

— Non, non, je ne peux pas manger ça.

J'ai entendu le bruit d'une porte automatique de garage s'ouvrir pas très loin, et un moteur de voiture a été coupé.

— McKenna, a dit Violet sévèrement, tu ne peux pas éviter la nourriture pour toujours. C'est juste un cupcake.

J'ai haussé les épaules. Je le voulais vraiment, ce cupcake.

— Mais évidemment que je mange ! C'est juste que je ne peux pas prendre de cupcake. Même si c'est qu'un seul cupcake, c'est trop dur de se limiter à un.

Quelque part dans la maison, je suppose plusieurs pièces plus loin, j'ai entendu une porte s'ouvrir et se refermer, et un bruit de talons approcher. Violet a froncé les sourcils, l'air inquiet. Elle a reposé le cupcake avec les autres, sur une des plaques de la première fournée.

— Il me semble que tu aurais besoin d'aide, McKenna. Tu exagères peut-être un peu avec ton histoire de régime.

J'ai été momentanément prise de panique. Je ne comprenais pas ce que voulait dire Violet. Je n'avais pas perdu de poids en faisant quoi que ce soit de drastique pendant l'été. Mais mon inquiétude sur ce qu'elle avait derrière la tête a vite disparu lorsqu'une femme aux cheveux lisses et bruns lâchés sur ses épaules est entrée dans la cuisine. Elle était bien habillée et portait un manteau en laine beige et une mallette. Elle était aussi jolie que Violet et avait les mêmes yeux bleus et brillants qu'elle.

— Salut, maman, a dit Violet sans se retourner pour la regarder. C'est McKenna. Elle se présente au poste de trésorière et on fait des cupcakes pour la campagne.

— Mais c'est super sympa, ça, a dit Mme Simmons en me souriant. Tu vis à Willow depuis longtemps, McKenna ?

— Depuis toujours, ai-je répondu avec un soupçon de fierté.

Violet et sa mère m'ont raccompagnée chez moi une heure plus tard, et je n'ai pas pu m'empêcher de grimacer lorsque leur belle Audi blanche s'est arrêtée devant notre maison quelconque de plain-pied. Pendant le dîner, j'ai demandé à ma mère si elle connaissait des familles influentes dans la ville qui portaient le nom de Simmons, pour essayer de comprendre qui les grands-parents de Violet étaient et comment ils étaient devenus riches. Ma mère, qui avait grandi dans le Missouri avant de venir dans le Wisconsin, n'avait jamais entendu parler des Simmons et elle m'a encouragée à appeler mon père, qui lui était né à Ortonville. Quand je l'ai appelé, c'est passé sur répondeur et je savais, en laissant un message, qu'il ne me rappellerait pas ce soir. Pendant que j'écrivais mon rapport par mail à Mischa et Candace, j'aurais dû être fière de toutes les informations que j'avais récoltées sur la vie de Violet avant son arrivée à Willow. Mais, à la place, j'ai pensé à l'expression sinistre de son visage quand elle m'a dit au revoir depuis le siège avant de la voiture de sa mère.

Sans le vouloir, je lui avais donné ce qu'elle attendait. J'en étais sûre, et pourtant je ne savais pas exactement ce que c'était.

Plus tard cette nuit-là, alors que je me préparais à aller au lit et que je commençais à appréhender le moment d'éteindre la lumière, j'ai reçu un texto de Trey. Il ne disait qu'un seul mot : *Gala ?*

Après avoir réfléchi, j'ai répondu : *Comme tu veux.*

Au bout de dix minutes, n'ayant pas de réponse, j'ai regardé mon lit, la main sur l'interrupteur. J'ai éteint et suis restée debout trois bonnes secondes avant d'admettre que j'avais trop peur de rester seule dans ma chambre pour pouvoir m'endormir. Donc j'ai décidé de rallumer la lumière et de dormir la lampe allumée. Mais, sous la couette, je me suis sentie débile de fermer les yeux avec la lumière vive qui illuminait toute ma chambre.

J'ai entendu un tapotement sur ma vitre qui m'a fait bondir de peur. Quand le bruit s'est arrêté avant de reprendre, j'ai essayé de rationaliser : un esprit maléfique n'aurait sans doute pas de manières et ne se préoccuperait pas de frapper avant d'entrer. Je me suis dirigée silencieusement vers la fenêtre et j'ai ouvert les rideaux. Trey était dehors en tee-shirt blanc et pantalon de jogging. Il tremblait de froid. J'ai ouvert ma fenêtre, surprise de le voir dehors.

— Qu'est-ce que tu fabriques ? ai-je murmuré pour que ma mère ne nous entende pas de l'autre côté du mur.

— Pourquoi est-ce que ta lumière est encore allumée ?

— P… parce que… ai-je bafouillé. J'ai peur toute seule.

Il m'a fait un signe pour que j'ouvre en grand et je l'ai fait, tout en sachant que ma mère me tuerait si elle savait que j'invitais un garçon en pyjama dans ma chambre à une heure pareille. Il m'a fallu plusieurs tentatives pour arriver à ouvrir complètement la fenêtre : la moustiquaire était coincée. Trey s'est soulevé et a enjambé le rebord. J'ai ensuite rabaissé la moustiquaire avant de refermer la fenêtre. Et là, j'ai été frappée par ce qui se passait : j'avais un garçon dans ma chambre en pleine nuit. Il a jeté un long regard circulaire avec émerveillement, comme s'il voulait se souvenir de tout, alors qu'il était venu là récemment, sans moi, le jour où il avait récupéré Moxie pour l'enterrer.

— Il s'est passé un truc bizarre hier. J'ai eu l'impression qu'il y avait quelque chose avec moi ici, me suis-je dépêchée d'expliquer.

C'est à ce moment-là que j'ai remarqué à quel point ce que je disais avait l'air ridicule, mais, comme beaucoup de choses étranges avaient eu lieu en peu de temps, je n'ai pas ressenti le besoin de me justifier.

— Tu te souviens de la nuit où on était dehors avec les chatons, quand tu as dit que tu avais l'impression qu'on nous regardait ? Ben c'était comme ça en plus… flippant, ai-je ajouté.

— Si tu veux, je peux rester, au moins jusqu'à ce que tu t'endormes, a-t-il chuchoté tout en continuant à regarder autour de lui comme si j'avais tendu un piège quelque part.

— Non… Si tu restes, j'ai besoin que tu restes jusqu'à l'aube, ai-je insisté, convaincue que ce qui avait interrompu mon sommeil la veille au soir recommencerait à se manifester dès que Trey aurait le dos tourné. Je savais que c'était un peu osé de demander à un garçon de passer toute la nuit dans ma chambre avec moi, mais j'étais tellement terrifiée à l'idée de m'endormir seule que j'ai quand même demandé.

— OK, a dit Trey en haussant les épaules.

J'ai fermé le verrou de ma porte, juste au cas où ma mère essaierait de l'ouvrir le lendemain matin, même si elle le faisait rarement.

— Éteins la lumière, a exigé Trey. Ta mère pourrait se demander pourquoi c'est allumé. J'ai pas besoin que mes parents me fassent la morale sur les responsabilités adultes juste maintenant. J'ai passé suffisamment de temps comme ça en famille ces deux dernières semaines !

Nous nous sommes tous les deux couchés dans mon lit double étroit et, une fois qu'on a été allongés l'un à côté de l'autre sous ma couette, je me suis dit que Trey était peut-être venu avec d'autres idées en tête que celle de me protéger des esprits maléfiques. Mais, sans même tenter de m'embrasser ou de me toucher, il a posé sa tête sur mon oreiller et m'a entourée d'un bras protecteur. Nos yeux se sont accoutumés au noir de la chambre et je me suis détendue un peu quand j'ai vu que ses yeux n'étaient qu'à quelques centimètres des miens.

— Alors, tu as appris des choses intéressantes sur Violet aujourd'hui ? a-t-il demandé. Ou bien est-ce que vous vous êtes contentées de vous tresser les cheveux, de manger des roulés au fromage surgelés et d'autres trucs du genre que font les filles quand elles sont entre elles ?

— Tu veux dire du genre se faire des chatouilles avec de grosses plumes et appeler des mecs mignons pour leur raccrocher au nez sans dire un mot ? ai-je blagué.

— Ahh, alors c'est toi qui n'as pas arrêté d'appeler ?

Je lui ai raconté tout ce que j'avais appris et qui m'avait paru si important dans la cuisine de Violet, mais qui, maintenant que je le répétais à Trey, semblait honteusement insignifiant.

Quand j'ai parlé de la mort de la grand-mère de Violet et de l'héritage de la maison magnifique derrière les arbres, Trey a tendu l'oreille.

— Donc, cette grand-mère… elle est morte récemment ? a-t-il murmuré. Ça pourrait être quelque chose, ça.

— D'après ce qu'elle a dit, elle est morte il y a deux ans. Violet a dit que ses parents avaient mis une année entière à rénover la maison.

Trey a réfléchi un instant.

— Alors c'est le bon timing. Elle était particulièrement proche de sa grand-mère ?

J'ai essayé de me rappeler si Violet avait dit quoi que ce soit au sujet de leur relation, mais rien ne m'est venu.

— Je me souviens pas.

— Bon, dans ce livre de la bibliothèque il est écrit que souvent un esprit utilise un objet de sa propre vie pour prendre contact avec le médium. Est-ce que Violet a un truc que sa grand-mère aurait pu lui donner et qui agirait comme canal de communication ?

Trey réfléchissait tout haut.

J'ai tenté de me vider l'esprit pour me faire une image de Violet. Dans ma tête, je voyais ses cheveux longs, ses longs cils… mais après j'ai à nouveau eu cette impression de respiration que j'avais ressentie la nuit d'avant.

Inspire, expire.

J'ai enfoncé mes ongles dans le bras de Trey.

— Tu entends ? ai-je murmuré d'une voix rauque.

Ses yeux étaient immenses et fixaient les miens.

— J'entends rien, mais oui, je le sens.

Je me suis rapprochée de lui. On est restés silencieux un moment avant que je demande :

— On fait quoi ?

Trey a secoué la tête très lentement, presque trop lentement pour que je le remarque.

— Rien, on va attendre de voir ce qui se passe.

La chambre est devenue glacée, comme la veille au soir. J'ai senti le bout de mon nez devenir tout froid, et je voyais de la vapeur sortir des narines de Trey en petits nuages. La sensation que quelqu'un respirait dans la chambre était plus palpable et j'ai agrippé le bras de Trey plus fort. C'était comme si mon corps était vidé de son énergie tandis que la présence m'attirait vers le plafond légèrement, puis me relâchait, au rythme régulier de… Inspire. Expire. J'étais paralysée par la peur, et je m'attendais à tout moment à ce que ce doigt humide qui m'avait touché le bras la veille me touche à nouveau. Pourquoi est-ce que j'avais été assez bête pour croire que Trey pouvait me protéger ? Il était aussi désarmé que moi contre ce truc, quel que soit ce truc que Violet avait lâché contre moi. Mon estomac s'est transformé en une boule de nœuds et je savais que la fenêtre d'opportunité pendant laquelle j'aurais pu trouver le courage de me précipiter sur l'interrupteur était déjà passée. Il n'y avait rien à faire d'autre qu'attendre que cette terreur s'estompe.

J'ai commencé à entendre un cliquetis sourd. Trey a eu le cran de se redresser un peu pour regarder dans la chambre, et un moment après j'en ai fait autant. L'étagère au-dessus de mon bureau vibrait. Au début, on le remarquait à peine, mais en moins d'une minute elle tremblait tellement que j'avais peur qu'elle se décroche du mur à tout moment et tombe avec fracas sur mon bureau en réveillant ma mère. C'était sur cette étagère que je gardais mes CD. La plupart étaient des cadeaux de mon père, offerts quand j'étais encore au collège. Je les écoutais rarement puisque j'avais téléchargé toute ma musique sur mon iPod. Trey et moi avions tous les deux les yeux rivés sur l'étagère qui cognait contre le mur. On a vu les vis qui la maintenaient sortir petit à petit sous la violence des chocs. Soudain, un des CD est tombé sur mon bureau. L'étagère a immédiatement cessé de bouger et le froid qui avait inondé ma chambre a disparu. S'il n'y avait pas eu ce CD au sol, on aurait facilement pu penser qu'on venait peut-être d'imaginer ces quelques minutes de phénomène étrange dans ma chambre. Trey et moi sommes restés assis, pétrifiés de peur, pendant de longues minutes flippantes avant d'oser bouger un tant soit peu. J'étais sûre que ma mère allait débarquer à tout moment pour frapper à ma porte et exiger une explication sur le boucan qui sortait de ma chambre à une heure pareille. Mais, quand j'ai tendu l'oreille pour percevoir ce qui se passait dans la maison au-delà des murs de ma chambre, j'ai été surprise de ne rien entendre d'autre que le tic-tac de l'horloge qui était posée sur la cheminée du séjour. La maison était calme.

— Mais qu'est-ce que c'était que ce bazar ? m'a demandé Trey.

J'ai relâché son bras et j'ai vu qu'avec mes ongles j'avais marqué sa peau. De petits demi-cercles rouges apparaissaient là où j'avais enfoncé mes doigts.

— Désolée. J'en sais rien. Mais c'est pour ça que j'avais l'intention de dormir la lumière allumée ce soir.

— C'est ça qui s'est passé ici hier soir ? a demandé Trey, secoué par ce qu'il venait de voir.

— Pas exactement, mais en gros, oui.

Trey a repoussé la couette et s'est approché de mon bureau. Il a allumé ma lampe de travail pour regarder le CD qui était tombé de l'étagère.

— Death Cab for Cutie, a-t-il lu sur la couverture en levant la boîte pour que je voie. Autrement dit, le fantôme qui te hante a un goût de chiottes en musique.

— Fais attention à ce que tu dis, là, l'ai-je averti.

Je savais exactement de quel CD il s'agissait sans bouger de mon lit. C'était le single *Soul Meets Body* que mon père m'avait envoyé depuis la Floride après que j'avais entendu un extrait de la chanson au centre commercial quand j'étais chez lui. Je lui avais demandé de me trouver le nom de la chanson avec la poignée de paroles dont je me souvenais.

Je ne me rappelais plus la dernière fois que j'avais écouté ce disque et, si l'esprit qui n'arrêtait pas de rentrer dans ma chambre la nuit l'avait bougé pour me dire quelque chose, j'étais bien incapable de deviner ce que c'était. Trey a pris le CD pour le remettre sur l'étagère et j'ai immédiatement crié :

— Non !

J'avais peur que remettre le disque à sa place donne envie de revenir à l'esprit qui venait de nous rendre visite. Trey l'a reposé sur mon bureau.

— On laisse la lumière allumée, a-t-il décidé avant de se recoucher.

Cette fois, lorsqu'il m'a entourée de son bras, je savais qu'on ne recevrait plus de visite cette nuit. J'ai remarqué que ses pieds nus étaient gelés au fond du lit.

— Donc, ce truc qui vient de se passer, c'est déjà arrivé avant ? a-t-il demandé.

— Pas exactement. Hier soir ça n'a pas fait bouger les meubles, mais par contre je crois qu'un truc m'a touchée.

— La vache. Je pense pas que c'était la grand-mère de quelqu'un. Attends, les vieilles personnes n'écoutent pas Death Cab for Cutie quand même.

J'ai hésité avant de lui avouer ce que j'avais en tête depuis ce matin.

— C'était peut-être Jennie.

— Ta sœur ? Mais pourquoi est-ce que ta sœur se mettrait à te hanter ? Et pourquoi après toutes ces années ?

Je voulais lui raconter le lendemain de l'incendie à l'hôpital, quand mes parents étaient persuadés que j'étais morte dans l'incendie et que Jennie avait été sauvée, mais je n'ai pas trouvé les mots.

— Je pense que c'est un esprit que Violet a appelé quand vous avez joué à ce jeu. On doit en apprendre plus sur cette grand-mère. Si ce n'est pas elle qui a attaqué Olivia et qui te terrorise toi maintenant, alors c'est peut-être un autre esprit qui a utilisé Violet pour créer un canal avec elle.

On s'est tus plusieurs minutes, et sa respiration est devenue plus régulière. Je me suis demandé s'il ne s'était pas endormi.

— Je suis contente que tu sois là, ai-je murmuré. J'ai vraiment l'impression que je deviens folle.

— Tu n'es pas en train de devenir folle, a-t-il dit à voix basse, l'air fatigué. Je ne sais pas ce qui se passe, mais c'est bien réel. Je crois qu'il faut trouver un moyen de communiquer avec ce truc et lui dire de ficher le camp.

Il m'a embrassée sur le front.

Quand je me suis réveillée le lendemain matin, le soleil était déjà levé et l'ampoule de ma lampe de bureau avait grillé pendant la nuit. Trey était déjà parti pour retrouver sa chambre, et la brise du matin soufflait à travers ma fenêtre ouverte. J'ai repensé aux derniers mots qu'il avait prononcés avant qu'on s'endorme. Un frisson a parcouru tout mon corps. Inviter ce truc à revenir était bien la dernière chose que je voulais.

Chapitre 10

Personne au lycée n'a été surpris que Violet, Michael, Tracy et moi soyons élus au conseil des élèves de première la semaine qui a suivi, à part moi, peut-être. Les voix ont été comptabilisées mardi après les cours et les résultats communiqués par M. Dean mercredi pendant les annonces du matin.

— Bravo, m'a lancé Dan Marshall près des casiers à la fin des cours ce jour-là.

Dan était ami avec Jason et j'ai un peu grimacé en me demandant comment Jason prenait la nouvelle de ma victoire. Je savais très bien ce que ça faisait de voir ses espoirs déçus.

En rassemblant mes livres, j'ai remarqué que Trey s'approchait de l'autre bout du couloir, là où se trouvaient la plupart des casiers de terminale. Rien que le fait de le voir a provoqué un frisson tout le long de ma colonne vertébrale. Sentir son regard sur mon corps, même à cette distance, a suffi pour que mon cœur se mette à battre plus rapidement. Il n'était jamais venu me voir pile devant mon casier avant, pour ne pas donner aux autres une raison d'alimenter les ragots, même si ça faisait une semaine qu'il rentrait tous les soirs dans ma chambre par la fenêtre. Mais, en ce jour où j'ai été nommée trésorière, il est venu. C'était génial de pouvoir partager le secret de nos nuits ensemble sans que personne au lycée soit au courant, même si on avait bien trop peur pour faire des bêtises sous ma couette.

Il a placé ses mains sur mes hanches et m'a planté un long et doux baiser sur la bouche. Son corps était si proche de moi que j'en avais la tête qui tournait. Je sentais le goût de son chewing-gum au thé vert sur mes lèvres et la chaleur de sa peau à travers la manche de sa veste.

— Pardon.

J'ai entendu Dan s'excuser à côté de moi alors qu'il fermait son casier pour s'éloigner et nous laisser tranquilles. Dan était sympa, du genre qui s'habille en polo et qui fait toujours ses devoirs. En gros, il n'avait rien en commun avec Trey à part que je lui plaisais. J'ai durant un instant eu un peu de peine pour lui, mais il était sans doute temps qu'il apprenne que je n'étais plus dispo. Quand Trey et moi nous sommes écartés l'un de l'autre, j'ai remarqué que certains élèves nous avaient observés avant de se retourner vers leur casier avec surprise.

— Toutes mes félicitations, madame la trésorière, a blagué Trey. J'ai du mal à croire que je sors avec une représentante du gouvernement.

Sur le chemin du retour, j'étais en pleine extase. Mes pairs, ces idiots qui m'avaient traitée de « grosse » et de « vache » il n'y avait pas six mois, venaient de voter pour moi. *Moi.* Je venais de gagner ce que je voyais comme une compétition de popularité. L'esprit flippant qui m'avait rendu visite deux fois dans ma chambre n'était pas réapparu depuis la nuit où il avait fait tomber mon CD de l'étagère, et j'avais l'impression que ma vie redevenait normale petit à petit. Cet après-midi, tandis que Trey et moi marchions en balançant nos bras joyeusement, nous nous sommes permis de croire que toute cette activité paranormale que Violet avait introduite dans notre quotidien était derrière nous. Les feuilles des arbres le long de la route qui nous menait vers la rue Martha étaient passées des tons vibrants de vert aux couleurs chaudes, dorées et orange vif du feu, et dans quelques semaines les branches seraient nues et la neige se mettrait à tomber.

Malheureusement, mon sentiment de victoire n'a pas duré bien longtemps. Lorsque Trey et moi sommes arrivés à la maison, la voiture de ma mère était dans l'allée, ce qui était un peu bizarre vu que normalement elle enseignait le mercredi et ne rentrait que tard. Nous l'avons trouvée dans le séjour, elle était rentrée plus tôt de l'université avec une petite surprise pour moi.

— Je sais, c'est de la folie, a admis ma mère, assise sur le sol devant un chiot bâtard noir et blanc qui mordillait un os en cuir brut qui faisait quasiment sa taille. Mais la maison est si vide sans Moxie. Et, avant que j'aie le temps de dire ouf, tu partiras à l'université.

— Mais, maman…

Je n'ai pas fini ma phrase. Ce magnifique petit chien, avec ses yeux de la couleur du chocolat chaud et son odeur salée de chiot, m'a remplie de tristesse. La seule chose à laquelle je pouvais penser, c'est comment Violet avait su pour Moxie sans jamais l'avoir vue. Ma mère avait eu les meilleures intentions du monde en amenant un petit animal innocent dans la maison pour lui tenir compagnie, mais elle n'avait absolument aucune idée du danger auquel elle exposait ce chien. Elle l'avait appelé Maude. Je ne voulais pas tomber amoureuse de Maude, je ne voulais pas sentir son museau froid et mouillé contre ma main, je ne voulais surtout pas m'occuper d'elle parce que j'avais peur, à la seconde où je ferais ces choses, qu'elle ne devienne une potentielle victime dans le jeu de Violet.

— Rends-moi service, ma puce, va chercher les gamelles et la laisse de Moxie, m'a demandé ma mère.

J'ai soupiré et je me suis rendue dans le garage en passant par la cuisine. On utilisait principalement le garage comme pièce de rangement. Ma mère n'y garait la voiture que l'hiver, ce qui l'obligeait, aux premières gelées, à passer un samedi entier à réorganiser les cartons qui s'y entassaient pour faire de la place. Trey m'a suivie dans le garage et j'ai regardé autour de moi quelques instants sans trop savoir ce que je faisais et sans aucun souvenir de l'endroit où j'avais jeté les gamelles de Moxie le lendemain de sa mort.

— Peut-être…

J'ai soulevé un carton du vieil établi blanc géant de mon père pour regarder dedans. Il n'y avait rien d'autre que des décorations de Noël. Et puis je me suis rappelé avoir mis les gamelles dans un des cartons sur l'étagère du bas près de la tondeuse. J'ai soulevé l'un d'eux, dont les rebords étaient à moitié ouverts, pour le mettre par terre et le fouiller, mais le fond a cédé et tout ce qui était dedans s'est renversé sur le sol.

Avant de comprendre sur quoi mes yeux tombaient, j'ai poussé un cri de surprise. Ce qui venait de me cogner le pied était un des tableaux lumineux magiques pour lesquels Jennie et moi nous étions battues il y a tant d'années. Des ampoules colorées en plastique pleuvaient sur le sol en ciment autour de moi. Je me suis souvenue que ces tableaux lumineux magiques faisaient partie des quelques jouets qui avaient survécu à l'incendie et qui avaient été mis dans des cartons par des volontaires de la Croix-Rouge. Mais ce n'est pas ce jouet qui m'a mise dans cet état.

Ce sont les ampoules colorées en plastique qui, enfoncées dans l'écran noir, avaient clairement été arrangées pour former la lettre V.

— C'est pas vrai, a murmuré Trey en regardant par-dessus mon épaule.

Il a tout de suite compris pourquoi j'avais commencé à flipper.

— Trey, c'est un signe, ai-je bégayé, au bord des larmes. C'est obligé. Ce carton est ici depuis des années. Je me rappelle même pas avoir joué avec ce jouet depuis l'incendie. C'est peut-être Jennie qui y a joué en dernier. Mais je vois mal pourquoi elle ou moi aurions écrit cette lettre quand on avait huit ans.

— Bon, OK, c'est peut-être un signe. Mais un signe de qui ? a demandé Trey. Clairement c'est un V. V pour « Violet ». Tu sais, depuis la semaine dernière on se dit que cette chose qui est venue dans la chambre en avait après toi. Mais pourquoi ce serait pas… quelque chose qui essaierait de t'avertir ? Ou de te protéger ?

— Ça n'a pas de sens. Rien de tout ça n'a de sens ! Pourquoi est-ce qu'Olivia est morte ? Pourquoi est-ce que Moxie est morte ? Pourquoi est-ce que ce CD est tombé de mon étagère ? C'est trop déconnecté.

— Ben, peut-être que tout n'est pas lié, a ajouté Trey, qui poursuivait son raisonnement. Personne n'a dit que les esprits paranormaux étaient censés être de bons gestionnaires de projet. Peut-être que Moxie est simplement morte de mort naturelle parce que le moment était venu. Peut-être que Death Cab for Cutie est tombé de l'étagère parce que c'est celui qui était le plus proche du bord.

J'ai essayé de reprendre ma respiration et de me calmer, parce que je ne voulais pas inquiéter ma mère au cas où elle nous entendrait parler à voix haute depuis le séjour où elle câlinait le chiot.

— J'en peux plus, me suis-je exclamée d'une voix rauque. Chaque fois que je crois qu'on en a terminé, quelque chose d'autre se passe d'encore plus chelou.

Trey s'est appuyé contre l'établi de mon père et s'est passé la main dans les cheveux.

— Je crois qu'il faut affronter ce truc, McKenna. Ça me plaît pas non plus, c'est pas exactement réjouissant de se dire qu'on va s'enfoncer encore plus loin dans cette histoire. Mais, que ça nous plaise ou non, on est déjà en plein dedans. C'est comme de la téléréalité, du genre « Comment déjouer un fantôme ». Ça ne s'arrêtera pas tant qu'on n'y mettra pas un terme.

— Non mais bien sûr que je suis d'accord, ai-je clarifié. C'est moi qui suis en train d'essayer de découvrir ce qui se passe dans la tête de Violet, je te signale.

— Oui, et c'est moi qui étais dans la voiture avec Olivia, m'a rappelé Trey. Elle savait que ce truc était réel. Pendant ses derniers instants, elle a su que ce truc était réel, que quelqu'un était après elle, et j'ai choisi de ne pas la croire. J'ai besoin de savoir pourquoi il l'a prise elle et pas moi. Je suis dedans autant que toi.

On s'est tus un moment et je savais, sans même lui demander, qu'on faisait exactement la même chose : on était aux aguets pour déterminer si on était bien seuls. C'était devenu une habitude pour nous cette dernière semaine. On s'arrêtait quasiment de respirer, trop flippés pour regarder les ombres de près, sachant que cette chose pouvait revenir à tout moment.

— Bon… alors ce mec, James W. Listerman, il dit quoi sur la façon d'entrer en contact avec cette chose ? ai-je demandé.

***

Trey a décliné l'invitation à dîner de ma mère ce soir-là et, alors qu'il traversait notre jardin pour rejoindre sa maison, ma mère m'a dit d'une voix basse :

— Il faut qu'on parle.

C'était vraiment rare qu'elle demande à avoir une conversation sérieuse sur quoi que ce soit, alors je me suis assise à la table de la cuisine pendant qu'elle pesait sur le sol une gamelle de Moxie remplie de pâtée pour chiots pour Maude. Je jouais avec mes doigts nerveusement, je m'attendais à un sermon gênant sur le sexe avant le mariage ou les contraceptifs ou un truc du genre, vu le temps que Trey passait sur notre canapé plutôt que sur le sien à regarder la télévision. Mais, à la place, elle m'a dit :

— J'ai reçu un appel de Mme Simmons au bureau aujourd'hui. La mère de ton amie Violet.

J'ai avalé de travers. Je me suis tout de suite rappelé le sourire sournois de Violet le soir où sa mère et elle m'avaient reconduite chez moi après qu'on avait fait des cupcakes. Pour autant que je sache, ma mère n'avait pas été mise au courant de tout ce qui s'était passé à la fête d'anniversaire d'Olivia. Si ma mère apprenait que j'avais participé à un jeu occulte débile, elle me ferait un sermon comme quoi je perdais mon temps, mais elle n'était pas du genre à croire en ce genre de choses. Donc je me suis braquée par anticipation face à la boîte de Pandore que Violet avait ouverte. Je sentais ma joie après ma victoire au vote du conseil des élèves s'éloigner encore plus.

— Tes amis pensent que tu as un problème avec la nourriture. Veux-tu me dire ce qui se passe ?

J'ai gémi d'agacement, pour le regretter aussitôt, car c'était exactement ce que je n'aurais pas dû faire pour que ma mère écoute ma version de l'histoire.

— Maman, ai-je dit d'une voix ferme, j'ai beaucoup maigri. J'essaie de me maintenir à mon nouveau poids. Je mange normalement, tu le vois bien. Il n'y a pas de problème. Et d'ailleurs, Violet n'est pas du tout mon amie. Et ce n'est qu'une seule personne, pas plusieurs, elle est nouvelle en ville et je la connais à peine.

Maman m'a regardée avec attention depuis l'endroit où elle se tenait, devant le four, une cuillère en bois dans la main.

— Ah oui ? Parce que Violet a expliqué à sa mère qu'au déjeuner à la cafétéria tu ne manges rien d'autre que de la laitue et un soda light. Et que tu as catégoriquement refusé de manger lorsque tu étais chez elle l'autre jour, et que tu n'as pas accepté leur invitation à rester dîner.

Je voyais bien que ce que Mme Simmons avait dit à ma mère avait été transmis avec conviction, parce que ma mère avait vraiment l'air inquiète.

— Maman, Rhonda est infirmière. Tu crois vraiment qu'elle m'encouragerait à me sous-alimenter de manière malsaine ? La seule chose que j'ai refusé de manger chez Violet, c'était un cupcake au chocolat avec une montagne de glaçage dessus parce que c'est hyper riche.

Ma mère a soulevé la casserole de pâtes qui bouillait sur le feu et l'a versée avec soin au-dessus de l'évier dans la passoire. Un nuage de vapeur s'est formé au-dessus de sa tête et a fait de la buée sur la fenêtre.

— Tout ce que je sais, McKenna, c'est que ces choses-là peuvent déraper très vite. J'ai dit à ton père que tu l'appellerais ce soir. Ça ne le tuerait pas de savoir ce qui se passe dans ta vie ces temps-ci.

J'ai mangé mes spaghettis en silence, furieuse à l'idée d'avoir à appeler mon père ce soir-là (surtout qu'il n'avait pas pris la peine de me rappeler la semaine dernière), furieuse que ma mère ait ramené un chiot alors qu'elle n'avait aucune idée du danger auquel elle l'exposait, et furieuse après Violet à cause de son jeu de pouvoir. De deux choses l'une : ou Violet savait pour mon enquête et c'était sa première contre-attaque, ou elle s'inquiétait réellement et de façon injustifiée de mes habitudes alimentaires. Quoi qu'il en soit, j'avais clairement sous-estimé sa sournoiserie. J'allais devoir être bien plus stratégique que je ne l'avais envisagé et j'avais des raisons de penser qu'elle était plus forte que moi, de très loin. Je n'avais pas particulièrement faim, mais j'ai mangé toute mon assiette sans dire un mot pour prouver à ma mère que je n'évitais pas la nourriture, puis j'ai appelé mon père depuis mon portable dans ma chambre.

— Ta mère m'a appris que tu avais un copain, a déclaré mon père en décrochant, sans même dire bonjour.

— Elle exagère. Je vais juste au gala avec Trey Emory, le voisin. Tu te souviens de lui ?

Mon père a prétendu se souvenir de lui, mais il était sans doute en train de mentir. Je ne pensais pas qu'il faisait des efforts particuliers pour se rappeler la vie qu'il avait laissée derrière lui à Willow.

— Sérieusement, McKenna, ta mère m'a téléphoné aujourd'hui pour me dire que, jusqu'ici, ton année de première était mouvementée. À l'entendre, tu as traversé des choses plutôt lourdes à gérer.

J'ai hésité avant de répondre. Mon père avait beaucoup de connaissances, donc il y avait des chances qu'il puisse me conseiller sérieusement sur le jeu auquel on avait participé à l'anniversaire d'Olivia, qu'il me donne une autre explication qui permettrait de comprendre les facultés apparemment paranormales de Violet.

— Au fait, tu te rappelles quand tu m'as parlé de l'hypnose de groupe, papa ? Du genre quand les soldats entonnent des chants pour être gonflés à bloc avant un combat ?

Mon père a acquiescé.

— Alors qu'est-ce qui se passe quand quelque chose se produit à cause des incantations ? ai-je suggéré. Tu sais comme ce jeu « Léger comme une plume, raide comme la mort » ? Quand quelqu'un raconte la mort d'un participant et que tous les autres le soulèvent du bout des doigts ?

— McKenna, es-tu en train de me dire qu'au lieu de boire avant l'âge légal ou de prendre de la drogue, toi et tes amies vous amusez à jouer à des jeux d'horreur idiots ? a demandé mon père avec un rire sincère.

— Papa ! C'est pas drôle. Une de mes amies est morte ! Maman te l'a bien dit, non ?

La ligne est devenue silencieuse pendant que mon père réfléchissait à mon explosion de colère.

— Tu as raison, McKenna. Je suis désolé d'avoir manqué de tact ; c'est une épreuve terrible d'avoir à vivre une telle perte à ton âge. On peut expliquer les jeux comme celui dont tu as parlé de plusieurs manières. L'explication la plus simple, c'est qu'une jeune fille de ton âge, lorsque son poids est bien réparti et qu'elle est soulevée à partir de plusieurs points, ne paraît pas lourde. Cet effet, combiné à la distraction de l'incantation, ou même à la légère hypnose induite par les incantations des participants, peut donner l'impression qu'un corps ne pèse plus rien. Il faut arrêter de penser qu'un… pouvoir surnaturel aurait pu avoir un rapport avec la mort de ton amie. Je ne peux pas être plus clair que ça : les fantômes n'existent pas. C'était peut-être une coïncidence. Les gens meurent souvent dans des accidents de voiture, ça arrive tout le temps. Si tu as du mal à gérer ce deuil, je peux facilement faire en sorte que tu en parles avec quelqu'un de l'université.

Tous les anciens collègues de mon père à l'université du Wisconsin à Sheboygan étaient le genre de psychiatres qui traitaient les criminels atteints de folie et qui faisaient des recherches sur de nouveaux médicaments pour les schizophrènes.

— Non merci, papa.

Mais ensuite, j'ai pensé à un truc. Si mon père disait qu'une hypnose collective nous avait poussées à croire qu'on pouvait faire léviter un corps, alors peut-être que cette hypnose était responsable de toutes les choses bizarres que je continuais à vivre. Peut-être que j'étais toujours sous hypnose ! Peut-être que c'était le cas pour nous toutes, et peut-être que ça expliquait pourquoi Candace avait sombré si bas. Mes pensées s'assemblaient dans ma tête à la vitesse d'une arme automatique : peut-être que Trey et moi avions tort pour Violet et que cette explication était la bonne.

— En fait, mon amie Candace a beaucoup de mal à gérer la mort d'Olivia. Elle, elle aurait peut-être besoin de parler à quelqu'un.

Mon père était ravi de pouvoir proposer les services de ses anciens collègues. Il m'a dit qu'il m'enverrait par mail les noms et coordonnées de psychiatres qu'il recommandait.

— J'ai encore une question, papa. Quand tu étais ado, tu connaissais des familles à Willow qui s'appelaient Simmons ?

Il a réfléchi à ma question en silence un moment.

— Donne-moi une minute, McKenna. Tu me parles de l'histoire ancienne, là. Simmons… Simmons. Non, je ne me souviens pas d'avoir eu des amis ou camarades de classe qui s'appelaient Simmons. Mais je suis relativement sûr qu'il y avait une famille très riche qui habitait à Weeping Willow à l'époque. Ils étaient dans la construction. Quand ils ont agrandi la bibliothèque, on a nommé la nouvelle aile en leur honneur.

Si les grands-parents de Violet avaient été propriétaires d'une société de construction, alors ça expliquait comment ils avaient amassé suffisamment d'argent pour pouvoir se permettre cette immense maison au milieu d'un parc arboré. Au moins, c'était un début. Si mon père avait raison pour la bibliothèque, alors je pouvais faire des recherches sur l'agrandissement du bâtiment.

Cette nuit-là, lovée dans les bras de Trey, je lui ai expliqué que j'avais l'intention d'utiliser Candace comme cobaye. Si je pouvais la convaincre de voir un psychiatre pour lui retirer cette espèce de sort hypnotique qu'on lui avait jeté, je verrais bien si ça améliorait son état d'esprit général. Et, si ça marchait sur elle, j'avais de bonnes raisons de penser que ça marcherait sur moi aussi.

— Et si ça n'aide pas Candace, tu croiras en tout ça et tu arrêteras de penser que c'est dans ta tête ? a demandé Trey.

J'ai acquiescé.

— Peut-être qu'on nous a jeté un sort à nous toutes. Si c'est bien ça, alors peut-être que ça me donne l'impression que tout ce qui se passe est lié.

Trey a repoussé les cheveux de mon visage.

— Et le truc qui s'est passé ici ? a-t-il dit doucement. Je n'étais pas hypnotisé, moi, et je pense que c'était réel.

Je savais qu'il avait raison et ça affaiblissait ma théorie – ou peut-être mon espoir –, à savoir que tout ce qui avait eu lieu était une illusion de mon esprit. La mère de Violet qui appelait la mienne, les messages de Jennie sur un vieux jouet caché au fin fond du garage depuis si longtemps… Les choses devenaient beaucoup trop sérieuses pour mon pauvre cerveau. J'avais besoin d'une raison de croire qu'il y avait peut-être une façon crédible d'expliquer tout ça.

— Je sais, Trey. Mais ça fait plus de deux semaines. On a conclu si rapidement que des fantômes et des esprits maléfiques étaient responsables que… peut-être qu'on aurait dû prendre le temps d'être rationnels.

Trey s'est penché et m'a embrassée sur la bouche.

— Rationnels, a-t-il chuchoté. Si tu veux être rationnelle et que tu veux arrêter de croire aux fantômes, alors je dirais, rationnellement bien sûr, que, puisque je suis un petit peu amoureux de toi depuis la cinquième et que ça fait deux semaines qu'on partage un lit, alors ce serait peut-être rationnel de passer à l'étape suivante.

Sa main chaude est passée sous mon tee-shirt et a touché mon ventre avant de remonter. Je sentais son souffle chaud et humide sur mon cou. Ma poitrine était comprimée, c'était comme si je n'arrivais pas à avaler suffisamment d'air. J'ai fourré mes mains dans sa tignasse et j'ai rapproché son visage du mien. Je me suis allongée, je voulais sentir le poids de son corps contre le mien. Ses lèvres étaient contre les miennes, sa langue plongée dans ma bouche, et, tandis que mon cœur se mettait à battre à toute vitesse, je me suis dit : *Ça c'est normal. Ça c'est…*

Au même moment, on s'est aperçus que ce truc qui respirait était de retour dans la pièce.

— Je plaisante, a grogné Trey en s'écartant de moi en une fraction de seconde.

J'ai agrippé ma couette et je l'ai tirée sous mon menton. On était tous les deux assis tout droit, on regardait dans toutes les directions pour essayer de voir cette chose qui venait de nous déranger et qu'on avait sentie tous les deux. De l'autre côté de la chambre, sur la poignée de mon placard, j'ai remarqué ma carte d'étudiant, que je gardais sur un cordon et que je plaçais souvent là le soir. Elle bougeait, très lentement, autour de la poignée. Comme si une main que je ne pouvais pas voir la faisait tourner en cercle autour de la poignée, de façon saccadée et maladroite.

— Trey, tu vois ce que je vois ? ai-je murmuré, surprise de constater que ma respiration s'échappait en une vapeur blanche dans l'air froid.

— Oui, a-t-il chuchoté. Je vois.

Le cadre en fer de mon lit s'est mis à faire un bruit de ferraille, tout doucement, et puis cette vibration qu'on remarquait à peine a pris de l'ampleur. Je voyais le pied de lit bouger et j'entendais les charnières du cadre faire des cliquetis.

Inspire, expire.

— Put… a murmuré Trey en se rapprochant de moi.

Lui aussi regardait le pied de lit bouger. Je n'osais pas me retourner pour vérifier, mais je sentais que la tête de lit derrière mon oreiller bougeait, elle aussi. Le bruit métallique est devenu de plus en plus violent. Le pied de lit s'éloignait, puis revenait en claquant contre le sommier, et le côté gauche se balançait à un rythme différent du côté droit. J'ai commencé à sérieusement me demander si les vis du cadre de mon lit allaient lâcher avec tous ces mouvements et faire tomber toute ma literie par terre, et nous avec.

— Ce truc essaie de nous faire dégringoler du lit ? ai-je demandé à Trey, terrifiée.

— Oui, je crois. Peut-être que si on saute hors du lit ça s'arrêtera.

Mon esprit s'est immédiatement tourné vers l'écart énorme qu'il y avait entre le sol et le matelas. Une de mes peurs les plus immenses quand j'étais petite, c'était qu'il y ait un monstre sous le lit, qui attendait patiemment d'attraper mes chevilles avec des mains flétries et gelées pile au moment où mes pieds effleureraient le sol. Pour moi, sauter hors du lit était aussi terrifiant que rester dessus. Mais celui-ci se balançait et tremblait. Le bruit était tel que c'était impossible que ma mère n'entende pas.

— OK, ai-je dit.

— À trois… Un, deux, trois.

Trey a repoussé la couette et nous avons sauté du matelas sur la moquette. Avant même qu'on ait touché le sol, le cadre de mon lit a cessé de vibrer, et la sensation moite et nauséeuse qui m'envahissait dès que l'esprit était dans ma chambre s'est évanouie. Aussitôt, je me suis sentie totalement débile, debout dans le noir de ma chambre, haletante et le tee-shirt trempé au niveau du dos. La terreur m'avait liquéfiée. Trey et moi nous sommes regardés de chaque côté du lit, secouant la tête pour essayer de nous remettre du choc. C'était de loin l'épisode le plus agressif de l'esprit. Clairement, il n'avait pas apprécié notre session de câlins ; il n'y avait pas d'autre explication.

— Quel que soit ce truc, il n'a pas eu l'air d'aimer qu'on s'amuse un peu, ai-je dit d'une voix très basse.

— C'est clair, c'est pas un fan de romance. Bien noté, a répondu Trey.

J'ai soudain entendu la porte de la chambre de ma mère s'ouvrir.

— McKenna, qu'est-ce qui se passe ici ?

Mes yeux se sont écarquillés de panique.

— Cache-toi ! ai-je fait du bout des lèvres à Trey, qui regardait autour de lui comme un fou.

Je n'aurais eu aucune excuse logique pour expliquer sa présence dans ma chambre à presque 3 heures du matin, surtout qu'il était pieds nus et ne portait rien d'autre qu'un pantalon de jogging. Il s'est dirigé instinctivement vers la fenêtre, mais j'ai secoué la tête et les mains comme une folle.

— Arrête, ça va faire trop de bruit, ai-je insisté.

J'avais fermé la fenêtre derrière lui, et le cadre grinçait toujours quand on l'ouvrait. J'ai pointé du doigt le dessous du lit :

— Là !

Il m'a regardée d'un air suppliant. Il imaginait sans doute les mêmes possibilités flippantes que moi juste avant de sauter du lit. Mais, après une brève hésitation, il s'est mis à genoux et a rampé à plat ventre sous le lit. Ma mère a frappé à ma porte d'une main ferme avant de tourner la poignée.

— McKenna, ouvre-moi. Mais qu'est-ce que tu fabriques ?

J'ai réfléchi rapidement, même si ce n'était pas nécessairement très cohérent. J'ai attrapé mes écouteurs sur le bureau et je les ai enfoncés dans mes oreilles. J'ai pris mon iPod dans une main et j'ai déverrouillé la porte de ma chambre. Je m'en suis tout de suite voulu quand j'ai vu ma mère dans le couloir, sa robe de chambre serrée contre elle.

— Salut, ai-je dit comme une débile.

— Tu veux m'expliquer ce que c'était que tout ce boucan ? a-t-elle demandé, l'air fâché.

J'ai entendu le chiot dans le couloir se réveiller et gémir dans sa boîte.

— Quel boucan ? ai-je bluffé en clignant innocemment des yeux.

Ma mère a jeté un coup d'œil soupçonneux à la pièce avant de rentrer en allumant la lumière.

— Tous ces bruits de cliquetis et de chocs que je viens d'entendre ici. C'était comme si tu sautais sur le lit.

J'ai essayé très fort de ne pas penser à Trey caché sous le lit. J'espérais qu'il retenait son souffle, roulé en une boule aussi petite que possible pour que ma mère ne le trouve pas dans la chambre. Pour la première fois, je me suis dit que je devrais peut-être avoir plus peur de la colère de ma mère que de l'esprit maléfique qui me rendait visite de temps en temps si elle apprenait que Trey venait dans ma chambre par la fenêtre tous les soirs.

— Oh, je suis désolée, ai-je improvisé en sortant les écouteurs de mes oreilles. J'écoutais de la musique parce que j'arrivais pas à dormir. J'ai dû me mettre à danser et à sauter plus que ce que je pensais.

Ma mère m'a regardée, pas convaincue du tout.

— Dors un peu, m'a-t-elle dit d'un ton sévère, et ne verrouille plus ta porte.

J'ai soupiré bruyamment pendant qu'elle retournait dans sa chambre, et, même si j'avais refermé ma porte, je suis restée derrière à écouter, lumière allumée, avant de reparler à Trey. J'avais raison : j'ai entendu ma mère revenir depuis sa chambre quelques secondes plus tard, j'entendais les pas feutrés de ses pieds nus sur le parquet. Maude trottinait derrière elle ; elles allaient à la cuisine.

— Il se passe quoi ? a chuchoté Trey depuis sa cachette.

— Elle sort le chiot, ai-je murmuré à mon tour en entendant la porte coulissante de la cuisine s'ouvrir.

J'ai entendu les griffes de Maude sur le perron avant qu'elle se précipite sur l'herbe pour faire ses besoins. J'ai attendu que ma mère soit retournée dans sa chambre avec le chiot pour la nuit avant d'éteindre ma lumière. Trey est sorti de sous le lit en roulant, et on a tous les deux regardé ma couette en tas, confus.

— Tu crois que si on se remet au lit ensemble ça va recommencer ? a demandé Trey.

J'ai frissonné. Honnêtement, je soupçonnais que oui. Si je donnais à ma mère l'occasion de revenir et de frapper à nouveau à ma porte, Trey n'aurait aucune chance de s'en sortir sans être vu. Ma chambre n'était pas assez grande, et même mon placard n'était pas une cachette idéale.

— Je devrais peut-être y aller, a dit Trey en se grattant la tête devant mon lit en désordre.

— Non ! ai-je insisté.

Je ne voulais vraiment pas me retrouver seule dans ma chambre. On a fini par disposer mes oreillers sur mon lit pour simuler ma silhouette, et on les a recouverts de la couette. Nous, on s'est couchés sur le sol, loin du lit, à un endroit où ma mère ne nous remarquerait pas si elle ouvrait la porte, et on est restés à quelques centimètres de distance pour ne pas prendre de nouveaux risques. Pour être sûre, j'ai mis mon réveil sur mon téléphone pour me réveiller avant l'heure habituelle à laquelle ma mère vérifiait que je me préparais pour le lycée.

— Tu te rends compte qu'on dort par terre, a précisé Trey avant que je m'endorme. C'est officiellement de la folie.

C'était de la folie, sans aucun doute. Et pourtant, une partie de moi espérait que les tremblements de mon lit pouvaient s'expliquer par un phénomène naturel et logique. Il y avait clairement deux choses que je devais faire pour avancer dans mon enquête à la fois sur l'explicable et sur le non-explicable. Premièrement, j'allais trouver le moyen d'inciter Candace à prendre rendez-vous chez un psychiatre à

Sheboygan. Deuxièmement, Trey et moi allions tenter d'entrer seuls et directement en contact avec l'esprit, si c'était vraiment ça qui perturbait autant nos vies.

***

Le magasin de jeux de Hank était le seul de la ville, et on avait autant de chances d'y trouver une planche Ouija qu'à la jardinerie. On aurait peut-être pu en dégotter une dans le grand magasin du centre commercial de Green Bay. Mais je ne pouvais pas demander à Trey de m'y emmener avec la voiture de ses parents, vu que, la dernière fois qu'il y était allé, c'était le jour où il avait proposé à Olivia de la raccompagner chez elle. Il faudrait donc que je trouve un Ouija toute seule et, rien que d'y penser, je détestais cette mission. J'espérais que ma mère me laisserait emprunter sa voiture. On était jeudi, jour où elle n'allait pas à Sheboygan. Mais, évidemment, je n'avais pas pensé au fait que ce n'était vraiment pas pratique. Depuis que j'avais eu mon permis, je n'avais jamais conduit seule et ma mère n'avait pas pris d'assurance auto pour moi. J'étais couverte par son assurance pendant que j'étais conducteur accompagné, mais, maintenant que j'avais mon permis, je n'étais plus couverte.

— Si tu peux attendre jusqu'à samedi, je t'emmènerai, a proposé ma mère d'un ton joyeux au petit-déjeuner ce jeudi matin. On pourrait manger à l'italien, celui qui a ce pain délicieux.

Je me suis mordu la lèvre. C'était une erreur de dire que j'avais besoin de la voiture pour acheter des choses pour le gala.

— Maman, le gala est demain. Si on va au centre commercial samedi, ça n'a aucun intérêt.

— Alors je peux venir te chercher après les cours et on y va ce soir, a-t-elle proposé en buvant une gorgée de son thé.

— Non, ça va.

J'ai refusé rapidement, je ne voulais pas qu'elle me voie acheter ce jeu bizarre. Ma mère aurait clairement flippé si elle savait que j'achetais des jeux occultes chelous. Elle m'a regardée, le sourcil arqué.

— Tu passes beaucoup de temps avec Trey ces derniers temps. As-tu quelque chose à me dire ?

J'ai levé les yeux au ciel. Typique, elle s'imaginait que j'avais besoin d'aller au centre commercial pour une histoire de sexe d'ados. Pendant un instant, je m'en suis voulu parce que Trey passait toutes les nuits dans ma chambre. Mais, après tout, il n'y avait rien de sexuel à s'agripper l'un à l'autre, morts de peur, jusqu'à l'aube ou à se réveiller en sursaut chaque fois que l'horloge sonnait dans le séjour ou que le parquet craquait quelque part dans la maison. C'était presque comique de voir à quel point on ne faisait rien. C'est sûr, on avait appris la leçon la veille au soir et on ne retenterait pas de se toucher sous la couette de sitôt.

— Maman, il se passe rien entre Trey et moi qui devrait t'inquiéter. Je te promets, d'accord ? C'est juste que j'ai mon permis depuis le mois d'août, et j'aimerais bien pouvoir faire des courses toute seule.

— Eh bien, dans ce cas il faudrait peut-être qu'on te trouve un petit boulot, a contre-attaqué ma mère. Les assurances auto pour les ados peuvent aller jusqu'à deux cents dollars pour quelques mois seulement. Je doute que ton père augmente la pension alimentaire qu'il me verse pour payer ça. D'ailleurs, je suis sûre qu'il accepterait de t'envoyer un casque de vélo si tu voulais aller à l'école à vélo.

J'ai soupiré puis fini mon bol de céréales. Trouver un petit boulot uniquement dans le but d'aller jusqu'au centre commercial en voiture pour acheter un Ouija n'était pas une solution viable un jeudi matin, la veille du gala, tout juste quelques heures après qu'un supposé esprit avait fait trembler le cadre de mon lit. J'allais tout simplement devoir trouver un autre moyen pour aller à Green Bay seule, ce qui n'allait pas être simple vu qu'il n'y avait aucun transport en commun dans notre petit coin du Wisconsin qui m'emmènerait au-delà d'Ortonville.

— Ça va pas le faire, ai-je annoncé à Trey dix minutes plus tard sur le chemin du lycée.

— Elle veut pas te prêter sa voiture ? a-t-il demandé en se retournant pour regarder la maison.

— Son assurance ne me couvre pas. Je vais devoir demander à Mischa ou à Amanda de m'emmener.

Trey a fait la moue.

— Ou alors, on pourrait emprunter la voiture de ma mère après les cours et lui faire croire que c'est moi qui conduis.

Toute la journée, j'ai eu mal au ventre à force d'imaginer que j'allais devoir conduire seule jusqu'à Green Bay. Je n'étais même pas sûre de connaître le chemin par cœur. Quand quelqu'un d'autre conduisait, je savais où tourner, mais ce serait peut-être différent quand ce serait moi la conductrice. Je ne savais pas si la voiture de la mère de Trey avait un GPS valable ou si j'allais devoir garder une carte routière dépliée et à disposition sur le siège passager au cas où je me tromperais de route.

Au déjeuner, j'ai été hyper surprise de recevoir un texto d'Henry Richmond. *Amuse-toi bien demain soir*, disait-il. C'était un peu étrange que je n'aie jamais fait signe à Henry après l'annulation du gala initial pour lui dire que j'allais au gala reporté avec un autre garçon, mais en même temps, avant de le croiser au glacier, je ne savais même pas qu'il allait rester à Willow pour le restant du semestre. J'ai eu un pincement de regret à l'idée d'avoir balayé son intérêt pour moi si rapidement. Après tout, c'était le frère d'Olivia. Il traversait forcément une période atroce à la maison avec ses parents en deuil. J'ai fait abstraction du brouhaha de la cafétéria et de l'odeur de la pizza au pepperoni, le menu du jour, pour me replonger dans le souvenir de l'escalier des Richmond, quand j'avais croisé Henry le soir de l'anniversaire d'Olivia. J'ai été envahie de remords. J'étais déjà tellement attachée à Trey que c'était vraiment sinistre de se demander ce qui aurait pu se passer si les circonstances étaient restées les mêmes que trois semaines plus tôt.

— Alors, tu crois que ce serait possible ?

J'ai été sortie de mon rêve éveillé par Violet et je suis retombée brutalement dans la réalité de la cafétéria. Elle me regardait, les yeux écarquillés : manifestement, elle attendait une réponse. Tracy, qui était en face de nous, sirotait son soda sans sucre avec une paille, les joues creusées. Elle aussi attendait que je m'exprime.

— Pardon, tu parlais de quoi ?

— D'aller au gala en solo, a dit Violet, qui me répétait clairement quelque chose qu'elle venait d'expliquer en détail, et je n'avais rien écouté. Mark ne peut pas venir avec moi ce vendredi. Le lycée St. Patrick a un match à l'extérieur ce soir-là et il ne rentrera pas à Ortonville à temps.

J'avais bien l'impression que Violet me disait tout ça plus pour info que pour avoir mon aval. Sans que quiconque ait dit quoi que ce soit à ce sujet, je savais déjà que la roue avait tourné en termes de popularité au lycée Weeping Willow. Violet était présidente de la promo de première. Elle pouvait aller au gala seule, toute nue, en hurlant l'hymne national de toutes ses forces, personne n'oserait dire un mot contre elle. Je n'étais plus non plus aux marges de la popularité, un pied dedans, un pied dehors, comme je l'avais été à la fête d'Olivia. J'avais mon propre rôle au sein du conseil des élèves, un vrai copain (même si c'était encore plus ou moins un secret) et j'avais une amitié secrète avec Mischa et Candace, qui étaient toujours source d'admiration pour les filles de seconde même si elles s'effaçaient un peu de l'esprit des premières.

J'ai joué avec ma salade aux trois haricots.

— Oh ben, évidemment. Pourquoi ce serait un problème ? Tu es la présidente de la promo. Tu dois y aller et, à ce stade, je vois pas trop quel mec du lycée serait…

Je n'ai pas terminé ma phrase, je ne voulais même pas la finir dans ma tête parce que c'était un truc du genre *suffisamment fou pour sortir avec toi.* Mais et elle et Tracy m'ont regardée, perplexes. Elles voulaient la fin de la phrase.

— ... suffisamment populaire pour sortir avec toi, ai-je donc conclu pour cacher ce que je pensais réellement.

Ma réponse a eu l'air de plaire à Violet et à Tracy.

— Ça c'est bien vrai, a acquiescé Tracy en poignardant ses macaronis au fromage avec sa fourchette en plastique blanc. Je veux dire, les mecs sexy de terminale sont tous pris, et y a pas grand-chose au niveau des premières.

Pendant une seconde, j'ai cru remarquer que Violet regardait Pete dans les yeux, de l'autre côté de la cafétéria, avant qu'il se détourne. Je me suis demandé si j'avais rêvé.

Chapitre 11

Ce jour-là après les cours, la mère de Trey lui a donné les clés de sa Civic grise. Elle n'avait pas l'air certaine de vouloir lui faire confiance mais semblait rassurée qu'il propose de se remettre derrière le volant. Je me suis installée du côté passager pendant qu'il allumait le moteur. J'espérais qu'il avait miraculeusement dépassé sa peur de conduire et qu'il allait nous emmener jusqu'à Green Bay. Mais, en fait de ça, il a conduit jusqu'à l'autre côté du pâté de maisons avant de freiner. Il a respiré profondément tout en coupant le contact et s'est essuyé le front.

— T'en as assez ? ai-je demandé doucement.

Clairement, c'était un effort immense pour lui de conduire.

Sans dire un mot, il a défait sa ceinture et l'a écartée de lui d'un geste brutal. Il a mis le frein à main brusquement et est sorti de la voiture. J'ai pris une longue inspiration et je me suis préparée à une première dans ma vie : conduire une voiture toute seule. Mais Trey m'a surprise en s'asseyant du côté passager.

— Tu pourrais peut-être me déposer au Starbucks de Silver Springs et venir me chercher en revenant du centre commercial.

Sans qu'il le dise, j'ai compris qu'il ne voulait vraiment pas se retrouver dans le parking du centre commercial si peu de temps après y avoir trouvé Olivia la nuit de sa mort. J'ai acquiescé et je me suis remémoré la liste des choses à faire avant de me mettre en route. Le moteur est allumé ? Ça, c'est fait. J'ai vérifié le rétroviseur central et ceux de l'extérieur, puis j'ai appuyé sur l'accélérateur. Bizarrement, la voiture n'a pas bougé.

— Tu devrais peut-être desserrer le frein à main ? m'a rappelé Trey gentiment.

Ça faisait plus de deux mois que mon père m'avait emmenée passer mon permis en Floride, et trois mois de plus depuis que j'avais fait ma conduite accompagnée en seconde. J'étais honteusement rouillée et j'avais l'impression de ne pas être du tout qualifiée pour conduire jusqu'à Green Bay puis pour en revenir dans une voiture bien plus sophistiquée qu'aucune de celles que j'avais conduites auparavant. Mais on s'était mis d'accord, Trey et moi. Il nous fallait ce Ouija. C'était notre meilleure chance de contacter Jennie ou tout autre esprit coopérant avec Violet. Et c'est bien simple, il n'y avait pas d'autre moyen d'en obtenir un. Si on en avait acheté un sur internet, j'aurais dû non seulement demander à ma mère la permission d'utiliser sa carte de crédit, mais aussi gérer sa curiosité insatiable quand le paquet serait arrivé chez nous. Que ça me plaise ou non, j'allais devoir conduire seule pour cet aller-retour à Green Bay.

J'ai abandonné Trey au Starbucks comme il me l'avait demandé et je suis repartie du parking sur la route de campagne. Heureusement, la pluie morne qui tombait depuis le début de la journée s'était arrêtée, mais ça n'a pas suffi à calmer mes angoisses concernant les feuilles mouillées éparpillées sur la route. Le seul truc positif, c'était que, du coup, je n'avais pas à m'inquiéter de trouver le bouton des essuie-glaces sur le tableau de bord de la voiture de Mme Emory.

La route vers Green Bay était ennuyeuse, quelconque. Seules quelques fermes peintes aux couleurs tristes, quelques panneaux d'affichage non mis à jour annonçant les programmes radio du matin et des concessions automobiles égayaient la route. J'étais contente qu'il fasse encore jour, mais je savais que le retour sur Willow serait infiniment plus compliqué pour moi puisque la nuit serait tombée, même si je faisais mes courses à toute vitesse. Je me suis mise à tâtonner la radio, stressée, et j'ai réussi à remplir la voiture de Mme Emory du son de sa musique préférée, de la country. J'étais bien trop flippée pour détourner les yeux de la route et je n'ai donc pas essayé de trouver une chaîne un peu plus à mon goût.

Pour éviter de causer un accident avec mes créneaux nazes, j'ai décidé de me garer plus loin que nécessaire de l'entrée du centre commercial, sur un emplacement relativement éloigné des autres voitures. Une fois descendue de la voiture de Mme Emory et après l'avoir verrouillée, j'ai lâché un soupir de soulagement et je me suis retournée pour regarder autour de moi. Je me tenais exactement à l'endroit où Olivia avait dû se rendre compte que les prédictions de Violet étaient vraies. Pendant une minute, je suis restée dans le parking, mon sac dans les bras, serré contre ma poitrine, à me demander pourquoi Olivia n'avait pas tout simplement attendu que l'orage passe dans le centre commercial. Elle a dû sentir qu'elle était en danger lorsque sa voiture a refusé de démarrer.

Une fois à l'intérieur du complexe, j'ai vérifié sur un plan où se situaient les commerces parce que je ne me souvenais plus de l'emplacement exact du magasin de jeux. Je suis rentrée dans la boutique d'un pas rapide, je savais ce que je voulais. Je suis allée du côté de l'allée des jeux de plateau. Je me sentais complètement débile et j'essayais d'ignorer les mères et leurs petits en quête de jeux de l'oie ou d'autres du type Puissance 4. J'ai cherché du regard dans les rayonnages et j'ai commencé à me demander si je ne venais pas de souffrir le martyre pour rien en conduisant jusqu'à Green Bay alors que j'aurais dû être chez moi en train de me préparer pour le gala du lendemain. Mais juste à ce moment-là, sur l'étagère du haut, en bas d'une pile de boîtes de Stratego, j'ai remarqué un carton couleur crème avec le mot OUIJA imprimé en marron sur le côté. Ça avait l'air d'être le seul qui restait.

— Ça vous fera vingt-trois dollars et cinquante-quatre cents, a annoncé l'adolescente qui était derrière la caisse en mâchant son chewing-gum avec un sourire narquois.

Instantanément, j'ai détesté cette fille et son air malin. J'ai fouillé dans mon portefeuille pour trouver la monnaie. C'était énervant qu'elle se fasse des idées sur les raisons de mon achat si débile. J'avais juste envie qu'elle mette le jeu dans un sac en plastique blanc et opaque et qu'elle me laisse partir. Des mères avec des enfants qui se battaient faisaient la queue derrière moi et attendaient impatiemment de payer leurs Barbie et leurs camions Tonka.

— Et voici, ai-je dit rapidement en lui tendant l'appoint.

— On en vend beaucoup à cette époque de l'année, m'a-t-elle informée en me donnant mon reçu.

Évidemment, c'était Halloween ! Finalement, acheter un Ouija début octobre n'était pas si étrange que ça. Je me suis dépêchée de retourner à la voiture avec mon achat sous le bras. Je l'ai jeté sur le siège arrière avant de boucler ma ceinture. À la seconde où j'ai mis la clé dans le contact, j'ai commencé à flipper en me disant que le soleil se couchait et que j'avais un outil de communication occulte dans la voiture avec moi qui me permettrait de parler aux morts.

On se calme, McKenna. Il n'y a pas d'autre moyen de rentrer que de conduire cette voiture.

J'ai pris le temps de changer de chaîne de radio jusqu'à ce que j'en trouve une qui passait de la musique pop que je connaissais par cœur. Ensuite, j'ai fait attention en manœuvrant la voiture pour la sortir de sa place. J'ai mis trois heures à trouver le bouton des phares et j'ai mis les feux de route alors qu'il ne faisait pas tout à fait nuit ; je suis passée aux feux de croisement une fois sur la chaussée quand un véhicule m'a klaxonnée furieusement. Jusqu'à Silver Springs, j'ai conduit lentement, j'étais terrorisée à l'idée de rater un tournant ou un feu et de me retrouver paumée dans la forêt. Je sentais le poids de la Civic de Mme Emory qui m'ancrait au bitume. Je suis arrivée dans le parking du Starbucks et j'ai vu Trey m'adresser un signe depuis la fenêtre, un gros gobelet en carton à la main. Il est venu me rejoindre aussitôt pour que je n'aie pas à vivre la torture de garer la voiture dans un espace minuscule.

— Tu l'as trouvé, a-t-il dit, l'air soulagé, en prenant le sac sur la banquette arrière.

— Oui, ai-je confirmé.

Il a sorti le jeu empaqueté pour l'examiner.

— Alors, où est-ce qu'on le teste ?

— Arrête, range ce truc ! Ça me fait trop flipper !

J'ai senti le soulagement me submerger lorsqu'on est passés devant le panneau le long de la route qui disait :

POPULATION DE WILLOW : 4 218

Dans ma tête, j'ai soustrait 1 à ce nombre.

— Sérieux, McKenna. Maintenant qu'on l'a, où est-ce qu'on va l'utiliser pour voir si ça marche ? On peut pas essayer dans ta chambre. Si par miracle ce vieux machin produit par…

Il s'est penché sur la boîte pour lire le logo avant de reprendre :

— … Lomax et Company marche vraiment et nous ouvre un canal pour communiquer avec des esprits, et que ces esprits sont bruyants, vaudrait mieux que ça se passe pas sous le toit de ta mère.

— Alors où ? Ta cave ? ai-je suggéré tout en freinant à un feu.

Il y avait un peu plus de circulation maintenant qu'on approchait de la ville.

— Pourquoi pas, a répondu Trey en réfléchissant. Mais, le truc, c'est que ça risque d'être compliqué de te faire venir dans ma cave, à moins que tu viennes après le dîner et qu'on dise qu'on va faire nos devoirs.

J'ai appuyé sur l'accélérateur quand le feu est passé au vert et on a conduit sans parler jusqu'à ce que je tourne à gauche dans la rue Carroll, qui était juste avant la nôtre. Il était déjà 18 heures passées et il serait près de 20 heures le temps que je finisse de dîner et d'aider à remplir le lave-vaisselle.

— OK. On dit qu'on fait nos devoirs chez toi, alors. Mais tu veux bien me rendre un service ? Prends ce truc avec toi. Si ma mère le trouve, elle me posera des questions pour le restant de mes jours.

Je me suis garée dans la rue pour qu'on puisse échanger nos places et éviter que la mère de Trey soupçonne que c'était moi qui avais conduit.

Pendant le dîner, ma mère n'a pas cessé de m'attaquer avec ses questions sur ma robe de gala. Est-ce que je l'avais essayée pour voir si elle m'allait toujours ? Quelles boucles d'oreilles allais-je porter ? Trey me conduirait-il jusqu'au gala ? Et à quelle heure est-ce que je comptais rentrer ? J'étais hallucinée de voir qu'elle tenait plus à ma soirée de gala que moi ; je n'avais aucune réponse à ses questions parce que Trey et moi n'avions encore décidé d'aucun plan d'action pour y aller.

Après avoir rangé mes affaires, rincé la vaisselle, rempli la machine et l'avoir lancée, j'ai jeté mon sac à dos sur une épaule sans même vérifier quels livres j'avais rapportés de l'école. Au moment d'ouvrir la porte du perron, j'ai lancé derrière moi :

— Je vais chez Trey pour faire mes devoirs !

La cave des Emory n'avait rien à voir avec celle des Richmond. Elle était en travaux, comme un site de construction géant, avec des fils qui sortaient d'une plaque de plâtre et des toilettes qui tenaient en équilibre sur le sol en béton dans un coin qui avait été prévu pour une salle de bains que M. Emory n'avait jamais fini d'installer. Une ampoule pendait d'un fil électrique au plafond, et un sofa en tissu taché était posé contre un mur près de l'escalier. Une pile de jeux à moitié moisis était rangée sur une étagère de fortune. La cave tout entière sentait le moisi et l'air était humide. Je préférais ne pas savoir combien d'araignées se cachaient dans le coin.

Trey et moi nous sommes assis sur un vieux tapis rapiécé, le dos contre le sofa et les jambes allongées devant nous. Il a ouvert le jeu entre nous deux. J'ai frissonné rien qu'en voyant la planche. En haut à gauche on lisait *Oui*, en haut à droite on lisait *Non.* Les lettres de l'alphabet étaient imprimées en deux arcs ordonnés au milieu de la planche, avec les chiffres au-dessous. Sous les chiffres, on pouvait lire les mots AU REVOIR en lettres majuscules.

Trey a placé le petit objet en métal en forme de goutte sur lequel on poserait nos doigts en haut au centre de la planche, sur le mot *Ouija,* qui était entre le *Oui* et le *Non*.

— Ça fait cheap, hein ? m'a dit Trey timidement. Si ça se trouve, ce truc ne peut contacter que des esprits totalement nazes.

— Haha.

J'ai ri sans conviction.

On entendait ses parents regarder la télévision dans le séjour au-dessus, mais c'était comme s'ils faisaient partie d'une autre dimension. Je ne sais pas pourquoi, mais ce Ouija me faisait complètement flipper. J'avais peur de placer le bout du doigt sur la goutte en métal. J'avais un pressentiment hyper négatif, comme si on s'apprêtait à ouvrir la porte d'un autre univers pour laisser rentrer dans le nôtre des choses atroces.

— Ça me paraissait une bonne idée hier, mais on fait quoi si on contacte quelque chose et qu'on n'arrive pas à le contrôler ?

Trey s'est penché et a planté un bisou sur ma joue.

— Le livre dit que, comme c'est eux qui viennent dans notre monde, on a plus de pouvoir qu'eux ici. Les esprits véritablement mauvais essaieront peut-être des tactiques flippantes pour nous effrayer, mais il ne faut pas oublier qu'ici on est chez nous, et pas eux.

James W. Listerman écrit qu'il faut avoir beaucoup d'autorité quand on communique avec eux. Il faut leur montrer qui est le chef.

Dire à des esprits capables de me jeter quasiment hors du lit que c'était nous les chefs me paraissait débile. J'aurais voulu qu'il y ait une cheminée dans la cave, comme celle des Richmond, pour qu'on puisse jeter la planche dans le feu si on perdait le contrôle de la situation. Dans les films d'horreur, c'était souvent une solution viable pour se débarrasser du problème. J'ai suivi l'exemple de Trey et j'ai posé mes doigts gelés à côté des siens.

— Bon, on devrait d'abord s'échauffer, a-t-il suggéré, et il a bougé la goutte en cercle autour de la planche.

Après une minute, je l'ai regardé pour lui proposer qu'il dirige le jeu.

Trey a acquiescé d'un hochement de tête et s'est raclé la gorge nerveusement.

— Nous tentons d'entrer en contact avec l'esprit qui rend visite à McKenna dans sa chambre rue Martha, a annoncé Trey d'une voix ferme. Seuls les esprits bien intentionnés sont bienvenus.

J'ai perçu une très légère sensation de vibration sous les doigts. Je ne savais pas si Trey essayait de me ficher la trouille, mais c'était comme si la goutte dégageait une faible énergie. Elle a fait le tour de la planche avant de s'arrêter sur le mot *Ouija*.

— On est censés commencer avec des questions faciles pour qu'il réponde par oui ou non, m'a expliqué Trey, avant de demander au plateau : Est-ce que quelqu'un est ici avec nous ?

La goutte a commencé à se diriger selon une trajectoire bancale vers la gauche, et s'est arrêtée avec sa pointe sur le O du *Oui*. J'ai frissonné. Trey m'a regardée pour voir si on pouvait continuer, et j'ai acquiescé d'un signe de tête à contrecœur, alors que je sentais le bout de mon nez et ma bouche gelés. La température de la cave avait chuté d'au moins dix degrés en à peine une minute.

— Est-ce que tu es l'esprit qui tente d'entrer en contact avec McKenna Brady ? a demandé Trey avec précaution.

Mon cœur s'est arrêté de battre devant la goutte qui se mettait à trembler mais qui ne bougeait pas.

— On est déjà sur le *Oui*, ai-je murmuré. Pose une autre question.

— Qu'est-ce que tu peux nous dire sur Violet Simmons ?

La goutte a dirigé nos doigts vers le centre de la planche, hésitante, puis s'est dirigée vers le *Non* en haut à droite.

— Ça veut dire quoi ? m'a demandé Trey dans un souffle. Non ?

— C'est peut-être trop compliqué de répondre comme ça, ai-je suggéré, mais à ce moment-là la goutte s'est remise à bouger.

D'abord, elle s'est déplacée vers le N avant de bouger un peu et de s'arrêter sur le M.

— M, a dit Trey. Je crois que je sais où ça va.

Comme il s'y attendait, la goutte s'est ensuite dirigée vers le haut pour atteindre le A de sa pointe.

— *Mal*, c'est bon, on a compris, a dit Trey pour conforter l'esprit.

Il m'a regardée et m'a donné un coup de coude.

— Demande un truc.

J'avais une question en tête, mais elle était trop horrible. Si la réponse était celle à laquelle je m'attendais, alors je ne pourrais pas revenir en arrière, au temps où j'imaginais Jennie en paix, où qu'elle soit. Je serais coincée avec l'idée que son existence avait survécu au-delà du moment où son corps s'était éteint dans l'incendie et qu'elle était toujours là, à me poursuivre dans ma vie, avec ce que je craignais être de la jalousie. Je n'aimais vraiment pas la perspective de quitter la cave de Trey et de rentrer chez moi en me disant que Jennie était là, qu'elle me surveillait. Après un moment d'hésitation, je me suis rendu compte que Trey m'observait et qu'il attendait que je parle. Il savait sans doute quelle question j'avais en tête.

— Je vais demander, a-t-il lancé d'un ton rassurant. C'est toi, Jennie ?

La goutte s'est élancée du côté droit de la planche pour se poser sur le *Non*.

J'ai eu un soupir de soulagement et l'air de mes poumons est sorti bruyamment. C'était à la fois un soulagement intense et une tristesse tragique que ma jumelle, mon autre moitié, ne soit pas l'esprit qui tentait si fort d'entrer en contact avec moi.

Ce qui ne laissait plus qu'une seule question pertinente : qui essayait de me parler ?

Trey a lu dans mes pensées.

— OK… Alors, qui es-tu ?

La goutte a mené nos doigts lentement mais sûrement de l'autre côté de la planche jusqu'à pointer la lettre O.

Trey a retiré ses doigts de la goutte à toute vitesse et a secoué la tête.

— C'est impossible, c'est impossible, a-t-il marmonné.

Pour lever toute ambiguïté, la goutte s'est remise à bouger sous mon doigt et s'est dirigée vers le L.

— Enlève ta main, a exigé Trey.

J'ai enlevé mon doigt et, dès que je me suis retirée, la goutte s'est mise à bouger à toute vitesse et toute seule pour écrire L-I-V-I-A. J'ai poussé un cri d'horreur. Comment était-il possible que la goutte bouge toute seule ? Je n'arrivais pas à croire ce que je voyais pourtant de mes yeux.

— Le tableau lumineux magique, ai-je demandé d'une voix rauque. C'était toi ?

La goutte a glissé vers le haut et s'est arrêtée sur le *Non*.

On a tous les deux regardé la goutte qui s'était arrêtée sur la planche.

— Il est peut-être parti ? ai-je suggéré.

Au son de ma voix, la goutte a glissé sur le E. Je me suis accrochée au bras gauche de Trey, je retenais mon souffle tandis que la goutte épelait :

E-L-L-E-S-A-V-A-I-T-T-O-U-T.

— C'est hallucinant, ai-je murmuré.

— Est-ce que d'autres personnes vont mourir ? a fini par demander Trey.

Je voyais un nuage de vapeur sortir de sa bouche dans l'air glacé qui nous entourait.

La goutte nous a donné la réponse que l'on appréhendait le plus.

Oui.

AU REVOIR.

***

Ça faisait plusieurs heures que j'avais dit bonne nuit aux parents de Trey d'une voix tendue et que j'avais traversé le jardin pour rejoindre ma maison. Trey était venu par la fenêtre et ma tête était maintenant posée sur son torse tandis que je fixais le mur des yeux.

— Qu'est-ce qu'on sait de Violet ? ai-je demandé, même si je savais que Trey n'aurait pas de réponse. Comment est-ce qu'on peut l'arrêter ?

— Je ne sais pas, a répondu Trey, qui me tenait contre lui et me serrait comme un étau. Comment est-ce que ça pouvait être Olivia ? Elle essaie de nous protéger ou bien elle cherche seulement à se venger de Violet ?

Les réponses que nous avait données Olivia posaient encore plus de questions. Une chose était sûre : Olivia ne nous rendrait pas visite dans ma chambre cette nuit-là. Et pourtant, même si on savait qu'elle ne nous interromprait pas, ça ne nous incitait pas plus à créer une ambiance romantique. C'était clair : on allait devoir mettre un terme au plan de Violet avant que quelqu'un d'autre ne meure. Et cette fois-ci, comme Trey et moi savions ce qui nous attendait, si on n'arrivait pas à l'arrêter… on serait en partie responsables.

***

Le personnel du Pavillon d'Ortonville s'était surpassé. La salle de réception était richement décorée alors que, d'habitude, elle était utilisée pour les séminaires de promoteurs immobiliers ou de vendeurs de tondeuses à gazon. Les fleurs avaient été fournies gratuitement par le fleuriste de Willow qui avait préparé la plupart des arrangements floraux de la veillée d'Olivia, et des grappes d'orchidées et d'œillets teintes en bleu avaient été disposées tout autour de la salle. Tout l'espace embaumait. Une boule disco de mauvais goût pendait d'un lustre en cristal et des guirlandes se croisaient d'un coin du plafond à l'autre. Une énorme table avait été installée pour le DJ et quatre baffles se dressaient à chaque angle de la salle. Un photographe avait aménagé une partie du couloir attenant avec un chapiteau sur fond de décor de nuages devant lequel les couples posaient pour qu'on les prenne en photo une fois qu'ils avaient choisi des accessoires rigolos dans un coffre qui proposait des colliers de fleurs et des jupes d'herbe. Le thème du gala, choisi par la promo de terminale, était « Paradis tropical ». Vu qu'on dansait dans un hôtel au son de chansons du hit-parade en plein milieu du Wisconsin avec le vent froid d'automne qui soufflait au travers des fenêtres, le thème me paraissait un peu à l'ouest. Mais en même temps, vu que le lycée tout entier était à l'ouest, personne ne semblait remarquer à quel point il était absurde de faire comme si notre gala avait lieu aux îles Fidji.

— Qu'est-ce que c'est authentique, on se croirait à Tahiti, a lancé Trey en visant un buffet qui proposait du popcorn couleur lavande bourré de colorants et des châtaignes d'eau enroulées dans du bacon et tenues par des cure-dents.

Les incontournables étaient présents : la coach, qui, étonnamment, avait une robe grise courte et autre chose que des chaussures de sport, M. Dean, qui portait un costume marron et une cravate à motif cachemire. Le proviseur était venu comme toujours avec sa femme, et notre ville était si petite que tout le monde savait qu'elle était pharmacienne chez Rennickers Drugs et que Katie Wayne de la classe de seconde faisait du baby-sitting pour garder leurs deux enfants ce soir-là. J'ai été gênée lorsque j'ai vu que mes anciennes amies, Cheryl, Kelly et Erica, avaient fait exprès d'acheter des robes identiques. Elles étaient venues au gala ensemble, sans cavaliers, à trois. Un an plus tôt, j'aurais été avec elles, assise à leur table dans le coin, à glousser, un verre de punch à la main, et habillée de la même robe vert forêt.

Mischa avait attaché ses cheveux et ressemblait à une fée minuscule dans sa robe sexy sans manches rose en rentrant dans la salle au bras de Matt, Candace et Isaac sur leurs talons. Candace avait l'air d'être sous sédatifs et était plutôt sereine dans sa robe bleu turquoise à bretelles fines, avec ses cheveux bouclés comme ceux d'une star de cinéma qui lui tombaient sur les épaules. Lorsque je les ai vus, j'en ai voulu à Violet parce que je savais qu'ils étaient sans doute tous venus ensemble au gala en voiture avec Amanda et Brian. Il a fallu que je me rappelle que c'était moi qui avais suggéré que je serais celle qui resterait proche de Violet, même si ça voulait dire rater des bons moments avec le groupe.

Trey et moi étions dans un coin, à regarder tout le monde, nos mains entrelacées sous la table sans que personne puisse les voir. Quelques chaperons m'ont regardée d'un air interrogatif lorsque nous sommes entrés pour indiquer qu'ils trouvaient qu'on faisait un couple bizarre. Trey m'avait surprise en m'offrant un bracelet de roses blanches. Je me demandais bien quand il avait eu le temps de le choisir ou de l'acheter chez le fleuriste, vu qu'on rentrait de l'école ensemble, et je me disais que sa mère avait sans doute quelque chose à voir dans cette histoire. Depuis le début de la journée, j'avais un mal de crâne horrible et la sensation que quelque chose d'important allait se passer pendant le gala. Tout le monde était surexcité en cours ce jour-là, dans l'attente de la soirée. Moi, j'étais perdue dans mes pensées et j'avais été prise en flagrant délit quand on m'avait demandé de décrire la météo en utilisant le futur en espagnol. Quand j'étais rentrée après les cours, j'avais été agacée de voir que ma mère était revenue plus tôt du travail pour m'aider à me préparer pour le grand soir. Je l'avais coupée net quand elle m'avait suggéré de boucler mes cheveux et qu'elle avait proposé de me maquiller, mais finalement j'avais cédé. Après tout, elle avait offert de nous conduire, Trey et moi, et de nous ramener à la fin du gala.

— C'est elle ? a demandé Trey discrètement en désignant de la tête l'entrée de la salle.

Violet, qui était absolument magnifique, se tenait nerveuse devant la grande entrée, éclairée par le couloir illuminé derrière elle. Ses cheveux ondulés étaient lâchés et sa minirobe bleu clair lui allait comme un gant. Plus d'un garçon s'est retourné sur elle pour la reluquer, et, un moment plus tard, Tracy et Michael, celui-ci étant plus beau que d'habitude, l'ont rejointe. Tracy et Michael s'étaient rapprochés de façon improbable depuis le début des élections du conseil et ils avaient l'air plutôt mignons ensemble, même si le fait d'être l'un avec l'autre les rendait doublement agaçants. Tracy avait fait un effort impressionnant avec ses cheveux, qui étaient relevés en un chignon banane qui mettait en valeur son long cou. Mais c'était clairement Violet qui, sans conteste, gagnait haut la main.

— Oui, c'est elle, ai-je confirmé.

Finalement, après être allées chercher du punch et avoir salué les autres étudiants, les deux filles se sont rapprochées de notre table, et j'ai fait de mon mieux pour être enjouée.

— Salut, McKenna ! T'es trop jolie !

J'ai rougi, principalement parce que la robe lavande que j'avais dégottée il y a plus d'un mois ne me paraissait plus du tout adaptée maintenant que le soir du gala était arrivé. J'avais l'impression d'être totalement différente de la personne qui avait acheté cette robe et, quand je m'étais vue dans le miroir à la maison, j'avais grimacé. Ma mère avait insisté pour que je mette ses boucles d'oreilles en améthyste. Je trouvais qu'elles faisaient trop extravagantes pour moi, mais ce n'était rien comparé à la montagne de bijoux que Tracy avait empilés sur elle. Elle avait des peignes incrustés dans les cheveux, des chandeliers aux oreilles qui lui pendaient presque jusqu'aux épaules et une énorme bague de cocktail à la main gauche. Violet portait son médaillon en or, comme toujours, mais elle avait aussi des boucles d'oreilles délicates en diamant.

On s'est fait des compliments sur nos robes respectives et on a échangé sans trop de conviction sur les robes portées par les filles de terminale les plus populaires. J'ai hoché la tête sans contribuer à la conversation lorsqu'elles ont commencé à se moquer de Cheryl, Kelly et Erica. Amanda Portnoy était resplendissante dans sa robe à sequins dorés qui n'avait clairement pas été achetée dans un magasin de Willow. Je ne pouvais pas m'empêcher d'imaginer à quel point Olivia aurait été magnifique si elle avait encore été parmi nous.

Il a fallu un certain temps pour que les gens se détendent et qu'ils s'aventurent sur la piste de danse, mais, une fois qu'ils y étaient, ils étaient prêts à faire la fête jusqu'au bout de la nuit. Isaac a défié M. Highland, le coach de football des garçons, dans un concours de danse et tout le monde était plié en deux de rire. Le DJ a passé *Celebration* de Kool & the Gang et tout le monde s'est retrouvé sur la piste, sauf Trey et moi. Nous sommes restés assis, on communiquait uniquement par les expressions du visage. On regardait. On attendait.

— Allez vous deux, venez ! C'est la fête ! a hurlé Tracy dans notre direction à un moment dans la soirée, toute rouge à force de sautiller en rythme au son de *Rapper's Delight*.

Elle m'a attrapée par la main et a tenté de m'arracher à ma chaise pour m'attirer sur la piste.

— Non, je sais pas danser, ai-je refusé.

— Allez, Trey ! Dis à ta copine de se lever ! a-t-elle encouragé Trey comme s'ils étaient amis.

Trey n'était pas du genre à être flatté par de la fausse gentillesse, même s'il avait l'air bien moins intimidant dans son costume qu'en veste militaire et chemise à carreaux.

— McKenna n'a pas envie de danser, a-t-il répondu fermement.

— Eh bien, vous ratez quelque chose ! nous a avertis Tracy en ignorant l'aigreur dans sa voix.

Elle est retournée sur la piste de danse en souriant à Michael, qui l'attendait en applaudissant les danseurs.

Trey m'a donné un coup de coude et m'a montré de la tête l'endroit où Pete et Violet discutaient près du punch. Pete avait l'air de lui dire qu'elle était mignonne, et elle haussait les épaules modestement tout en plaçant une main sur son bras pour flirter. Pete était beau, comme toujours. Le costume qu'il portait était différent de celui qu'il avait à la veillée d'Olivia. Il avait laissé sa veste quelque part sur le dos d'une chaise et il avait un œillet dans la poche de poitrine de sa chemise blanche. Mon cœur s'est mis à battre furieusement et j'ai cherché du regard Mischa et Candace pour voir si elles voyaient ce que je voyais. Mais, lorsque je les ai trouvées, elles étaient sur la piste et dansaient ensemble. Elles n'avaient rien vu.

Pete. Donc peut-être qu'une partie du plan de Violet était de prendre Pete pour elle. Trey a levé un sourcil. Il pensait exactement la même chose.

À près de 22 heures, le proviseur est monté sur le podium avec deux enveloppes et le DJ a arrêté la musique à la fin du slow qui passait.

— Votre attention, s'il vous plaît ! Un peu de silence dans la salle ! a annoncé M. Nylander en tapant dans le micro pour vérifier qu'il marchait bien.

La foule sur la piste s'est calmée et Trey et moi nous sommes redressés sur nos chaises pour voir le proviseur prononcer son discours. Il s'est raclé la gorge.

— J'aimerais remercier chacun d'entre vous d'être venu ce soir pour montrer un esprit d'école admirable. Je sais que notre établissement a subi une tragédie, mais aujourd'hui, cette fête qui nous réunit montre que les élèves du lycée Weeping Willow ont la force de célébrer la vie de notre défunte amie Olivia Richmond et la force d'avancer dans l'optimisme.

Il y a eu quelques applaudissements. Les gens étaient un peu surpris qu'il ait choisi de mentionner le nom d'Olivia.

— Après bien des discussions, les professeurs du lycée ont décidé qu'il serait bon de nommer un roi et une reine du gala ce soir. Vous avez tous voté il y a quelques semaines, et cela ne surprendra personne d'apprendre que les premières ont voté pour qu'Olivia Richmond soit leur reine.

Des chuchotements ont rempli la salle. Personne ne savait ce qui allait venir.

— Même si nous reconnaissons tous qu'Olivia était très appréciée au sein du lycée, nous souhaiterions, afin d'aller de l'avant, nommer la personne qui est arrivée en seconde position reine du gala, et lui demander de couronner son roi.

L'excitation générale était à son comble. Les chuchotements se sont amplifiés, et Trey et moi nous sommes regardés, perdus. Comment pouvait-il y avoir une seconde position ? Tout le monde en première aurait voté pour Olivia. Amanda, qui avait été élue reine en première l'année précédente, semblait outrée et je l'ai vue dire quelque chose à Mischa.

Le proviseur a ouvert sa première enveloppe avec Mme Stirling, la coach, à sa gauche, et M. Paulson, le prof de menuiserie, à sa droite. Il s'est penché pour reprendre la parole au micro en lisant la feuille qu'il venait de sortir de l'enveloppe.

— La reine du gala de cette année est… Violet Simmons.

Je n'ai pas pu contrôler ma réaction. Je me suis levée d'un coup, la bouche grande ouverte d'étonnement. Trey s'est mis debout derrière moi et a placé ses mains sur mes épaules pour m'empêcher d'intervenir. La foule jubilante s'est mise à applaudir et je me suis rappelé que personne à part moi, Trey, Mischa, Amanda et Candace n'avait vraiment de raison d'être furieux que Violet ait gagné. Pour tout le reste de la promo de première, Violet était juste la nouvelle mystérieuse qui était proche d'Olivia. Pour eux, il était peut-être même parfaitement normal que ce soit elle qui ait reçu le plus de votes après Olivia.

Mais, pour nous, il était évident que Violet était probablement la seule à avoir voté pour elle-même et que cette seule voix avait suffi à lui faire gagner le titre de reine. J'ai regardé, incapable d'en croire mes yeux, la masse d'élèves entourer Violet. Des filles, les larmes aux yeux de joie, lui tapotaient le dos et la poussaient à monter sur la scène. Violet avait la main sur la bouche en signe de surprise et secouait la tête comme si elle avait du mal à croire que c'était elle qu'on venait d'appeler. C'était un jeu d'actrice impressionnant, étant donné qu'elle ne pouvait pas être réellement surprise.

— Félicitations, Violet. Quant à notre roi du gala, c'est… Peter Nicholson. Félicitations, Pete !

Le proviseur rayonnait devant la foule. Pete s'est levé de son siège, encouragé par ses camarades de l'équipe de basket. Contrairement à Violet, qui donnait l'impression d'être gênée d'avoir gagné quelque chose, Pete a pris place à ses côtés d'un air espiègle. Il lui a souri timidement, puis s'est mis à regarder ses pieds tandis que ses mains s'agitaient avec nervosité.

— La classe, mec ! a hurlé une voix masculine depuis la foule, ce qui a poussé Pete à faire à contrecœur un mouvement de la tête pour acquiescer.

— Il va se passer un truc, m'a dit Trey en m'agrippant le bras. Tu le sens ?

Je sentais effectivement que quelque chose était sur le point de se produire. La température ambiante n'avait pas changé, mais mes poils s'étaient dressés sur mes bras. Entre Trey à mes côtés et les applaudissements, j'avais une impression de déjà-vu. Puis j'ai eu envie de vomir quand les premiers accords d'une chanson que je n'aurais jamais cru entendre ce soir-là ont résonné. Trey m'a pris la main et l'a serrée en se rendant compte de ce qui se passait en même temps que moi. *Soul Meets Body* des Death Cab for Cutie remplissait la salle du Pavillon d'Ortonville et Pete a mis son bras autour de la taille de Violet pour qu'ils s'agenouillent et se fassent couronner. Le proviseur a placé les couronnes de plastique vulgaire sur leurs têtes, puis ils se sont relevés face à l'assemblée qui les applaudissait. Violet pleurait de joie et ses larmes brillaient sous le reflet des spots qui l'illuminaient, ce qui faisait couler son eye-liner mauve. J'avais l'impression d'être dans un cauchemar où tout allait de travers et je ne pouvais rien faire d'autre que regarder.

Dans la foule, j'ai vu Mischa. Nos yeux se sont croisés : elle semblait furieuse, au point d'être au bord des larmes. Matt avait le bras autour de ses épaules et il lui caressait la joue en lui murmurant des choses à l'oreille pour tenter de la calmer. Les garçons de terminale, qui portaient tous leur costume du dimanche, hurlaient et répétaient le poing en l'air : « Embrasse-la ! Embrasse-la ! » Pete s'est retourné vers Violet, un sourire incertain sur les lèvres. Il ne voulait pas décevoir la foule. J'ai désespérément tenté de me rappeler si on avait partagé nos doutes sur Violet avec Pete après l'accident, et je me suis rendu compte qu'on ne lui avait peut-être rien dit du tout pour le préserver de toute angoisse émotionnelle. Il était bien possible qu'il pense que les délires de Candace étaient le résultat de son chagrin suite à la mort d'Olivia.

Trey a secoué la tête lentement tandis que Mme Stirling et le prof de menuiserie plaçaient des étoles sur les épaules de Pete et de Violet. Ce n'est que lorsque Pete a pris la main de Violet et qu'il a levé leurs bras unis au-dessus de leurs têtes en signe de victoire que j'ai remarqué qu'Isaac luttait pour retenir Candace. Elle se tortillait de rage et criait quelque chose, mais elle n'arrivait pas à se faire entendre dans les acclamations et la musique. Tout le soin qu'elle avait apporté à son apparence était effacé par sa rage animale. Elle avait l'air monstrueuse, le visage tout rouge, et elle griffait Isaac pour qu'il la libère. Il a lâché prise et elle s'est élancée vers le podium, si précipitamment qu'elle a manqué de trébucher, poussant quiconque se mettait sur son chemin, fendant la foule tel un boulet de canon blond flamboyant, bien trop vite pour que quiconque ait le temps de comprendre ce qui se passait. Elle a foncé dans Violet et le podium s'est renversé sur le côté quand elles sont tombées au sol. Violet ne l'avait pas vue venir, elle était bien trop occupée à agiter le bras, l'air rêveur, pour saluer les élèves du lycée.

— Put…

Trey n'a pas fini son exclamation.

Le bal s'est immédiatement transformé en une scène de chaos. Les profs ont accouru pour maîtriser une Candace enragée. Pete et Mme Stirling ont aidé Violet à se relever et, lorsqu'elle a retrouvé son équilibre, elle a constaté que son nez saignait et que des taches de sang décoraient tout le devant de sa robe bleu clair. Sa couronne était tombée au sol dans la bagarre et restait là, oubliée, derrière le podium. Melissa, la fille qui était avec nous pour aller à Kenosha la nuit de l'accident d'Olivia, s'est précipitée vers le buffet pour en revenir avec une pile de serviettes blanches et douces qu'elle a appliquées sur le visage de Violet. Pete aussi s'occupait d'elle et a jeté un regard noir à Candace pendant que M. Paulson la traînait hors de la salle. Plusieurs profs ont appelé une ambulance et la police, ce qui fait qu'au bout d'à peine quelques minutes on a entendu des sirènes dehors. Personne dans l'assistance ne savait trop quoi faire ; tout le monde regardait autour l'air ébahi et impuissant. On avait arrêté la musique et la grande salle était remplie des murmures curieux d'adolescents confus.

— Viens, on s'en va.

Trey m'a fait signe de le suivre et il m'a tenue par le coude jusqu'au-delà des portes à double battant qui menaient dans le hall. Les clients de l'hôtel regardaient, époustouflés, tandis que tous ces adolescents dépités sortaient de la salle du gala en tenue de soirée. Candace, en furie, avait été traînée devant l'hôtel et était retenue par M. Paulson et un des profs de physique. À travers les vitres de l'entrée, qui allaient du sol au plafond, on voyait les deux hommes, des adultes, peiner à la retenir tandis qu'elle continuait à lancer des coups dans tous les sens, infatigable et démente, pour tenter de se libérer. Nous l'avons regardée, stupéfaits par son comportement.

— Franchement, elle m'a pas l'air d'être sous hypnose, a fait remarquer Trey.

Il avait raison : Candace semblait plus possédée qu'hypnotisée. Un secouriste lui a donné une injection de quelque chose, j'imagine un sédatif, et quatre secondes plus tard elle s'est relâchée et ses genoux ont cédé. Les secouristes l'ont rattrapée avant qu'elle ne tombe sur le trottoir et l'ont doucement placée sur un brancard avant de glisser celui-ci à l'arrière de l'ambulance.

— Que quelqu'un appelle un exorciste, a râlé une terminale qui passait derrière nous pour retourner à la salle du gala après être allée aux toilettes au fond du hall.

On avait de la chance d'avoir pu sortir de la salle rapidement, parce que derrière nous des chaperons et des membres du personnel de l'hôtel empêchaient les élèves de la quitter et appelaient au calme jusqu'à ce que les secouristes aient pu s'occuper de Candace. Isaac faisait partie des élèves qu'on retenait à l'intérieur et, malgré ses tentatives pour expliquer qu'il était le petit ami et le cavalier de Candace, il n'a pas pu obtenir l'accès au hall.

— Ne vous inquiétez pas, lançait le proviseur, qu'on entendait donner des instructions dans le micro de la salle. La soirée n'est pas terminée.

Trey et moi avons regardé l'ambulance partir, suivie de près par deux voitures de police. Derrière nous, la musique a repris, et avec elle le gala d'automne, comme s'il ne s'était rien passé.

Pour les autres élèves, ils avaient juste assisté à une bagarre explosive, déclenchée par une fille tarée. J'étais sidérée. J'étais convaincue qu'Olivia m'avait signalé cette chanson pour que je comprenne quelque chose d'important par rapport à l'événement qui venait de se produire, et j'étais furieuse contre moi-même parce que je n'arrivais pas à saisir l'indice.

— Je capte pas, me suis-je plainte auprès de Trey après que Mme Stirling nous a demandé de retourner dans la salle. C'est quoi la suite ?

— C'est la mort de Candace qui est en jeu. Violet l'a décrite comment ? Est-ce qu'il y a un risque qu'elle meure en route vers l'hôpital ou à l'hôpital même ?

J'ai repensé aux détails de l'histoire que Violet avait concoctée pour Candace.

— C'était une noyade. Sur une plage. En eaux profondes.

Trey m'a entourée de son bras et m'a gentiment serré l'épaule.

— Il n'y a pas vraiment de plages dans le Wisconsin, à part les plages de galets autour des lacs, je te signale. Olivia a dû vouloir qu'on remarque autre chose. Peut-être juste le fait que Violet veut Pete ? Ça, en tout cas, c'est clair.

Violet et Pete dansaient un slow pile à ce moment. Ils n'étaient pas très proches l'un de l'autre, mais avaient l'air d'être en pleine conversation, ce qui suffisait à aiguiser notre curiosité. Violet était toujours jolie, même avec ses taches de sang sur le devant de sa robe que l'eau gazeuse n'avait pas vraiment lavées. Je me demandais si elle avait vraiment prévu au départ de venir au gala avec Mark Regan, ou si ça faisait partie de son plan pour tuer Olivia et voler Pete.

— Non mais tu vois ça ?

Je me suis retournée et j'ai vu Mischa s'asseoir à côté de moi tout en jetant un regard furieux à Violet, qui était à l'autre bout de la salle. Elle risquait la crédibilité de notre fausse dispute en me parlant, mais elle avait l'air de s'en ficher complètement.

— C'est Pete. Elle veut Pete. Je crois qu'elle a tué Olivia juste pour pouvoir sortir avec lui.

Comme si sa tête était guidée par un pouvoir mystique, Violet a pivoté directement vers nous au même moment et m'a regardée dans les yeux. Son expression semblait suggérer que j'étais dans le pétrin, ce n'était pas de la curiosité liée au fait que je discutais avec ma soi-disant ennemie. Est-ce qu'elle avait instantanément compris que ma dispute avec Mischa était fausse, ou bien est-ce qu'elle pensait qu'on était en train de renouer ? Je ne savais pas. Mais, ce qui était certain, c'est qu'elle n'était pas contente de nous voir ensemble.

Mischa lui a retourné son regard et a grogné :

— Tiens, vise un peu ! Quelqu'un n'est pas content qu'on soit toujours amies. Tant pis pour elle. Bon, McKenna, on peut plus faire semblant. Je veux que cette fille sache que tu es amie avec moi. C'est trop dangereux pour toi de te rapprocher d'elle.

Je ne pouvais pas la contredire. Clairement, Violet s'était montrée plus rusée que nous toutes. Mais j'étais relativement convaincue que ce n'était pas seulement Pete que Violet voulait piquer à Olivia. C'était tout : la popularité, la victoire au conseil des élèves, le petit copain… tout. Il me fallait juste en découvrir plus pour mieux comprendre pourquoi Olivia avait dû mourir pour rendre tout ça possible.

Chapitre 12

Maude aboyait devant la porte de la salle de bains, assise, tandis que je me démaquillais, de retour à la maison.

— Je ne sais pas ce qui lui prend, elle a été calme toute la soirée, a dit ma mère en étudiant le chiot.

Maude m'a regardée et s'est remise à aboyer avant de se retourner vers ma mère comme pour dire : « Tu vois ? »

— Il est fou, ce chien, ai-je marmonné d'un ton bourru avant de retourner dans ma chambre.

Une heure plus tard, quand Trey a tapé à ma fenêtre, il a déclaré :

— Je crois que je devrais arrêter de venir. Mes parents savent qu'il se passe quelque chose.

Ma voix s'est coincée dans ma gorge de peur et de panique.

— Comment ça, ils savent ? Ils savent que tu viens ici ?

J'ai regardé par la fenêtre pour observer la maison des Emory, qui était sombre et silencieuse pour la nuit.

— Ils savent que je vais quelque part. Ce soir, ma mère m'a pris à part pour me parler. Elle m'a dit qu'ils ne voulaient pas m'embêter avant la soirée du gala, mais qu'ils s'inquiétaient de mon bien-être et qu'ils avaient remarqué que je sortais la nuit.

Il s'est assis au bord de mon lit, sans se mettre à l'aise. Il me regardait pour que je lui indique s'il devait rester ou partir.

— Merde, ai-je lancé.

Il était déjà assez tard. J'entendais les sauterelles dans le jardin et l'horloge au-dessus de la cheminée dans le séjour.

— Ça devrait aller. Comme on a eu des nouvelles d'Olivia hier soir, peut-être qu'elle me laissera tranquille.

— Tu es sûre ? a demandé Trey, qui n'en croyait pas un mot.

Je ne voulais vraiment pas qu'il parte, mais je soupçonnais ses parents de savoir exactement où Trey se rendait chaque nuit et je ne voulais pas qu'ils en parlent à ma mère. La chaleur de son corps dans le lit à côté de moi m'était devenue familière, et j'étais un peu terrorisée à l'idée qu'Olivia pourrait être enragée que je n'aie pas compris ce qu'elle voulait que je fasse au gala avec ses indices. Il a pris mes deux mains dans les siennes et a caressé mes doigts avec ses pouces.

— Je ne veux pas te laisser dormir seule ici.

J'ai regardé ma chambre sombre, mon étagère avec ses boîtes à musique, et puis l'autre, avec les CD, et j'ai haussé les épaules.

— Je peux aller dans le séjour. Je crois que là-bas je serai en sécurité.

Une fois que Trey était parti à contrecœur regagner sa propre chambre par la fenêtre, j'ai attrapé mon oreiller et une couverture, et j'ai quitté ma chambre aussi discrètement que possible. J'étais enfin installée sur le sofa du séjour quand j'ai entendu Maude gémir depuis la chambre de ma mère au fond du couloir. J'espérais que je ne l'avais pas réveillée, ma mère se serait clairement demandé pourquoi je dormais dans le séjour sur le sofa plutôt que dans mon lit. Puis j'ai commencé à penser aux émissions de téléréalité sur des chasseurs de fantômes où les animaux de compagnie arrivent souvent à détecter les activités paranormales que les humains ne peuvent pas voir de leurs yeux, et j'ai commencé à flipper toute seule.

Au matin, mes craintes au sujet de Maude qui aurait senti l'esprit d'Olivia dans ma chambre ont été confirmées lorsque j'y suis revenue, à l'aube. Au début, tout était à sa place, rien n'avait changé, mais j'ai failli m'évanouir quand j'ai vu un mot écrit sur mon miroir avec le rouge à lèvres prune que ma mère avait laissé dans ma chambre pendant que je me préparais pour le gala. Il disait :

NOHI

***

Le samedi matin, Mischa a emprunté la voiture de sa sœur et on est allées à l'hôpital d'Ortonville pour rendre visite à Candace. En route, on a papoté d'un ton enjoué du gala et de garçons, mais c'était surtout pour nous distraire de la gravité de la situation. Elle m'a dit ce qu'elle pensait de Trey, qu'on faisait un couple très mignon, et elle s'est excusée de s'être moquée de lui quelques semaines plus tôt à l'anniversaire d'Olivia.

— T'es quand même d'accord pour dire qu'il est bizarre ? a-t-elle insisté. Mais il est sexy. Là, je suis d'accord.

— C'est vrai, il est bizarre, mais moi aussi, ai-je concédé.

Mischa m'a appris que j'avais échappé à une fin de soirée lugubre après le gala, quand ils étaient allés au Bobby's. Matt l'avait ramenée en voiture chez elle dans l'Audi de son père quand Violet, Pete, Melissa, Jeff, Tracy et Michael étaient arrivés dans le *diner*. Mischa n'avait plus trop eu envie de faire la fête après ça.

— Non mais, sérieux, elle se prend pour qui ? J'ai demandé à Matt de parler à Pete, mais ils ne sont pas tellement amis. Bon, si Violet lui plaît vraiment, on peut pas y faire grand-chose, mais franchement, c'est juste glauque de se dire qu'elle court après le copain d'Olivia alors que ça fait même pas un mois… a radoté Mischa.

L'infirmière à l'accueil des urgences nous a dit qu'on ne pouvait en aucun cas rendre visite à Candace parce qu'elle avait été admise en soins psychiatriques et que nous n'étions pas de la famille proche.

— Mais c'est très très important, a insisté Mischa. C'est une question de vie ou de mort.

— Je n'en doute pas, ma chérie, a répondu l'infirmière d'un ton condescendant. Mais ça va devoir attendre sa sortie.

Heureusement, au moment de repartir, on a vu la mère de Candace regagnant son véhicule dans le parking et on s'est précipitées hors de la voiture de Mischa pour l'intercepter.

— Madame Cotton ! a appelé Mischa.

La mère de Candace s'est arrêtée avant d'ouvrir sa portière et a eu l'air surprise d'entendre son ancien nom. Elle s'appelait Mme Lehrer depuis qu'elle s'était remariée quand on était en CP, mais ça faisait toujours bizarre de l'appeler comme ça. Pour nous, elle resterait toujours Mme Cotton. Elle avait l'air épuisée, avec de gros cernes sous les yeux, et elle était habillée avec beaucoup moins de classe que d'habitude, en survêt délavé. Elle tenait d'une main un gobelet de café de la cafétéria de l'hôpital et de l'autre ses clés de voiture.

— Oh, bonjour, les filles. Désolée, la nuit a été longue. Je ne vous ai pas reconnues tout de suite.

— On a vraiment besoin de voir Candace, a supplié Mischa.

— Je ne pense pas que l'hôpital le permettra. Candace traverse une période difficile et ne peut pas avoir de visiteurs. Elle reste obsédée par l'idée que cette fille de votre lycée, Violet, a des pouvoirs maléfiques à cause de ce jeu auquel vous auriez joué chez Olivia il y a quelques semaines. Ses médecins ont l'air de penser que ce jeu est devenu l'idée fixe de la psychose dont elle souffrirait. Je ne crois pas que ça lui serait bénéfique de voir des amies du lycée.

— Mon père est psychiatre, ai-je lancé. Il m'a dit qu'il faudrait emmener Candace à l'université du Wisconsin à Sheboygan et la faire évaluer par un de ses anciens collègues. Il m'a même donné le nom de quelqu'un.

Je lui ai tendu le mail de mon père que j'avais imprimé, et qui contenait les coordonnées de M. Felipe Gonzalez.

La mère de Candace a parcouru le document avant de le ranger dans son sac.

— Merci, McKenna, à toi et à ton père. Je suis à bout. Je ne sais plus quoi faire pour elle. Le père de Candace et sa belle-mère arrivent de Green Bay cet après-midi, donc demain je devrais avoir une idée plus précise de la prochaine étape.

Sur le chemin du retour, je me suis demandé si je devais ou non parler à Mischa des événements bizarres qui se passaient chez moi et de la connexion que Trey et moi avions eue avec Olivia grâce au Ouija. Je voulais vraiment en parler, mais je ne voulais pas finir dans la chambre à côté de celle de Candace dans l'aile psychiatrique de l'hôpital. En même temps, s'il y avait une chance que Mischa reçoive des messages d'Olivia, alors peut-être que ses messages combinés aux miens nous amèneraient à y comprendre quelque chose et à savoir quoi faire pour arrêter Violet.

— Est-ce que tu as remarqué des trucs bizarres chez toi dernièrement ? ai-je demandé d'un ton anxieux.

J'ai entendu mon téléphone vibrer dans mon sac. J'avais reçu un texto mais je l'ai ignoré. Violet avait passé la matinée à m'en envoyer pour savoir si je les rejoindrais elle et Tracy pour aller au cinéma cet après-midi, et je n'avais pas encore trouvé l'énergie nécessaire pour répondre.

— Comment ça, bizarres ? a demandé Mischa. En gros, ma sœur est une terroriste. Et ça, en soi, c'est bizarre.

— Non…

Je me suis interrompue, je me doutais qu'aborder ce sujet était sans doute un mauvais plan. Puis j'ai fini par m'expliquer :

— Je veux dire des occurrences inexpliquées, des sensations bizarres. Des trucs étranges en général.

Mischa a détourné ses yeux de la route pour me lancer un regard, l'air de me demander si je plaisantais.

— C'est quoi ce coup de flippe, McKenna ? Tu perds la boule toi aussi ? Je vais pas pouvoir gérer si deux de mes meilleures amies deviennent tarées.

— Non non, t'inquiète, ai-je insisté, embarrassée de me sentir aussi flattée que Mischa me considère comme une de ses meilleures amies. C'est juste que… y a un mot qui n'arrête pas d'apparaître dans ma vie et je n'arrive pas à l'expliquer. Ça te dit quelque chose « nohi » ?

— On dirait du japonais, a-t-elle répondu en haussant les épaules. Tu vois, par exemple *kodomo no hi* ça veut dire « la journée des enfants » au Japon.

J'ai eu du mal à dissimuler ma consternation. C'était loin d'être un indice, et je n'avais pas l'impression que Mischa avait remarqué des trucs bizarres comme moi. Elle ne cessait de me surprendre par la variété des anecdotes qu'elle était capable de stocker en mémoire, mais il n'y avait aucune chance qu'Olivia ait appris à dire quoi que ce soit en japonais avant sa mort. L'acquisition de connaissances ne faisait pas exactement partie de ses centres d'intérêt.

— Ah bon ? Donc, d'après toi, ce mot n'a rien à voir avec Olivia ?

On s'était arrêtées à un feu avant un carrefour et Mischa m'a regardée jusqu'à ce que je baisse les yeux.

— De quoi tu parles, McKenna ? Est-ce que tu es en train de me dire que tu reçois des messages d'Olivia… depuis l'au-delà ?

J'ai pris une longue inspiration avant de me lancer :

— Avant que Candace pète un plomb, est-ce qu'elle t'a dit qu'elle avait flippé que Violet sache pour ses deux demi-frères alors qu'elle ne se souvenait pas d'en avoir parlé en sa présence ? Je vous ai raconté ce que Violet m'avait dit au stade avant qu'Olivia meure, sur le fait que les esprits lui parlent. Donc oui, je sais, c'est tiré par les cheveux, mais peut-être qu'Olivia est un esprit maintenant, et qu'elle essaie de nous dire des choses. Il y a eu des trucs hyper chelous qui se sont passés chez moi, et j'étais pas seule, Trey les a vus lui aussi. Je crois qu'Olivia essaie de nous prévenir. Je crois que… je crois qu'il va encore se passer des trucs horribles.

Le feu est passé au vert mais Mischa a hésité avant d'appuyer sur l'accélérateur.

— Tu me fais sérieusement flipper, là.

On a conduit quelque temps en silence avant qu'elle reprenne :

— Tu parles de quel genre de trucs horribles ? Est-ce qu'il va y avoir d'autres morts, comme Olivia ?

J'ai regardé ma petite ville défiler par la fenêtre, sans vouloir dire ce que j'avais sur le bout de la langue. J'ai vu le fleuriste, le petit supermarché, la pizzeria qui était super fiable dans ses livraisons même en plein hiver quand il neigeait (Chez Federico, la pizzeria de l'autre côté de la ville, était sa rivale, et l'hiver elle ne faisait que des pizzas à emporter), et c'est quand nous sommes passées devant l'école primaire que j'ai dit :

— Mischa, il faut qu'on s'arrête à la bibliothèque, il y a un truc que je dois vérifier.

Sans poser de questions, Mischa a tourné à droite dans le parking de la bibliothèque municipale en brique, à quelques pas de l'école primaire.

Depuis toujours, j'y allais avec ma mère, mais je n'avais jamais prêté attention à l'aile arrière de la bibliothèque, qui faisait deux étages et avait d'immenses fenêtres allant du sol au plafond. Maintenant que je la regardais de plus près, cette aile, qui avait été ajoutée au bâtiment dix ans avant ma naissance, écrasait la structure d'origine et était d'un style beaucoup plus moderne. C'était clairement un ajout, et très peu d'efforts avaient été fournis pour en faire une extension un peu mieux intégrée.

— Je comprends pas. Qu'est-ce qu'on cherche ?

J'ai montré du doigt l'aile de la bibliothèque et je me suis retournée vers Mischa.

— Devine qui est la petite-fille de celui qui a financé la construction de cette aile ? Et je crois qu'elle a été baptisée en son honneur.

Les yeux de Mischa se sont plissés.

— T'es sérieuse ?

Dedans, nous avons été stupéfaites de voir une plaque de cuivre accrochée au mur près de l'entrée de l'extension, au rez-de-chaussée. On pouvait lire : *L'agrandissement de la bibliothèque a été rendu possible grâce au don de la famille d'Harold J. Simmons*, avec la date, *1984*. J'ai passé les doigts lentement sur le nom du grand-père de Violet. C'était ici qu'était la section des livres pour enfants, et au premier étage se trouvaient les livres sur l'art, l'histoire et l'art dramatique. Mischa et moi avons arpenté les rangées, émerveillées, alors que nous les avions parcourues des centaines de fois au cours de notre vie. On s'était assises dans l'espace de lecture quand on était petites, en disant à voix basse les nouveaux mots qu'on apprenait à lire, sans avoir du tout conscience du pouvoir que la famille de Violet avait déjà sur nos vies.

— Waouh, la famille de Violet doit être hyper riche, a commenté Mischa en regardant en haut vers le premier étage de la bibliothèque qui surplombait l'espace de lecture de la section des livres pour enfants. J'avais jamais vraiment pris le temps de réfléchir au bâtiment même de la bibliothèque, mais la construction a dû coûter un sacré paquet.

On s'est installées devant une rangée d'ordinateurs dans le salon média pour faire des recherches sur le nom du grand-père de Violet. Il y avait tellement de résultats qu'il aurait été impossible de tous les lire. Il avait été propriétaire d'un cabinet d'architecture et de construction, comme me l'avait dit mon père, et il semblait y avoir des centaines de résultats sur des contrats que son cabinet avait obtenus et des bâtiments qu'il avait construits depuis la frontière canadienne jusqu'à Chicago.

— Ooh ! Regarde un peu ça !

Mischa a pointé du doigt un titre sur l'écran qui disait : « Le conflit autour du testament des Simmons est résolu. »

J'ai cliqué sur le lien et, tandis qu'on attendait que l'article de presse apparaisse à l'écran, Mischa a tapé de ses longs doigts sur la table, ce qui lui a valu un regard irrité de la part de l'homme qui était assis à l'ordinateur d'à côté. Nos yeux ont dévoré la page lorsque les photos et les paragraphes se sont affichés. Il se trouve que, quand le grand-père de Violet était mort, quatorze ans avant sa femme, son testament avait été contesté par son ancien associé, qui se plaignait d'avoir été floué de la moitié de la fortune. Harold Simmons n'avait rien laissé à Arthur Fitzpatrick, pas un sou, et ce dernier était convaincu que le testament de M. Simmons était un faux, qu'il avait été modifié et signé quelques semaines seulement avant sa mort inattendue. La veuve d'Harold Simmons, la grand-mère de Violet, affirmait que tout le capital initial injecté dans l'entreprise de bâtiment avait été apporté par Harold et que par conséquent tous les bénéfices lui revenaient de droit, sur la base de l'accord que les deux hommes avaient signé lorsqu'ils avaient monté leur affaire. Elle insistait sur le fait qu'on ne devait rien d'autre à Arthur Fitzpatrick que le salaire élevé qu'il avait perçu sur la période pendant laquelle il avait travaillé avec M. Simmons.

— C'est scandaleux, a murmuré Mischa.

La bataille au tribunal avait duré trois ans avant qu'un juge tranche finalement en faveur de M. Fitzpatrick et lui attribue une petite partie des terres, une fraction des bénéfices de l'entreprise et un contrat pour que sa nouvelle société termine certains des gros projets en cours. La photo qui illustrait l'article montrait le grand-père de Violet, plus vieux et plus sévère que l'homme que j'avais vu sur le tableau dans l'entrée de chez les Simmons. J'étais un peu agacée de voir ça : j'aurais voulu voir une photo de la grand-mère malveillante. L'article se terminait sur des citations de M. Fitzpatrick et de la grand-mère de Violet, Ann Simmons.

Enfin le juge a rendu une décision juste. J'ai hâte de mettre cette histoire derrière moi et de regarder vers l'avenir lumineux de Fitzpatrick & Fils Construction, déclarait M. Fitzpatrick devant le tribunal du comté de Shawano.

M. Fitzpatrick a peut-être obtenu ce qu'il voulait, mais je ne relâcherai pas mes efforts tant que ce qui appartient à ma famille ne sera pas restitué à ses propriétaires de plein droit, répondait Mme Ann Simmons.

Je me suis installée au fond de mon siège, le souffle coupé par cette histoire. Donc cette femme, qui avait laissé cet immense héritage à son fils, était morte avec cette rancune. Aucun de ces faits n'expliquait quoi que ce soit sur ce qu'Olivia avait essayé de me dire, mais au moins j'avais enfin l'impression d'avancer. J'ai envoyé le lien de l'article à Trey par texto, et Mischa et moi avons continué à chercher plus d'informations. Moins d'un an après la décision du tribunal, Arthur Fitzpatrick avait construit sur les terres qui lui avaient été remises à la suite du procès. Il avait bâti des immeubles d'habitation qu'il avait divisés par lots avant de les vendre. M. Fitzpatrick était mort de cause naturelle cinq ans avant Ann Simmons. On a fini de lire son avis de décès dans le journal *Ortonville Courier* en secouant la tête. Il laissait derrière lui une femme et plusieurs enfants et petits-enfants, mais, peu avant sa mort, il avait déménagé en Californie.

— Si ça se trouve, ça n'a rien à voir avec sa grand-mère, ai-je dit, parce que je ne voulais pas qu'on s'emballe et qu'on croie qu'on avait trouvé quelque chose d'important. Si ça se trouve, Violet est mauvaise, un point c'est tout.

Mischa n'avait pas l'air convaincue.

— La grand-mère voulait se venger, et on ne sait pas si elle y est arrivée. Et maintenant, Violet vit dans sa maison. C'est pas rien. C'est plus que ce qu'on savait il y a une heure.

On a décidé de fouiller encore pour trouver les liens historiques possibles entre les Simmons, les Richmond et les Portnoy, ou n'importe quel rapport entre Arthur Fitzpatrick et les familles de toutes mes amies, mais, après quelques recherches rapides qui ne nous ont apporté que de maigres résultats, Mischa a soupiré :

— Les parents de ma mère sont arrivés de Russie après la Seconde Guerre mondiale. Mon père a grandi dans le Minnesota et a emménagé ici après son mariage. Je ne crois vraiment pas qu'il y ait de lien entre les Simmons et ma famille. D'ailleurs, si les Simmons avaient quelque chose à voir avec quiconque dans la ville, ce serait avec la famille de Tracy Hartford. Son grand-père a été juge de district pendant un milliard d'années. Si on doit lire tous ces titres de propriété, je vais mourir d'ennui. Ça me donne mal à la tête rien que d'y penser.

Mischa avait beaucoup trop peu de patience pour jamais devenir une vraie détective. On a terminé nos recherches et on est retournées chez elle en voiture pour établir notre prochain plan. J'ai renvoyé un texto à Violet avec un mensonge, prétendant que je rendais visite à mes grands-parents et que je ne pourrais pas aller au cinéma avec elle et Tracy avant dimanche. En réalité, je voulais avoir un après-midi à moi, un après-midi pour partager les potins du gala avec Mischa et être une fille de première normale.

Quand on est arrivées à la maison des Portnoy, Amanda nous a convoquées dans sa chambre dès qu'elle a entendu la porte du garage qui donnait dans la cuisine s'ouvrir.

— Mischa, monte ! T'as vu ça ?

On s'est dépêchées de grimper l'escalier jusqu'au premier étage et on est entrées dans sa chambre, dont les murs étaient pratiquement recouverts d'images de groupes de rock tirées de pages de magazines arrachées. Elle était assise à son bureau, dos à sa porte, entièrement concentrée sur son ordinateur portable.

On a aussitôt vu qu'elle regardait des photos très peu flatteuses de Candace attaquant Violet au gala la veille au soir sur sa page Facebook.

— Non mais regarde un peu ça. Candace a l'air d'une psychopathe.

Les cheveux de Candace partaient dans tous les sens, elle avait le visage rouge de rage et son expression était tout simplement démoniaque.

— Qui a posté ces photos ? a demandé Mischa, sur la défensive.

— Un tas de nazes de l'équipe de foot. J'ai déjà demandé à Brian de détaguer Candace. Mais bon sang, c'est quoi son problème ? a gloussé Amanda.

Les photos étaient horribles, mais les commentaires étaient encore pires. Ils étaient vicieux, brutaux, et beaucoup d'entre eux avaient été postés par des filles et des garçons que Candace aurait sans doute considérés comme ses amis.

— C'est vraiment nul pour Candace. Je sais que vous l'aimez bien, mais sa vie sociale au lycée est complètement fichue.

Mischa a jeté un dernier coup d'œil à l'écran avant de me faire signe de la suivre dans le couloir jusque dans sa chambre à elle.

— Comment j'ai pu ne pas y penser avant ? Et si on essayait de trouver des gens de l'ancienne école de Violet et qu'on leur posait des questions sur elle ? a suggéré Mischa, les yeux pétillants.

Je n'étais pas convaincue. Ça paraissait hyper sournois d'envoyer des mails pour obtenir des potins sur Violet sans qu'elle le sache. Mais, en même temps, mon cœur s'est mis à battre plus vite car c'était un moyen plutôt simple de savoir si quelqu'un d'autre pensait que Violet avait quelque chose à voir avec les quatre suicides qui avaient eu lieu l'année précédente. Mischa n'a pas perdu de temps et s'est mise à chercher les pages commémoratives des deux jeunes qui s'étaient tués dont on avait les noms. Les parents de la fille qui avait été capitaine des pom-pom girls au lycée Lake Forest avaient créé un groupe privé appelé « Honorons Rebecca ». Aucun post n'était visible, mais on pouvait voir les membres du groupe et j'ai demandé à Mischa d'arrêter de faire défiler l'écran quand la photo d'un garçon de notre âge appelé Eric est apparue.

— Arrête-toi, juste là, ai-je commandé. Ce mec. Violet m'a dit qu'elle sortait avec un garçon qui s'appelait Eric et qu'ils s'étaient quittés quand elle a déménagé à cause de la distance.

Mischa a regardé la photo de ce sportif beau et souriant d'un air sceptique.

— Violet a dit que son ancienne école était super grande. Tu crois pas qu'il y aurait plusieurs Eric là-bas ?

Je ne pouvais pas dire pourquoi, mais j'avais l'impression étrange qu'on était devant la photo du bon Eric, celui qui était sorti avec Violet.

— En tout cas, cet Eric tenait suffisamment à Rebecca Shermer pour rejoindre ce groupe de commémoration. Si Rebecca fait partie des jeunes qui sont morts et que Violet a quelque chose à voir dans cette histoire, alors ce serait logique que Violet et Rebecca aient été amies et que l'Eric de Violet connaisse Rebecca, non ? Donc cet Eric pourrait être le bon…

Cet après-midi-là, Mischa a écrit des messages un peu mystérieux à Eric ainsi qu'à plusieurs lycéens qui avaient posté des commentaires sur les pages de commémoration de Rebecca Shermer et Josh Loomis, le garçon de seconde dont Violet avait été la baby-sitter. Elle expliquait qu'elle était élève dans le nouveau lycée de Violet à Willow, dans le Wisconsin, et qu'elle avait l'intention d'organiser une fête surprise pour célébrer la victoire de Violet au conseil des élèves. Elle demandait à chacun de répondre discrètement et de garder le secret, et elle exhortait ceux qui ne pourraient être là eux-mêmes à envoyer à Mischa leurs félicitations pour qu'elle les imprime et qu'elle les ajoute à la carte qui serait offerte à Violet à la fête. Je devais admettre que c'était un plan génial de la part de Mischa. Il y avait peu de chances que quiconque dise qu'il assisterait à la fête en personne et qu'il fasse tout le chemin depuis l'Illinois, et on serait en mesure de voir comment Violet était perçue d'après leurs réponses. Et le mieux dans tout ça, c'est qu'on était quasi sûres que personne ne contacterait Violet pour lui dire que des gens dans son nouveau lycée posaient des questions sur elle. Mischa a fait une demande pour faire partie du groupe « Honorons Rebecca », même s'il était peu probable que les parents de Rebecca acceptent des gens dont ils ne reconnaissaient pas le nom.

— Écoute un peu, m'a raconté Mischa au téléphone plusieurs heures plus tard pendant que je regardais la télé avec ma mère. J'ai eu trois réponses pour l'instant. Molly Vega dit : *Je ne connais pas Violet si bien que ça. Bon courage pour la fête.* Ensuite j'ai Mike Goldsmith qui écrit : *Je n'ai rien de sympa à dire de cette fille.* Et puis… tiens-toi bien… Keeley Alden qui dit : *Je vous conseille de rester aussi loin de Violet que possible. Désolée de savoir que vous vous la tapez, mais au moins elle n'est plus dans notre lycée.*

— C'est flippant, ai-je répondu.

Je l'enviais d'avoir son propre ordinateur dans sa chambre et de pouvoir passer toute sa soirée sur Facebook. Moi, je partageais un ordinateur avec ma mère et elle trouvait que je n'avais pas besoin d'iPad en plus de mon téléphone portable. Chaque fois que j'expliquais que tout le monde à l'école en avait un, elle rétorquait que je n'avais qu'à en parler à mon père et, bien sûr, il répondait toujours que, quand il était jeune, il avait survécu avec une étagère pleine de livres d'occasion et qu'au final il ne s'en était pas si mal sorti. Ma mère a levé le nez de son journal de l'autre côté du sofa, vaguement intéressée.

— Et ce mec ? Eric ? C'est le petit ami, on est d'accord ? Il a répondu en disant : *Je ne veux rien avoir à faire avec Violet Simmons. Ne me contactez plus jamais.* Et il a mis à jour tous ses paramètres de confidentialité, du coup je peux plus rien voir sur son profil. Suspect, non ?

Donc nous n'étions pas les seules à avoir découvert que Violet apportait la malchance. Malheureusement, personne de l'ancien lycée de Violet n'a répondu à Mischa avec plus de détails. On n'avait aucune preuve concrète qu'elle avait déjà entraîné d'autres lycéens à jouer à un jeu tel que « Léger comme une plume, raide comme la mort », et donc ce qu'elle avait fait dans son ancien lycée pour obtenir une réputation si négative restait un mystère.

Après une nouvelle nuit blanche sur le sofa, j'ai accepté d'aller au cinéma avec Violet et Tracy au petit centre commercial d'Ortonville dimanche après-midi, malgré un avertissement sévère de la part de Mischa. J'avais peur de me retrouver avec Violet, peur de me retrouver dans une voiture en mouvement avec elle. Il y avait de très grandes chances que je sois réprimandée parce que j'avais parlé à Mischa au gala vendredi soir, et je flippais en me disant que plus j'attendais avant de m'excuser, plus la punition serait sévère.

— Comment va ton nez ?

J'ai tenté de paraître aussi joyeuse que possible en montant à l'arrière de la voiture de Tracy. Le nez de Violet avait l'air normal, mais c'était comme si elle avait des bleus sous les yeux, cachés par une grosse couche d'anticernes couleur porcelaine.

— Ça va, il n'est pas cassé, mais c'est douloureux, a répondu Violet depuis le siège passager à l'avant.

— Oh ma pauvre. Candace est juste… incontrôlable. Elle est à nouveau en soins psychiatriques. Va savoir quand ils la laisseront sortir, ai-je ajouté.

Je me sentais totalement nulle de faire comme si j'étais contente que Candace soit internée.

— M'en parle pas. Je sais. Mon père veut la faire virer du lycée. C'est un danger, pour elle-même et pour les autres élèves, a lancé Violet d'une voix distraite en passant d'une chaîne de radio à l'autre.

Je me suis abstenue de tout commentaire.

En arrivant au coin de la rue Martha, en passant devant le terrain vide, Tracy a lancé :

— C'est pas là qu'il y avait ton ancienne maison ?

C'est comme si on m'avait mis un coup de poing dans le ventre. Évidemment que c'était là, et je le longeais tous les jours, mais je ne me souvenais pas de la dernière fois que quelqu'un m'avait posé une question si ignorante et directe à propos de l'incendie. Le terrain avait l'air sans prétention, envahi par de longues herbes jaunes mourantes, comme toujours.

— Euh, oui, ai-je répondu, gênée. Mes parents ont acheté une maison plus loin plutôt que de reconstruire.

— Tu m'étonnes, moi aussi j'achèterais une nouvelle maison. Qui voudrait vivre sur le lieu d'un incendie pareil ? Ça craint. Ce serait une histoire parfaite pour un film d'horreur, a ajouté Tracy, ce qui a conforté ma conviction que cette fille était totalement sans cœur.

Quand on est arrivées au centre commercial, on avait quinze minutes de retard, donc on ne pouvait pas voir la comédie romantique que Tracy et Violet avaient utilisée comme appât pour me sortir de chez moi. Violet a regardé les horaires des séances sur son portable le front plissé, en insistant sur le fait qu'elle ne comprenait pas pourquoi le site du cinéma affichait un mauvais horaire pour le film qu'elle avait choisi.

— Si ça se trouve, on a juste manqué les bandes-annonces, a dit Tracy en haussant les épaules, mais, quand on a essayé d'acheter des tickets pour le film qui avait déjà commencé, l'ado boutonneux à la caisse a refusé de nous en vendre.

C'était un dimanche après-midi, il y avait du monde et ça grouillait de familles avec de petits enfants pendant qu'on décidait quoi faire. On pouvait soit acheter des tickets pour la séance suivante du *Parfum de l'amour*, qui était programmée presque trois heures plus tard, soit voir un des autres films qui passaient : un dessin animé pour enfants ou le blockbuster du moment, un film d'action en 3D. Les deux commençaient dans la demi-heure.

— Je suppose que *Camarades* ne serait pas trop mal, a suggéré Violet. Au moins, dans ce film, il y a des beaux mecs.

Camarades était un film d'action au rythme effréné. Ça se passait au Moyen-Orient et parlait d'un groupe d'agents spéciaux de terrain surdoués qui acceptaient la mission ridicule d'assassiner le chef d'une organisation terroriste. Nous avons acheté nos tickets et pris chacune une paire de lunettes 3D dans le panier à l'entrée. Violet et Tracy ont fait la queue pour acheter des snacks et j'ai entendu Violet informer Tracy que je ne prendrais rien parce que j'avais peur pour mon poids. Tracy a acquiescé d'un air entendu. Je n'avais que des pensées haineuses pour elle alors qu'elle s'achetait un énorme pot de popcorn et qu'elle l'aspergeait de beurre liquide à la machine.

Le film était nul, mais c'était typiquement le genre à faire des millions de dollars au box-office. J'ai complètement décroché au bout de vingt minutes, lorsqu'il est devenu évident que l'histoire secondaire de deux des agents spéciaux qui ne s'entendaient pas du tout allait complètement gâcher chaque scène critique avec des répliques censément marrantes d'une ringardise totale. À la moitié du film, les agents spéciaux ont placé une bombe dans un marché de plein air qui a rapidement déclenché un incendie à la nuit tombée, passant d'un étal à l'autre et brûlant tout sur son passage alors que les vents chauds du désert l'aidaient à se répandre. Voir cet incendie tourbillonner à l'écran, entendre le crépitement des flammes et les craquements du bois qui éclatait en jetant des étincelles, c'en était trop pour moi. J'essayais de me dire : *C'est juste un film*, mais je sentais que ma respiration s'accélérait et j'aurais pu jurer que je sentais de la fumée.

Mon front s'est mis à transpirer et mon cœur à battre à toute vitesse. J'ai arraché mes lunettes 3D, je me suis levée et, sans même m'excuser, je suis passée au-dessus de Violet et me suis faufilée hors de notre rangée de sièges, pressée comme jamais de sortir et de m'éloigner de ce brasier rugissant.

Une fois dans le couloir, je me suis essuyé le front avec la manche de mon cardigan. Les musiques ridicules des jeux vidéo des machines dans le hall m'ont réconfortée tandis que je reprenais mon souffle. Dans les toilettes, je me suis aspergé le visage d'eau. Même après m'être suffisamment calmée pour pouvoir retourner à mon siège, je suis restée un peu plus longtemps à étudier mon reflet dans le miroir. C'était de la folie, mais est-ce que Violet et Tracy avaient fait exprès de rater la séance du *Parfum de l'amour* pour qu'on soit obligées de voir *Camarades* ? Est-ce que Violet avait appris, d'après la bande-annonce ou d'après les pubs, qu'il y aurait cette affreuse scène d'incendie ? Elle devait pourtant savoir à quel point ce serait traumatique pour moi de voir une scène pareille, surtout en 3D. Je me suis rendu compte que je flippais à l'idée de retourner à mon siège dans la salle. Encore une fois, j'ai voulu appeler ma mère comme une petite fille pour lui demander de venir me chercher.

Quelques moments avant d'ouvrir la lourde porte pour regagner dans la salle, j'ai senti mon portable vibrer dans mon sac. J'ai vu le nom de Mischa apparaître à l'écran et je suis retournée dans le couloir pour lui parler en privé.

— Ça y est, je sais ce qui s'est passé, a claironné Mischa.

— Ah bon ? Quoi ? ai-je demandé, avec la sensation que Violet pouvait nous entendre alors qu'elle était au beau milieu d'une salle de cinéma bondée.

— Candace m'a appelée. Elle se sent mieux et elle sort demain après-midi. Et devine quoi ? Son père a décidé qu'elle avait besoin d'un changement d'atmosphère. Il l'emmène à Big Island, a-t-elle déclaré, très fière de sa découverte.

— Oh non, Mischa, ai-je répondu tandis que mon estomac se soulevait. Les vagues ! Elle pourrait se noyer.

— Je sais bien. T'as pas compris ? « Nohi ». C'était forcément un message d'Olivia. Ça voulait dire « No H-I ». « Pas Hawaii ».

Chapitre 13

Ce soir-là, j'ai commencé à me sentir de plus en plus mal à l'aise au fur et à mesure que le soleil déclinait. Le ciel est passé du rose au doré avant de s'assombrir, et, puisque M. Cotton avait mis les choses en branle pour que Candace soit emmenée dans un endroit où elle pourrait potentiellement se noyer dans des vagues profondes exactement comme Violet l'avait prédit, je soupçonnais que l'esprit d'Olivia allait devenir violent. Je comprenais maintenant pourquoi Olivia avait voulu m'avertir avec cette chanson qu'elle avait choisie pour le gala : j'aurais dû empêcher Candace d'agresser Violet. Cette agression avait entraîné son internement en soins psychiatriques, et son hospitalisation avait donné l'idée à son père de prendre des vacances. Je voyais tout très clairement à présent, mais j'aurais voulu qu'Olivia trouve un moyen plus clair de me communiquer ses attentes.

— Tu vas bientôt te coucher ? a demandé ma mère depuis le séjour où elle avait ramené Maude après son dernier petit tour de la journée dans le jardin.

Son ton suggérait que je devrais me coucher vu que c'était un dimanche soir et que j'avais école le lendemain.

J'ai fait semblant d'être totalement absorbée par un documentaire à la télé sur un tueur en série qui avait vécu à La Crosse.

— Oui, je voudrais juste voir la fin de ce programme, lui ai-je répondu.

— Tu es sûre que c'est une bonne idée de regarder quelque chose d'aussi troublant juste avant d'aller se coucher ? a-t-elle insisté pour m'embêter. Tu ne dors pas très bien depuis quelque temps. Il ne faudrait pas que tu fasses des cauchemars ensuite.

J'ai évité de croiser son regard.

— Je ne fais pas de cauchemars. Je dors parfaitement bien.

— Alors, dans ce cas-là, pourquoi est-ce que tu dors sur le sofa ? a-t-elle lancé, le sourcil levé d'un air sceptique avant de se diriger vers le couloir. Dors bien et fais de beaux rêves !

Quand l'émission s'est enfin terminée, je me suis forcée à regarder la télé une demi-heure de plus avant de l'éteindre. J'étais ébahie par le silence dans la maison après l'extinction du murmure des publicités. J'ai allumé la lumière du couloir et j'ai éteint celle du séjour. Je commençais déjà à me faire des films flippants sur ce qui m'attendait dans ma chambre. Depuis l'arrivée de Maude, je gardais la porte de ma chambre fermée parce qu'elle semblait vouer une haine sans fin à toutes mes chaussures et chaussettes. Mais, si ça me permettait de sauvegarder mon attirail, en revanche ça m'obligeait à vivre un moment de panique absolue chaque fois que je devais ouvrir la porte et regarder à l'intérieur. Pendant la fraction de seconde avant que j'appuie sur l'interrupteur pour allumer, mon cœur s'arrêtait de battre de peur de ce qui pouvait m'attendre de l'autre côté.

Je me suis penchée en avant et j'ai mis mon oreille contre ma porte au cas où d'étranges sons viendraient de ma chambre. Comme je n'entendais rien de suspect, j'ai attrapé la poignée. Ma main s'est retirée violemment pour se poser sur ma poitrine avant même que j'aie eu le temps de comprendre ce qui venait de se passer : j'ai poussé un cri de surprise parce que la poignée de ma porte était brûlante. J'avais l'impression que mes doigts avaient été brûlés mais, lorsque je les ai regardés dans l'ombre, m'attendant à voir des ampoules se former, ils avaient l'air normaux. Il n'y avait rien dans l'apparence de la poignée de ma porte qui aurait pu suggérer qu'elle avait été chauffée. Je l'ai tapotée à nouveau très légèrement du bout de l'index, et, comme c'était toujours extrêmement chaud, je me suis arrêtée pour réfléchir à mes options.

Je pouvais essayer de sortir de la maison en silence pour aller chez les Emory, mais la porte d'entrée serait dix fois trop bruyante. La porte de derrière, avec son système anti-tempête grinçant, ferait elle aussi beaucoup trop de bruit. Je ne pouvais pas sortir de la maison par le garage à moins d'utiliser la porte automatique, ce qui, à coup sûr, réveillerait ma mère même si elle était profondément endormie. Avant même de jeter un coup d'œil dans ma chambre, je savais qu'il était hors de question que j'y dorme cette nuit, et l'idée de dormir exposée sur le sofa et d'agacer ma mère un peu plus ne m'enchantait pas non plus. Si c'était Olivia qui continuait à jouer avec moi en simulant un brasier dans ma chambre à peine quelques heures après que j'avais été terrorisée par une scène d'incendie dans un film, alors c'était carrément cruel.

Donc j'ai pris la décision de traverser ma chambre le plus vite possible, de sortir par la fenêtre et de courir jusqu'à celle de Trey. J'ai utilisé le bas de mon tee-shirt pour me protéger la main et j'ai tourné la poignée pour ouvrir la porte en grand. Ma chambre était si silencieuse et fraîche que c'en était louche. J'ai rapidement fermé et verrouillé la porte derrière moi, j'ai traversé la chambre sur la pointe des pieds aussi vite que possible, j'ai enjambé le rebord de la fenêtre et j'ai rabattu celle-ci derrière moi. Je ne portais que des chaussettes aux pieds. J'ai ouvert le loquet de la grille de notre jardin et puis celui de la grille des Emory. J'ai frappé doucement sur la vitre de Trey, en espérant qu'il était toujours debout. La chambre derrière les rideaux était déjà plongée dans le noir. Juste quand je commençais à paniquer parce qu'il ne répondait pas et qu'un vent froid se mettait à souffler, la fenêtre s'est soulevée sur Trey, torse nu, qui m'a souri.

— McKenna Brady ! Eh bien ça, pour une surprise, c'est une surprise, a-t-il blagué.

— Je peux entrer ?

C'était très étrange d'être dans la chambre de Trey dans le noir. Honteux, il a ramassé une pile de sous-vêtements sales qui traînaient par terre et l'a jetée au fond de son placard. La chambre avait une odeur de renfermé, comme celle de draps sales ou de vieilles chaussures de sport. Pendant qu'on se mettait dans son lit étroit et qu'il me recouvrait de son drap en flanelle, il m'a avertie :

— Tu dois vraiment te réveiller et partir tôt demain matin. Si mes parents te trouvent ici, ta mère te tuera et ensuite ce sera toi qui me hanteras.

— Je crois que l'esprit devient plus fort, ai-je lâché sans répondre à sa blague.

Je lui ai parlé de la poignée de porte brûlante et de Candace qui allait sans doute s'envoler pour Hawaii avec son père dans deux semaines, juste après les examens de milieu de trimestre.

— Ça me paraît assez logique. Le livre dit que plus un esprit s'acclimate – enfin, autant qu'un fantôme puisse s'acclimater –, plus il devient à l'aise avec ses pouvoirs, a expliqué Trey d'un ton très neutre. Elle teste sans doute ses nouvelles connaissances. Mais je ne parierais pas sur le fait qu'elle soit suffisamment bonne pour te retrouver jusqu'ici.

Il a enfoui sa tête entre ma nuque et mon épaule et a commencé à m'embrasser le cou tout doucement, ce qui m'a fait courber les orteils de plaisir. Soudain, j'ai été distraite par des grattements étranges qui venaient de son placard et je me suis assise d'un coup, terrifiée.

— C'est quoi ce bruit ?

— C'est la litière. Patch et sa famille ont déménagé.

Je suis sortie du lit et j'ai tiré sur la corde qui pendait de l'ampoule nue dans le placard de Trey pour allumer la lumière et voir. La maman chat et les chatons du jardin des Emory étaient pelotonnés sur une serviette de bain abandonnée. La maman m'a regardée avec douceur en clignant de ses yeux dorés. La boule de poils toute ronde qui venait d'utiliser la litière a trotté de la boîte à chaussures de Trey jusqu'à sa mère. Là, en poussant du museau, le chaton s'est remis à sa place parmi ses frères et sœurs.

— Trey, ta mère va halluciner ! Ces chats ont probablement des tiques et plein d'autres trucs.

— Oui, je sais, a dit Trey doucement en s'asseyant dans son lit. Je ne laisse pas le chat de ma mère entrer ici pour éviter qu'elle attrape une maladie de ces chats de gouttière. Encore une des multiples raisons pour lesquelles ma mère m'en voudrait.

Je me suis blottie sous les couvertures contre Trey, et soudain j'ai dit :

— Violet m'a eue : elle m'a fait aller au cinéma aujourd'hui avec elle et Tracy. Il y a eu une scène avec un incendie incontrôlable qui m'a totalement fait flipper. Bon, peut-être qu'elle ignorait qu'il y aurait cette scène dans le film, mais je crois qu'elle savait. Je suis en train de devenir parano, à ton avis ?

— Peut-être un tout petit peu, a-t-il répondu en m'entourant du bras d'un geste protecteur. Il y a beaucoup de films avec des incendies.

— Oui, mais cette scène-là en particulier avait l'air trop réelle. J'ai eu une crise d'angoisse. J'ai dû sortir de la salle pour me calmer, et tout l'après-midi je me suis posé cette même question encore et encore : *Pourquoi elle et pas moi ?*

Trey m'a observée un moment, inquiet, avant de demander :

— Pourquoi Jennie et pas toi ?

J'ai acquiescé, incapable d'en dire plus de peur de pleurer.

— Tu ne te souviens de rien sur la nuit de l'incendie ? a-t-il ajouté.

Je ne voyais pas comment Trey pourrait se souvenir de détails de cette nuit-là que je ne connaîtrais pas. C'est moi qui avais été happée par les flammes, qui avais manqué d'étouffer dans la fumée et qui avais vu le toit s'effondrer.

— La raison pour laquelle tu n'as pas été tuée dans l'incendie avec Jennie ?

Il me regardait, cherchant dans mon expression une réaction de souvenir.

— Tu te souviens de cette nuit ? ai-je demandé.

Il n'était pas totalement impossible que Trey s'en rappelle. Après tout, ça s'était passé au bout de sa rue et c'était sans doute la seule chose notable qui avait eu lieu dans notre petite ville de toute son enfance.

— Je me souviens de beaucoup de choses de cette nuit-là, a admis Trey. Ma mère m'a réveillé parce qu'elle avait senti la fumée. Je me rappelle l'avoir regardée courir jusqu'à la porte d'entrée puis dans la rue en chemise de nuit, et le ciel au-dessus de votre maison brillait à cause de l'incendie. Elle avait dit à mon père de faire en sorte que je reste dans la maison, mais, au bout de quelques minutes, il m'a mis mon manteau et on l'a suivie jusqu'à ton ancienne maison. Tu étais dehors dans la rue avec ton chien, pieds nus, en chemise de nuit, et tu regardais les flammes monter de plus en plus haut. Moxie était folle. Elle aboyait à tue-tête et ne laissait personne t'approcher. Je me rappelle m'être dit que c'était super bizarre de te voir là toute seule. Je vous avais toujours imaginées, toi et Jennie, comme une paire, tu vois ? Comme deux chaussettes qui vont ensemble.

— Tu savais que c'était moi et pas Jennie ? ai-je demandé, surprise.

Trey a acquiescé.

— Évidemment, j'ai toujours su vous distinguer. La posture de Jennie était différente. Ses sourcils étaient un peu plus épais. Et elle se rongeait les ongles jusqu'au sang.

C'était hallucinant de se dire que Trey avait su instantanément que j'avais survécu et pas Jennie, mais que mes propres parents n'avaient pas été capables de faire la différence entre nous deux.

— Je ne crois pas que je vous avais vues l'une sans l'autre avant cette nuit-là. Tu pourrais en parler à ma mère, tu sais. À l'époque, elle disait à tout le monde que le chien t'avait sans doute réveillée et sortie de la maison.

J'essayais si fort de me remémorer cette nuit, mais mes souvenirs restaient toujours les mêmes : rien de plus que cette horrible sensation d'étouffement dans ma poitrine, le rugissement des flammes et ce sentiment d'urgence qu'il fallait que je sorte. Est-ce que Moxie m'avait réveillée ? Est-ce qu'elle avait couru et ouvert la porte pour sortir comme elle adorait le faire quand elle était petite (elle avait compris comment se dresser sur ses pattes arrière et appuyer sur la poignée avec ses pattes avant pour ouvrir la porte) pour m'inciter à la suivre dehors sur la pelouse ? J'étais incapable de me rappeler. Je ne me souvenais pas vraiment du moment où j'avais été dans la rue non plus, à part quand j'avais vu la silhouette de ma mère émerger de la porte, un mur de feu orange derrière elle. Si la mère de Trey avait raison et que Moxie m'avait réveillée, alors pourquoi moi et pas Jennie ? Est-ce que Moxie serait retournée dans la maison pour réveiller Jennie si les flammes ne s'étaient pas répandues si vite ? Il y avait une fuite de gaz dans la cave, c'est ce que les pompiers avaient découvert pendant leurs recherches. C'était pour ça que toute la maison s'était transformée en brasier si vite, et ça aurait pu être déclenché par n'importe quoi, même une minuscule étincelle d'électricité statique.

— Donc, si tu te demandes pourquoi c'est toi qui t'en es sortie et pas Jennie, la réponse est Moxie. Pour une raison qu'on ne connaît pas, elle a pu te réveiller toi mais pas ta sœur. C'est aussi simple que ça, McKenna. Y a pas à se poser de questions.

Je suis restée silencieuse un moment, à réfléchir à la vie, à l'énergie de l'univers, et à me demander comment quelque chose d'aussi simple que la sensibilité de ma peau à un museau humide de chien avait sans doute fait la différence entre la vie et la mort pour moi et ma jumelle.

— On l'a gardée avec nous, tu sais, a ajouté Trey. Moxie. On l'a gardée deux ou trois semaines pendant que ta famille était partie. Je n'arrêtais pas d'espérer que vous seriez partis pour toujours pour qu'elle puisse devenir mon chien.

J'ai secoué la tête de surprise.

— Je savais pas ça, ai-je admis.

Les semaines qui avaient suivi l'incendie étaient floues. Je me rappelais très clairement avoir raté l'école. Après notre séjour à l'hôpital et après l'enterrement de Jennie, ma mère et moi étions parties dans le Missouri chez mes grands-parents quelques semaines tandis que mon père était resté à Willow dans un motel pour gérer la paperasserie des assurances. Je ne me souvenais pas bien de ce séjour dans le Missouri, à part des détails venus de nulle part : une couette en patchwork rouge, qui était pour moi, posée sur le sofa en tissu écossais marron, des sandwichs à la dinde préparés par ma grand-mère avec une mayonnaise épaisse et ma mère qui s'enfermait dans sa chambre d'enfant pendant des heures pour pleurer sans que je la voie. Mais, maintenant que j'essayais de me souvenir de tout ça, j'en étais sûre : Moxie n'avait pas été avec nous.

— Je suis désolée. Que nous ne soyons pas partis pour toujours.

— T'excuse pas, a blagué Trey en me poussant gentiment avec son bras. Si tu étais partie pour toujours et que tu n'avais pas emménagé dans la maison d'à côté, c'est quelqu'un d'autre que j'espionnerais en train de se déshabiller depuis quelques années.

J'ai ouvert les yeux en grand et l'ai regardé la bouche ouverte.

— Trey !

— Sans doute un mec affreux et poilu, a ajouté Trey pour me tourmenter.

Il s'est penché, a pris mon visage entre ses deux mains et m'a embrassée pile sur mon front plissé.

***

Étrangement, Candace est redevenue elle-même la semaine suivante à l'école. C'était comme si la promesse d'un voyage à Hawaii avait redirigé sa paranoïa. À la cafétéria, elle levait les yeux au ciel à la vue de Violet et n'avait pas l'air affectée par le sarcasme et les railleries des secondes qui avaient entendu parler de son saccage au gala. J'ai continué à m'asseoir avec Violet, Tracy et Michael au déjeuner, mais je n'ai pas essayé de cacher mon amitié pour Mischa et Candace. Les examens de milieu de trimestre étaient dans à peine deux semaines et les feuilles se mettaient à tomber des arbres, donc je me suis occupée des préparatifs de la première levée de fonds de l'année de notre promo. Je voulais mettre sur pied un service de nettoyage de jardins pendant un week-end, que j'avais décidé d'appeler « vente de râteaux de la promo de première », pour faire un jeu de mots avec « vente de gâteaux ». J'avais créé une série d'affiches pour encourager mes camarades à s'inscrire à des créneaux de six heures pour aider notre promo à « ratisser de l'argent » pour le voyage au ski que Violet organisait pour janvier. La somme qu'il nous fallait d'ici fin janvier était assez impressionnante. Les plus aisés pourraient sans doute demander à leurs parents de couvrir leurs frais, mais tous les autres pouvaient financer l'essentiel du séjour en s'inscrivant à ces six heures de nettoyage de jardins. Personne n'aimait le travail manuel, mais j'espérais qu'ils saisiraient l'occasion de s'offrir leur voyage de cette manière.

À mon grand étonnement et soulagement, les formulaires d'inscription étaient quasiment pleins mercredi après-midi alors qu'ils n'étaient affichés que depuis lundi. J'avais l'impression que les gens étaient vraiment ouverts à l'idée de travailler pour financer leur voyage. La grande question qui restait était de savoir si les habitants de Willow seraient d'accord pour louer les services de lycéens afin de ramasser leurs feuilles mortes, passer la tondeuse et tailler leurs haies. On vivait dans une ville où la plupart des gens avaient des équipements de plusieurs milliers de dollars pour entretenir leurs jardins, donc c'était un pari d'espérer qu'ils seraient prêts à payer pour avoir un peu d'aide.

La mère de Candace a demandé au proviseur que sa fille soit dispensée d'école jeudi après-midi pour aller avec elle à Sheboygan rencontrer l'ancien collègue de mon père, le docteur Gonzalez. Candace avait hâte de se faire évaluer. Elle espérait que le médecin prendrait son parti au sujet des sédatifs et des antidépresseurs qu'on lui faisait avaler depuis un mois. Elle insistait pour dire que ses médicaments atténuaient ses sens et lui donnaient l'impression de devenir idiote, et elle avait hâte d'arrêter de les prendre. Mischa et moi l'avons accompagnée au rez-de-chaussée avant le déjeuner, et on a regardé à travers les lamelles des stores du bureau du proviseur pendant que Candace allait dire bonjour à sa mère. Le personnel a échangé des civilités avec elles puis elles sont ressorties dans le couloir. Mme Lehrer a chaussé les immenses lunettes de soleil qu'elle avait sur la tête dès qu'elle s'est retrouvée dans le couloir grouillant de lycéens pour tenter d'éviter les regards curieux. Candace se tenait parfaitement droite tandis qu'elle se dirigeait vers la sortie ouest du lycée, la porte double qui menait au parking des invités, sans se préoccuper particulièrement d'être vue quittant le lycée à midi avec sa mère.

Durant tous les cours de l'après-midi, je suis restée perdue dans mes pensées. Je me suis demandé si Candace serait capable de donner une explication logique et raisonnable à tout ce qui s'était passé ces dernières semaines quand elle referait surface plus tard ce soir.

Même avec toutes les preuves que j'avais rassemblées, j'attendais toujours une raison plausible à tous ces trucs chelous que j'avais vus. Mon père m'avait appris que la logique était la plus grande défense contre le doute, et, même si j'étais certaine que ce que j'avais vu de mes propres yeux était réel, j'attendais désespérément une explication qui prouverait le contraire.

Sans surprise, Candace a contacté Mischa ce soir-là avant de m'appeler. Aussitôt après, Mischa m'a envoyé un message perturbant, juste avant que Candace me téléphone : *Elle est en plein déni.* Quand la sonnerie a retenti, j'ai souri poliment à ma mère et j'ai traversé le couloir jusqu'à ma chambre pour avoir une conversation privée.

— Alors, c'est quoi le verdict ? T'es officiellement cinglée ? ai-je dit pour blaguer.

— Officiellement pas cinglée, tu veux dire. Facilement distraite et souffrant des symptômes typiques du deuil, mais malheureusement c'est tout, a-t-elle soupiré. Désolée de te décevoir.

Je ne voulais pas la presser pour avoir plus d'informations au risque de la contrarier, mais en même temps, je voulais à tout prix en savoir plus sur l'évaluation que le psychiatre avait faite des circonstances de la mort d'Olivia.

— Il t'a posé des questions sur Olivia et l'accident ?

— Bah, bien sûr ! On a pas mal parlé des émotions qu'on traverse quand quelqu'un de proche meurt. Et c'était hyper logique. Je me suis rendu compte que, quand j'essayais de lui raconter la fête d'anniversaire d'Olivia, je me souvenais même plus si bien que ça de ce qui s'était passé ce soir-là. Je crois toujours que Violet est cheloue. Mais franchement, est-ce que son histoire sur la mort d'Olivia était si proche de ce qui s'est vraiment passé ?

Je n'en croyais pas mes oreilles. C'était comme si on lui avait lavé le cerveau. Je l'ai entendue prendre une grande inspiration à l'autre bout de la ligne.

— Je suis prête à croire que j'ai imaginé beaucoup des détails qui me contrariaient le plus.

Un million d'objections me sont venues à l'esprit, mais je suis restée calme. Je ne voulais pas gâcher le réconfort qu'elle avait réussi à retrouver avec le docteur.

— Je ne pense pas que tu aies tout inventé, ai-je commenté avec douceur. On était là aussi, Mischa et moi, et nous aussi on pense que Violet a quelque chose à voir dans la mort d'Olivia. Est-ce que le médecin a dit quoi que ce soit sur le fait qu'on avait peut-être toutes été hypnotisées lors de ce jeu ?

Candace a fait une pause avant de dire :

— Honnêtement, McKenna, je crois que c'est malsain pour moi de continuer à penser à ce jeu. Tout ce que je veux, c'est en finir avec mes examens et partir à Hawaii. Tout ce qui m'importe, c'est de bronzer. Et je crois que ce ne serait pas une mauvaise chose que tu ailles voir un psychiatre toi aussi. Ne le prends pas mal, mais il est bien possible que tu n'aies pas tout digéré à propos de la mort de ta sœur.

Bien sûr, ça m'a hérissé le poil d'entendre ça, et je n'ai pas pu m'empêcher de me demander si cette spéculation venait de Candace ou de M. Gonzalez, que je n'avais certes jamais rencontré, mais qui savait sans doute tout sur moi puisqu'il avait travaillé avec mon père, et qui avait certainement une opinion à mon sujet. Notre conversation prenait fin et Candace m'a demandé si j'étais prête pour la collecte de fonds du week-end. J'étais surprise qu'elle ait cette vente de râteaux en tête. Candace était tellement à l'ouest ces dernières semaines que je pensais qu'elle n'avait même pas vu les affiches sur les murs ni écouté les annonces du matin.

Plus Candace semblait prendre ses distances avec l'implication de Violet dans la mort d'Olivia, plus les perturbations dans ma chambre se renforçaient depuis une semaine. J'avais pris l'habitude de rester éveillée jusqu'au petit matin avec la lumière allumée. Le soir, j'attendais d'être absolument sûre que ma mère était endormie pour me rendre dans le séjour avec ma couverture sans risquer que mes pas la réveillent. Ma nuit chez Trey dimanche m'avait tellement fait flipper que je n'avais pas l'intention de remettre ça de sitôt : soit le réveil de son portable n'avait pas marché, soit Trey l'avait éteint machinalement quand il avait sonné la première fois et on s'était rendormis. En tout cas, quand sa mère avait frappé à sa porte, j'avais plongé sous la couette, certaine qu'une conversation très inconfortable et totalement injustifiée sur le sexe aurait lieu dans un futur proche avec ma mère.

Vendredi matin, ma mère m'attendait les mains sur les hanches dans la cuisine lorsque j'ai fait surface après une nuit agitée pour chercher du jus d'orange.

— Lorsque je me suis levée ce matin, une des plaques de cuisson était allumée, et on aurait dit qu'elle avait chauffé toute la nuit, a-t-elle lancé d'un ton chargé d'une colère à peine contrôlée.

J'avais une assez bonne idée de qui était responsable de ça, j'ai donc fait comme si j'étais surprise, j'ai regardé le dessus du four et j'ai remarqué une zone autour de la plaque devant à gauche qui était noircie par la chaleur.

— Désolée, ai-je répondu, sans trop savoir quoi dire. Je me souviens même pas quand j'ai allumé les plaques pour la dernière fois.

Inutile de nier totalement mon implication. On n'était que deux dans la maison et, si je commençais à parler du fantôme d'Olivia, ma mère m'enverrait direct à l'asile psychiatrique pour qu'on me fasse une évaluation avant que je n'aie eu le temps de dire : *C'était une blague*. J'étais étonnée qu'Olivia ait réussi à bidouiller les plaques, mais pas choquée, vu qu'elle m'en voulait sans doute d'éviter ses tentatives de harcèlement dans ma chambre. J'avais enlevé toutes les étagères et les photos encadrées dans ma chambre, et j'avais mis mes boîtes à musique et mes CD dans des cartons. Clairement, Olivia, frustrée, essayait de perturber d'autres parties de la maison, et je me suis dit que je devrais peut-être flipper qu'elle puisse essayer ses bêtises dans la chambre de ma mère.

— Franchement, McKenna, a dit ma mère d'un air affligé en m'observant. Qu'est-ce qui se passe ? Tu es debout en pleine nuit, tu fais des choses comme ça, complètement distraite. Est-ce que tu es somnambule ? Et puis il y a la nourriture, et la perte de poids… Je commence vraiment à m'inquiéter.

— Je ne pense pas être somnambule, ai-je répondu.

Je ne savais pas comment me sortir de cet interrogatoire. Et je ne pensais pas non plus avoir perdu plus de poids depuis l'été : ça, à mon avis, ça venait du commentaire de la mère de Violet.

— Mais bon, tout est possible. Honnêtement, je ne me souviens pas d'avoir allumé la plaque. Je n'ai rien cuisiné hier.

Ma mère n'en croyait pas un seul mot.

— Peut-être que cette histoire de conseil des élèves était une mauvaise idée. Si tu as trop de stress, forcément ça va finir par ressortir quelque part.

— Non, je ne suis pas trop stressée, l'ai-je vite rassurée. Ça me plaît.

Mais je savais très bien, alors que je prononçais ces mots, que j'essayais autant de me convaincre moi que de la convaincre elle.

La nuit suivante, Trey a dit à ses parents qu'il allait dormir chez un pote, et il est passé par ma fenêtre avec son sac à dos. Il a regardé mes murs dénudés, ébahi, en secouant la tête.

— On dirait que tu déménages, a-t-il commenté.

L'esprit d'Olivia est resté étrangement silencieux et n'a pas du tout perturbé la soirée. C'était si étrange que je m'attendais à moitié à ce que le lendemain matin, lorsque j'ouvrirais la porte de ma chambre, le reste de la maison ait disparu.

Le matin, mon réveil a sonné à l'aube et j'ai laissé Trey dormir pendant que ma mère m'accompagnait au parking du centre commercial, où les premières devaient se retrouver pour la vente de râteaux. Violet et Tracy étaient déjà là à attendre dans la voiture de Tracy, des cafés *latte* à la main. Ma mère et moi avions apporté une table pliante et les affiches que Violet, Tracy, Michael et moi avions préparées pendant la semaine. Violet et Tracy sont sorties de la voiture pour nous saluer.

— Bonjour, les filles, a dit ma mère en dépliant la table qu'elle venait de sortir du coffre.

Je voyais bien qu'elle n'avait aucune idée de qui était qui. J'ai fait les présentations, rapidement. J'étais gênée et je voulais que ma mère reparte avant que les bénévoles du lycée commencent à arriver.

— McKenna a eu une super idée. Elle est vraiment géniale pour trouver des moyens de collecter de l'argent, a dit Violet en en rajoutant.

Ma mère m'a regardée, l'air perplexe.

— Je ne sais vraiment pas de qui elle tient ça. Certainement pas de moi.

Trente minutes plus tard, une poignée d'élèves se tenaient dans le parking, prêts pour leur créneau de travail. Ils tenaient des pancartes au bord de la route pour attirer l'attention des voitures qui passaient. Il était 9 heures du matin, et on offrait nos services pour la journée, en tout cas d'après ce qui était écrit sur nos affiches et dans l'article qui nous était consacré dans le *Willow Gazette*. Les élèves étaient arrivés avec des râteaux, des tuyaux d'arrosage, des sécateurs et des gants de jardin, comme on le leur avait demandé, et ils attendaient maintenant les clients avec impatience. J'ai tenté d'accueillir gaiement tous ceux qui arrivaient pour le premier créneau de la journée et je m'en suis un peu voulu quand j'ai vu le 4 × 4 noir de la mère d'Erica entrer dans le parking. Elle m'a saluée en claironnant :

— McKenna ! Qu'est-ce que tu as minci ! Je ne t'aurais jamais reconnue !

J'ai rougi furieusement en grimaçant. J'aurais préféré que Mme Bloom ne rappelle pas à tout le monde dans le parking qu'en octobre de l'année précédente je pesais treize kilos de plus.

Avoir à remercier Erica et Cheryl d'être venues aussi tôt pour travailler sur le premier créneau a été particulièrement dur pour moi, parce que je savais qu'elles n'avaient pas vraiment besoin de collecter des fonds pour payer leur voyage au ski. Elles étaient là pour regagner mon amitié, je le savais. J'étais embarrassée à la fois de voir à quel point elles étaient désespérées, et de remarquer ma propre résistance à céder et accepter à nouveau leur amitié. Mischa n'arriverait pas avant l'après-midi parce qu'elle avait une rencontre de gymnastique le matin, et Candace était trop imprévisible pour qu'on compte sur elle à quelque moment que ce soit. Dans ma tête, une voix casse-pieds me répétait : *Tu sais qui sont tes vraies amies* et j'essayais de la bloquer.

— Merci de vous être proposées, vraiment, leur ai-je dit à toutes les deux. Je ne savais pas trop à quoi m'attendre ce matin.

À 10 heures du matin, plusieurs voitures étaient rentrées dans le parking pour louer nos services à la journée. Je m'occupais de la table des réservations avec Tracy, et Violet gardait une trace de qui ferait quoi. Les élèves, par deux, recevaient un papier sur lequel on mettait l'adresse et le numéro de téléphone des gens chez qui ils étaient envoyés, et ils repartaient en voiture pour tondre les pelouses et tailler les haies, avec pour ordre strict de ne pas s'aventurer à l'intérieur des maisons de personnes qu'ils ne connaissaient pas. Heureusement, notre ville était si petite qu'on connaissait le nom de la plupart de ceux qui faisaient appel à nos services. On a envoyé Jeff Harrison et Tony Fortunado de l'équipe de basket chez les Highland pour nettoyer la gouttière des parents du coach. Sarah Chaney et Crystal Blomquist sont allées chez le propriétaire de la plus grosse épicerie de la ville pour planter des chrysanthèmes orange et des soucis. Un homme et sa femme avec une poignée de jeunes enfants se sont arrêtés et ont demandé si trois élèves pouvaient passer chez eux. Ils disaient qu'ils avaient une propriété de quatre mille mètres carrés et qu'ils avaient besoin de toute l'aide qu'on pourrait leur apporter. C'était une bénédiction d'être vraiment occupée et perdue dans toute cette organisation sous le soleil chaud du matin, enfin accaparée par autre chose que des histoires de fantômes.

Quarante minutes après le départ de Jeff et Tony dans le pick-up de ce dernier, Jeff a appelé Violet sur son portable pour l'informer qu'il y avait une crise. Ils n'avaient pas pris de sacs-poubelle spécial jardin exigés par le service de ramassage de la ville et les parents du coach n'en avaient pas chez eux. Ils avaient fini de nettoyer la gouttière et se retrouvaient avec une montagne de feuilles mortes sous les yeux dont ils ne savaient pas trop quoi faire.

— Des sacs, m'a lancé Violet en me faisant un signe de la main alors qu'elle était encore en ligne. Il faut qu'on envoie des sacs-poubelle rue Longfield !

J'ai regardé le parking, désemparée. On avait déjà envoyé presque tous les participants de la matinée. Immédiatement, je me suis sentie envahie par un sentiment de panique. Moi qui me croyais si organisée et prévoyante, disant à tous nos bénévoles d'apporter leurs propres outils de jardinage. Il ne m'était même pas venu à l'esprit de parler des sacs-poubelle. Je me sentais débile et mal préparée d'avoir omis quelque chose de si fondamental. Le centre commercial où on avait décidé d'organiser notre journée avait un glacier, un magasin de donuts, un pressing, un institut de beauté et un salon de toilettage pour chiens. Mais il n'y avait pas de boutique qui proposait des sacs-poubelle. Avant que j'aie eu le temps de réfléchir à un plan, Erica était devant moi avec une solution.

— Je peux aller en chercher, a-t-elle proposé.

Son père était le gérant de la grande surface de quincaillerie dans le gros centre commercial de la ville, à quelques kilomètres d'ici.

Comme toujours, je n'avais que quelques petits billets d'un dollar tout chiffonnés dans mon portefeuille, certainement pas assez pour acheter ces sacs qui étaient plutôt chers.

— Je n'ai pas de liquide, ai-je lâché.

Je me demandais comment ma mère réagirait si je l'appelais en lui demandant de revenir au parking m'apporter de l'argent pour mon projet scolaire, pile le lendemain du jour où elle avait exprimé son inquiétude sur mon rôle au sein du conseil des élèves.

— T'inquiète pas, je m'en occupe, a dit Erica avec enthousiasme.

Cheryl sortait déjà ses clés de voiture de son sac, et toutes les deux se sont dirigées vers sa petite auto blanche. Elles se sont arrêtées chez les Highland après être allées au centre commercial, et ont déposé un carton de sacs-poubelle auprès de Jeff et Tony. À leur retour, Erica m'a informée que les multiples cartons de sacs qu'elle venait de rapporter étaient un don de son père. J'ai senti le soulagement se répandre dans mes veines. Je savais qu'après cette journée, je devrais de nouveau passer plus de temps avec Erica, Cheryl et Kelly.

— Oh, les filles, c'est trop sympa ! s'est épanchée Violet en prenant les mains d'Erica dans les siennes en souriant, reconnaissante.

Contrairement à Olivia, Violet comprenait que la clé de sa popularité suprême serait que tout le monde l'adore, même les ringardes comme Cheryl et Erica. Non pas qu'Olivia ait été cruelle envers les filles qui n'étaient pas cool, c'est juste qu'elle considérait qu'elles ne méritaient pas son attention. La gratitude de Violet semblait sincère, même si ça m'aurait étonnée qu'elle connaisse les noms de Cheryl et d'Erica.

Trey m'a complètement prise au dépourvu en débarquant dans le parking autour de 13 heures, au début du créneau de l'après-midi.

— Coucou, toi ! me suis-je exclamée. Mais tu n'es même pas en première !

Il m'a fait un bisou sur la joue et s'est expliqué :

— Oh mais je ne suis pas ici pour travailler. Juste pour flirter avec des filles.

J'ai rougi et j'ai tendu la main pour prendre la sienne. Je n'avais jamais vu Trey flirter avec une fille avant moi.

— Ta mère est venue dans ta chambre après t'avoir déposée, m'a-t-il dit à voix basse en se rapprochant de moi.

— Quoi ? Mais elle t'a vu ?

— Non, bien sûr que non, mais elle a fouillé dans tes affaires, a-t-il continué en attendant que je réagisse.

Au départ, j'étais furieuse – qui ne le serait pas ? –, mais après j'ai repensé à notre conversation de la veille, au petit-déjeuner, et je me suis rendu compte qu'elle essayait probablement d'être une mère attentive et qu'elle vérifiait que je ne cachais pas de la drogue. J'ai vite essayé de faire mentalement l'inventaire de mes affaires dans ma chambre pour m'assurer qu'il n'y avait rien qui pourrait éveiller des soupçons. Le Ouija était caché dans la cave des Emory sur l'étagère de leurs jeux de plateau moisis. Je n'avais jamais tenu de journal de ma vie, et puisqu'en général Trey venait dans ma chambre déjà en pyjama, il n'avait jamais laissé d'affaires par accident avant de retourner chez lui.

J'ai soupiré.

— Bon, ben je suppose que je peux pas y faire grand-chose. C'est vrai que je lui donne beaucoup de raisons de s'inquiéter pour moi.

— C'est pas ça qui est bizarre, a ajouté Trey. Elle a laissé la porte ouverte en partant et Maude est entrée. Ça m'a fait flipper à un point, t'as pas idée : la chienne s'est assise et a juste fixé le plafond en clignant des yeux. Elle sait qu'il y a quelque chose là-haut.

Ça m'a fait froid dans le dos. Je voulais à tout prix que Maude reste en sécurité loin des esprits qui tentaient d'entrer en contact avec moi.

— Elle a aboyé ?

— Non, pas du tout. Elle s'est juste assise, comme si elle regardait la télé. Elle ne m'a même pas regardé quand je suis sorti.

Mischa est arrivée peu après que Trey était parti s'acheter un cône de glace avant de rentrer chez lui à pied. C'est Amanda qui l'a déposée, presque une demi-heure en retard pour son créneau, et elle a traversé le parking dans ma direction en ignorant tout le monde.

— C'est bon, je suis là, a-t-elle grommelé. Mais pitié, pitié, ne m'oblige pas à aller lui parler.

Elle a lancé un regard de travers à Violet, qui souriait et semblait passer un moment génial à discuter à l'autre bout du parking avec Jeff et Tony de leur travail de la matinée.

J'ai demandé à Melissa de me remplacer à la table avec Tracy et je me suis préparée à prendre le prochain boulot qui arriverait pour faire ma part de travail manuel. Mischa et moi, dégoûtées, avons vu la conversation s'arrêter abruptement au moment où la voiture de Pete entrait dans le parking. Comme on s'y attendait, il est sorti du véhicule et s'est approché timidement de Violet. Il a placé une main légère sur son épaule et l'a embrassée si près de la bouche que c'en était suspect.

— Hallucinant, a marmonné Mischa en serrant le manche de son râteau. Donc elle est bien après lui. Elle a même changé d'apparence depuis septembre. Je me souviens que, le jour de la rentrée, je me disais qu'elle était plutôt timide et qu'elle pourrait en faire un peu plus. Regarde-la maintenant, ses vêtements sont différents et elle se maquille de façon plus voyante.

Moi aussi j'avais remarqué. Peut-être qu'avant la mort d'Olivia Violet se retenait un peu, pour ne pas détrôner la reine. Mais, maintenant que cette dernière n'était plus sur son chemin, elle n'était plus du tout timide quand il s'agissait d'agiter ses longs cils et de montrer clairement à tout le monde que c'était elle la fille la plus mignonne du lycée Willow.

Le flirt de Pete avec Violet n'a pas été la seule surprise de l'après-midi. La voiture suivante à entrer dans le parking n'était autre qu'une

Mercedes noire conduite par devinez qui ? M. Richmond. Le père d'Olivia et Henry était d'une beauté classique. En sortant de voiture, il a retiré ses lunettes de soleil d'aviateur d'un geste fluide et étudié. Il nous a souri, à moi et à Mischa, qui étions près de la table. Il avait l'air d'un mannequin de magazine avec sa fossette au menton et ses larges épaules, son pull bleu en tricot torsadé de marin classique et son pantalon de toile.

— Les filles, est-ce que vous pouvez me dire où trouver de l'aide pour jardiner par ici ? a-t-il demandé d'une voix grave et malicieuse qui m'a fait rêver que mon propre père soit plus comme lui et moins comme un glandeur en pleine crise de la cinquantaine qui enseignait deux cours par semaine quand il n'était pas en train de repeindre son bateau.

— Vous êtes au bon endroit, a lancé Mischa de la voix joyeuse qu'elle réservait aux parents.

Puisque Mischa et moi nous étions engagées à prendre le prochain boulot, nous sommes montées à l'arrière de la voiture de M. Richmond et avons discuté de l'école jusque chez lui. Mischa était proche d'Olivia depuis bien plus longtemps que moi, et M. Richmond avait une litanie de questions sur ses parents, sa sœur et ce qu'elle comptait faire pour l'université. J'ai grimacé quand j'ai vu le pick-up d'Henry dans l'allée. Bien évidemment, les Richmond avaient un jardin de devant parfaitement paysagé, donc la seule chose qu'on a eue à faire pendant deux heures pour mériter notre salaire, c'est ratisser les feuilles qui étaient tombées des arbres près du trottoir et arracher les mauvaises herbes entre les buissons et les massifs de gerbes-d'or plantés tout autour de la maison. Je grimaçais, accroupie, en arrachant les mauvaises herbes près de la fenêtre au niveau du sol sur le côté de la maison, celle par laquelle Pete avait embrassé Olivia le soir de son anniversaire. J'ai résisté à la tentation de jeter un coup d'œil par la vitre un peu sale dans la cave des Richmond. Je ne voulais pas voir l'endroit où on avait joué au jeu de Violet, ni revivre ces moments dans ma tête.

Une fois dans la maison, les émotions m'ont envahie rien qu'avec l'odeur si familière du pot-pourri dans l'entrée. Même si M. Richmond m'avait fait entrer quelques instants plus tôt, j'avais l'impression d'être un intrus sournois qui essayait d'être aussi silencieux que possible. Au moment où je m'apprêtais à appuyer sur l'interrupteur de la salle de bains du rez-de-chaussée, je ne sais pas ce qui m'a pris, mais j'ai eu soudain irrésistiblement envie de courir jusqu'au premier étage et d'utiliser la salle de bains de la chambre d'Olivia. La maison avait l'air silencieuse et vide, et, même si la voiture d'Henry était garée dans l'allée, je me disais qu'il était peut-être sorti quelque part avec sa mère. Du moment que je m'étais mis en tête d'aller dans la chambre d'Olivia, impossible de passer à autre chose. C'était comme si j'étais attirée par un aimant dans ce coin-là de la maison. Après être restée au moins trente secondes debout dans la salle de bains dans un état de stupeur totale, j'ai enfin tourné les talons et me suis lancée dans l'escalier le cœur battant.

J'ai été surprise de trouver la porte de la chambre d'Olivia grande ouverte. Le soleil de fin d'après-midi inondait la pièce à travers les fenêtres et j'étais stupéfaite de voir à quel point rien n'avait changé depuis la dernière fois que j'y étais passée. La couette blanche d'Olivia était encore sur son lit *queen size*. Ses ours en peluche encadraient toujours ses oreillers, comme des gardiens. Une bouteille de parfum couleur ambre attendait patiemment sur sa commode et, sur un coup de tête, j'ai attrapé le lourd flacon de verre et l'ai approché de mon nez pour sentir l'odeur douce d'Olivia. Des photos d'elle, de Mischa et de Candace avaient été coincées dans le cadre en bois du miroir de sa coiffeuse. Sur une des photos, on voyait Olivia sourire de toutes ses dents au bras de Pete, et je me suis rendu compte que c'était lors du gala de l'année précédente.

Les piles de vêtements qui traînaient par terre la nuit de l'anniversaire d'Olivia avaient été rangées, et une licorne en peluche, du genre qu'on ne pouvait qu'avoir gagnée à la fête foraine des Journées de Winnebago en éclatant des ballons à coups de fléchettes, était posée sur la chaise à bascule tressée blanche dans le coin de la chambre. Je me tenais au centre de la pièce et j'avais l'impression qu'Olivia s'était juste absentée, et pas qu'elle était morte. Comme si elle pouvait débarquer à n'importe quel moment et me demander ce que je fabriquais là.

Ignorant ma vessie, je me suis permis d'ouvrir le dressing pour jeter un coup d'œil. J'ai vu la robe sans manches couleur coquille d'œuf qu'Olivia avait achetée chez Tart. Elle était dans une housse en plastique, suspendue à la tringle, à plat par-dessus ses vêtements de tous les jours, comme si personne n'avait rien changé au dressing d'Olivia depuis le matin du grand match. J'ai repensé à Maude chez moi, qui fixait le plafond du regard, et j'ai compris pourquoi j'avais l'impression qu'Olivia pourrait me prendre la main dans le sac, là, dans sa chambre, à tout moment. Parce qu'il était probable que son esprit savait parfaitement où j'étais.

— Je suis censée faire quoi maintenant, Olivia ? ai-je demandé tout haut en regardant la pièce silencieusement. Je ne sais pas comment empêcher Candace d'aller en vacances avec son père. Il faut que tu me fasses un genre de signe.

J'ai utilisé sa salle de bains rapidement, sans même prendre le temps d'allumer la lumière. Quand j'ai ouvert le robinet pour me laver les mains, j'ai remarqué que la bouteille de savon liquide à l'odeur de citron qui était là lors de la soirée d'anniversaire avait été remplacée par un petit plat en cristal de savons blancs en forme de cœur. Puis le dilemme : est-ce que je me lavais les mains avec un de ces savons tout neufs encore clairement inutilisés et laissais derrière moi la preuve que j'étais allée dans la chambre d'Olivia, ou est-ce que je ne les lavais pas ? Après deux heures à triturer la terre, à ratisser et arracher de mauvaises herbes, le choix a été vite fait. Sur une impulsion, je me suis rapidement lavé les mains avec un des petits cœurs couleur crème, puis, comme si j'étais coupable d'un crime, j'ai enveloppé le reste du savon dans un mouchoir et l'ai mis dans la poche de mon jean. Je me suis ruée dans l'escalier pour redescendre. Je ne voulais surtout pas qu'un des Richmond m'attrape en train de fouiller dans la chambre d'Olivia. Dehors, M. Richmond avait déjà son moteur allumé, prêt à nous ramener au centre commercial.

Chapitre 14

Plus tard cette nuit-là, une fois que Violet avait déclaré que la journée avait été un succès (vingt-deux premières avaient travaillé pour financer leur voyage au ski et les prévisions météo qui annonçaient de la pluie en fin d'après-midi s'étaient révélées fausses), j'ai accepté qu'Amanda et Mischa me raccompagnent chez moi.

— Je me disais un truc, a déclaré Mischa. Par rapport à ce que tu as commencé à me dire dimanche. Si tu as pu entrer en contact avec Olivia, alors moi aussi j'aimerais lui parler.

J'ai pensé au Ouija dans la cave de Trey et j'ai décidé que ce ne serait pas une si mauvaise idée de la laisser essayer. Après tout, Olivia était plus proche de Mischa que de moi. Peut-être qu'elle arriverait à lui donner des instructions plus claires, même si je ne pouvais pas m'empêcher de me dire que, si c'était le cas, alors pourquoi est-ce qu'Olivia traînait dans ma chambre plutôt que d'emménager chez les Portnoy.

— Est-ce que Trey et moi on peut venir demain soir ? Je dois travailler à la vente de râteaux toute la journée, mais on termine vers 17 heures.

Dimanche soir, Trey et moi avons traversé la ville sous une pluie sinistre avec le jeu dans sa boîte dissimulée dans un sac de courses, pour aller chez les Portnoy. Il a levé les yeux au ciel de façon théâtrale pendant que je parlais au gardien qui surveillait l'entrée du complexe sécurisé dans lequel habitaient Mischa et sa famille.

— Nous sommes ici pour voir les Portnoy, ai-je annoncé. Je m'appelle McKenna Brady.

Le gardien a hoché la tête et a appelé les Portnoy pour avoir la confirmation que nous étions attendus.

— Ils servent à quoi, ces murs tout autour du complexe ? a réfléchi Trey tout haut. Empêcher des gens comme nous, qui n'habitent pas ici, de rentrer ?

J'ai fait un sourire en coin. J'étais d'accord avec lui, mais je ne voulais pas alarmer le gardien. Il y avait peu de criminalité à Willow, donc le but des complexes sécurisés perdait tout son intérêt. L'enceinte était censée représenter une barrière entre les riches à l'intérieur et les moins riches à l'extérieur, comme un rappel physique au reste de la ville que *nous on vit ici, pas vous.*

L'homme nous a permis de passer d'un geste de la main et on est entrés dans la résidence à pied. On a dû longer deux pâtés de maisons, des manoirs immenses aux pelouses impeccables, avant d'atteindre la résidence de brique dans laquelle vivaient les Portnoy. Mischa nous a accueillis devant l'entrée, un énorme pot de glace à la main. Je lui en ai voulu d'avoir une si petite silhouette.

— Venez, on monte dans ma chambre, a-t-elle suggéré. Mes parents sont sortis.

On a grimpé au premier étage, on a passé la chambre d'Amanda et on est allés jusqu'au bout du couloir où se trouvait celle de Mischa, décorée entièrement dans des tons violets, avec un tapis lavande et une couette en velours violet chatoyant sur le lit.

— Vous avez déjà utilisé ce truc ? a-t-elle demandé, sceptique, pendant qu'on s'asseyait sur le sol et que Trey ouvrait la boîte.

— Oui, ai-je admis. Une fois seulement, pour essayer de contacter cette chose qui causait autant de perturbations chez moi. On est quasiment certains que c'est Olivia qui nous a répondu.

Mischa a poussé un grognement suggérant que ma réponse l'avait satisfaite. Il était assez tôt, ce n'était pas encore l'heure du dîner, mais le soleil se couchait déjà, signe que l'hiver approchait à grands pas.

— Est-ce qu'on doit éteindre la lumière ? a demandé Mischa.

Trey a acquiescé, même si on savait que, si Olivia voulait faire remarquer sa présence, ce n'était pas quelques photons d'une ampoule basse consommation qui allaient l'arrêter. Mischa s'est posée entre nous après avoir appuyé sur l'interrupteur et on a tous les trois mis le bout des doigts sur la goutte. Le rayon de lumière orange de la veilleuse en forme de Snoopy branchée près de la tête du lit de Mischa remplissait la chambre. Trey a expliqué qu'on devait bouger la goutte autour de la planche pour l'échauffer et pour encourager l'activité spirituelle.

— Ça va faire peur ? Je dois aller aux toilettes avant ? a demandé Mischa très sérieusement.

— Commence par dire qu'on est à la recherche d'Olivia. Dis aussi que seuls les esprits bienveillants sont bienvenus ici, a expliqué Trey à Mischa.

On entendait dans sa voix que la frivolité de Mischa l'irritait. Je savais pertinemment que, s'il était patient et cordial avec elle, c'était uniquement pour moi.

Mischa m'a regardée pour que je lui confirme qu'elle devait répéter ces mots, alors j'ai hoché la tête pour l'encourager.

— OK, a-t-elle dit en inspirant profondément. Nous invoquons l'esprit d'Olivia Richmond. Seuls les esprits bienveillants sont bienvenus ici.

On est restés tous les trois, à genoux, en silence pendant près d'une minute, les doigts sur la goutte immobile, guettant le moindre mouvement de celle-ci. Mais j'avais déjà la nette impression que nos efforts seraient ignorés par le monde des esprits. Le contexte était totalement inadapté. Il y avait trop de bruits et d'énergie de vie. On entendait le chauffage entrer par les ventilations et un chien aboyer dans la rue. J'entendais la respiration régulière de Mischa et je sentais son impatience.

— Je crois qu'il ne se passe rien, ai-je lancé. Trey, peut-être que tu devrais essayer.

Je voyais bien qu'il se disait la même chose que moi : la maison des Portnoy n'était tout simplement pas le genre d'endroit où on pouvait appeler un esprit. Mais il a joué le jeu et a déclaré d'une voix ferme :

— Nous demandons à parler avec l'esprit d'Olivia Richmond. Seuls les esprits bons et bienveillants sont bienvenus ici.

Nous avons attendu une minute de plus et, sans qu'elle ait dit quoi que ce soit, j'ai senti la patience de Mischa s'épuiser. Enfin, elle s'est penchée en arrière sur ses talons et a croisé ses bras sur sa poitrine.

— C'est trop injuste et c'est totalement nul. Je vous crois même pas quand vous dites que vous avez parlé à Olivia. Et franchement, si vous me mentez, c'est trop naze.

Trey s'est passé la main dans les cheveux. L'agacement que j'avais senti monter en lui depuis qu'on était passés devant le gardien du complexe faisait enfin surface.

— Si, on a communiqué avec Olivia, mais pour que ça marche il faut que tout le monde soit sérieux, ça sert à rien d'avoir des attentes frivoles comme si c'était le scénario d'un film d'horreur qui allait se dérouler, a-t-il dit sèchement. Quand ça marche, il n'y a pas de courant d'air et de porte qui claque, ou de musique flippante ou…

Contre toute attente, avec mon doigt qui était resté seul sur la goutte, celle-ci s'est mise à bouger dans tous les sens. Trey et Mischa se sont immédiatement tus et ont regardé ma main passer d'un coin de la planche à l'autre à toute vitesse. Les mouvements soudains m'ont surprise moi aussi, mais, quand j'ai voulu enlever mon doigt, je n'ai pas pu. Mon doigt était comme fixé à la goutte, esclave de sa volonté.

— Il se passe quoi, là ? a demandé Mischa d'une voix terrorisée. C'est une blague ?

— Non, c'est pas une blague, je peux pas soulever ma main ! ai-je répondu.

La peur dans ma voix l'a convaincue que je ne plaisantais pas. La goutte s'est enfin arrêtée, la pointe sur le S.

— Tu vois ça, Trey ? S.

Mischa s'est penchée en avant, s'apprêtant à placer son doigt sur la goutte, mais Trey lui a attrapé le bras pour l'arrêter.

— Fais pas ça, l'a-t-il avertie.

Après un moment, mes doigts se sont élancés vers le T.

Puis le O.

Et enfin, la goutte s'est arrêtée sur le P.

Mischa a mis sa main sur sa bouche de surprise, ses yeux étaient immenses.

— On essaie de nous dire quoi ?

— D'arrêter quelque chose, a dit Trey sèchement en exprimant l'évidence.

— Mais arrêter quoi ? s'est exclamée Mischa, qui enfonçait ses ongles dans mon épaule droite. Arrêter de jouer avec ce jeu ? Arrêter Candace pour qu'elle n'aille pas à Hawaii ? Arrêter de tenter de joindre Olivia ? Arrêter de se préoccuper de Violet ?

Mais la goutte n'a rien précisé. Elle a entraîné ma main pendant qu'on la regardait en silence épeler le mot M-A-I-N-T-E-N-A-N-T.

— Qu'est-ce que ça veut dire ? Arrêter quoi maintenant ? a crié Mischa.

— Est-ce que c'est Olivia ? Est-ce qu'on parle avec Olivia ? ai-je demandé au jeu d'une voix désespérée.

La goutte s'est arrêtée sur le *Non* de façon inquiétante.

***

Une heure plus tard, après avoir rangé la planche Ouija, nous mangions des tortillas réchauffées au micro-ondes dans la cuisine des Portnoy. Mischa était furieuse que je sois la seule à avoir pu entrer en contact avec un esprit.

— C'est pas juste ! On a tous essayé. T'as quoi de si spécial qui fait qu'ils veulent tous te parler à toi ?

J'ai continué à mâcher en haussant les épaules. Je n'avais pas de réponse pour elle. Ça ne me réconfortait pas vraiment que le monde des esprits m'ait choisie comme heureux récepteur de ses messages pour la soirée. Surtout que l'esprit qui nous avait contactés ce soir-là n'était pas Olivia, ce qui voulait dire qu'il y avait d'autres esprits impliqués qui, d'une façon ou d'une autre, me connaissaient.

— C'est peut-être à cause de… tu vois ? a lancé Mischa, les yeux immenses et le front plissé comme si je devais savoir précisément ce qu'elle insinuait.

Elle a vu à mon expression que je ne comprenais rien.

— Ta sœur. Peut-être qu'elle fait le lien entre nous et eux. C'était peut-être elle juste avant, qui nous disait d'arrêter. On aurait dû demander.

Trey s'est raclé la gorge, suggérant discrètement à Mischa de se taire.

— Ma sœur est morte depuis longtemps, ai-je expliqué. Et je n'ai jamais eu de trucs avec des fantômes avant cette année. Et, si Jennie trouvait un moyen d'entrer en contact avec moi, j'espère que ce serait pour parler d'autre chose que du petit jeu de Violet Simmons.

Cette nuit-là, j'étais allongée dans le lit de Trey, fixant le plafond du regard, incapable de dormir. Pourquoi Jennie ne s'était-elle jamais manifestée à moi ? Si ça n'avait pas été trop compliqué ou difficile à faire pour Olivia, alors pourquoi est-ce que Jennie n'avait pas réussi à le faire ?

Chapitre 15

Lundi matin, M. Dean m'a serré la main et m'a assuré avec enthousiasme que ma vente de râteaux avait été un immense succès et un brillant exemple du genre d'ingéniosité qu'il avait passé vingt et un ans de carrière à attendre. Son beau compliment s'est terni avant même que je regagne mon siège. J'étais lamentablement préparée pour les examens de milieu de trimestre et j'en étais bien consciente. Même la promesse d'un voyage au ski en janvier ne suffisait pas à canaliser mes pensées pendant les cours quand j'étais censée être concentrée. Tous les élèves avaient l'air pleins d'énergie cette semaine : vendredi, le carnaval annuel des Journées de Winnebago allait débuter à l'ouest de la ville près du lac, et les terminales rôderaient dans la foule en marquant les secondes d'un S au rouge à lèvres sur le front en guise d'initiation au lycée. Chaque année, le carnaval apportait sa petite vague de délits étranges et la musique rock qui explosait depuis les attractions portait jusqu'aux plaines de notre ville sur des kilomètres. Chaque année, j'entendais les impros de Def Leppard de loin pendant que j'essayais de m'endormir dans ma chambre. Ma mère n'était pas fan des Journées de Winnebago. Pour elle, c'était rien d'autre que trois jours insupportables de vulgarité et de déchets qui se déversaient chaque année sur notre ville.

— Et si on lui cassait les jambes ?

Mischa réfléchissait tout haut dans le stade en cours de sport pendant qu'on marchait pour faire nos tours de piste. On portait nos vestes d'automne par-dessus nos tenues de sport. Nos regards ont suivi Violet qui courait à l'opposé de la piste avec Tracy, qui avait du mal à la suivre.

— Les jambes de Violet ? Mais ça servirait à quoi ?

— Non, pas les jambes de Violet. Celles de Candace.

Je me suis arrêtée net en secouant la tête, incrédule.

— Mais de quoi tu parles ? Tu proposes quoi au juste ? Qu'on frappe Candace à coups de batte de base-ball ? Pourquoi est-ce qu'on irait lui casser les jambes ?

Mischa a haussé les épaules :

— Ben, si elle est dans le plâtre, elle ne pourra pas aller dans l'eau. On ne peut sans doute pas l'empêcher d'aller à Hawaii, mais on peut faire quelque chose pour l'empêcher de nager.

J'ai recommencé à marcher quand j'ai remarqué que la coach nous regardait de loin, son bloc à pince à la main, près des doubles portes qui menaient à la salle de muscu.

— T'as perdu la tête ou quoi ? Je veux pas être virée du lycée ou, pire encore, aller en prison.

Après le cours de sport, la coach est passée devant moi dans les vestiaires et a aboyé :

— Brady ! Dans mon bureau une fois changée. Il faut qu'on ait une petite conversation.

Violet, qui se changeait près de moi, m'a lancé un regard plein d'inquiétude. Mme Stirling convoquait rarement dans son bureau et en général ce n'était pas bon signe. Je n'arrivais même pas à deviner ce qu'elle avait à me dire. Je n'avais jamais montré d'aptitudes athlétiques particulières et je faisais mon possible pour ne pas attirer l'attention sur moi.

— Bonjour, ai-je dit en frappant légèrement à la porte de son bureau.

Elle était assise à sa table et regardait une chaîne de sport en ligne qui diffusait un match de basket. Elle s'est retournée au son de ma voix et a refermé son ordinateur portable.

— McKenna, qu'est-ce qui se passe ?

Elle avait l'air inquiète, or je ne voyais pas vraiment ce qui pouvait lui faire penser qu'il se passait quoi que ce soit.

— Je ne suis pas sûre de vous suivre, coach, ai-je répondu en toute innocence. Il ne se passe rien de particulier.

Elle a roulé en arrière avec son siège de bureau et a croisé les jambes.

— McKenna, le fait que tu as perdu énormément de poids cet été n'est pas passé inaperçu. Soit, je te félicite d'avoir fait des efforts pour retrouver une bonne forme physique, mais je dois te dire qu'il ne faut pas exagérer. Ton jean te tombe des hanches et tu as des cernes sous les yeux. Je vais prendre rendez-vous pour toi auprès de l'infirmière cet après-midi pour qu'elle surveille ton poids.

Mme Stirling a roulé vers son bureau et a commencé à m'écrire une note sur un papier rose.

— Mais je n'essaie plus de perdre du poids, ai-je précisé. Je mange beaucoup, je vous jure, c'est juste que je suis pas mal stressée en ce moment.

La coach m'a tendu le papier rose et m'a regardée longuement.

— Nous n'avons pas pour habitude de balayer d'un revers de la main les troubles alimentaires, McKenna. Va voir Mme Lindvall après tes cours. Elle t'attendra.

À mon plus grand agacement, l'infirmière du lycée m'a obligée à subir un sermon de vingt minutes sur la pyramide alimentaire et une description fausse de la façon dont le corps humain convertit les aliments en énergie. Ça ne servait à rien que je lui dise que je mangeais à ma faim mais que je perdais sans doute du poids parce que je passais mes nuits soit à dormir sur le sofa, soit à rester éveillée dans le lit de mon voisin pour éviter les esprits maléfiques. Elle m'a demandé de revenir tous les vendredis matin avant le début des cours jusqu'à la fin du trimestre pour me faire peser. Cette fois, je ne pensais pas que Violet avait joué un rôle dans cette histoire. La coach avait raison : même si je ne suivais plus le régime que j'avais fait tout l'été, j'avais dû resserrer ma ceinture d'un cran par rapport à septembre, et je devais bien admettre que mes joues devenaient un peu creuses. Au fur et à mesure que la semaine a progressé, j'ai commencé à avoir des cauchemars atroces de plages et d'Hawaii. Impossible de savoir si c'était Olivia qui m'inspirait ces rêves ou si mon propre subconscient faisait des heures sup. Quand j'ouvrais les yeux le matin et que je me tournais pour regarder par la fenêtre en direction de la maison de Trey, je le voyais souvent déjà levé, debout en train de me guetter. Une musique de ukulélé que j'étais sûre de ne jamais avoir entendue avant dans ma vie est apparue dans mes rêves puis dans ma tête en permanence. La musique détonait dans ma tête et rugissait dans mes tympans, ce qui rendait impossible toute tentative de concentration les jours de révision avant les examens, et elle s'est mise à résonner encore plus fort jeudi et vendredi, quand je me suis assise devant un écran d'ordinateur dans la salle de classe, les yeux vides et la mâchoire ouverte, face aux tests que je n'arrivais pas à terminer.

Pendant mon examen d'espagnol, j'ai senti le poids d'une main sur mon épaule. C'était ma prof, Mme Gomez, qui regardait mon écran. Quarante minutes s'étaient écoulées depuis le début du test et je n'avais répondu qu'aux cinq premières questions.

— Est-ce que tout va bien, McKenna ? m'a-t-elle demandé à voix basse pour ne pas perturber les autres élèves qui se concentraient.

— J'ai mal à la tête, ai-je réussi à bafouiller entre deux accords de ukulélé qui sonnaient au point de me faire siffler les oreilles et de brouiller ma vision.

— Va voir l'infirmière, m'a intimée Mme Gomez.

Et c'est ainsi que je me suis retrouvée chez l'infirmière pour la seconde fois cette semaine, étendue sur le lit inconfortable. J'essayais de noyer la musique imaginaire dans ma tête avec de l'ibuprofène tout en regardant fixement le plafond blanc. J'avais du mal à me concentrer sur quoi que ce soit, mais cette sensation fumeuse d'avoir raté mes examens se refermait sur moi. Malgré ça, je commencerais à m'inquiéter de cet échec et d'avoir des notes en baisse sur le trimestre la semaine suivante, après les Journées de Winnebago, quand Candace serait montée dans son avion avec son père et ses deux demi-frères en direction d'Hawaii. Je pourrais me préoccuper de ma moyenne une fois que Candace serait rentrée chez sa mère à Willow en toute sécurité. Je n'ai pas parlé de mes performances aux examens à ma mère après l'école pour ne pas lui donner d'autres raisons de s'inquiéter pour moi.

Vendredi soir, je suis allée faire un tour au carnaval des Journées de Winnebago avec Trey ; on se tenait dans les bras l'un de l'autre. Les hurlements de l'attraction Tilt-o-Whirl – un genre de bras mécanique géant qui fait tourner dans tous les sens les nacelles disposées à sa base –, la musique à fond et l'odeur de popcorn étaient une explosion pour les sens, et ça m'allait très bien parce que ça me distrayait de ce que j'appréhendais pour les jours à venir.

— Je crois que par sécurité il vaudrait mieux qu'on évite toutes les attractions, a déclaré Trey quand on s'est arrêtés devant la grande roue bancale, alors qu'on hésitait avant de se mettre dans la file pour récupérer des billets.

On a vu Violet rentrer dans une des gondoles avec Pete. Elle portait un jean rouge vif et une veste en cuir blanc qui avait l'air flambant neuve, et ses longs cheveux noirs lisses s'étalaient sur son dos. Jeff et Melissa sont montés avec eux et un forain tatoué a fermé leur porte avant que la grande roue tourne légèrement pour remplir la gondole suivante. Ils avaient l'air du parfait groupe de lycéens populaires, sans le moindre souci. Parmi ceux dans la queue qui les observaient, seuls Trey et moi savions que c'était un meurtre complexe qui les avait rapprochés.

Dans une petite ville comme Willow, pendant un événement de l'ampleur des Journées de Winnebago, on était sûr et certain de croiser à peu près tous les habitants. On a ainsi vu Mischa et Matt qui faisaient la queue pour monter dans une petite attraction de montagnes russes qui s'appelait le Zipper. J'ai salué Mischa, mais on ne s'est pas arrêtés pour leur parler ; les carnavals étaient faits pour les couples et Trey et moi étions dans notre petit monde silencieux. On a vu le proviseur à un des stands de jeux : il tentait de lancer une pièce de monnaie dans un bocal en verre afin de gagner un lion en peluche pour sa fille. On a croisé et ignoré Tracy et Michael, qui s'embrassaient à une table près du grill où on pouvait commander des hotdogs et des hamburgers, ainsi que le coach, M. Highland, sa femme et ses enfants qui se balançaient au son de la musique près de la scène montée pour la venue des Norwegian Wood, un groupe qui faisait des reprises des Beatles.

On est passés plusieurs fois devant le petit stand organisé pour la collecte de fonds des premières. Hailey West et Paul Freeman dessinaient des caricatures contre une petite somme pour financer leur voyage au ski. Le soir suivant, Nicole Blumenthal et un groupe d'autres premières vendraient des donuts au cidre qu'ils avaient préparés pendant l'atelier de cuisine à l'école. Je savais que j'aurais dû être ravie de voir Hailey et Paul si occupés avec leurs clients, mais j'avais l'impression que mes obligations au conseil des élèves me prenaient trop de temps et je n'avais pas vraiment envie de gérer ce week-end. J'étais soulagée que le stand soit trop petit pour que je puisse me mettre derrière et superviser les opérations. Près d'une table où l'association des parents d'élèves vendait des tickets de tombola dont les lots gagnants allaient de couvertures cousues à la main à des bons pour aller au salon de beauté, j'ai vu Henry Richmond qui fixait des yeux la grande roue, et regardait plus particulièrement Pete et Violet flirter et glousser dans le ciel sombre. Impossible d'imaginer ce qui lui traversait l'esprit, et ce que ça lui faisait de voir le petit ami chéri de sa sœur morte déjà à l'œuvre pour se trouver une nouvelle copine, même pas un mois après qu'on avait creusé la tombe d'Olivia. Je n'étais pas sûre que Trey avait vu ce que je voyais, ni si je voulais qu'il le voie ou pas, mais l'expression de douleur sur le visage d'Henry m'a frappée comme une claque.

— Tu veux que je gagne un miroir avec le portrait d'Elvis dessus pour toi ? a proposé Trey en blaguant pendant qu'on passait devant un stand de fléchettes où on pouvait gagner des miroirs décorés en éclatant des ballons.

On avait plutôt la déprime, on était silencieux et maussades, et je l'adorais pour ses tentatives afin de me changer les idées.

— Non, ai-je refusé, ce serait juste encore un truc fragile que les fantômes pourraient casser dans ma chambre.

Trey m'a tirée vers lui du bras qui m'entourait les épaules et m'a embrassée sur le front.

— Tu sais, il est possible que tout se passe bien. Que la mort d'Olivia n'ait été qu'une coïncidence de malade et que Candace rentre le week-end prochain en toute sécurité.

Je voulais qu'il dise vrai, sincèrement. Mais il avait été dans cette voiture avec Olivia. Et il avait entendu ses derniers mots.

— Je sais que tu ne crois pas vraiment à ce que tu dis, ai-je répondu en lui serrant la main.

Quand on a fait la queue pour prendre de la barbe à papa, Violet m'a tapoté l'épaule de derrière pour me dire bonjour. J'avais une irrésistible envie de la défier. Sinon pour Candace, alors pour Henry.

— C'est trop bien, ce carnaval ! a-t-elle gazouillé.

Pete, qui était à côté d'elle, a souri de son beau sourire habituel.

Il m'a fallu une seconde pour me souvenir que Violet venait d'une grosse ville et qu'elle n'était sans doute jamais allée à un carnaval itinérant de petite bourgade de toute sa vie.

— Profites-en, c'est le seul événement de l'année, ai-je grommelé.

Je n'étais vraiment pas fan du côté vulgaire du carnaval. Je n'avais pas tellement envie d'y aller ce soir-là, mais c'était impossible d'éviter les Journées de Winnebago, et il fallait de toute façon que je fasse un tour au stand une fois par jour au moins.

— Vous êtes montés sur la grande roue ? C'est hallucinant ! On voit même les lumières d'Ortonville d'en haut !

J'ai tenté de forcer un sourire. J'avais réussi à être polie, parfois même amicale envers Violet depuis le gala. Parfois je m'étais même surprise à l'apprécier.

— On va peut-être y aller plus tard. J'ai un peu peur des attractions de ce carnaval. Chaque année, il y a au moins une panne et un genre de crise à gérer.

Violet s'est tournée vers Pete pour en avoir la confirmation et il a haussé les épaules en acquiesçant. Elle lui a lancé une petite tape pour jouer.

— Pete ! Tu ne m'as rien dit quand on est montés sur la grande roue !

— Mais c'est sûr la plupart du temps ! a-t-il insisté.

On est arrivés devant l'homme qui vendait la barbe à papa et Trey a ouvert son portefeuille pour nous acheter à chacun une boule de sucre bouffante bleu clair.

Le ravissement de Violet devant le carnaval me troublait et me donnait envie de lui crier dessus pour lui dire qu'elle n'avait aucun droit de s'amuser, d'apprécier la vie si peu de temps après la mort d'Olivia, et alors que Candace se dirigeait tout droit vers un lieu qui correspondait à sa mort prophétisée.

— Tu savais que Candace partait pour Hawaii demain avec son père ? ai-je mentionné l'air de rien, les yeux plongés dans ceux de Violet.

Elle a levé un sourcil, mais sans suggérer qu'elle comprenait ce que j'insinuais.

— Oui, je l'ai entendu dire. Espérons qu'elle pourra se reposer, elle en a bien besoin. Et j'avoue que je suis un peu jalouse. Il commence à faire froid et ça me dérangerait pas de partir une semaine sous les tropiques, a-t-elle répondu joyeusement.

Je lui ai lancé un regard noir en secouant la tête. Mischa avait raison, elle était tout simplement sans cœur. Son ambivalence au sujet de la vie de Candace a allumé en moi une rage que je réprimais jusqu'alors, soit parce que j'espérais naïvement que Violet n'avait pas véritablement joué de rôle dans la mort d'Olivia, soit parce que j'avais peur de son pouvoir. Mais, en la défiant comme je venais de le faire dans la queue, j'ai remarqué, pendant que Pete payait pour la barbe à papa, que Violet n'arrivait pas à regarder Trey dans les yeux. Je me suis encore une fois demandé si elle avait su que ce serait Trey qui conduirait la voiture dans laquelle Olivia allait mourir et, si oui, pourquoi elle ne l'avait pas prévenu. Ou pourquoi elle ne nous avait rien dit à nous, quand elle avait raconté l'histoire d'Olivia.

J'avais tenu la promesse solennelle que je m'étais faite d'être plus sympa envers Erica, Kelly et Cheryl depuis qu'Erica nous avait sauvé la mise le week-end précédent avec ses sacs-poubelle, et Trey et moi avions accepté d'aller avec elles au Bobby's pour acheter des milkshakes avant de rentrer chez nous. Elles n'arrêtaient pas de glousser et étaient particulièrement nerveuses, sans doute parce qu'elles étaient avec un garçon de terminale. Trey était beaucoup plus sympa avec elles qu'avec Mischa, et je lui en étais vraiment reconnaissante.

***

Lundi, après l'école, ma mère m'attendait les bras croisés sur la poitrine.

— Assieds-toi, a-t-elle exigé lorsque je suis rentrée dans la cuisine, en pointant du doigt une chaise.

Sans surprise, j'avais raté mon examen d'espagnol, ainsi que (et ça, c'était plus surprenant) ceux de maths et de chimie. J'avais eu un C en anglais, ce dont j'étais secrètement un peu contente parce que je n'avais pas pris la peine de finir de lire *L'Iliade.* Peut-être que j'en avais juste lu plus que beaucoup d'autres élèves pour avoir réussi à obtenir un C. Mais mes notes étaient à l'opposé de celles de toute ma scolarité passée. J'avais toujours eu des A auparavant.

— Ben, en fait, j'ai eu super mal à la tête pendant l'examen d'espagnol et Mme Gomez m'a envoyée voir l'infirmière, me suis-je justifiée d'un ton nerveux en me rongeant les ongles. Elle m'a dit aujourd'hui en cours que je pouvais le repasser.

— Évidemment que tu vas le repasser. M. Bobek m'a appelée cet après-midi pour me dire que tous tes profs s'inquiétaient pour toi. Il s'agit de ton année de première, McKenna. Dans un an à la même époque, tu auras déjà envoyé tes dossiers d'inscription à l'université. Ce n'est pas le moment de laisser tes notes chuter.

J'ai écouté patiemment ma mère continuer un moment sur le poids que représentaient les coûts universitaires pour elle, sur le fait que je devrais obtenir une bourse et qu'elle m'en voulait que mon amaigrissement entraîne une suspicion injuste de la part des profs à l'école sur ses capacités parentales.

— Donc explique-moi, McKenna. On fait quoi ? a-t-elle demandé en me dévisageant, les bras tendus et les mains à plat sur la table de la cuisine. Est-ce que je dois te placer dans un programme de réadaptation pour que tu réapprennes à manger ? Est-ce que je t'envoie chez un psy une fois par semaine ?

J'ai baissé les yeux. La seule réponse qui m'est soudain venue me paraissait si parfaite que j'ai laissé échapper :

— Le père de Candace Cotton l'emmène à Hawaii parce qu'elle a trop de mal à gérer la mort d'Olivia. Je crois qu'un changement d'air me ferait pas de mal...

— Je suis parfaitement d'accord avec toi là-dessus, a coupé ma mère pour m'empêcher de demander la permission d'accompagner Candace afin de garder un œil sur elle. Il est temps que ton père fasse son travail et joue un rôle plus important dans ta vie. Combien de fois t'ai-je demandé comment ça allait ce trimestre ? Tu fais des cachotteries à propos de tes amis, de ce que vous trafiquez tous les jours après l'école, Trey et toi, de la raison pour laquelle tu dors ici sur le sofa presque toutes les nuits. J'ai déjà parlé à ton père et, cette année, tu vas passer la semaine de Thanksgiving avec lui et Rhonda.

J'ai fait la grimace. Passer toute une semaine loin de Trey dans moins d'un mois me paraissait impossible à surmonter. J'ai dû résister à l'envie de lui dire sèchement ma façon de penser quant au fait qu'elle fouillait dans ma chambre, mais je me suis retenue vu que ça ne l'aurait rendue que plus méfiante. Elle se serait demandé comment je savais ça alors que j'étais à des kilomètres.

— D'accord, ai-je répondu d'une voix faible.

— Ton père attend un appel de toi ce soir. Il est chez lui si tu veux l'appeler maintenant, m'a informée ma mère.

J'ai téléphoné à mon père depuis mon portable parce que je ne voulais pas que ma mère écoute notre conversation. Dans ma chambre, pendant l'appel, j'ai préféré laisser la porte entrouverte parce que j'avais peur qu'il se passe des trucs dans la pièce si je la fermais complètement.

— Alors c'est quoi cette histoire d'examens ratés, McKenna ? a-t-il demandé. Ta mère m'a dit que tu avais foiré tes examens de milieu de trimestre et que ta prof de gym pense que tu as un trouble alimentaire.

Derrière lui, j'entendais le cri des mouettes et des discussions distantes. Il était sans doute avec Rhonda allongé sur une plage en train de regarder le soleil couchant, ou en train de se détendre sur leur bateau avec leur voisin. J'avais du mal à me souvenir du temps où mon père vivait avec nous, avant de partir pour la Floride. Les années avaient passé et je ne pouvais plus imaginer comment ce serait s'il était à Willow, en train de bricoler dans le garage, plutôt qu'à des kilomètres d'ici.

— J'en sais rien, ai-je marmonné.

C'était sans doute la chose la plus honnête à dire. Je ne savais pas. Je ne savais pas si Candace allait vivre, je ne savais pas pourquoi la lettre V s'était formée dans le garage avec le tableau lumineux magique, je ne savais pas en quoi Arthur Fitzpatrick et le testament du grand-père de Violet avaient un quelconque rapport avec le jeu auquel on avait joué à l'anniversaire d'Olivia et je ne savais pas pourquoi Violet n'avait pas pu prédire ma mort.

— Lorsque Rhonda t'a parlé de calories et de ton métabolisme, elle n'avait pas l'intention de générer une obsession malsaine chez toi. Parle-moi franchement, McKenna. Est-ce que tu as des soucis ?

— Aucun souci avec la nourriture, l'ai-je rassuré. J'ai du mal à dormir. Mais pas de souci côté nourriture.

— Alors c'est quoi ? C'est toutes ces choses que tu réalises pour le conseil des élèves qui te donnent trop de travail ? Ou alors ce garçon qui vit à côté qui te met la pression pour faire des choses pour lesquelles tu n'es pas encore prête ?

— Non mais arrête, papa ! Trey ne me met pas du tout la pression !

On a parlé près de quarante minutes, mais je n'arrivais toujours pas à trouver les mots pour lui dire ce qui se passait dans ma vie. Il m'a demandé si j'avais apprécié les Journées de Winnebago, ce qui m'a surprise. Je ne m'attendais pas à ce qu'il se rappelle cet événement annuel. Peut-être qu'il n'avait pas effacé autant de souvenirs de sa vie à Willow que je le pensais. Il m'a raconté qu'il m'avait acheté un billet d'avion qui partirait du Wisconsin le samedi précédant Thanksgiving et que je passerais neuf jours entiers à Tampa. Rhonda voulait qu'on aille à Key West pendant mon séjour et qu'on fasse une expédition dans les marécages pour voir des alligators. J'ai regardé par la fenêtre où l'air automnal du soir attrapait les feuilles mortes et les éparpillait dans l'allée des Emory en les faisant tourbillonner comme des mini-tornades. C'était difficile de m'imaginer en débardeur lors d'une sortie en bateau dans un marécage chaud d'ici quatre semaines.

Mercredi matin, le lycée ne parlait que d'une chose : non seulement Violet avait fait un essai et avait été intégrée à l'équipe des pom-pom girls, notre version locale des cheerleaders pour l'équipe de basket, mais la fille qui avait été capitaine de l'équipe des premières pendant qu'on était en seconde, Hailey West, n'avait même pas été acceptée dans celle de cette année. Mischa et moi avons échangé des regards excédés dans le couloir. On n'avait même pas besoin de prononcer un mot sur le sujet pour savoir qu'on pensait la même chose.

Je ne relâcherai pas mes efforts tant que ce qui appartient à ma famille ne sera pas restitué à ses propriétaires de plein droit. Pendant le cours de maths niveau 1, j'ai repensé à la promesse que la grand-mère de Violet avait faite de ne jamais abandonner tant que tout ce qui appartenait à la famille Simmons ne lui serait pas rendu. L'année de première de Violet se passait de façon parfaite. Qu'est-ce qu'elle voulait donc de plus ? Je me le demandais bien. Elle ne pouvait pas envier Candace pour quoi que ce soit, donc je n'arrivais pas à saisir ce que Violet gagnerait si celle-ci mourait.

Vendredi après les cours, Amanda et Mischa ont séché leur entraînement de gymnastique pour nous emmener, Candace et moi, au Bobby's manger des frites et boire des milkshakes. On s'est assises dans un box en observant Candace de près tandis qu'elle dévorait ses frites.

— On va faire un tour de volcan, a-t-elle annoncé de sa voix rauque et bruyante. Sur Big Island, la plus grande île d'Hawaii. On va aller sur une plage de sable noir, et de là on voit les jets de vapeur du Parc national des volcans.

— C'est génial, les volcans, l'a encouragée Mischa. Plus de volcans et moins de plages.

Candace a plongé une autre frite dans le godet en plastique rempli de mayonnaise et l'a engouffrée.

— Ben, mon père voudrait aussi nous emmener faire du snorkeling près de notre hôtel, apparemment c'est un des meilleurs sites au monde. Il va se renseigner sur les cours qui existent pendant qu'on est là-bas. Il m'a envoyé au moins un million de sites web à regarder.

— Candace, ai-je commencé calmement, s'il te plaît, ne t'approche pas de l'eau. Je sais que tu as parlé à un psychiatre de tout ce qui est arrivé à Olivia, mais tu n'es pas la seule à penser que ce que Violet a dit se réalise. Par pitié, écoute-nous et fais gaffe.

— Rooooh ! s'est exclamée Candace en grimaçant d'un air théâtral.

— Promets, a insisté Mischa. Promets que tu ne t'approcheras pas de l'eau.

— Bon, OK, voilà je promets.

Mais on savait qu'elle ne nous prenait pas au sérieux. Candace ne prenait plus jamais rien au sérieux. Ça faisait même un certain temps qu'elle ne parlait plus d'Isaac Johnston, qu'elle avait totalement fait flipper au gala. Il avait décidé qu'elle était folle et que c'était sans espoir peu après qu'elle était sortie de l'hôpital, alors qu'elle parlait sans cesse de Violet, d'esprits et de vengeance. Candace avait dû avoir le cœur brisé par leur séparation, mais elle était passée d'un état de torpeur hallucinant avec ses anxiolytiques à un état de transe totale par rapport à son voyage à Hawaii, du coup elle n'avait quasiment pas mentionné Isaac.

On a raccompagné Candace chez elle. Sur le chemin, on a essayé de faire des suggestions de choses positives sur sa vie à Willow auxquelles elle pourrait réfléchir à Hawaii. C'était censé lui montrer que sa vie valait la peine d'être vécue, même si ça faisait vraiment insistant. Les auditions pour la pièce de théâtre de l'école qui serait donnée en représentation à la fin de l'hiver auraient lieu en novembre, et le club de théâtre avait choisi la comédie musicale *Mame*. Candace avait une voix impressionnante et aurait facilement obtenu le rôle principal si elle s'était donné la peine de répéter un peu, mais, lorsqu'on lui a parlé des auditions, elle n'a pas eu l'air intéressée. Son dix-septième anniversaire tombait en décembre, et Mischa a fait des propositions pour sa fête, mais Candace ne s'enthousiasmait pas à cette perspective, qui était trop loin pour qu'elle y réfléchisse.

On est restées quelques minutes à ne rien faire dans l'allée de sa maison après l'avoir regardée rentrer chez elle. Ni Mischa ni moi n'avons dit un mot, mais je savais exactement ce qu'elle pensait : cette image de Candace dans son pantalon rose en velours côtelé se dirigeant vers la porte principale de chez elle, ses cheveux blonds flottant dans la brise, était peut-être bien la toute dernière qu'on aurait jamais d'elle. On se demandait toutes les deux s'il y avait autre chose qu'on pouvait faire, qu'on devait faire, pour lui signifier plus clairement notre inquiétude par rapport à ce voyage.

— Vous êtes prêtes, les filles ? a demandé Amanda patiemment.

Mischa a secoué la tête, les yeux remplis de larmes. J'ai remarqué que Julia tirait un rideau à l'étage dans la maison et qu'elle nous regardait tandis qu'on traînait dans la voiture. Ses cheveux noirs formaient un contraste étonnant avec le rideau blanc qui encadrait la fenêtre. Le père de Candace viendrait la récupérer le lendemain matin pour l'emmener directement à l'aéroport de Green Bay. On ne la verrait pas pendant huit jours. J'ai repensé à la description gore qu'avait donnée Violet du corps de Candace une fois qu'il serait retrouvé et j'ai frissonné. J'espérais de toute mon âme que Violet se trompait sur Candace, ou en tout cas sur le fait qu'elle allait mourir à cet âge-ci pendant ce voyage précis.

Samedi soir, j'étais assise dans le séjour devant la télé avec *L'Iliade* sur les genoux quand j'ai reçu un texto de Candace. Elle venait d'atterrir à Honolulu et attendait sa correspondance pour aller jusqu'à Kona. Elle m'envoyait aussi une photo qu'elle avait prise avec son portable. Le soleil commençait à se coucher à Hawaii et on voyait les couleurs roses et corail du ciel au-dessus des palmiers. Il faisait déjà nuit dans le Wisconsin depuis plusieurs heures. Je me suis contentée de répondre : *Ne t'approche pas de la mer.*

Lundi, j'ai décliné l'offre de Violet d'aller chez elle après les cours pour regarder la télé et préparer des cookies. J'ai donné comme excuse que j'étais punie jusqu'à ce que mes notes remontent, ce qui n'était pas un mensonge total. Sa déception était palpable, mais je ne m'en voulais absolument pas. Je savais que tout ce qu'elle voulait, c'était s'entendre parler de sa nouvelle histoire avec Pete et de son uniforme de pom-pom girl. Je me suis dit que son invitation tombait à un moment bizarre, et que c'était peut-être une tactique pour me mettre le grappin dessus pendant que Candace était partie. Je me suis souvenue de mes premières impressions sur Violet en septembre, au début de l'année scolaire : elle avait l'air si peu sûre d'elle-même, si docile, et elle avait ce tic nerveux d'enrouler ses longs cheveux noirs autour de ses doigts. Est-ce que c'était de la comédie ? Est-ce qu'elle avait fait exprès pour tenter de nous convaincre qu'elle était timide et réservée afin de gagner notre confiance ?

Mischa et moi avons déjeuné ensemble dans une sorte de silence solennel.

Les groupes de table à la cafétéria ont fusionné cette semaine-là. Puisque Violet avait le nouveau statut de petite amie de Pete, elle pouvait le rejoindre à la table autrefois dirigée par Olivia. Mardi, c'est elle et Tracy qui ont bougé, en apportant leur plateau sans aucune explication ni excuse. Mischa, qui avait au moins le bon sens de se rendre compte que, si elle mettait Violet en colère, ça pourrait placer Candace dans une situation encore plus dangereuse, a glissé de l'autre côté de la table avec Matt pour être le plus loin possible d'elle sans avoir à aller s'asseoir ailleurs. Même Matt, qui était plutôt calme et posé, a soulevé un sourcil mercredi lorsque Michael a quitté sa table de geeks pour rejoindre Tracy à celle des élèves populaires de l'école.

Pendant les cours, mon portable et celui de Mischa vibraient au même moment, signalant des messages insouciants de Candace qu'elle nous envoyait à toutes les deux. On recevait des photos et des messages sur la nourriture qui était servie au buffet du petit-déjeuner à l'hôtel et au *luau*, la célébration hawaiienne à laquelle sa famille s'était rendue pendant leur deuxième soir sur Big Island. Elle a envoyé des photos d'assiettes remplies de saumon *lomi lomi*, de porc *kalua*, de tranches d'ananas frais et de salade de pâtes. Il y avait des photos de danseurs en jupes d'herbe et du *lei* violet, le collier traditionnel de fleurs hawaiien, abandonné sur la commode de sa chambre d'hôtel après une nuit de folie. Mardi, c'étaient des photos de ses demi-frères qui marchaient manifestement d'un pas lourd sur la lave séchée dans le Parc national des volcans.

Et puis, mercredi, les textos se sont brusquement arrêtés.

Tu fais quoi aujourd'hui ? ai-je textoté à Candace nerveusement jeudi matin en me réveillant.

Aucune réponse avant que Trey et moi ne prenions le chemin du lycée.

Je savais que j'étais parano et que c'était idiot, mais mon cœur faisait des bonds irréguliers tellement j'avais peur. La réalité s'est déformée jeudi, et s'est mise à se dérouler dans un espace-temps totalement anormal : parfois le temps ralentissait, parfois il accélérait. J'avais le sentiment inébranlable qu'il était en train de se passer exactement ce que Mischa et moi redoutions, mais, comme on n'avait pas de nouvelles de Candace, on n'avait aucun moyen de savoir. Peut-être que la batterie de son portable était à plat, peut-être que le réseau fonctionnait mal, peut-être qu'elle avait décidé qu'elle s'amusait trop pour rester en contact avec nous. Quoi qu'il en soit, exactement comme la nuit où Olivia était morte, j'étais incapable de me concentrer sur autre chose que ma sensation irrépressible que des événements étaient en train de se passer et que j'étais loin de les contrôler.

Le temps de m'asseoir dans le hall pour les annonces du matin, je me suis rendu compte que la musique de ukulélé qui me tourmentait depuis deux semaines s'était curieusement tue. J'avais fini par m'habituer à l'ignorer, du coup je me suis surprise en train de la chercher avant de comprendre que je ne l'entendais plus. J'étais incroyablement soulagée qu'elle se soit enfin arrêtée, comme quand on pose un livre lourd après l'avoir porté sur le chemin du lycée, mais je m'inquiétais quand même. La disparition de cette musique pouvait signifier plein de choses, mais pour moi, ce que ça disait avant tout, c'est que j'avais perdu le contact avec Candace.

Quand j'ai croisé Violet pour la première fois ce jour-là dans le couloir, elle m'a souri tristement avant de me saluer, et je me suis demandé si elle avait une quelconque idée de ce que Candace traversait en ce moment même. Elle portait un magnifique pull à col roulé en cachemire gris sur une jupe noire avec des détails en cuir qui lui donnait un look encore plus punk rock qu'elle ne l'était déjà. On ne trouvait pas de vêtements pareils dans les centres commerciaux proches de Willow. Ses parents avaient dû commander des tenues sympas pour elle en ligne. Pendant le cours de gym, Violet m'a choisie en premier pour jouer dans son équipe de volley et elle a tiré gentiment sur ma queue-de-cheval.

— Tes cheveux sont vraiment super jolis depuis quelque temps, m'a-t-elle complimentée. Ils foncent un peu maintenant que c'est l'automne.

— Merci, ai-je marmonné.

Je ne voulais pas me permettre d'apprécier sa flatterie.

Elle m'a souri faiblement. Pendant une seconde, elle a semblé hésiter pour ajouter autre chose, puis elle a paru y renoncer. Mme Stirling a soufflé dans son sifflet pour ordonner à chaque équipe de se placer de part et d'autre du filet, et c'était trop tard pour en savoir plus, le moment était passé.

Après le cours, pendant qu'on se changeait dans les vestiaires, Mischa était dévorée par l'angoisse.

— J'ai toujours rien depuis mardi, m'a-t-elle murmuré d'une voix rauque pour que Violet n'entende pas.

On avait toutes les deux reçu les mêmes messages de Candace, donc ça ne m'étonnait pas.

— Je lui ai envoyé dix messages hier et elle n'a pas répondu un mot. Je commence vraiment à flipper.

— Tu te rappelles le nom de l'hôtel dans lequel ils sont ? ai-je demandé.

Mischa ne se souvenait pas et on a passé notre pause déjeuner à rechercher les hôtels de la baie de Honaunau sur Google pour essayer de retrouver un nom qui nous était familier. Le Kohala Orchid Village et le Kohala Lani Halili nous semblaient être de bons finalistes. On a demandé des badges au surveillant de la cafétéria pour accéder aux toilettes pendant le déjeuner et, depuis les toilettes vides, on a appelé l'accueil des deux hôtels, espérant pouvoir joindre Candace dans sa chambre.

— Bonjour, je souhaite parler aux Cotton, a dit Mischa de sa voix la plus mature après avoir composé le numéro du Kohala Orchid Village.

Elle a hoché la tête dans ma direction avant de se reconcentrer sur la conversation téléphonique :

— Oh, je vous prie de bien vouloir m'excuser, j'ai dû faire un mauvais numéro.

On a eu plus de chance avec le Kohala Lani Halili. Le réceptionniste nous a connectées à ce qu'on espérait être la suite du père de Candace et on est tombées sur un répondeur. D'une voix tremblante, Mischa a commencé :

— Bonjour, c'est Mischa Portnoy. J'appelle de Willow et ceci est un message pour Candace. On voulait juste te faire un coucou, McKenna et moi, et on espère que tu t'amuses bien. Envoie-nous un texto dès que tu peux pour nous dire que tout va bien.

Elle a ajouté après avoir terminé son message :

— Trop bizarre, leur système de boîte vocale.

Mais l'après-midi s'est poursuivi toujours sans réponse.

Quand la sonnerie a retenti à la fin des cours à 15 h 15, Mischa a secoué la tête vers sa sœur dans le parking pour lui faire comprendre, sombrement, qu'elle allait encore rater l'entraînement de gymnastique. On est rentrées à pied chez moi. Trey avait une colle parce qu'il avait fait le malin pendant son cours de physique avancée.

— Tu crois que ce serait chelou si on appelait la mère de Candace pour savoir si elle a eu des nouvelles aujourd'hui ? a demandé Mischa.

On a été d'accord pour dire que oui, ce serait trop chelou.

Ma mère m'avait laissé un mot pour dire qu'elle était partie au campus pour ses rendez-vous prof-étudiants, et qu'elle rapporterait le dîner en rentrant. On a allumé la télé et on a discuté pendant que des clips passaient sur le câble jusqu'à ce que Mischa commence à changer de chaîne parce qu'elle s'ennuyait. C'est à ce moment-là qu'on est tombées sur la toute fin d'une annonce pour les nouvelles du soir, qui montrait une journaliste brune très mignonne déclarant : *On craint la disparition d'une jeune personne emportée par les courants sur une plage populaire d'Hawaii. Plus de détails à 17 heures.*

J'ai failli faire une syncope, et mes bras et mes jambes sont immédiatement devenus gelés. Mischa a eu le souffle coupé, comme si quelqu'un venait de lui mettre un coup dans le plexus solaire. Une seconde plus tard, la brève était terminée et la télé passait sans transition à une pub pour une boisson énergétique. On est restées bouche bée, la mâchoire pendante.

— C'est pas possible, c'est pas en train d'arriver, ai-je murmuré.

Ma poitrine était si serrée que je ne pouvais pas respirer normalement.

— Si, McKenna. C'est elle, à tous les coups ! C'est en train de recommencer !

La voix de Mischa était étranglée, rauque, hystérique. Elle était au bord du sofa, sa lèvre inférieure tremblait et les larmes qui s'étaient accumulées au bord de ses yeux sont tombées sur ses joues quand elle a cligné des paupières.

Mon esprit tentait désespérément de trouver une autre explication à la nouvelle qu'on venait d'entendre à la télé. Clairement, on ne pouvait pas attendre jusqu'à 17 heures pour en apprendre plus, alors je suis allée dans le bureau de ma mère chercher l'ordinateur portable pour le rapporter dans le séjour, et on s'est nerveusement tordu les mains le temps qu'il s'allume. Les sites des grands journaux ne donnaient que les informations de base et ça ne faisait pas encore les gros titres. La presse annonçait qu'une jeune personne américaine était portée disparue après s'être baignée sur une plage de Big Island, à Hawaii, et les autorités espéraient une résolution optimiste à cette histoire. Aucun nom n'était divulgué et aucun média ne disait si cette personne était une fille ou un garçon. Il n'y avait rien de définitif qui nous confirmait que cette histoire avait un rapport avec Candace, et pourtant c'était trop louche pour être une coïncidence. On a reparlé d'appeler la mère de Candace et on a décidé de ne pas le faire pour ne pas contrarier Mme Lehrer si effectivement elle savait que des recherches étaient en cours, ou pour ne pas avoir à lui annoncer de mauvaises nouvelles si par hasard elle n'avait pas entendu ce qui s'était passé à Hawaii. Mon sang s'est glacé dans mes veines. Je ne voulais pas l'évoquer, pour ne pas faire peur à Mischa, mais la sensation d'une mort sinistre s'imposait à moi de façon de plus en plus évidente.

Trey a frappé à la porte principale avant d'entrer quand il est sorti de sa colle. Il avait déjà entendu la nouvelle au lycée à cause des articles en ligne.

— Y a des nouvelles ? a-t-il demandé.

Il avait l'air très conscient qu'on flippait totalement. Il a posé son sac à dos recouvert de gribouillis à côté du sofa et s'est assis à côté de moi.

— Rien, l'ai-je informé.

Il s'est frotté le nez.

— Vous avez essayé… je sais pas, moi… de la contacter ? a-t-il suggéré.

Mischa a explosé, toute rouge :

— Bah évidemment qu'on a essayé ! Ça fait deux jours qu'on essaie, Trey !

Trey a haussé les épaules.

— Non mais je voulais dire avec la planche Ouija. Au cas où elle ne serait pas en mesure de répondre à des textos en ce moment, a-t-il ajouté.

— Arrête, c'est complètement morbide, a rétorqué Mischa sèchement. Pour l'instant il faut rester positif. Si ça se trouve, ça fait partie du jeu de Violet, pour nous effrayer exprès. On n'est sûrs de rien.

Pendant quelques minutes, on a tous les trois fait semblant de se concentrer sur l'émission de téléréalité qui passait, mais l'atmosphère du séjour s'est remplie de nos pensées. On regardait tous les trois les minutes défiler sur l'horloge numérique qui s'affichait sur la box de la télé et on décomptait les secondes qui restaient avant qu'il soit 17 heures.

— Trey, ai-je dit doucement.

— Je vais chercher le jeu, a-t-il acquiescé en sautant du sofa.

Puisque la mère de Trey était chez eux et qu'elle risquait de se demander ce qu'il fabriquait dans la cave avec deux filles plus jeunes que lui, et comme je n'avais pas envie qu'une nouvelle activité spirituelle soit initiée dans ma chambre, on a mis nos manteaux et on a rapidement marché jusqu'au coin de la rue. J'avais suggéré qu'on essaie d'invoquer Candace dans le monde spirituel depuis le terrain abandonné où se tenait autrefois ma maison. Ça faisait un moment que je me demandais s'il serait possible que Jennie entre en contact avec moi si on l'invoquait depuis cet endroit, mais je n'avais pas trouvé le courage de le proposer à Trey avant cet instant. Ce soir-là, mon inquiétude pour Candace dépassait ma peur du terrain abandonné. Avant même d'avoir installé le plateau dans les herbes sauvages, j'avais la sensation nauséabonde et effrayante qu'on savait déjà ce qui était arrivé à Candace.

— Vous êtes prêts ? ai-je demandé à Trey et à Mischa pendant qu'on s'asseyait autour du plateau dans les herbes hautes.

Le soleil était en train de se coucher et le ciel était jaune pâle au-dessus de nous. On entendait de temps en temps une voiture qui passait sur la route de campagne derrière nous, l'intensité du bruit causé par l'effet Doppler, quand les véhicules augmentaient leur vitesse en sortant de la ville. On savait qu'on était plus ou moins cachés par les herbes sauvages, et donc on ne s'inquiétait pas trop de la circulation. Je sentais le froid humide du sol sous moi, qui imprégnait mon pantalon au niveau des fesses.

Cette fois, Mischa avait l'air solennel, préparée à communiquer avec les morts. Son comportement ridicule, nerveux et ses gloussements n'étaient plus au rendez-vous. Elle paraissait aussi fatiguée que moi. Nous avons tous les trois placé nos doigts sur la goutte et l'avons déplacée lentement pour l'échauffer. C'est moi qui ai parlé en premier :

— Nous cherchons à contacter l'esprit de Candace Cotton, si elle est bien passée de l'autre côté. Seuls les esprits bienveillants sont bienvenus.

Nous avons attendu. Le vent soufflait légèrement et sifflait autour de nous entre les branches dénudées des arbres de la rue Martha. Pendant une seconde, j'ai senti la présence de l'hiver dans l'air, le froid et la vague odeur de feux de bois qui brûlaient plus loin en ville.

Puis j'ai perçu le niveau d'énergie de la goutte augmenter lentement sous mon doigt et j'ai levé les yeux pour voir si Trey et Mischa remarquaient la même chose.

— Il est là, a chuchoté Mischa.

La goutte est passée sur la lettre T et s'est arrêtée.

— Demande si c'est Candace, m'a intimée Mischa.

Mais j'ai hésité, parce que j'avais l'impression que, quel que soit l'esprit qui nous avait contactés par la planche, il avait déjà un message à transmettre. La goutte est passée lentement et clairement de lettre en lettre pour épeler trois mots :

T-O-I-E-N-P-R-O-C-H-A-I-N

Chapitre 16

— C'était une baïne. Personne n'aurait rien pu faire. Un contre-courant marin.

La belle-mère de Candace se répétait comme un disque rayé le jour de la veillée mortuaire. Clairement, elle était très secouée par les événements de ces derniers jours, et, même si Mischa et moi aurions bien voulu qu'elle arrête de parler, ni elle ni moi ne sentions qu'on avait le droit de mettre un terme à sa litanie. Elle ressemblait à une version plus jeune et plus fine de la mère de Candace, blonde et bronzée, habillée dans une robe portefeuille bleu et blanc assez informelle et pas vraiment appropriée pour une célébration. M. Cotton, qui était sans doute la seule personne présente à avoir le droit légitime de faire taire sa femme, avait l'air complètement sonné. Il se rongeait les ongles et faisait un signe de la tête pour saluer les gens qui entraient dans le funérarium sans dire un mot à quiconque.

À l'inverse, la mère de Candace mijotait à l'écart, proche de l'ébullition. Les veines de son cou ressortaient comme si des tiges de métal tenaient sa tête en équilibre, et ses sœurs lui tournaient autour comme des abeilles en essayant de la calmer. Son mari, lui, se tenait légèrement en retrait tout en la couvant du regard, l'air accablé. D'une certaine manière, le coin où s'étaient rassemblées les sœurs de la mère de Candace ressemblait à un groupement de cheveux blonds choucroutés, de bras dénudés qui bougeaient dans tous les sens et de jambes en collants noirs.

— On ne l'a même pas vue disparaître ! La marée l'a tout bonnement entraînée vers les eaux profondes. Qui l'aurait cru ?

La belle-mère de Candace poursuivait, même si le père Fahey, le prêtre de l'église St. Monica qui avait prévu de prononcer une courte bénédiction plus tard le soir même, tentait de l'apaiser.

— Mais franchement qui aurait pu croire qu'une baïne pourrait entraîner quelqu'un au large, si près d'un hôtel qui coûte six cents dollars la nuit ?

— Que quelqu'un la fasse taire ! ai-je entendu la mère de Candace dire du coin de la salle.

Ses sœurs ont resserré le cercle autour d'elle.

Mischa, Matt, Trey et moi étions assis sur le même sofa fleuri que Mischa et moi avions occupé pendant la veillée d'Olivia. Celle de Candace était très différente de celle d'Olivia, qui avait été grave et respectueuse. Devoir assister à une seconde veillée pour une lycéenne quelques semaines seulement après celle d'Olivia, c'était apparemment trop en demander aux habitants de notre ville. En fin d'après-midi, il est devenu évident que les Richmond ne viendraient pas présenter leurs condoléances, sans doute parce que ce serait bien trop difficile de remettre les pieds chez Gundarsson après si peu de temps. Tout comme à la célébration pour Olivia, le cercueil était fermé, et il y avait tellement d'arrangements floraux que le directeur du funérarium n'avait pas assez de place pour tous les exposer. Certains étaient déposés dans le couloir et décoraient l'entrée du parloir où tout le monde était rassemblé pour la veillée. La famille de Candace était apparemment immense : des blonds de tous âges se réconfortaient les uns les autres et s'apportaient du café qui était servi dans l'espace salon. On était lundi, les cours de la journée avaient été annulés au lycée pour que les élèves puissent venir se recueillir, mais l'attitude erratique de Candace dans les semaines qui avaient précédé sa mort avait été telle que beaucoup moins d'élèves s'étaient déplacés que lors de la veillée d'Olivia.

— La mère de Candace va finir par mettre son poing dans la figure de la belle-mère, a murmuré Mischa, impressionnée par la violence potentielle de Mme Lehrer.

— Je crois que j'ai pas envie de voir ça.

Je me suis levée, j'ai lissé ma robe noire et, un moment plus tard, Mischa a quitté le sofa à son tour pour me suivre dans le couloir, vers le salon. J'étais gênée de voir la mère de Candace vivre des moments si terribles. Elle avait tenu le coup la nuit où elle avait appris que Candace s'était noyée, la nuit où on avait emporté la planche Ouija au terrain abandonné. Ma mère nous avait conduits chez les Cotton pour voir si on pouvait faire quoi que ce soit. Soit je n'avais jamais su, soit je ne m'en souvenais plus, mais apparemment, quand Jennie et moi étions toutes petites, ma mère et celle de Candace jouaient ensemble dans la ligue féminine de bowling de Willow. Je suppose qu'elles avaient cessé de se voir après la mort de Jennie. Dès que Mme Lehrer avait appelé chez moi pour nous apprendre que la personne dont on parlait aux nouvelles était Candace, ma mère avait insisté pour qu'on s'entasse tous les quatre dans la voiture et qu'on aille chez elle. On s'était donc retrouvés dans la cuisine de Candace, à tenter de garder les yeux ouverts toute la nuit et à boire du café brûlant, et on était là quand l'appel d'Hawaii était arrivé, pour confirmer que le corps de Candace avait été retrouvé, échoué à presque quinze kilomètres de l'endroit où elle avait disparu, ramené sur le sable par la marée haute. La mère de Candace avait dit avec un sang-froid perturbant :

— Eh bien voilà. Maintenant, on sait.

Dans le salon du funérarium, Julia se servait dans un plat à cookies. Elle était avec des cousins à elle, d'à peu près son âge. Elle portait une robe courte avec un voile en dentelle qui la recouvrait. C'était un peu provocateur pour une fille de treize ans. Pendant un moment, je me suis demandé si cette robe avait été achetée pour un gala d'école. Il était probable que personne, au moment de cet achat, n'aurait pensé que Julia la porterait pour un événement aussi grave que les funérailles de sa demi-sœur.

— Comment ça va, Julia ? ai-je demandé en me servant du café.

Julia dormait quand le téléphone avait sonné vendredi matin. Mischa, Trey, ma mère et moi étions restés assis patiemment, silencieux, à la table de cuisine, avec une des tantes de Candace, tandis que sa mère et une autre de ses sœurs étaient montées réveiller Julia à l'aube pour lui annoncer la terrible nouvelle. Le beau-père de Candace était en déplacement et avait pris ses dispositions pour revenir dès le lendemain. On était repartis raccompagner Mischa chez elle avant que Julia descende, et on s'était tous fait porter pâles vendredi au lycée.

— Ça va, a répondu Julia, les yeux un peu gonflés.

Ses cousins ont annoncé qu'ils sortaient se défouler dans le parking et l'ont abandonnée avec nous dans le salon.

— Et le père de Candace, il gère comment ? a demandé Mischa, qui touillait du faux sucre dans son café.

Julia a haussé les épaules et a enfourné un cookie avec un cœur de confiture.

— Il a l'air d'être dans un état pas possible. Mais bon, j'en sais rien. Je le connais pas si bien que ça. Il a dû identifier le corps quand même.

Mischa et moi avons échangé un regard nerveux. Il y avait tellement de similitudes entre les détails de la mort de Candace et l'histoire que Violet avait racontée à l'anniversaire d'Olivia qu'il était facile de se dire que ce qu'elle avait décrit du corps méchamment décomposé de Candace s'était révélé vrai aussi.

— Waouh, c'est chaud, a répondu Mischa doucement, prête à insister pour avoir plus d'informations. Ça a dû être terrible pour lui.

— Ben oui, surtout parce que le corps était affreux, bouffi et tout ça, a ajouté Julia.

J'ai tenté de me souvenir du décès de Jennie et de ce que j'avais compris de la mort à ce moment-là. Le ton décontracté de Julia était sans doute lié au fait qu'elle était incapable d'appréhender la finalité de la mort et de comprendre que Candace ne reviendrait plus jamais d'Hawaii.

— Qui t'a raconté ça ? ai-je demandé.

Julia a pris un autre cookie avant de répondre :

— Personne. C'est juste les journaux qui ont dit ça. Mais le cercueil était fermé parce que maman m'a dit que, quand les corps restent dans l'eau trop longtemps, ils deviennent tout gonflés et horribles.

Violet n'a pas assisté à la cérémonie pour Candace, ce qui n'était pas surprenant, même si, quelque part, ça l'était quand même. Lundi soir, je me suis demandé si elle oserait se montrer le lendemain matin pour la messe avant l'enterrement. Mischa n'avait pas eu l'autorisation de ses parents pour passer la nuit chez moi lundi soir, et, même si ma mère m'aurait probablement laissée dormir chez elle, je voulais rester près de chez moi et de Trey. Mystérieusement, l'esprit d'Olivia n'avait pas visité ma chambre depuis mercredi soir et je n'arrivais pas à comprendre pourquoi il avait décidé d'arrêter de me harceler. Si Olivia s'était mise à me hanter, c'était pour empêcher que Candace meure, et j'avais raté ma mission. Peut-être que, si elle avait abandonné ma chambre, c'était parce que Mischa n'était pas en danger. Ou alors, peut-être que l'esprit d'Olivia était occupé à accueillir l'esprit de Candace de l'autre côté. Je ne pouvais pas savoir quelle était la vraie raison de son absence, mais je suspectais très fortement que ma chambre était loin d'en avoir terminé avec les activités surnaturelles. Il y en aurait d'autres, mais impossible de savoir quand.

Lundi soir, ma mère m'a forcée à avoir une conversation gênante et désagréable avec mon père, pendant laquelle il a tenté de me convaincre de prendre rendez-vous avec le psychiatre qui avait rencontré Candace.

— Mais, papa, je t'assure, je vais bien, ai-je insisté.

Je ne voulais qu'une seule chose, c'était envoyer un texto à Mischa, éteindre les lumières de ma chambre et attendre que Trey frappe à ma fenêtre.

Il y a eu une pause dans la conversation. J'entendais la télévision en fond à l'autre bout de la ligne.

— Deux de tes amies proches sont mortes depuis le début de l'année, a-t-il repris. Ça ne me paraît pas être idéal pour aller bien en ce qui me concerne. Mais en même temps, qu'est-ce que j'en sais ? Je ne suis qu'un professeur en psychiatrie clinique et ton père, après tout.

— Non. Tu es quelqu'un qui a choisi de nous quitter, ai-je répondu sèchement, sans réfléchir, avant de me rendre compte à quel point j'avais dû lui paraître cruelle. Pardon, papa, ai-je ajouté pour tenter de retirer ce que je venais de dire. C'est juste que la journée a été longue.

Je savais que je lui avais fait beaucoup de mal parce que mon père a bien mis vingt secondes avant de répondre :

— Non, non. Tu as raison, McKenna. Tu as parfaitement le droit d'être en colère après moi, c'est justifié.

Il a continué à radoter pendant un moment sur les bienfaits des coups de tête égoïstes dans la vie pour se convaincre que son départ avait eu un impact constructif pour moi et ma mère autant que pour lui. Ça ne m'intéressait pas d'entendre ses excuses ce soir-là. Je m'inquiétais plus de l'ordre dans lequel on était passées pour participer au jeu de Violet la nuit de l'anniversaire d'Olivia.

Ma mère m'a conduite chez Gundarsson à nouveau le lendemain matin pour la messe et a choisi de rester avec moi plutôt que d'attendre dans la voiture. Finalement, elle était vraiment géniale étant donné la situation. Elle ne me posait pas de questions sur ce que Candace avait vécu après la mort d'Olivia, et elle n'essayait pas d'en rajouter une couche sur la suggestion insistante de mon père qui me poussait à aller voir un psy. Mischa m'a rejointe, puis Tracy est arrivée en ambassadrice du conseil des élèves. Elle répétait à qui voulait l'entendre que c'était sa responsabilité de secrétaire de promo de rendre hommage à Candace. Elle expliquait aussi que Violet avait attrapé un gros rhume et qu'elle ne pourrait pas assister à la messe, même si elle aurait vraiment voulu être présente. Tandis que Tracy nous débitait tout ça d'un ton nonchalant, j'ai senti Mischa se raidir, comme un chat prêt à bondir. Je ne sais pas exactement ce que Mischa ressentait, mais j'ai été envahie par un sentiment d'effroi, de contrainte et de froid. Mon corps était entièrement rigide. Je n'arrivais même pas à pleurer alors que je savais que Candace me manquerait énormément. Cette fois, il n'y avait plus de doute : nous étions clairement sous le coup d'un ensorcellement. Même si je n'avais pas l'énergie de penser aux prochains plans d'action alors qu'on pleurait la mort de Candace, je savais que Trey et moi allions devoir faire quelque chose pour mettre un terme à tout ça. Mais l'idée de devoir s'attaquer à Violet et à la chose qui l'aidait dans le monde des esprits était une énormité bien trop difficile à gérer ce matin-là, sous la pluie, juste avant l'enterrement de Candace.

Ma mère était debout à côté de moi au cimetière de St. Monica, tandis que le père Fahey menait la petite troupe qui s'était retrouvée au cimetière pour dire quelques prières. Trey était lui aussi à mes côtés et tenait ma main gauche sans serrer, et ses longs cheveux noirs lui recouvraient presque entièrement le visage. Isaac Johnston, qui était un garçon plutôt imposant, a essuyé quelques larmes en secouant la tête lorsqu'on a descendu le cercueil dans le caveau.

L'après-midi, de retour à la maison, j'ai retiré ma robe noire et mes collants, j'ai directement enfilé mon pyjama en tissu écossais et je me suis glissée sous ma couette alors qu'il faisait encore jour.

Je savais que c'était une heure à laquelle les parents étaient au travail, à laquelle la fanfare répétait sur le terrain de foot, et pourtant tout ce que je voulais faire, c'était fermer les yeux et refouler le monde extérieur. Je voulais me réveiller dans une autre ville, une autre vie, une autre existence dans laquelle je n'étais jamais allée à la fête d'anniversaire d'Olivia et dans laquelle je n'aurais pas fait partie de ce cauchemar.

Toi en prochain.

Qui ? À qui avait fait référence l'esprit dans le terrain abandonné ? Il avait nié être Olivia ou Candace. Est-ce que j'étais en danger ? Est-ce que j'étais protégée du jeu parce que Violet n'avait pas pu voir ma mort ? Mais, même ça, ce n'était pas tout à fait exact : Violet avait dit qu'elle avait vu un incendie. Qu'est-ce que ça ferait à ma mère de perdre sa fille survivante dans un incendie ?

Au milieu de la nuit, je me suis réveillée et Trey était là, la lumière allumée.

— On ne sait jamais, a-t-il expliqué pour justifier sa présence, quand j'ai cligné des yeux afin d'essayer de voir l'heure.

— Ce qui venait dans ma chambre est parti pour l'instant, l'ai-je rassuré. Si c'était vraiment Olivia, on a raté notre coup. On n'a pas réussi à rassembler les indices assez rapidement. Et maintenant ils ont pris Candace.

Trey m'a regardée intensément dans les yeux et, après un long moment, il m'a demandé :

— La nuit où vous avez joué à ce jeu, c'était au tour de qui après Candace ?

— Le mien.

— Bon, a-t-il ajouté en hochant la tête. On va trouver de l'aide et mettre un terme à tout ça.

***

Jeudi, ma mère m'a dit depuis le couloir à travers la porte fermée de ma chambre qu'elle allait au campus donner ses cours mais qu'elle rentrerait immédiatement après et qu'elle ferait ses rendez-vous prof-étudiants sur Skype. Elle n'avait pas besoin de le dire parce que je comprenais déjà : je n'étais pas obligée d'aller à l'école cette semaine si je n'en avais pas envie, mais sa patience ne s'étendrait pas à la semaine suivante.

La mère de Trey l'a conduit à l'école. Il a fait demi-tour aussi sec à pied et a frappé à la porte d'entrée sans relâche jusqu'à ce que je sorte du lit et que je lui ouvre, toujours en pyjama.

— Habille-toi, a-t-il ordonné. On va en ville pour rencontrer quelqu'un.

Je n'ai pas posé de questions. J'ai enfilé mon jean et un pull, puis j'ai suivi Trey dans l'air frais du matin et nous avons marché à travers Willow. Il y avait du brouillard, ce qui était normal dans le Wisconsin à l'automne. L'école et la vie quotidienne me paraissaient à des millions de kilomètres de moi. Mischa ne m'avait envoyé ni mail ni texto depuis une semaine, avant qu'on sache que Candace était morte, mais je suspectais fortement qu'on la faisait rester elle aussi à la maison ces jours-ci, loin de l'école. Rien n'avait plus l'air réel. Je n'arrivais pas à réfléchir clairement, j'étais tout le temps distraite et je suivais les directions qu'on me donnait et que j'entendais à peine.

— Quelle est la raison de votre visite ?

Une voix de femme nous parlait depuis l'interphone de la porte du presbytère en brique situé derrière l'église St. Monica. Trey et moi nous tenions là, tremblant de froid, sur les marches en ciment qui menaient à la maison dans laquelle se trouvaient les bureaux administratifs de l'église et l'habitation du prêtre. J'ai eu soudain le sentiment d'être très exposée dans la lumière du jour nuageux, observée par les statues en plastique de la Vierge Marie et de saint Augustin. Je ne m'étais pas sentie en danger pendant le trajet depuis la rue Martha, mais, maintenant qu'on était dans le périmètre du sanctuaire de l'église, j'avais besoin qu'on rentre.

— Nous sommes ici pour demander de l'aide au père Fahey sur un sujet personnel, a annoncé Trey en serrant ma main un peu plus fort.

Une caméra de surveillance était accrochée au-dessus de la porte, visible par tous, sans doute parce que le presbytère organisait une soupe populaire et que, de temps en temps, des gens un peu bizarres venaient sur le porche où nous nous tenions pour obtenir de l'aide. On nous a demandé nos noms par l'interphone, Trey a répondu et on a déclenché l'ouverture de la porte pour nous permettre d'entrer.

— Jim, il y a deux jeunes qui voudraient te parler.

Une secrétaire aux cheveux gris qui portait un gilet tricoté sur une chemise en polyester à motifs floraux nous a annoncés via un téléphone interne dès qu'on est entrés dans le presbytère. Elle était installée à un bureau en désordre, derrière un guichet vitré, et nous a indiqué un banc en bois en face.

On s'y est assis en silence et on a ouvert nos vestes dans le petit hall chauffé. De l'autre côté, au-delà d'une porte, dans ce qui devait être la cuisine du presbytère, on sentait une odeur de soupe et on entendait des bruits de vaisselle.

— Quelle est la nature de ce sujet personnel ? a demandé la secrétaire par la vitre, la main sur le combiné du téléphone.

— C'est privé, a lancé Trey en lui jetant un regard furieux.

Un moment plus tard, elle a raccroché.

— Il va vous recevoir maintenant.

Lorsqu'on s'est levés pour aller vers cette porte, elle a appuyé sur un bouton pour la déverrouiller et on est passés dans une cuisine confortable. Le père Fahey portait un cardigan en laine marron et touillait une soupe à l'aide d'une cuillère en bois. Un calendrier mensuel avec une grande image du Dôme de Milan et plusieurs newsletters du bulletin de l'église étaient accrochés au frigo par des aimants. Il y avait une horloge à coucou sur le mur, au-dessus d'une image encadrée de Jésus qui avait une larme sur la joue.

— Alors, un sujet privé, a dit le père Fahey en guise d'accueil.

J'avais l'impression d'être un géant en entrant dans la petite pièce. Le vieil homme, sans se retourner, nous a fait un signe de la tête par-dessus son épaule pour qu'on s'asseye sur les chaises autour de la table.

— Laissez-moi deviner. Vous êtes vraiment amoureux et vous souhaitez vous marier, mais vos parents pensent que vous êtes trop jeunes. Ou alors, vous êtes vraiment amoureux et vous avez cédé à la tentation de la chair, et maintenant vous vous retrouvez dans une situation délicate et vous avez besoin de mes conseils.

— Ni l'un ni l'autre, mon père, a répondu Trey, qui m'a tendu une chaise pour que je m'asseye. Ma copine et ses amies à l'école ont joué à un jeu occulte et depuis quelque chose de maléfique les tue une à une.

De son sac à dos, il a sorti un exemplaire du livre *Les morts nous sollicitent* et l'a posé sur la table.

Toujours sans se retourner vers nous, le père Fahey a lentement baissé le bouton du gaz jusqu'à l'éteindre. Lorsque le bruit de la soupe qui bouillait s'est réduit, on s'est rendu compte qu'une petite radio sur le plan de travail était allumée et diffusait l'émission du matin.

— Je suppose que vous parlez de Candace Cotton et de la fille Richmond.

— Oui, a confirmé Trey.

— Et qu'est-ce qui vous pousse à croire que leurs morts ont quoi que ce soit à voir avec des forces occultes plutôt qu'avec des faits de la nature tout simples et totalement aléatoires ? a-t-il continué patiemment. Nous vivons dans une société qui croit aveuglément qu'il doit toujours y avoir une raison juste qui explique la souffrance. Lorsque des événements terribles arrivent aux gens que l'on aime ou à nous-mêmes, on trouve un certain réconfort dans l'idée qu'il y a des raisons à ces occurrences tragiques. On croit que le temps nous révélera ces raisons parce qu'on ne peut pas comprendre que, dans cet univers, les événements se réalisent de façon arbitraire. On ne peut pas remettre en cause la volonté de Dieu.

— On a toutes participé à ce jeu à l'anniversaire d'Olivia. Il y a une nouvelle au lycée et c'était son idée à elle. Elle a inventé des histoires sur la façon dont on allait mourir, et elles se réalisent toutes, jusqu'aux moindres détails. Et, depuis qu'Olivia est morte, quelque chose hante ma chambre, et cette chose a essayé de nous laisser des indices avant le décès de Candace. Elle essayait de nous avertir de ce qui allait lui arriver.

Ce que je disais me faisait un peu honte et j'essayais d'avoir une voix aussi mature et posée que possible.

Le père Fahey a mis un couvercle en métal sur sa marmite de soupe et s'est enfin tourné vers nous en croisant les bras sur sa poitrine.

— Suivez-moi, a-t-il ordonné.

La cave du presbytère était lambrissée et les sols étaient recouverts de tapis. Et pourtant, elle était humide et donnait l'impression de ne pas être entièrement restaurée. Le prêtre a verrouillé la porte derrière nous avant de poursuivre la descente de l'escalier qui menait au sous-sol inférieur de la maison.

— C'est juste une routine sécuritaire à l'église. Vous êtes tout à fait en sécurité, je vous expliquerai tout une fois qu'on sera en bas.

Au fond de la salle dans laquelle nous sommes arrivés, au-delà d'une table de ping-pong, se trouvaient une longue table entourée de chaises et une série d'étagères remplies de cartons étiquetés « Fournitures de catéchisme ». Le père Fahey est allé jusqu'à une porte en bois à côté de laquelle un guéridon présentait un bol d'eau bénite. Il a déverrouillé la porte avant de tremper ses doigts dans le bol, de faire un signe de croix et de nous encourager à l'imiter.

— C'est moi qui ai officié à vos premières communions. Je sais que vous connaissez ce rituel.

On a tous les deux obéi et on s'est signés, puis on a suivi le père Fahey de l'autre côté de la porte, qu'il a aussitôt verrouillée. Mon cœur s'est mis à battre rapidement, je ne savais absolument pas à quoi m'attendre. Juste avant qu'il allume la lumière, je m'imaginais un escalier de pierre en spirale qui s'enfonçait encore plus près du cœur de la Terre et qui nous mènerait vers des oubliettes ou des chambres secrètes remplies d'instruments de torture. Mais c'était juste une grande salle relativement quelconque avec deux sofas orange, une longue table de bois sombre, des étagères bourrées de livres et, au centre, ce qui ressemblait à une table d'examen médical.

— Désolé pour l'évacuation théâtrale vers la cave, s'est excusé le père Fahey en prenant place dans le coin sur une chaise qui ressemblait à celles de la bibliothèque.

Trey et moi nous sommes assis sur le sofa en face de lui, et je me suis détendue quand j'ai senti encore un peu l'odeur de la soupe au-dessus et que j'ai perçu un souffle d'air chaud venant des bouches de chauffage central.

— Nous avons deux vieux prêtres qui vivent au premier étage au-dessus des bureaux. Le père Nowicki, dont vous vous souvenez sûrement parce qu'il disait souvent la messe lorsque vous alliez encore au catéchisme. Il a eu une attaque il y a deux ans et ses infirmières sont auprès de lui toute la journée. On s'occupe aussi du père Adeyimi, un missionnaire d'Afrique qui se remet d'une opération du cœur. Vous devez comprendre que les vieilles personnes et les très jeunes enfants sont particulièrement sensibles au Mal, et je ne peux me permettre de les exposer à ce que vous pourriez avoir apporté avec vous. C'est pourquoi il est plus sûr de discuter de ce genre de choses ici, d'où le verrou sur la porte pour qu'on ne soit pas interrompus.

J'ai dû prendre un air horrifié et hyper surpris, parce que je n'avais jamais pensé au fait que des esprits pouvaient me suivre. Ou que des presbytères avaient des pièces secrètes et sans fenêtre.

— Les esprits s'accrochent à l'énergie qui convient à leurs besoins, a expliqué le père Fahey. Vous avez dit en haut que quelque chose hantait votre chambre. Attention : certes, si cet esprit se manifeste dans votre chambre, c'est parce qu'il a réussi à comprendre comment manipuler l'énergie dans cet espace. Mais c'est vous qu'il hante.

Les mots du père Fahey m'ont sidérée. Jamais un adulte ne m'avait parlé si directement de quelque chose de si effrayant. Il n'essayait absolument pas d'adoucir la situation ou de m'assurer, comme les adultes le font si souvent, que ce n'était pas aussi terrible que ça en avait l'air.

— Vous pouvez le voir ? Il est ici, avec moi ? ai-je demandé, inquiète.

Instinctivement, je me suis penchée en avant et j'ai regardé par-dessus mon épaule. Le prêtre a secoué la tête patiemment et a rassemblé ses mains sur ses genoux.

— Je n'ai pas de pouvoirs magiques, mademoiselle Brady. Je ne suis qu'un homme d'Église. Je n'ai pas de baguette magique à agiter devant vous pour découvrir s'il y a un monstre derrière vous. Mais, comme je le disais à l'instant, les esprits s'accrochent à l'énergie que dégagent les gens. Vous pourriez ne pas être consciente du tout que quelque chose vous suit, mais il se pourrait que cet esprit soit avec vous à chaque instant.

Trey a fouillé dans le livre avant de marmonner :

— On a commencé à faire quelques recherches après la mort d'Olivia. On pensait que Violet, cette fille au lycée, avait peut-être passé un accord avec un esprit et que, en échange, elle lui fournissait des âmes.

Le vieil homme a pianoté sur la table à côté de sa chaise en réfléchissant à ce qui venait d'être dit.

— Ça me paraît plausible. Mais en échange de quoi ? Pourquoi Violet serait-elle au service de cet esprit ? Que lui donne-t-il en échange de ce qu'elle fait pour lui ?

— De la popularité, ai-je suggéré. Elle est nouvelle et elle était timide et silencieuse, et d'un coup elle est devenue présidente de promo et capitaine de l'équipe des pom-pom girls. Et elle a commencé à sortir avec l'ancien copain d'Olivia. C'est comme si elle avait tout simplement volé la vie d'Olivia tout entière en à peine quelques jours.

— Et cette fille a joué à ce jeu dont vous parliez ? a demandé le père Fahey, qui avait l'air bien plus intéressé par notre histoire maintenant qu'on était dans la cave.

Il s'est penché en avant et a posé ses coudes sur ses genoux.

— C'est elle qui a raconté les histoires de nos morts. C'était son idée à elle de jouer au jeu.

Le prêtre a réfléchi à tout ça.

— Donc cette fille, nouvelle en ville, vous a toutes incitées à jouer à ce jeu, et vous pensez que les morts de la fille des Richmond et de celle des Cotton correspondent aux détails qu'elle a fournis lors du jeu ?

J'ai acquiescé solennellement. Je me demandais s'il allait en tirer la conclusion que Trey et moi étions complètement tarés. Trey a soulevé *Les morts nous sollicitent*.

— Ce livre suggère que Violet pourrait être reliée au monde des esprits via un objet.

— Oui, souvent c'est ainsi que cela se passe, a confirmé le prêtre en se réinstallant au fond de sa chaise. Cela étant, ne vous imaginez pas qu'il sera facile d'identifier l'objet. Parfois, lorsque quelqu'un meurt et que son esprit considère qu'il lui reste quelque chose à terminer dans le monde des vivants, il s'accroche à un objet qui a un sens et peut ainsi exercer son contrôle sur les gens à travers cet objet. Ce n'est pas toujours pour faire du mal : parfois, l'esprit d'un parent ou d'un grand-parent reste dans le monde des vivants pour veiller sur un enfant. Mais, le plus souvent, il fait appel à la ruse et au harcèlement pour obliger à exécuter les actions qu'il souhaite ici, dans notre monde. Si vous détruisez l'objet physique, vous détruirez la connexion. Le problème va être de déterminer quel est cet objet. Il est probable que cette fille, qui est manipulée, ne sait même pas quel objet la connecte à ce pouvoir.

Trey a serré ma main. C'était pour entendre ça qu'on était venus, pour savoir qu'il y avait un moyen d'arrêter le petit jeu de Violet. Même si la solution était difficile et dangereuse, on savait qu'il fallait en passer par là.

— Mais je dois vous prévenir, a continué le père Fahey. D'après ce que vous me dites, il semblerait que Violet a un arrangement avec un esprit très puissant. Ça ne va pas être une mince affaire de l'arrêter, et, s'il voit les vivants au travers des yeux de Violet, alors il sait déjà que vous vous doutez de quelque chose et elle va se méfier de vous. Il va falloir que vous fassiez très attention.

Le vieil homme m'a demandé de lui répéter aussi précisément que possible les histoires que Violet avait racontées à la fête d'Olivia, et, pendant que je m'appliquais à ne pas oublier de détails, il a pris plein de notes. Trey est intervenu pendant que je rapportais l'histoire d'Olivia, parce que ce qu'il avait vécu correspondait aux prédictions de Violet sur l'accident de voiture. J'ai hésité après la fin de l'histoire de Candace.

— C'est moi la prochaine, mais, quand Violet a essayé de dire mon histoire, elle n'a pas réussi à trouver de truc bien. Elle a prétendu que la seule chose qui lui venait était liée au feu, mais que ça ne lui paraissait pas tout à fait juste.

— Intéressant, a commenté le père Fahey en remontant ses lunettes sur son nez. Ça pourrait s'expliquer de plusieurs manières, mais si, pour cet esprit, une prédiction de mort est le signe qu'une âme a été acquise, alors peut-être qu'un esprit de l'autre côté est intervenu pour vous protéger.

— Jennie, ai-je murmuré.

Bien sûr, le père Fahey savait que j'avais eu une jumelle. Il nous avait baptisées et c'était lui qui avait prononcé l'éloge funèbre à l'enterrement de Jennie.

— Essayez de vous souvenir de vos cours de catéchisme. Vous vous rappelez qu'on croit que tous les esprits qui sont allés au paradis et au purgatoire font partie de l'union spirituelle de Dieu. L'église triomphante – c'est le nom formel qu'on donne aux esprits qui ont été admis au paradis – peut être invoquée par les vivants qui ont besoin d'aide durant leur vie sur terre, a-t-il expliqué.

J'ai tenté de me remémorer les cours de catéchisme du dimanche, dans la salle paroissiale de St. Monica après la messe, mais je n'avais pas souvenir d'avoir appris quoi que ce soit sur l'aide que les morts pouvaient nous apporter. Trey, qui était bien plus critique que moi, résumait déjà ce que le prêtre nous avait dit et tirait des conclusions.

— Donc, en gros, vous dites que croire aux fantômes fait partie de notre religion, a-t-il dit d'un ton rempli de doute, l'œil pétillant. Et que les fantômes peuvent se mêler de nos vies dès que l'envie leur en prend.

Le père Fahey a souri, apparemment content de l'interprétation que Trey venait de faire de sa leçon.

— Je n'ai pas utilisé le mot « fantôme ». Mais, dans notre religion, nous croyons que les âmes sont éternelles. Une âme engagée auprès de Dieu reste engagée auprès de Dieu, et peut intercéder en faveur des vivants au paradis.

J'ai continué à raconter la fête d'Olivia et j'ai terminé avec la prémonition de la mort de Mischa par suffocation. Jamais je n'aurais pensé, ce soir-là chez Olivia, lors de son anniversaire, que je finirais dans le sous-sol d'un presbytère à reprendre mon éducation religieuse. Et pourtant, c'est exactement ce qu'on était en train de faire. Et puis, histoire de ne rien cacher, Trey a expliqué au père Fahey ce qui s'était passé les deux fois où on avait utilisé la planche Ouija, et le prêtre a secoué la tête d'un air désapprobateur.

— Je vous conseille fortement de vous débarrasser de ça le plus vite possible. Vous n'avez aucun moyen de contrôler les énergies qui passent à travers une telle chose. Ce sont des outils extrêmement dangereux, qui ne devraient en aucun cas être manipulés par des enfants.

Nous avons tous les deux grimacé. Si n'importe quel autre adulte que le père Fahey nous avait traités d'enfants, on aurait levé les yeux au ciel.

— Mais, si Violet est possédée, comment est-ce qu'on est censés prendre le dessus ? On a besoin d'être un peu guidés, quoi ! a objecté Trey pour notre défense. On est démunis face à elle.

— Violet n'est pas possédée. La notion de possession est liée aux démons, et les démons sont très différents des esprits. Les démons ont rarement d'autre but que de passer des messages et de tourmenter. C'est pourquoi, d'ailleurs, il est assez facile de se débarrasser d'eux, a expliqué le père Fahey en agitant la main en direction de la table au centre de la pièce.

Pour la première fois depuis qu'on s'était assis dans cette salle, je comprenais à quoi elle servait. Cette salle était clairement utilisée pour des exorcismes. En l'observant mieux, j'ai remarqué qu'il y avait des sangles fixées à la table, à des endroits correspondant à la poitrine et aux jambes si quelqu'un était couché dessus, afin de l'empêcher de bouger. Les murs étaient dénudés, sans aucun objet qui pourrait être arraché et lancé à travers la pièce. Comprenant soudain que des gens avaient été amenés ici et que des démons avaient été libérés pile là où nous étions assis, j'ai frémi.

— Ne soyez pas inquiets, a dit le prêtre pour me rassurer lorsqu'il a vu à quel point j'étais mal à l'aise. C'est un processus très simple. Et assez commun malheureusement.

Trey a jeté un regard tout autour de la pièce d'un air suspect.

— Cette salle est utilisée pour des…

— Des exorcismes, oui, a dit le père Fahey d'un ton nonchalant. Je ne veux pas vous alarmer, mais chaque église a sa procédure pour gérer ce genre de choses. C'est un service communautaire qui est proposé, même si l'on en parle très peu. Cette salle est purifiée en profondeur après chaque utilisation, et je vous assure que ça fait un certain temps déjà que nous n'avons pas eu de rendez-vous ici. La force du diable réside dans la peur. Plus nous cédons à nos peurs, plus il devient puissant. En revanche, pour ce qui est d'esprits en quête de vengeance…

Il n'a pas fini sa phrase. Il a enlevé ses lunettes pour se frotter le nez entre les deux yeux.

— Les esprits puisent leur force de plusieurs façons. Ils peuvent porter beaucoup de colère dans l'au-delà, ainsi que beaucoup d'ambition et d'intelligence. Comme ils sont ici et partout ailleurs, ils peuvent s'attarder où ils le souhaitent et aussi longtemps qu'ils le souhaitent. Eux seuls peuvent choisir de partir dans l'éternité et, malheureusement pour nous, parfois, ceux qui ont un but précis prolongent leur séjour.

— Donc il n'y a aucun moyen de vraiment se débarrasser d'eux ? Pas de chasseurs de fantômes, pas d'incantations magiques, pas de méthode pour les diriger vers la lumière ? a demandé Trey, désespéré.

Le père Fahey a secoué la tête, un peu amusé par la question de Trey.

— Toi, tu as vu beaucoup de films.

Nous avons partagé avec lui tout ce que nous savions sur Violet, le conflit entre sa grand-mère et Arthur Fitzpatrick, la vie de Violet avant son arrivée dans la ville et sa grande maison à la périphérie de Willow. On entendait le désespoir dans nos propres voix alors que nous essayions de trouver un sens à tout ça, et je me suis demandé si le prêtre se rendait compte de l'urgence de la situation et de combien nous avions besoin de son aide ; s'il comprenait à quel point il nous fallait quelqu'un de plus âgé et de plus sage qui pourrait nous guider, ou au moins nous croire quand on disait que, à la moindre erreur de notre part, quelqu'un mourrait, que ce soit moi ou Mischa.

Il s'est collé le dos au dossier de sa chaise et a croisé ses mains ridées sur son ventre.

— Eh bien, ce que je peux vous dire, c'est que, lorsqu'un esprit s'accroche à un serviteur dans notre monde à nous, il ne peut voir et expérimenter notre monde qu'au travers des yeux de ce serviteur. S'il y a une faiblesse dans cette situation, c'est celle-ci : il n'a qu'une vision limitée. D'après ce que vous m'avez raconté, je vous suggérerais de vous concentrer sur l'objet qui relie Violet à l'esprit qui la contrôle, pour le détruire. Ça ne la débarrassera pas pour de bon, ni aucun de nous d'ailleurs, de l'esprit si celui-ci décide de continuer à chercher un canal pour revenir dans notre monde, mais ce sera en tout cas un obstacle suffisamment grand pour qu'il soit ralenti dans son dessein. Je n'essaierais pas de résoudre le problème en cherchant à comprendre quel est son objectif. Ça vous prendrait beaucoup trop de temps et pourrait être bien trop dangereux.

J'ai penché la tête, confuse ; je n'étais pas sûre d'avoir bien compris le prêtre.

— Mais, si on détruit l'objet, en quoi est-ce que ça va mettre un terme au sort jeté sur Mischa et moi ? Si ça se trouve, la seule chose que ça va faire, c'est juste empêcher Violet d'attirer de nouvelles personnes dans cette situation et de faire d'autres prédictions.

— L'objet sert de fil connecteur entre Violet et l'esprit, mais c'est aussi par cet objet que la volonté de l'esprit se répand dans notre monde. Si vous séparez Violet de cet objet ou que vous le détruisez, la malédiction disparaîtra.

— Comment peut-on savoir de quel objet il s'agit ? a demandé Trey. Est-ce que vous pouvez nous aider à le trouver ?

Après les paroles de Trey, j'ai eu l'impression que la température de la salle s'était modifiée, et le père Fahey a changé de position.

— Je suis vraiment navré, mais je ne peux pas faire plus que vous donner des conseils dans cette histoire. Je suis le prêtre de cette paroisse, le seul encore en mesure de dire la messe et de gérer l'administration. Mes responsabilités envers les habitants de cette ville et les résidents de ce lieu sont trop grandes pour que je risque toute… contamination spirituelle.

J'ai senti une douleur dans ma poitrine et ma gorge a commencé à se serrer, comme si j'allais me mettre à pleurer. Trey et moi étions réellement seuls dans cet affreux pétrin. La seule personne à Willow qui nous croyait, et qui, à notre avis, pouvait potentiellement nous aider, refusait de le faire. On allait devoir trouver tout seuls un moyen de se sauver, ou plus précisément de nous sauver Mischa et moi.

***

Jeudi soir, après le retour de ma mère à la maison, la mère de Candace nous a rendu une visite surprise. Ma mère a fait du café et Mme Lehrer m'a donné un sac plastique après s'être assise dans la cuisine.

— Le père de Candace a rapporté ça d'Hawaii, a-t-elle expliqué tandis que je prenais le sac. Apparemment, Candace avait acheté ça pour toi et Mischa le premier soir de leur voyage.

J'ai regardé dans le sac plastique et j'ai vu ce qui ressemblait à un jouet bas de gamme en forme de ukulélé. Le sachet provenait d'une boutique de souvenirs à Hawaii, et le reçu, au fond, était tout chiffonné. J'ai repensé à la musique qui avait envahi mon cerveau et qui m'avait distraite juste avant le départ de Candace pour Hawaii et pendant mes examens. Ça avait été l'avertissement d'Olivia le plus important, et je n'avais pas réagi.

La mère de Candace est restée chez nous à pleurer et parler à ma mère bien après que je suis allée me coucher. J'ai rangé le ukulélé dans mon placard, dans le carton où j'avais mis tous les autres objets problématiques que je possédais. Je sentais l'odeur de cigarette, la sensation agréable qu'il y avait de la compagnie dans la maison, et j'imaginais que ma mère conseillait sans doute la mère de Candace sur la perte d'un enfant. Peu après avoir entendu l'horloge sonner minuit, j'ai reçu un texto de Trey me demandant si je voulais qu'il vienne chez moi. Je lui ai répondu que ça allait et qu'il devrait rester dans sa chambre pour la nuit. Par ma fenêtre, je voyais les lumières de la rue former d'étranges figures et, quand je me suis levée et que j'ai ouvert les rideaux pour voir ce qui se passait, j'ai vu des adolescents déguisés en super-héros qui se promenaient, lampes de poche à la main. C'était Halloween, et je m'étais débrouillée pour complètement zapper ça. Je me suis recouchée et j'ai vaguement repensé à septembre, au moment où j'avais imaginé que j'achèterais un déguisement de chat ou de lapin sexy pour l'occasion, et que je sillonnerais les rues du quartier d'Olivia à la recherche de bonbons avec Olivia, Candace et Mischa. C'était comme si la tristesse qui se dégageait de la mère de Candace remplissait la maison et s'installait dans ma chambre pour m'encercler tandis que je m'endormais.

Vendredi, je me suis réveillée à l'aube, sans l'aide du réveil, et je me suis habillée pour me rendre en cours, même si je savais que ma mère serait étonnée que je sois d'attaque pour retourner au lycée. Avant les annonces du matin, je suis allée directement à la salle de classe de M. Dean et je suis entrée d'un pas résolu tandis que Trey m'attendait dans le couloir avec ses livres.

— Monsieur Dean ? ai-je lancé pour qu'il lève les yeux des copies qu'il corrigeait à son bureau. J'ai de mauvaises nouvelles. Je n'ai pas bien réussi mes examens de milieu de trimestre, donc je dois démissionner de ma fonction de trésorière pour pouvoir me concentrer sur mon travail scolaire.

M. Dean a eu l'air totalement stupéfait, mais je m'en suis tenue à ma décision. Tandis que je faisais tourner le cadenas de mon casier et que je marmonnais un bonjour à Dan Marshall, j'ai passé en revue mes priorités, qui avaient changé de façon dramatique depuis le début de l'année. En septembre, assurer ma popularité passait avant tout. Et maintenant, je venais d'abandonner en toute conscience ma place dans le cercle des lycéens populaires sans avoir peur de la réaction de Violet. Avec tout ça, ma vie en terminale serait un vrai coup de dés si je vivais assez longtemps pour en faire l'expérience.

Mischa et moi nous sommes mises d'accord pour abandonner notre ancienne table de déjeuner et aller nous asseoir à une autre ce jour-là. Nous sommes entrées dans la cafétéria ensemble avec Matt, nos plateaux vides entre les mains. Finalement, après avoir envisagé presque tous les plats du jour, je me suis mise dans la file d'attente derrière Mischa avec un sandwich à la dinde.

— Tu ne prends rien d'autre ? ai-je demandé en remarquant qu'elle avait remis le plateau sur sa pile et qu'elle ne prenait qu'une petite brique de lait écrémé.

— J'ai pas faim, m'a-t-elle assuré.

Elle a payé et s'est approchée des tables en nous attendant. Je me suis avancée près de la caissière pour régler mon sandwich, et Matt, derrière moi, m'a dit silencieusement :

— Elle refuse de manger. Elle ne mange rien de solide depuis des jours.

— Pourquoi ? ai-je demandé tout en tendant la main pour récupérer la monnaie.

— Elle a peur de s'étouffer, a répondu Matt, inquiet.

Nous nous sommes dirigés vers les tables. L'odeur salée des pommes de terre soufflées plongées dans l'huile et du poulet épicé pané s'accrochait à nos vêtements et à nos cheveux. Nous avons fini par nous asseoir au bout d'une table de secondes et ils nous ont regardés comme si on était devenus fous. Je sentais des têtes se tourner dans notre direction de tous les coins de la cafétéria, et je ne me suis pas posé trop de questions sur ce que Pete, Jeff et Isaac pouvaient bien penser de notre départ soudain et inexpliqué. Je laisserais à Violet et à Tracy le soin de leur expliquer. J'ai observé Mischa en face de moi pendant qu'elle enlevait la paille de son plastique et qu'elle l'enfonçait dans sa brique de lait.

— Il faut que tu manges, Mischa, l'ai-je avertie. Mâche lentement si ça peut te rassurer mais, bon sang, tu ne peux pas juste arrêter de manger.

Mischa a cligné des yeux avant de les détourner pour essuyer soit une larme, soit un cil égaré.

— C'est facile à dire pour toi. On ne t'a pas prédit que tu allais mourir étouffée. Tu ne fais pas des cauchemars où tu n'arrives plus à respirer…

Mischa s'est interrompue et, lorsque j'ai regardé par-dessus mon épaule droite, Violet était derrière moi. Sa posture et ses gestes étaient agressifs, mais sa voix tremblait et laissait paraître qu'elle se sentait intimidée. Et, comme l'avait dit Tracy à la veillée de Candace, on aurait dit qu'elle avait eu un sale rhume et son nez était bouché, rose vif et sec comme si elle s'était trop mouchée.

— Pourquoi est-ce que vous vous êtes mis ici ? Il y a de la place à notre table.

Elle portait un pull flambant neuf avec une capuche stylée, en cachemire multicolore brodé de fil doré. Un pull de ce type avait sans doute coûté très cher, et c'était encore un rappel désagréable que la famille Simmons était riche.

— Et M. Dean a dit que tu abandonnais le conseil des élèves. Je comprends pas, McKenna. On a tellement de trucs cool prévus pour cette année.

— Tu as tué Candace, ai-je répondu fermement d'une voix suffisamment basse pour que les secondes à l'autre bout de la table ne nous entendent pas.

Je savais qu'il était temps que je l'affronte. On en avait discuté avec Trey, mais il avait insisté pour éviter la cafétéria. J'aurais préféré qu'il vienne, parce que je n'aurais pas eu à faire face à Violet seule. On avait fini par décider qu'il serait plus facile de cacher notre véritable intention si on faisait tout pour qu'elle remarque qu'on était en colère. Fini les cachotteries, on allait jouer cartes sur table.

— Sans parler d'Olivia, bien sûr, mais ça va sans dire.

J'ai résisté à l'envie de détacher mon regard du sien. Même si c'était hyper désagréable, je l'ai dévisagée pendant qu'elle devenait rouge vif et qu'elle cherchait avec difficulté quoi répondre. Elle s'est mise à tortiller le pied, les lèvres pincées, et ses doigts se sont crispés sur ses hanches. Elle était aussi mal à l'aise que moi face à mon attaque.

— McKenna, tu sais bien que c'est irrationnel. J'étais loin d'Hawaii quand Candace est morte. Et j'étais pas avec Olivia non plus quand elle a eu cet accident. Les humains ne contrôlent pas la météo. Et moi je ne contrôle pas l'océan.

J'ai senti mon cœur s'emballer de colère. J'ai pris le temps de me calmer avant de répondre :

— On sait que tu diriges tout ce qui nous arrive. On a préparé quelque chose de bien spécial pour toi, et on attend de voir ce que tu vas en faire.

Violet a ouvert la bouche pour parler, mais les mots ne sont pas sortis. Ses yeux sont passés de moi à Mischa. Après un moment d'hésitation, elle a retrouvé son sang-froid.

— C'est une menace ? a-t-elle demandé avec dédain.

— Oh que oui, tu peux me croire, Violet, ai-je répondu en bluffant.

— On te tuera, a lâché Mischa en nous prenant totalement par surprise, Matt et moi. Si on te tue, la malédiction sera rompue. Je n'ai pas peur de te tuer si ça peut me sauver.

Trey et moi n'avions pas parlé à Mischa de notre visite au père Fahey, ni de notre plan qui était d'identifier l'objet qui servait de lien entre Violet et l'esprit. Sa menace de tuer Violet était totalement à l'ouest, mais c'était parfait : ça permettait de distraire Violet de ce que Trey et moi avions en tête. Le visage de cette dernière s'est vidé de toute couleur. Son expression était complètement dépourvue d'émotion et elle a tourné les talons pour regagner notre ancienne table. Nous ne l'avons pas regardée suffisamment longtemps pour voir la réaction de tous ceux qu'elle rejoignait quand elle leur a expliqué pourquoi on ne revenait pas s'asseoir avec elle.

— Mais t'es folle ou quoi ? ai-je lancé à Mischa. Elle pourrait aller voir le proviseur et lui dire que tu l'as menacée de la tuer ! Elle pourrait aller à la police !

— Et alors ? a répondu Mischa fermement en prenant une gorgée de lait. Je suis sérieuse. Je l'étranglerai de mes propres mains. Si je dois mourir, alors avant je veux qu'elle meure, elle aussi.

Matt a mis un bras autour de ses épaules et l'a embrassée sur la joue, mais je voyais bien à son ton et à son calme qu'elle ne rigolait pas du tout.

***

Pendant le cours de gym, j'ai tenté de me faire envoyer chez l'infirmière en prétendant que j'avais des crampes, mais Mme Stirling m'a rembarrée en m'informant que l'exercice physique était aussi efficace comme remède contre les crampes que le paracétamol. Plus tôt cette semaine-là, avant que Mischa ne revienne au lycée, ses parents avaient agi exactement comme la mère de Candace et avaient fait en sorte de modifier tout son emploi du temps pour qu'elle puisse éviter Violet partout à part pendant l'heure du déjeuner. J'aurais voulu être plus honnête avec mes parents sur ce qui se passait au lycée mais je savais que, si je demandais à ma mère de changer mon emploi du temps, je serais bombardée par des salves sans fin de questions sceptiques. J'ai enfilé mon jogging rouge et noir dans une rangée de casiers éloignée de Violet et Tracy pour les éviter. J'ai ensuite mis mon sweater à capuche gris, parce qu'il commençait à faire froid.

Sur la piste, je me suis mise à courir lentement, à mon rythme, en évitant les regards des autres autour de moi. Je me suis concentrée sur les paroles de la chanson qui passait sur mon iPod jusqu'à ce que, évidemment, quelqu'un m'appelle :

— McKenna !

Violet était derrière moi et marchait vite. Rapidement, j'ai remarqué que Tracy était de l'autre côté de la piste en train de courir, donc j'ai enlevé mes écouteurs pour entendre la suite.

— Quoi ?

— Pourquoi est-ce que tu es en colère après moi, d'un coup ? a-t-elle demandé d'un ton sincèrement incrédule.

— C'est pas d'un coup, Violet, ai-je expliqué sévèrement. J'aurais pu accepter que la mort d'Olivia était une coïncidence. Mais maintenant, Candace est morte elle aussi. Je t'ai démasquée, je sais ce que tu fais et je crois que tu es complètement tarée. Tu vas simplement attendre et nous regarder mourir, et pendant tout ce temps tu vas faire comme si tu n'y étais pour rien.

— Non, a répondu Violet en secouant la tête. Vous n'allez pas toutes mourir et je n'ai aucun contrôle sur ce qui s'est passé.

— Dis-moi une chose, ai-je rétorqué en me plaçant face à elle, sans me soucier du fait qu'on pouvait nous voir nous disputer en plein milieu du stade. Quand ça a été mon tour, pourquoi est-ce que tu n'as pas vu ma mort ?

— Je ne me souviens plus, a prétendu Violet rapidement. C'était il y a des semaines.

— Bien sûr que tu te souviens et tu sais parfaitement pourquoi, l'ai-je accusée.

Violet regardait autour d'elle, mais je la fusillais du regard et j'exigeais une explication.

— Parce que tu es déjà morte, a-t-elle fini par répondre sur un ton monocorde.

Sa réponse m'a marquée si profondément que je me suis remise à marcher juste pour la fuir et pour mettre de la distance entre ces mots et moi. De mes doigts engourdis, j'ai replongé mes écouteurs dans mes oreilles et la musique a retenti pour repousser la réaction frénétique dans ma tête.

Déjà morte.

J'ai entendu Violet m'appeler alors que je reprenais ma course, mais je ne me suis pas arrêtée.

Est-ce que ça voulait dire que Jennie et moi avions partagé une même âme ? Est-ce qu'une moitié de moi était morte avec elle ? Est-ce que j'étais morte à sa place et que, par une déformation de la nature, je continuais à vivre ? Si j'étais morte techniquement, est-ce que c'était pour ça qu'il était tellement plus facile pour l'esprit d'Olivia de me contacter moi plutôt que Mischa ?

Et, plus important que tout : est-ce que j'étais protégée de la malédiction ?

L'idée que je puisse être immunisée contre ce sort m'a fait ressentir une joie incroyablement profonde. Si Violet n'avait pas de pouvoir sur moi, alors je n'avais pas besoin de m'inquiéter de ce qui pourrait arriver à ma mère si je mourais subitement ou de la réaction de Trey. Soudain, le fait de savoir que ma vie allait se poursuivre a rendu l'air matinal plus frais, les rayons du soleil plus vifs, la musique dans mes oreilles plus enivrante. Mais, aussi vite que le soulagement avait inondé mon système nerveux, je me suis souvenue que Mischa n'était pas protégée. Et je n'avais toujours aucun moyen de la sauver.

***

Après l'école, Mischa et Trey m'ont retrouvée près de mon casier. Mischa avait l'intention de s'inviter chez moi pour faire ses devoirs afin d'éviter l'entraînement de gym avec sa sœur qui l'attendait dans le parking, le moteur de la voiture tournant sans doute déjà.

— Attendez-moi ici, a demandé Mischa à l'extérieur des portes ouest du lycée, juste avant de filer entre les voitures garées en direction de la Golf GTI d'Amanda.

Trey et moi avons regardé les deux sœurs se disputer, puis Amanda a lancé sa voiture en marche arrière pour sortir de sa place. Elle a crié à Mischa quelque chose du genre : *Attends un peu que maman et papa l'apprennent.*

Mischa a haussé les épaules lorsqu'elle nous a rejoints près des portes en ajustant la lanière de sa sacoche de cuir sur son épaule.

— Tout va bien ? a demandé Trey.

— Oui oui, a répondu Mischa d'une voix chantante. C'est juste que ma sœur ne comprend pas que la gym, c'est pas vraiment très important pour quelqu'un qui s'apprête à mourir.

À peine avait-elle prononcé ces mots que les portes rouges derrière nous se sont ouvertes. On s'est retournés pour se retrouver face à face avec Violet, et il y a eu un moment de silence gênant pendant qu'on se regardait tous les quatre.

— Salut, a enfin dit Violet d'un ton penaud avant de se détourner légèrement et de mettre une main en visière pour protéger ses yeux du soleil tandis qu'elle balayait du regard le parking animé à la recherche de quelque chose.

— Je crois que tu dois des excuses à Trey, a lancé Mischa pour l'empêcher de partir sans nous prêter plus d'attention.

Violet s'est retournée, étonnée.

— Pourquoi ?

— Tu savais que ce serait Trey qui serait au volant de la voiture dans laquelle Olivia est morte, suis-je intervenue. Et tu n'as pas dit un mot.

Trey a baissé le regard sur ses pieds, mal à l'aise d'être au cœur d'une dispute de filles.

Violet a battu des cils à toute vitesse.

— Je ne vois pas de quoi vous parlez, a-t-elle dit d'un ton qui suggérait qu'elle savait exactement à quoi je faisais référence.

— Ne sois pas ridicule, Violet. Trey est au courant. Il sait tout.

Je me suis avancée d'un pas vers elle en l'observant, pour tenter de déterminer quel objet sur elle aurait pu lui être donné par sa grand-mère. Son sac Speedy Louis Vuitton vintage en cuir ? Le bracelet à breloques autour de son poignet ? Est-ce que la clé de notre problème pouvait être aussi hors de portée qu'un flacon de parfum, un nuage de magie avec lequel Violet se parfumerait chaque matin ?

— Si tu avais appelé Trey ne serait-ce qu'une seule fois, tu aurais pu sauver la vie d'Olivia. Tout ce que tu avais à faire, c'était le lui dire, et tu aurais pu la sauver. Olivia avait tout compris, tu sais. Trey a dit que, juste avant l'accident, elle le suppliait de s'arrêter. Les derniers instants de sa vie ont été vécus dans la terreur, et tout ça c'est ta faute.

Mon accusation directe a semblé avoir un impact sur elle. Elle ne s'était sans doute pas trop étendue sur le fait que son inaction avait eu pour conséquence la mort de deux amies. Elle était si préoccupée par les ordres qu'elle avait reçus qu'elle avait occulté ses propres responsabilités en tant qu'être humain.

— Attendez, il faut que vous me croyiez. Je ne savais pas que ce serait lui, a répondu Violet avec un regard suppliant.

Sa voix s'était presque transformée en un cri. Elle était si désespérée que je n'avais pas de mal à la sentir sincère.

— Ils ne m'ont pas montré son visage, a-t-elle ajouté.

— Et pourquoi est-ce qu'on devrait te croire ? l'ai-je coupée.

Je n'avais aucune confiance en elle quand elle disait que ce qui lui avait permis de voir la mort d'Olivia lui avait caché l'identité de Trey.

— Si tu avais prévenu Trey, Olivia serait encore en vie, ai-je poursuivi.

— Mais c'est justement pour ça, a bafouillé Violet.

Les portes de l'école se sont ouvertes derrière elle et une horde de garçons de seconde nous ont dépassés pour rejoindre un minivan conduit par la mère d'un d'entre eux. Violet a attendu que le minivan démarre avant de continuer :

— Je ne suis pas censée prévenir qui que ce soit. Je ne suis pas censée changer ce qui va se passer. Ils ne me laissent pas en voir suffisamment pour que je puisse arrêter ça.

L'impact de tout ce qu'elle était en train de révéler d'un coup était si choquant que je ne savais même plus comment continuer l'interrogatoire. Et je trouvais ça hyper étrange qu'elle insiste sur le fait qu'il y avait plusieurs esprits qui l'informaient et non un seul. Je suis restée sans voix un instant, pendant que j'essayais de rassembler mes pensées avec tout ce que Violet venait de dire. J'ai tenté de me souvenir du conseil du père Fahey : ne pas essayer de comprendre les motivations de l'esprit. Se contenter de trouver l'objet qui relie Violet à lui.

— Qu'est-ce que tu veux dire par *ils te laissent voir des trucs* ? Qui ? ai-je demandé. Et puis, de toute façon, tu savais. Si ça s'était déjà produit avant, alors tu savais parfaitement qu'Olivia allait mourir !

Mes lèvres formaient des mots, mais je tentais de la fouiller des yeux. Est-ce que c'était un objet dans son sac qu'on ne pouvait pas voir ? Est-ce que Mischa et moi aurions à forcer son casier de gym pour fouiller le contenu de son sac en cuir ? Est-ce que c'était un objet qu'elle cachait dans sa chambre ? Non… mon instinct me disait que c'était un objet qu'elle avait apporté avec elle chez les Richmond le soir de l'anniversaire d'Olivia.

Les yeux de Violet se sont remplis de larmes qui ont roulé sur ses joues et elle n'a pas essayé de les essuyer.

— Je ne savais pas, je n'en étais pas sûre. Je ne sais jamais exactement ce qui va se passer.

Mischa a commencé à s'énerver :

— Mais de quoi tu parles, Violet ? Ça n'a aucun sens ! Qui c'est qui te montre des trucs ?

Violet a pris une longue inspiration et a scruté le parking d'un air méfiant. On entendait du rap résonner à travers les vitres fermées des voitures, des portières claquer et des coups de klaxon retentir dans le coin où les jeunes attendaient avec impatience leur tour pour sortir du parking.

— Je vous dirai tout ce que vous voulez, mais pas ici.

— T'as intérêt, a averti Mischa. Parce que c'est quand même toi qui as suggéré qu'on joue à ce jeu débile, et je crois que tu nous dois pas mal d'explications.

***

À cette heure-ci, la piste du stade était abandonnée, même si, au travers des arbres qui séparaient les terrains, on pouvait voir et entendre l'entraînement de l'équipe de foot pour le match de ce week-end. Violet avait décliné l'offre de Tracy de la raccompagner chez elle, lui expliquant qu'elle allait passer du temps avec nous. Sur le chemin en ciment qui séparait le parking du terrain de foot, on entendait le téléphone de Violet vibrer à travers son sac pour signaler les textos acharnés de Tracy. On s'est arrêtés près de la petite rangée de gradins et j'ai frissonné dans ma veste en jean. J'aurais voulu que le beau temps se prolonge avant que l'hiver s'installe pour de bon. Trey s'est assis sur le premier rang des gradins, sur un siège en aluminium, froid. Mais Violet a choisi de rester debout, agrippée à son petit sac en cuir, tout en frappant l'herbe sèche du pied.

— Ils ont commencé à me montrer des trucs il y a quelque temps déjà. Je me souviens même plus exactement quand ça a débuté, s'est lancée Violet. Ne me demandez pas qui ils sont, parce que je ne sais pas. Des esprits ? Des fantômes ? Des gentils fantômes, des fantômes maléfiques ? J'en sais rien. Je n'ai jamais eu peur d'eux et ils ne m'ont jamais fait de mal. Dans certaines situations, je comprends mieux ce qu'ils veulent que je voie, comme le jeu par exemple. C'est difficile d'expliquer tout ça en fait. Ils me disent des choses, mais ce n'est pas vraiment comme si j'entendais des voix. Ils me permettent de voir des images, mais ce n'est pas comme quand je vois ces gradins par exemple.

— Quel genre de trucs est-ce qu'ils te disent de faire ? ai-je demandé.

Un coup de vent a soufflé sur les feuilles des arbres autour du stade. La question a rendu Violet mal à l'aise et elle s'est mise à se ronger les ongles avant de répondre :

— Parler à certaines personnes. Leur demander de raconter leur vie. Proposer de leur lire les lignes de la main.

Immédiatement, j'ai eu la nausée. Ce n'était pas la première fois que Violet jouait à ce jeu et qu'elle regardait dans le futur pour prédire la mort. Qui sait depuis combien de temps ça durait, et combien de vies avaient été emportées.

— Comme Josh Loomis et Rebecca Shermer ? a demandé Mischa, le sourcil relevé.

Violet n'a pas eu l'air surprise du tout d'entendre ces noms ressurgir du passé.

— Sans doute, a-t-elle répondu en haussant les épaules. Écoutez, je ne me suis pas rendu compte tout de suite que ce qui leur arrivait était relié à moi. Josh a toujours été déprimé. C'est horrible à dire, mais personne n'était vraiment étonné qu'il se suicide. Ils ne m'avaient pas dit que, si je lui lisais les lignes de la main, j'ouvrirais la porte à la réalisation des prédictions. Je veux dire : dans ma tête j'ai vu ce qui allait se passer, mais, quand ils m'ont dit de lui parler, j'ai pensé que, si je lui montrais un peu d'attention ou d'intérêt, peut-être que je pourrais empêcher que ça se produise. Mais bon, c'est comme ça que ça se passe dans ma tête quand ça arrive : c'est comme une porte qui s'ouvre, et des choses se mettent à passer d'un côté à l'autre.

Je n'ai pas pu m'empêcher de lever les yeux au ciel. Quand je l'ai entendue prétendre qu'elle espérait pouvoir empêcher un suicide simplement en accordant un tout petit peu d'attention à un geek plus jeune qu'elle me paraissait franchement tiré par les cheveux. Mais Violet, ou en tout cas la version de Violet qu'on avait rencontrée en septembre, était totalement naïve et déconnectée, donc je me suis dit que c'était bien possible.

— Tu ne t'es pas rendu compte que tu étais responsable de sa mort ? a demandé Mischa, qui ne croyait pas une seule seconde à son air innocent.

— Non ! Absolument pas. Mets-toi à ma place. Tu crois franchement que tu aurais résolu l'énigme aussi vite ? C'est comme si… Imagine que la caissière de la cafétéria meure demain. Est-ce que tu iras t'imaginer que sa mort est liée au hamburger que tu as acheté ou au billet de cinq dollars que tu lui as donné ? Non !

— Et Rebecca, alors ? Tu as compris ce qui se passait quand elle est morte ? Ou bien est-ce que tu as attendu le troisième ou le quatrième enterrement avant de comprendre ? a coupé Mischa.

Violet s'est redressée et a jeté ses épaules en arrière, sur la défensive.

— Attends, Rebecca était mon amie. Je ne savais pas qu'elle allait faire ce qu'elle a fait. Je ne suis pas un monstre, hein !

Deux énormes larmes se sont formées au bord de ses yeux avant de glisser sur ses joues. Elle les a rapidement essuyées avant de se moucher dans un mouchoir qu'elle a sorti de sa poche.

— Je savais qu'elle souffrait beaucoup, qu'elle gardait beaucoup de choses pour elle. Mais je ne pensais pas qu'elle…

— Bon, il faut qu'on sache. Est-ce que tes parents ont déménagé de Lake Forest pour s'installer à Willow à cause de tous les problèmes que tu as causés là-bas, ou à cause du patrimoine que vous avez ici ? ai-je demandé.

Pendant une fraction de seconde, Trey a levé les yeux pour regarder Violet depuis son siège. Elle l'a regardé à son tour, et j'aurais pu jurer que j'avais vu une sorte de compréhension passer entre eux deux.

Puis, aussi rapidement que leurs yeux s'étaient rencontrés, Violet a détourné le regard vers la barrière du stade.

— Les choses qui se sont produites à Lake Forest n'étaient pas de ma faute, a insisté Violet. Je n'ai pas commis de crime !

Mischa a ri bruyamment.

— De notre point de vue, c'est toi qui as provoqué toutes ces horreurs, l'a-t-elle accusée en avançant d'un pas pour frapper la poitrine de Violet du doigt. Tu as tué Olivia, tu as tué Candace, et maintenant c'est sans doute moi la prochaine. Pour autant que je sache, le meurtre c'est un crime. Il faut que tu arrêtes tout ça.

Mischa me faisait flipper. Elle se comportait un peu comme une folle, mais je me disais que, si j'avais eu en tête que j'étais la prochaine à mourir sur la liste, peut-être que moi aussi j'aurais agi avec cette même urgence.

— Je crois que tu ne comprends pas, Mischa, a souri Violet nerveusement en plongeant les mains dans les poches de son manteau. Je ne peux pas changer ce qu'ils m'ont montré. Je n'ai tué personne. Je ne sais pas comment arrêter tout ça, et ils ne m'indiquent pas non plus de chronologie pour dire quand les choses vont se produire. Si ça se trouve, tu es censée mourir étouffée à l'âge de cent cinq ans.

Ces paroles n'ont pas réconforté Mischa. Elle a croisé les bras sur sa poitrine en dévisageant Violet.

— Je ne veux pas mourir étouffée, que ce soit maintenant ou plus tard. Et mourir ne me cause aucun souci si je peux partir après toi. Soyons claires, si tu n'arrêtes pas ce cirque, je te tuerai.

Ça m'a glacée jusqu'au sang d'entendre Mischa et de la voir si déterminée. J'ai tenté de ne pas me retourner pour la dévisager. À ma gauche, je percevais sa respiration haletante de colère. Il est vrai qu'elle avait beaucoup de force dans le haut du corps avec ses dix ans d'entraînement de gymnastique. Si elle voulait faire du mal à quelqu'un, elle passerait à l'acte sans problème. Si elle avait l'intention de tuer quelqu'un et qu'elle avait besoin de mon aide, je ne savais pas trop comment je réagirais. Je voulais bien croire Violet quand elle disait qu'elle ignorait comment mettre un terme à tout ça, mais je ne croyais pas totalement à son innocence. J'étais convaincue qu'on la guidait pendant cette confrontation. On lui disait quoi répondre, et comment nous déstabiliser.

Les yeux de Violet se sont posés derrière nous. Elle se demandait sans doute si on la poursuivrait si elle se mettait à traverser le stade en courant pour retourner au parking, où le bus du soir allait arriver d'une minute à l'autre récupérer les jeunes qui étaient restés à l'école une heure de plus pour leurs activités extrascolaires. Peut-être que les esprits la contrôlaient, mais ils ne pouvaient pas influer sur toutes ses pensées et, à cet instant précis, elle se disait probablement que, si Mischa lui sautait dessus, elle ne s'en sortirait pas.

— Et tu voudrais que je fasse quoi, Mischa ? a-t-elle demandé. Je ne sais pas combien de fois il faut que je vous le dise, mais je ne peux rien changer, là.

— Alors invoque tes esprits. Dis-leur de régler la situation, a exigé Mischa.

La voix de Violet s'est mise à trembler, elle était sur le point de se mettre à pleurer :

— C'est pas comme ça que ça marche, je vous assure, a-t-elle insisté. Je ne peux pas juste les invoquer. Ils me viennent dans des contextes très spécifiques, ou alors comme ça, quand ça leur chante.

Mischa et moi nous sommes regardées, déterminées.

— Par exemple si on te disait de jouer à « Léger comme une plume, raide comme la mort », a suggéré Mischa.

Violet a déplacé son poids d'une jambe sur l'autre, faisant crisser le gravier.

— Oui, a-t-elle enfin répondu. Ou lors d'une séance de spiritisme. Mais, même à ce moment-là, il n'y a pas de garantie. En réalité, je ne leur ai jamais demandé de faire quoi que ce soit pour moi. Ce n'est pas comme si je pouvais leur faire des demandes. Ils arrivent, ils me montrent des trucs, et ils repartent.

La bouche couleur prune de Mischa s'est transformée en une ligne grave et ferme.

— Dans ce cas, on joue au jeu pour les faire revenir, et tu leur dis qu'ils se sont trompés.

Violet s'est tournée vers moi, sur le point de refuser, avant de répondre :

— Mais le jeu ne marchera pas si on refait ton histoire. Ils m'ont déjà montré ta mort. S'ils reviennent, ils pourraient juste me remontrer la même chose, ou bien ça pourrait les mettre en colère.

— Alors on prendra Trey. Ils n'ont pas encore raconté son histoire à lui, a suggéré Mischa.

Trey avait les yeux rivés sur le gravier et Violet a lentement secoué la tête.

— Ils n'ont pas d'histoire pour lui.

— Alors McKenna. Ils n'ont pas montré la sienne, nous a rappelé Mischa.

Les yeux de Violet se sont écarquillés d'horreur, et elle m'a regardée pour que je la sauve. Je ne voulais vraiment pas reparticiper à ce jeu, mais le moment était mal choisi pour informer Mischa que Trey et moi avions un autre plan pour déposséder Violet de ses pouvoirs.

— OK, a accepté Violet. Demain.

— Pas demain, a objecté Mischa en secouant la tête. Ce soir. Venez chez moi à 20 heures. Je veux résoudre ça aussi vite que possible. Je pourrais être morte demain, ça vous parle ?

— Mais ce soir je ne peux pas, a rétorqué Violet. C'est l'anniversaire de ma mère et on a invité plein de gens. Je peux pas m'éclipser.

— Bon, OK. Demain alors. Chez moi.

La lèvre inférieure de Violet a tremblé un peu avant qu'elle accepte.

— Après le match. C'est le deuxième match de la saison, il faut que j'y sois.

Mischa a levé les bras au ciel en signe d'exaspération.

— Tu es en train de me dire qu'un match de basket a plus d'importance que ma vie ?!

Une vibration s'est fait entendre dans son sac. Elle a vérifié son téléphone : Matt lui avait écrit.

— OK, a ajouté Mischa après avoir lu le message. Demain après le match, si tu n'as rien de mieux à proposer. On sera tous ici demain après-midi dans les gradins, donc n'essaie même pas de disparaître avec les autres pom-pom girls pour aller au Bobby's ou je ne sais quoi. On t'attendra.

Mischa s'est retournée et s'est dirigée vers les barrières qui bordaient le parking. Au-delà, on voyait Matt qui garait la Honda de sa mère pour récupérer Mischa. Violet et moi sommes restées debout en silence, avec Trey assis derrière nous. Nous attendions toutes les deux que Mischa soit trop loin pour entendre, avant de reconnaître notre peur partagée du jeu qu'on s'était engagées à poursuivre.

— Tu crois vraiment qu'elle serait capable de me tuer ? a demandé Violet une fois que Mischa était montée dans la voiture de Matt.

— Elle pourrait bien, ai-je grogné.

Les choses auraient pu être très différentes après la mort d'Olivia. Mais la mort de Candace changeait tout. Je le sentais, aussi clairement que je sentais le vent souffler. Mischa était condamnée, tout comme mes deux autres amies l'avaient été.

— Écoute, je suis loin d'être ravie de jouer à ce fichu jeu à nouveau, ai-je admis, mais je suis prête à tenter, parce qu'il se trouve que je tiens vraiment à Mischa, alors que toi, c'est pas le cas, clairement.

Violet a de nouveau regardé le sol et m'a prise de court en se mettant à sangloter bruyamment, de façon totalement incontrôlée.

Lorsque ses yeux ont croisé les miens, ils étaient remplis de larmes et son nez était rose vif.

— Je ne voulais pas le dire à Mischa, mais son plan ne va pas marcher, a-t-elle soufflé.

Je savais déjà que le jeu ne permettrait pas à la malédiction d'être rompue, Trey aussi, mais j'ai posé les mains sur mes hanches. Le vent froid de novembre traversait mon blouson fin et je me suis dit que j'aurais mieux fait d'écouter ma mère quand elle m'avait dit de sortir mon manteau d'hiver du fond de mon placard ce matin même.

— Et pourquoi ça ?

— Parce que, a repris Violet, je te l'ai déjà dit, quand on a joué au jeu chez Olivia et que c'était ton tour, les esprits m'ont envoyé un tas de messages bizarres. Ils ne pouvaient pas me montrer ta mort parce que ça s'était déjà produit. La porte était déjà fermée.

— Bah, pourtant je suis pas morte, je suis là, ai-je répondu sèchement.

Trey s'est levé et m'a pris le bras.

— On en a terminé, a-t-il annoncé à Violet. Tu vas rater ton bus.

Trey et moi sommes rentrés à la maison sans dire grand-chose.

— Cette fille est complètement folle, a-t-il marmonné quand on a atteint le coin de la rue Martha. Ne l'écoute pas quand elle prétend que tu es morte. Elle n'a aucune idée de ce qu'elle raconte.

— Mais je sais bien que je ne suis pas morte. Je suis là, en chair et en os, ai-je insisté. Mais peut-être que Jennie et moi on partageait une seule âme, tu vois ? Peut-être que les vrais jumeaux comme nous n'ont qu'une seule âme, divisée en deux, et c'est ce que Violet voit quand elle essaie de lire mon avenir.

Trey a continué à secouer la tête.

— Chacun a une âme et la tienne se porte très bien. Ignore-la. Il faut vraiment éviter de croire ce qu'elle raconte. J'observais ses réactions au stade. Ils, que ce soit au pluriel ou au singulier, lui soufflaient ce qu'elle devait dire.

— Et l'objet alors ? ai-je demandé.

Je pensais toujours que détruire l'objet serait plus sûr que de reprendre le jeu. Mais, si on voulait éviter de rejouer, alors il allait falloir trouver cet objet et le détruire avant le lendemain soir.

— Tu as des idées ? ai-je ajouté.

— Rien du tout, a répondu Trey. Mais je dirais que c'est quelque chose qu'elle garde dans son sac, parce qu'elle l'a serré contre elle pendant tout le temps où on a parlé.

Je voulais lui demander s'il avait quelque chose à me dire sur lui et Violet, pour que je sache ce que c'était que cet instant qu'ils avaient partagé plus tôt. Mais ça ne me paraissait pas être le moment de lui demander. Vu le niveau de confiance que j'avais réussi à tisser avec lui ces dernières semaines, l'idée qu'il puisse garder un secret à propos de Violet était trop dure à admettre.

Pendant le dîner, maman m'a posé une tonne de questions sur ma journée. Clairement, elle tentait d'être plus impliquée en tant que mère. J'étais distraite, je lui faisais les réponses adéquates sur mes cours tout en me perdant dans des pensées sur les objets et l'au-delà. Maude a été de manière générale insupportable durant tout le repas. D'abord, elle a supplié pour avoir un bout de la tourte au poulet, puis elle s'est mise à gratter sans relâche la porte de derrière pour aller dans le jardin.

— Oh ça va, ça va ! a fini par s'exclamer ma mère.

Elle a appuyé sur l'interrupteur dans la cuisine pour éclairer l'extérieur et a ouvert la porte coulissante afin que Maude puisse aller courir.

Presque une heure plus tard, j'ai mis mes chaussures et ma veste pour tenter de ramener Maude dans la maison parce qu'elle avait refusé de rentrer quand ma mère l'avait appelée. Ma mère a donné sa théorie sur le sujet :

— Il doit y avoir un lapin là-dehors ou quelque chose du genre.

Dans le jardin, malgré la lumière du perron, j'ai dû ajuster ma vue à la pénombre avant de remarquer la silhouette sombre de Maude dans le coin tout au bout du jardin, qui creusait dans le sol. Il faisait un froid de canard dehors et la gelée se posait sur l'herbe. J'en ai vraiment voulu à ce chiot de m'avoir tirée hors de la chaleur de la maison. Lorsqu'elle m'a vue arriver, elle s'est agitée et s'est mise à courir en cercle autour de l'endroit qu'elle creusait, pas loin de là où Trey et moi avions enterré Moxie, tout en aboyant joyeusement dans ma direction.

— Alors, mauvaise fille, qu'est-ce que tu fiches là ? ai-je demandé.

En me rapprochant, j'ai vu que le trou qu'elle avait creusé, et qu'elle voulait si désespérément me montrer, n'était pas très profond. Il faisait environ trente centimètres de largeur et avait une forme bizarre. En me tenant pile au-dessus, je me suis rendu compte que le chiot avait sans aucun doute fait un trou dans l'herbe qui représentait un cœur. Maude aboyait en ma direction avec enthousiasme comme pour me dire : *Tu vois ?*

Et puis la certitude m'a frappée comme une claque inattendue. *Les pulls.*

Depuis l'arrivée du froid, Violet portait un nouveau pull chaque jour. Tous étaient en laine épaisse et en cachemire couleur crème, et tous recouvraient son cou. Il y avait des capuches, des cols roulés, des ras-du-cou côtelés et même un pull avec un col en entonnoir ivoire qui mettait sa silhouette en valeur, avant même la mort de Candace.

Ces pulls recouvraient le médaillon doré qu'elle avait exhibé si clairement pendant les semaines chaudes de septembre. Est-ce qu'elle l'avait caché inconsciemment sous ses pulls, avec pour résultat qu'il nous était sorti de la tête, ou est-ce qu'elle faisait exprès d'empiler les lainages dans l'espoir qu'on ne remarque pas qu'elle le portait tous les jours depuis le début des cours ? Je l'ignorais. Mais je l'avais totalement oublié jusqu'à ce que Maude me le rappelle. J'ai repensé au bol de savons en forme de cœur dans la salle de bains d'Olivia et à quel point je m'étais sentie obligée de m'en servir. Et puis je me suis dit que peu importait que je sois « morte » ou pas, j'avais autant d'aide de l'au-delà que Violet, sinon plus. Peut-être que Jennie, Olivia, Candace ou même Moxie avaient guidé Maude à l'extérieur pour déclencher cette vision et ce souvenir.

C'était le médaillon, ce médaillon en forme de cœur, qui reliait Violet à tous ces événements terribles. J'en étais absolument certaine.

Chapitre 17

Le jour suivant était un samedi, ce qui évidemment compliquait les plans pour récupérer le médaillon de Violet. Dans tous les scénarios que j'avais imaginés, le meilleur moment pour voler le médaillon était avant le cours de gym, dans les vestiaires. Trey et moi étions lovés sous ma couette, et on se demandait ce que la journée allait nous apporter. Mais j'étais un peu rassurée, parce que, si mon scénario dans les vestiaires n'était pas viable, je pouvais au moins potentiellement impliquer Mischa et Trey dans un autre plan. Qu'est-ce qui se passerait si j'attrapais le pendentif et que la chaîne ne se cassait pas ? Ou pire encore, si la chaîne en or coupait la peau du cou de Violet ? J'étais certaine qu'on approchait de la fin, mais à tous les coups Violet le sentait aussi. Et, même si j'étais plus que prête à mettre un terme à tout ça une fois pour toutes, j'étais terrifiée à l'idée de devoir l'affronter toute seule.

J'ai entendu mon téléphone vibrer sur la table de chevet à une heure bizarre. Instinctivement, je me suis assise pour répondre. C'était Mischa, en pleurs. Trey s'est assis à côté de moi en se frottant les yeux. Je lui ai tapoté l'épaule et lui ai dit de se rendormir.

— Ça t'arrive de penser à ce que ça fait de mourir, McKenna ? a demandé Mischa.

Sa voix était rauque, comme si elle pleurait depuis des heures.

— Bien sûr, ai-je avoué. Tout le temps. J'y pense depuis longtemps. J'imagine que c'est paisible. Tu vois, quand on parle d'une lumière blanche pleine de grâce, qu'on s'avance vers elle et puis qu'on ressent une sérénité et une paix totales. Je crois à tout ça.

Je ne lui ai pas dit que je croyais à tout ça parce que j'étais bien obligée, parce que sans ça je ne supporterais pas d'envisager toute la souffrance et les horreurs que Jennie avait endurées en quittant la vie qu'on avait partagée.

— Moi j'y crois pas, a rétorqué Mischa. Quand ma grand-mère est morte, mon père m'a dit que la vie, c'est une série de neurones circulant dans le cerveau qui nous permettent de percevoir l'énergie autour de nous. Quand on meurt, les neurones cessent de bouger et il ne reste rien. C'est le noir complet. Le vide. C'est ça qui nous arrive quand on meurt.

Puis il y a eu une longue pause et j'ai tenté de ne pas laisser ses paroles avoir un impact trop grand sur mes pensées. L'idée que tous ceux que j'avais connus et qui étaient déjà décédés avaient été tout simplement balancés dans un vide intersidéral était trop douloureuse à gérer.

— Mais on sait que c'est pas vrai. Olivia nous a contactés. Elle ne s'était pas transformée en néant, ai-je suggéré.

— Qu'est-ce qui se passe ? a demandé Trey d'une voix pâteuse.

Je l'ai repoussé gentiment du téléphone, je savais que l'état de Mischa ne ferait que l'énerver.

— Je ne veux pas devenir un fantôme en colère. Je veux rester avec mes parents et gagner une médaille aux Championnats nationaux de gymnastique et je veux aller à l'université de La Crosse et épouser Matt et devenir maman. Comment est-ce qu'on en est arrivées là ? Pourquoi est-ce qu'on a joué à ce jeu si débile ! Je veux revenir en arrière et tout effacer ! Je ne veux pas mourir, McKenna !

J'entendais la panique dans sa voix et je n'avais pas de réponse simple à lui donner. Ce n'aurait pas été crédible de lui dire qu'elle n'allait pas mourir alors qu'Olivia et Candace étaient déjà mortes.

— On fait tout ce qu'on peut, Mischa. Tout ce qu'on peut.

Quand je me suis recouchée, je me suis demandé si elle avait mangé quoi que ce soit de toute la journée. Si on ne trouvait pas de moyen infaillible d'empêcher la mort que Violet avait prédite pour Mischa, elle risquait de toute façon de mourir de faim.

Malgré le bras de Trey autour de mes épaules, le mouvement de sa respiration dans mon dos, et le fait qu'on était emmitouflés dans les odeurs et les textures de ma chambre d'enfant, je sentais que toute la sécurité qui m'avait entourée pendant la majorité de ma vie était sur le point de m'être arrachée. J'ai tenté de me rassurer, de me dire que ce n'étaient que les esprits de Violet qui essayaient de m'effrayer pour m'empêcher de faire ce que j'avais prévu. Mais, tout au fond, j'étais absolument certaine d'être au bord du précipice. Une fois que je repousserais ma couette et que je sortirais du lit au matin, ma vie ne reviendrait plus jamais à la normale.

***

Le parking du lycée était plein à 13 heures, alors qu'il restait encore une heure avant le match de basket contre le lycée Angelica. J'ai garé la Civic de Mme Emory dans le parking. Trey était à côté de moi sur le siège passager. Mischa était à l'arrière et avait refusé d'écouter Matt, qui lui avait ordonné de rester à la maison et loin de Violet. Pour elle, la seule raison pour laquelle on était au match, c'était pour empêcher Violet de disparaître après sans tenir sa promesse de venir reprendre le jeu. Trey et moi savions que le fait d'avoir Mischa avec nous au match serait une complication, et on en avait conclu que ce serait dans son intérêt et dans le nôtre de ne pas lui parler du médaillon de Violet et de notre plan de le voler. Elle se comportait de façon si imprévisible qu'il n'y avait aucun moyen de savoir ce qu'elle ferait si les choses tournaient mal. On savait aussi que notre plan était en gros inexistant, et qu'on devait juste se tenir prêts à agir à tout moment cet après-midi, dès que l'occasion se présenterait et quelles que soient les conséquences.

Je me suis garée dans un coin assez dégagé du parking, toujours un peu incertaine de mes capacités à conduire correctement.

— Regardez, a lancé Trey dès que j'ai eu terminé la manœuvre.

L'Audi blanche de la mère de Violet rentrait dans le parking. Lorsqu'elle a tourné dans l'allée pour atteindre une place libre près de l'entrée ouest du lycée, on a vu Violet de profil derrière le volant. Elle portait son uniforme noir et rouge de pom-pom girl, et après s'être garée elle s'est mis du gloss. Elle a vérifié son reflet dans le rétroviseur avant de sortir de la voiture en jetant son sac en toile sur son épaule et de verrouiller la voiture derrière elle d'une pression sur la clé. Ses longs cheveux noirs étaient attachés en une queue-de-cheval et se balançaient de droite à gauche tandis qu'elle se dirigeait vers le lycée. Puis elle a disparu derrière les portes rouges.

— Pffff, a craché Mischa. Et en plus elle a le culot d'être de bonne humeur.

Trey et moi avons ignoré sa remarque, on partageait la même pensée silencieusement : elle portait déjà son uniforme. Si elle s'arrêtait aux vestiaires maintenant, ce serait juste pour ranger son sac avant d'aller au gymnase s'échauffer avec le reste de l'équipe. Il faudrait qu'elle soit occupée devant son casier pendant au moins quelques minutes pour que ça marche, pour la prendre au dépourvu et pour lui arracher son pendentif. L'effet de surprise était essentiel, à mon avis.

— Allez, on y va, a dit Trey. J'arrive pas à croire que j'ai presque réussi à finir mes années de lycée sans jamais avoir assisté à un match de basket.

J'ai levé les yeux au ciel de façon ostensible, sachant parfaitement qu'il y avait encore quelques semaines il n'aurait jamais accepté d'assister à un événement sportif de son plein gré.

En rentrant par les portes ouest du lycée, on a été accueillis par deux geeks de seconde assises à une table, qui vendaient des billets.

— C'est cinq dollars par ticket, ont-elles annoncé avec joie.

Elles ont appliqué un tampon rouge sur nos mains avec le mot PAYÉ pour nous permettre d'entrer et de sortir à notre guise. Les couloirs étaient étrangement vides vu que c'était le week-end, et ils étaient maintenus dans l'obscurité pour décourager les jeunes du lycée Angelica de partir explorer le bâtiment pendant le match. On entendait déjà des bruits festifs dans le gymnase. De la dance passait à fond dans le système audio. On vendait du popcorn et du soda, les parents étaient venus de toute la ville et prenaient place. On est rentrés dans le gymnase et on a regardé dans les gradins pour trouver des sièges libres sur le côté où se trouvaient les fans de l'équipe locale. Les parents de Pete et ses petits frères avaient déjà étalé leurs manteaux et leurs sacs pour réserver des places, et la mère de Jeff ajustait sa caméra pour être prête dès le début du match.

J'avais déjà les bras et les jambes gelés et engourdis. On est montés dans les gradins et on s'est assis presque tout en haut dans un coin, en espérant que Violet ne nous remarquerait pas pendant les chorégraphies des pom-pom girls. Au bout de quelques minutes passées à nous imprégner de l'activité du gymnase, aucune pom-pom girl, de notre lycée ou d'Angelica, n'était encore sortie sur le parquet.

— Elle est où ? a demandé Trey tout haut.

— Probablement aux vestiaires à traîner et à s'échauffer. D'habitude, les deux équipes se partagent les vestiaires des filles, a expliqué Mischa, qui était la seule à savoir comment ça se passait puisqu'elle était cheerleader pendant la saison de football américain. Enfin, en tout cas c'est comme ça qu'on fait pendant les matchs de foot à domicile. Les cheerleaders de l'équipe adverse utilisent les mêmes vestiaires que nous, on évite juste de se parler.

Mon estomac s'est contracté quand je me suis dit que j'allais devoir rentrer dans les vestiaires et supporter les regards étonnés de filles non seulement de notre équipe de pom-pom girls mais aussi de celle d'Angelica. Encore des témoins. Encore des gens qui tenteraient de m'arrêter si Violet appelait à l'aide. Et davantage de soucis pour Trey s'il devait me suivre dans les vestiaires des filles du lycée pendant qu'elles se changeaient.

— Tu crois que les pom-pom girls vont redescendre dans les vestiaires pendant le match ? a demandé Trey à Mischa d'un ton innocent.

La musique qui passait dans les enceintes du gymnase s'est peu à peu éteinte pour faire place à une nouvelle musique de dance avec une basse hyper puissante qui annonçait l'entrée des pom-pom girls de Willow. Elles sont entrées en dansant jusqu'au centre du terrain et se sont mises en position. Violet se tenait au milieu, les mains sur les hanches. Elle rayonnait, fière, et son uniforme lui allait comme un gant. Toute l'équipe était placée derrière elle et les filles ont affiché leur sourire complètement exagéré en basculant la hanche sur le côté.

— Peut-être pendant la mi-temps, histoire de se rafraîchir, a dit Mischa d'un ton rêveur tandis que la chorégraphie commençait.

La mi-temps. Logique. L'équipe locale des pom-pom girls ferait sans doute une chorégraphie entraînante pendant au moins cinq minutes à ce moment-là.

La chorégraphie d'ouverture était si osée que c'en était scandaleux. J'avais du mal à croire que j'étais à un match de basket de lycée, dans le Wisconsin, avec tous ces mouvements aguicheurs, cette exhibition de poitrines et ces cambrures exagérées. Plus d'un père s'est mis à siffler en signe d'approbation tandis que les mères manifestaient leur désapprobation par des chuchotements de plus en plus prononcés. La musique a rempli le gymnase et les fans dans les gradins se sont mis à taper du pied en rythme. Violet était trop contente de voir la réaction de la foule, et sa nouvelle identité était visible. Il n'y avait plus rien de la petite fleur timide qu'on avait rencontrée en septembre à présent, sur ce terrain de basket, en cet après-midi de novembre. Celle qui menait la chorégraphie semblait plus grande que la Violet que je connaissais, elle avait plus de présence, elle respirait la confiance. On aurait dit une fille qui avait tout ce qu'elle voulait et qui n'avait peur de rien. Elle avait l'air invincible, et l'idée me faisait frémir.

Pendant toute la chorégraphie, je m'attendais à ce que Violet nous remarque dans les gradins et qu'elle se mette à me fixer. Depuis qu'on s'était installés, j'avais la conviction que Violet savait qu'on était là, et pourquoi on était là. Lorsque je descendrais dans les vestiaires, elle m'attendrait. Les choses ne seraient pas aussi simples que ce qu'on espérait, Trey et moi. Je ne pouvais absolument rien faire pour me préparer, tandis que la musique jouait et que les pom-pom girls secouaient leurs fesses et leurs pompons. Et pourtant les yeux de Violet ne se sont jamais déplacés vers nous. La chorégraphie s'est terminée avec elle qui a fait un salto arrière parfait doublé d'un grand écart. Tandis que les applaudissements fusaient, mon regard s'est concentré sur une seule chose : le rayon de lumière qui se reflétait sur la chaîne en or autour de son cou.

Elle portait le médaillon. Il était caché sous le haut serré de son uniforme en polyester, presque invisible.

Trey avait vu l'éclat de la chaîne, lui aussi, et il m'a donné un petit coup de coude. Les pom-pom girls se sont installées sur la rangée du bas des gradins, à quelques mètres de notre équipe de basket, qui s'était assise après être entrée dans le gymnase sous une pluie d'applaudissements. Depuis nos places, on distinguait parfaitement les cheveux noirs de Violet. On la voyait glousser et partager des secrets avec les autres filles. Lorsque les deux équipes sont entrées sur le terrain et que Jeff et Pete ont fait face aux deux ailiers d'Angelica, Violet s'est redressée, attentive, les deux mains sur la bouche. Lorsque Pete a tiré au panier pour la première fois de l'après-midi quasiment depuis le milieu du terrain et qu'il a marqué, elle a bondi de son siège les bras en l'air en hurlant des encouragements. Lorsque l'arbitre a sifflé une faute parce qu'un ailier d'Angelica avait accidentellement fait tomber

Pete pendant qu'il dribblait, elle a froncé les sourcils pour exprimer sa frustration à la fille à côté d'elle, une terminale appelée Annie dont le frère était dans l'équipe de basket.

À la fin du premier quart-temps, Weeping Willow menait de neuf points et les parents ont quitté les gradins pour aller aux toilettes et acheter des boissons pendant que les coachs des deux équipes donnaient des consignes à leurs joueurs. Les pom-pom girls d'Angelica ont fait leur première choré, puis celles de notre lycée se sont levées pour crier leurs slogans d'encouragements rythmés.

En moins de cinq minutes, l'arbitre avait sifflé pour rappeler les basketteurs sur le terrain. Je n'avais jamais assisté à un match de basket en entier parce que la fanfare et les porte-drapeaux n'étaient réquisitionnés que lors des matchs de foot, et j'avais beaucoup de mal à comprendre les règles du jeu.

Quinze minutes plus tard, à la fin du deuxième quart-temps, le lycée Angelica s'était débrouillé pour remonter au score et égaliser. Nos joueurs s'étaient un peu endormis sur leurs lauriers. Toutes les équipes de la région avaient tendance à sous-estimer celle d'Angelica, parce que cette ville était si petite qu'il était difficile d'imaginer qu'une équipe décente puisse y être formée chaque année. Je voyais la frustration sur le visage de notre coach de basket, M. Simon, qui faisait des allers-retours devant ses joueurs assis, tentant de trouver les mots magiques qui les pousseraient à se dépasser un peu plus sur le parquet.

Notre équipe de pom-pom girls s'est levée pour se diriger vers le fond du gymnase, et s'est éclipsée par les portes ouvrant sur le couloir de l'escalier des vestiaires.

— Pause pipi, ai-je annoncé à Trey et à Mischa.

Je savais que, si Violet quittait le gymnase et que le show de la mi-temps était notre meilleure chance de nous confronter à elle, je ferais mieux de descendre les gradins et de me tenir prête à agir dans les couloirs du lycée.

— Moi aussi, a ajouté Trey, qui enfilait déjà sa veste kaki pour ne pas la laisser sur son siège.

J'ai regardé Mischa du coin de l'œil. Je me demandais ce qu'on ferait si elle insistait pour se joindre à nous, mais elle a simplement haussé les épaules et a continué de boire son soda light.

Le couloir frais offrait une acoustique bien différente et agréable comparée à celle du gymnase, dans lequel les basses tonitruantes et le martèlement des pieds résonnaient et faisaient vibrer les corps. Les parents à notre gauche se racontaient les potins en attendant dans la queue pour acheter des boissons et du popcorn, et derrière eux on voyait le couloir tourner vers le périmètre extérieur du gymnase en direction de l'escalier des vestiaires. De l'autre côté se tenaient les distributeurs de snacks, étincelants et bruyants, et au-delà le couloir qui menait à l'entrée ouest du lycée, celle par laquelle on était rentrés et où on avait acheté nos tickets.

— Par là, m'a lancé Trey à voix basse en me tirant sur le côté du dernier distributeur de la rangée alors que les pom-pom girls tournaient au coin en direction du gymnase.

Prudemment, on s'est penchés en avant pour les regarder pénétrer sur le terrain. La musique reprenait pour leur choré de la mi-temps et on s'est avancés tout doucement, en retrait dans le couloir qu'on venait d'emprunter, pour les voir se regrouper avant de commencer leur danse. On les voyait de dos. Elles ont formé un V au centre du parquet et chacune s'est agenouillée et courbée, le front sur le sol, en attendant que les basses se mettent à résonner. Lorsque la musique a repris, chaque fille, l'une après l'autre, s'est déployée gracieusement jusqu'à se redresser complètement. Un remix de dance de *Cry Out*, de l'artiste de hip-hop Tiny J, a fait trembler le gymnase avec ses basses. Une fois toutes debout, les pom-pom girls se sont mises à danser de façon synchronisée et la foule s'est déchaînée.

C'était difficile de détacher les yeux de ces filles, parce qu'il était évident qu'elles s'étaient entraînées sans relâche sur cette choré, et que ça allait détrôner toutes celles effectuées par le passé dans notre gymnase. Mais Trey s'est tourné vers moi pour me rappeler à l'ordre :

— On devrait descendre et attendre là-bas.

J'ai hoché la tête et puis regardé en direction du terrain une dernière fois. Violet avait lancé les bras en l'air de façon théâtrale et elle s'est retournée juste à temps pour me regarder droit dans les yeux, pile là où je me trouvais dans le couloir, comme si depuis le début elle savait que je me tenais là. Son expression était neutre, comme une feuille de papier vierge, et un instant plus tard elle a repris sa chorégraphie comme si elle ne m'avait jamais remarquée. Mais j'avais compris. Elle savait que son heure était venue. Elle savait que j'étais là pour elle. Mon cœur battait dans ma poitrine comme si j'avais un animal sauvage coincé entre les côtes qui tentait de s'échapper. Son regard me disait que, si je ne l'attrapais pas, c'est elle qui m'attraperait.

— Je sais pas. Je ne suis plus sûre que l'attendre dans les vestiaires soit la meilleure approche, ai-je bafouillé nerveusement tandis que Trey me tirait vers le couloir en direction de l'escalier.

Les parents et les profs se redirigeaient vers les portes et ne nous prêtaient que peu d'attention alors qu'on avançait en sens inverse dans le couloir à peine éclairé.

— C'est ce qu'il y a de plus sûr, McKenna. C'est un petit espace, avec seulement deux entrées. Je viens avec toi, a-t-il dit pour tenter de me convaincre.

— Trey, elle sait, ai-je protesté en me rendant compte à quel point ma voix était hystérique, et je détestais ça. Elle sait qu'on descend. Je flippe !

Trey a mis ses mains sur mes épaules pour tenter de me calmer.

— McKenna, écoute-moi. On y est. Il nous reste une chance. Tout dépend de ce qui va se passer là. Tu le sais. La vie de Mischa dépend de ce médaillon qu'on doit lui arracher !

La musique qui sortait du gymnase dispersait mes pensées. Je n'arrivais plus à visualiser ce qu'on devait faire : descendre les marches, pénétrer dans les vestiaires des filles, traîner quelque part dans un coin comme les douches jusqu'à ce qu'on entende les pom-pom girls rentrer, puis passer à l'attaque. C'était le plan depuis la veille au soir, je l'avais bien en tête et j'avais réfléchi à tous les détails, au point que j'imaginais la sensation chaude de la chaîne de métal dans la paume de ma main tandis que je l'arrachais du cou de Violet. Je pouvais sentir l'odeur du nettoyant au citron des vestiaires, et je me voyais en sortir à toute vitesse, le médaillon à la main. Mais, malheureusement, la rêverie s'arrêtait là. Le père Fahey avait dit qu'on devait détruire le médaillon. Or comment détruire un objet en or dans un parking ? Comment est-ce qu'on avait pu oublier un détail aussi important ?

— Ça ne va pas, Trey. Le contexte n'est pas le bon. Elle peut m'échapper et courir jusqu'à l'autre sortie, en direction du stade. Je ne l'attraperai jamais. Elle est plus rapide que moi. Et dans ce cas j'aurai tout raté. Je n'aurai jamais de deuxième chance si je l'attaque avec des témoins tout autour et qu'elle s'échappe, ai-je continué.

Trey avait l'air hyper déçu. Je voulais vraiment me fier à son instinct, mais tout me paraissait bancal. Il avait l'air incroyablement beau à cet instant-là, avec ses yeux pâles qui me suppliaient, sa bouche pleine et rose. J'étais émerveillée qu'il ait pu dormir dans mon lit pendant tant de nuits sans faire grand-chose de plus que m'embrasser. J'ai dû résister à l'envie d'oublier tout ce qui avait un rapport avec Violet et de le traîner jusqu'à la voiture de sa mère dans le parking pour lui arracher ses vêtements et enfin assouvir le désir que j'éprouvais pour lui et que je réprimais depuis des semaines. Comme si je ne contrôlais plus mon corps, j'ai vu ma main se lever et lui caresser la joue, et mon pouce se diriger vers sa lèvre inférieure.

— McKenna, qu'est-ce que tu…

Je ne savais pas ce que je fabriquais. C'était comme si mes pensées étaient dépassées par quelqu'un ou quelque chose d'autre. Comme si j'étais une marionnette qu'une force possédait. Et puis je me suis rendu compte que c'était sans doute exactement ce qui était en train de se passer. L'esprit qui contrôlait Violet essayait de me distraire de ce que je devais faire, et il y arrivait drôlement bien.

— Désolée, ai-je dit en reprenant mes esprits.

Je suis devenue rouge pivoine. J'avais dû avoir l'air totalement tarée en paniquant comme une lâche avant d'aguicher Trey de façon si osée.

— J'ai l'impression que quelque chose essaie de contrôler ce qui se passe dans ma tête. Je ne veux pas l'attendre en bas. Sérieux, je crois que c'est une mauvaise idée.

Dans le gymnase, j'entendais la fin de la chanson. Il y a eu des applaudissements et des tapements de pieds dans les gradins. Le son dans mes oreilles était assourdissant. C'était comme si mes tympans allaient exploser, et à ce moment-là je n'avais plus envie d'autre chose que de m'enfuir du lycée et de sortir dans le parking, loin de ce bruit infernal.

— McKenna, a insisté Trey fermement en me secouant.

Avant qu'on ait eu le temps de dire ouf, les pom-pom girls sortaient du gymnase. En file indienne, elles sont arrivées avec Shannon Liu en tête, une terminale qui rayonnait d'enthousiasme. L'équipe tout entière s'est regroupée autour de moi comme une pieuvre avec vingt jambes bronzées et des cheveux longs de toutes les couleurs, jusqu'à ce que mes yeux s'arrêtent sur la fille au cœur du groupe, une fille magnifique avec des yeux bleus glacés. Violet.

Avant même de réfléchir à ce que je faisais, sans lui donner une fraction de seconde pour relever la tête et nous voir, Trey et moi, dans l'obscurité du couloir, je me suis élancée. Je l'ai fait trop vite pour que Trey m'arrête, trop vite même pour avoir le temps de penser au fait que, en agissant de façon si imprudente et impulsive, je mettais tout en péril. Pas un mot n'est sorti de ma bouche tandis que je me jetais de tout mon poids sur Violet, ce qui a fait tomber Stephani de Milo, qui était sur mon chemin, de tout son long sur le carrelage. J'ai taclé Violet en la poussant en arrière et, quand on a chuté au sol, j'ai avancé la main pour tenter d'attraper son médaillon en serrant la mâchoire quand j'ai senti sa chaîne qui disparaissait derrière son haut.

— Eh ! Non ! À l'aide ! a hurlé Violet dès qu'elle s'est rendu compte de ce qui se passait.

J'étais sur elle, je la maintenais au sol avec mes genoux sur ses épaules. J'étais certaine de lui faire mal, mais je n'avais pas le temps de m'en préoccuper.

Sa chaîne était étonnamment solide, alors que le médaillon semblait délicat et vieux. J'ai empoigné la chaîne assez fort pour briser le fermoir, j'en étais sûre, mais, au moment où j'ai senti que le métal allait céder, des mains sous mes aisselles m'ont tirée en arrière. On m'a tirée avec tant de force qu'en une seconde le médaillon a glissé de mes doigts et j'ai regardé bouche bée le cœur en relief qui pendait sur le fil doré et délicat se redéposer sur le top de Violet.

— Bon Dieu, mais qu'est-ce qui se passe ! a hurlé M. Simon derrière moi.

J'ai reconnu la voix du coach de basket même si je ne lui avais jamais parlé. Avant même que je me sois stabilisée pour tenir debout toute seule, j'ai vu Trey derrière moi tacler le coach de côté pour le faire tomber. J'ai été entraînée dans la chute parce que M. Simon me tenait toujours par les bras, mais j'ai retrouvé mon équilibre plus vite. Soudain libérée et sur mes pieds, je me suis tournée pour voir Trey qui peinait à maintenir au sol cet homme grand aux cheveux qui s'éclaircissaient.

— Cours, McKenna ! a hurlé Trey.

Alors, je me suis tournée sur ma gauche et j'ai vu que Violet se relevait.

Il y avait du bazar partout, des profs et des parents qui se ruaient vers moi et Trey, mais rien ne m'arrêtait plus. Avec une détermination plus forte que jamais, je me suis lancée sur Violet comme un tigre en bousculant les pom-pom girls pour l'atteindre. Elle a tout juste réussi à m'éviter et s'est mise à courir à toute vitesse dans l'escalier des vestiaires. Je n'étais que quelques marches derrière elle et je les franchissais deux à deux pour la rattraper, mais j'en ai loupé une dans la hâte. Avec une sensation nauséeuse dans l'estomac parce que je savais que j'allais bientôt avoir très mal, je suis tombée de tout mon poids sur le dos de Violet, ce qui l'a fait plonger en avant. Elle a dégringolé la tête la première sur au moins quatre marches avant de rebondir sur deux de plus, atténuant sa chute avec ses bras étendus tandis que ses genoux étaient repliés d'un côté. J'avais plus d'élan, donc j'ai atterri violemment sur elle, en lui faisant sans doute mal au dos et aux épaules, puis j'ai roulé en boule jusqu'en bas de l'escalier et j'ai senti chaque marche me rentrer dans les côtes jusqu'à atteindre le sol tout en bas.

J'ai pris une longue inspiration, convaincue que la chaleur que je sentais sur mon front était du sang, et, avant même d'avoir une seconde pour m'habituer à la douleur terrible qui s'installait dans mon dos et mes côtes, j'ai vu Violet se remettre de ses émotions et piquer un sprint jusqu'aux vestiaires. J'ai entendu des pas et des voix inquiètes qui m'appelaient en haut pour demander si ça allait et je me suis relevée. La seule blessure sérieuse que j'avais jamais eue de ma vie était un doigt cassé en sixième, mais je savais que, si je pouvais me lever, alors je n'étais pas trop mal en point, même si je ne pensais pas être jamais tombée dans un escalier comme ça. Sans perdre une seconde, je me suis ruée sur les vestiaires. Ma hanche gauche s'est écrasée contre la porte quand je suis entrée et j'ai senti une douleur aveuglante me traverser le corps. J'ai ignoré l'élancement qui irradiait du côté gauche et j'ai suivi Violet dans les vestiaires frais et calmes. Je l'ai vite perdue de vue, parce qu'elle avait disparu derrière une rangée de casiers bleu métal.

J'ai tourné au coin sans réfléchir. Ce n'est qu'après coup, alors que je me demandais où elle était passée, que je me suis rendu compte qu'elle aurait pu se tenir là, prête à me balancer une poubelle ou je ne sais quoi à la tête. Pendant quelques secondes, je me suis tenue parfaitement silencieuse, osant à peine respirer, essayant désespérément d'entendre le moindre bruit qui aurait pu m'indiquer par où elle était partie. L'instant a passé, mais je n'ai entendu que les pas et les voix des filles et des parents qui nous suivaient dans les vestiaires. Je devais aller vite, je ne pouvais pas risquer d'être attrapée par eux. Depuis que mes doigts avaient effleuré le médaillon, je savais que j'avais besoin de le sentir à nouveau dans ma main. C'est comme si ma peau le désirait, comme si elle avait soif de son contact.

À ma droite, j'ai vu la rangée bleue des toilettes au-delà du petit bureau de Mme Stirling. Il était possible que Violet se soit cachée dans une des cabines, mais c'était peu probable et je ne pouvais pas me permettre de perdre de précieuses secondes à vérifier. À ma gauche, il y avait les blocs de carrelage blanc des douches. Les murs étaient suffisamment hauts pour cacher Violet si elle était rentrée dans l'une d'elles. Au-delà des douches, il y avait les rangées de casiers puis les doubles portes menant au stade qui étaient verrouillées de l'intérieur le week-end. Je n'avais pas d'autre choix que d'avancer, donc j'ai fait quelques pas vers les douches après un moment d'hésitation, tout en entendant les voix de ceux qui me poursuivaient.

Dès que je me suis avancée, j'ai entendu des pas légers plus loin. Je suis ressortie de cette zone aussi sec, à temps pour voir les doubles portes se refermer. Je me suis lancée de toutes mes forces vers elles, avec un regain d'énergie, et j'ai quitté les vestiaires juste au moment où les pom-pom girls rentraient de l'autre côté, sur mes traces.

Dehors, mes oreilles se sont ajustées au calme de l'après-midi. Il faisait suffisamment froid pour que ça me surprenne, ça sentait l'arrivée de la neige. Devant moi, à au moins trois mètres, j'ai vu Violet courir à toute vitesse pour atteindre les barrières du parking. Elle s'est retournée une fois seulement, ses cheveux noirs lâchés, pour évaluer la distance entre nous deux. Elle a atteint la grille qui la séparait du parking. Elle a été surprise de la trouver verrouillée. De derrière, j'ai bien vu qu'il lui a fallu une seconde pour se rendre compte qu'il y avait une chaîne et un cadenas qui fermaient la grille, sans doute pour empêcher des visiteurs d'utiliser la piste d'athlétisme durant le week-end. J'entendais Violet grogner de frustration tandis qu'elle passait les doigts sur la serrure. Puis, sans perdre de temps, elle a fait une chose à laquelle je ne me serais jamais attendue : elle s'est mise à escalader la grille dans sa minijupe.

— Oh bon sang, ai-je râlé.

J'ai ralenti puis je me suis arrêtée devant la grille alors que Violet était à deux pas d'arriver en haut. Je me suis étirée pour attraper son pied gauche dans le but de la tirer vers le bas, mais, au lieu d'être déséquilibrée, elle s'est accrochée encore plus fermement aux barreaux. J'ai tiré plus fort une seconde fois, et là, j'ai été prise de court quand elle a sauté de la grille et qu'elle s'est lancée sur moi, le regard rageur. Je suis tombée en arrière sur le bitume. Immédiatement j'ai senti que j'aurais un bleu au coccyx. Pendant que j'étais au sol, Violet m'a lancé un coup de pied brutal et puissant dans le ventre qui m'a coupé le souffle. J'ai tenté de reprendre ma respiration tout en basculant sur les mains et les genoux pendant qu'elle retentait une ascension. Avant même d'avoir retrouvé mon souffle, j'étais debout et je l'attrapais à nouveau pour la faire tomber.

Seulement, cette fois, c'est moi qui l'ai prise de court. C'est elle qui est tombée avec un bruit sourd sur le bitume, et c'est sa tête qui a frappé le sol. Elle a cligné des yeux lentement pour reprendre ses esprits. Pendant qu'elle tentait de comprendre ce qui venait de se passer et qu'elle vérifiait qu'elle ne s'était pas fait mal, j'ai attrapé la chaîne et je me suis mise à tirer de toutes mes forces.

Cette fois, elle a hurlé un « AÏE ! » et ses doigts se sont portés sur sa nuque, sans doute là où la chaîne avait entaillé sa peau sensible avant que le fermoir se brise.

Le médaillon dans la main droite, j'ai escaladé la grille aussi vite que possible, bien consciente de l'air égaré de Violet toujours étalée au sol au-dessous de moi. Le temps d'atteindre le haut de la grille, les pom-pom girls nous avaient rejointes et, tandis qu'une moitié se penchait pour aider Violet à se redresser, l'autre moitié secouait de façon ridicule la grille pour essayer de me faire tomber. J'ai lancé une jambe par-dessus le sommet et je me suis laissée glisser vers le bas, accrochée à bout de bras, avant de décider de me lancer et de sauter au sol. J'ai atterri fermement, avec un choc suivi d'une douleur qui s'est diffusée dans tout mon dos depuis le coccyx, et j'ai essuyé du sang qui me coulait dans l'œil droit. J'ai perdu une fraction de seconde à regarder derrière moi, et j'ai vu la fureur qui s'affichait de nouveau sur le visage de Violet tandis qu'elle repoussait violemment les membres de son équipe qui essayaient de l'aider. Un pied chaussé d'un soulier de danse noir en cuir s'est placé sur une barre de la grille et, en quelques secondes, Violet était tout en haut, comme si une force surnaturelle la portait.

C'était à mon tour de courir, de courir aussi vite que possible. Les seules pensées qui me traversaient la tête étaient nébuleuses, des impressions de couleur qui suggéraient l'immense douleur physique que je ressentais. J'avais les clés de la voiture de la mère de Trey dans la poche droite de mon jean noir, mais, le seul moyen de traverser le parking pour atteindre la Civic, c'était de slalomer entre les voitures garées. Il était possible que Violet atteigne son Audi plus vite que moi et, même si ce n'était pas le cas, je n'aimais pas l'idée de conduire la voiture hors du parking sans Trey. De là, je ne savais pas où je pourrais bien aller, ni ce que je ferais du médaillon.

Heureusement, pile à ce moment-là, Trey a jailli des portes ouest du lycée en courant, suivi de Mischa. Il m'a aperçue, puis a vu que

Violet me poursuivait. Il s'est mis à sprinter de façon impressionnante et a taclé celle-ci, la faisant tomber.

— T'as pas intérêt à te relever, l'a-t-il avertie avant de s'éloigner et de me rejoindre au pas de course en direction de la voiture de sa mère.

Les parents et les profs de Willow et d'Angelica sortaient en masse des portes ouest et ils avaient vu Trey pousser Violet. M. Simon faisait partie de la troupe et se tenait un mouchoir sanglant sur le nez. Plusieurs mères se sont ruées vers Violet, qui avait obéi à Trey et ne faisait aucune tentative cette fois-ci pour se remettre debout. J'ai transféré le médaillon de ma main droite à ma main gauche, les paumes moites de stress, pour mettre la clé dans la serrure. J'ai vu le chaos qu'on avait semé dans le parking. Il y avait les pom-pom girls qui pleuraient et criaient derrière la grille, du côté du stade, les parents qui faisaient des signes dans notre direction à Trey et à moi depuis l'autre bout du parking, et Mischa, seule, debout sur l'escalier qui menait à l'entrée ouest, les bras croisés.

— Arrête de regarder, contente-toi de conduire ! a ordonné Trey.

Je me suis mise au volant et j'ai allumé le moteur pour lui ouvrir. Il est rentré et a claqué sa portière quelques secondes seulement avant que le père d'un des joueurs de basket, un costaud, atteigne la voiture et hurle :

— Sortez de là tout de suite, vous deux ! Vous êtes dans un sacré pétrin !

On a tenté de l'ignorer et on a rangé le médaillon dans le petit creux sous le levier de vitesse. Trey a bouclé sa ceinture.

— Allez, on y va, a-t-il dit d'une voix pleine de confiance.

J'ai reculé aussi vite que possible pour sortir de ma place, assez impressionnée par ma dextérité jusqu'à ce que j'entende un bruit métallique qui me montrait que j'avais été un peu enthousiaste en reculant et que j'avais touché le coin arrière de la voiture d'à côté. Je n'ai pas pris le temps de regarder les dégâts que j'avais causés. Je me suis dirigée à toute allure vers la sortie du parking sans perdre de temps à emprunter le bon chemin entre tous les véhicules garés. J'ai tourné à droite alors que c'était interdit, et j'ai vu un père furieux à travers la fenêtre de Trey, le visage rouge et les poings brandis. Près des portes du lycée, on voyait des parents inquiets aider Violet qui boitait à rentrer.

Chapitre 18

— On va où ? ai-je demandé à Trey, terrifiée.

Je me suis à peine arrêtée au stop au bout de la rue avant de lancer la voiture à gauche sans même mettre les clignotants. Mon cœur battait à tout rompre, et j'avais l'impression de transpirer des flocons de neige. Les paumes de mes mains étaient si moites que j'avais peur de ne pas pouvoir contrôler la Civic.

— Il faut détruire ce truc, a grommelé Trey en prenant le médaillon pour l'examiner. Ça se détruit comment, un médaillon en or ?

Au tournant suivant, j'ai pris à droite pour rejoindre la circulation en direction de la route de campagne, c'était notre meilleure chance de sortir de la ville rapidement. Presque immédiatement après avoir senti une vague de soulagement parce qu'on était au milieu de voitures qui conduisaient à une vitesse normale, j'ai entendu des sirènes derrière nous. Ça ne pouvait signifier qu'une seule chose : quelqu'un au lycée avait appelé la police, et elle nous poursuivait.

— Oh, c'est pas vrai ! me suis-je exclamée. Tu crois qu'il faut que je m'arrête ?

— Euuuh… comment te dire ? Tu as agressé une camarade, j'ai frappé un prof et tu viens de fuir le lieu d'un accident. Je crois pas que ce serait une bonne idée de s'arrêter maintenant, m'a conseillé Trey.

— OK.

J'ai instinctivement changé de voie en faisant une queue de poisson à une voiture sur ma gauche qui m'a lancé un coup de klaxon furieux. Je voulais mettre autant de véhicules que possible entre nous et la voiture de police.

Pendant ce temps, Trey, avec ses ongles minuscules et rongés, a réussi à ouvrir le médaillon en faisant un bruit qui mélangeait *oups* et *waouh*. J'ai quitté la route des yeux une microseconde pour voir que, dans le médaillon, il y avait une petite mèche de cheveux dorés, couleur miel. Elle s'était étalée dès que Trey avait écarté les deux moitiés du cœur et se tenait, étendue, à chatouiller la paume de sa main.

— J'arrive pas à décider si c'est dégueu ou cool, a-t-il murmuré.

J'ai immédiatement pensé au portrait dans l'entrée des Simmons avec la grand-mère de Violet souriant d'un air si gracieux avec ses cheveux blonds parfaitement coiffés. Mon souvenir de ce sourire m'a soudain paru étrange. Dans le tableau, la grand-mère Simmons ne souriait pas pour accueillir ses invités dans le salon. Elle me disait, à travers les craquelures de la peinture, que sa patience survivrait à la mienne et qu'elle pourrait attendre très, très longtemps pour prendre sa revanche sur ceux qui avaient floué sa famille.

Deux voitures de police supplémentaires nous attendaient quand j'ai tourné à droite sur la route de campagne qui quittait la ville. En voyant la Civic, les officiers ont mis les sirènes, et les lumières rouges et bleues tourbillonnant au-dessus des véhicules ont rempli de couleurs cet après-midi si gris.

— Je n'aime vraiment pas ça, ai-je dit à Trey d'une voix tremblante.

Je commençais déjà à me demander si quelqu'un avait appelé ma mère pour lui apprendre que j'étais lancée dans une course-poursuite avec la police.

— T'inquiète. Continue à rouler, a répondu Trey en se grattant la tête. Les lacs. Si on arrive à dépasser l'aéroport et à atteindre la route régionale, on peut jeter le médaillon depuis le petit pont suspendu du lac White Ridge.

C'était loin. Pour aller jusqu'au lac Shawano et à la poignée de petits lacs autour dans la forêt, il nous faudrait près de trente minutes en roulant rapidement. Je n'étais pas sûre que mes nerfs et ma conduite me permettraient de tenir le coup aussi longtemps. La route de campagne n'avait que quatre files. Deux de notre côté, qui allaient vers l'est, et deux qui allaient vers l'ouest. Si la police tentait de nous bloquer le passage, je n'avais pas la moindre idée de ce que je ferais. Et l'autre chose qui m'inquiétait tout autant, c'est qu'il nous restait moins d'un quart du réservoir d'essence.

— Trey, je ne sais pas si on va réussir à aller aussi loin, ai-je répondu, trop flippée pour pleurer.

— Pense à Mischa, m'a dit Trey pour m'encourager. On peut au moins essayer.

— Mais tu crois que si on lance le médaillon dans une eau profonde ça suffira pour le détruire ?

Je me serais sentie nettement mieux si on avait préparé une cuve d'acide dans laquelle on l'aurait jeté ou un incinérateur suffisamment puissant pour faire fondre le métal précieux. Mais il était 15 heures un samedi après-midi dans le Wisconsin périurbain. Il n'y avait aucun moyen d'accéder à ces choses.

— L'or ne rouille pas, ai-je ajouté.

— Je crois, a entamé Trey lentement, que, si on met le médaillon dans un endroit auquel Violet ne pourra plus jamais accéder, ce sera toujours mieux que ce qu'on a à l'heure actuelle. Et en plus ces cheveux vont se désintégrer dans l'eau. Donc, si c'est cette mèche qui détient le pouvoir, c'est facile de régler ça tout de suite.

Il a commencé à fouiller dans la poche de sa veste pour y trouver une boîte d'allumettes.

— Trey ! Je suis en train de conduire ! ai-je hurlé, dépassée par ma peur du feu.

Je ne voulais pas sentir l'odeur de cheveux brûlés ni voir de fumée dans l'habitacle alors que je devais me concentrer sur la vitesse hallucinante à laquelle je conduisais, obligée de dépasser des véhicules de temps en temps, poursuivie par trois voitures de police et leurs sirènes assourdissantes.

— Police ! Arrêtez-vous !

L'officier de police côté passager de la voiture la plus proche de nous avait descendu sa vitre et nous aboyait des ordres à l'aide d'un mégaphone.

— T'inquiète pas, m'a rassurée Trey. Si je brûle les cheveux maintenant, on aura fait la moitié du boulot, même si on se retrouve à court d'essence.

Il avait raison, donc j'ai pris une longue inspiration et j'ai fait de mon mieux pour l'ignorer tandis qu'il enflammait la mèche de cheveux, qui s'est rapidement recroquevillée et a noirci, remplissant la voiture d'une odeur douce et écœurante et d'une tonne de fumée.

— C'est fait, a annoncé Trey en baissant sa vitre juste assez pour glisser sa main gauche dans l'interstice et disperser les cendres dans le vent.

— Vous êtes en état d'arrestation ! Arrêtez le véhicule sur le bas-côté !

Devant moi, à environ dix mètres, il y avait un camion chargé de troncs d'arbres fraîchement coupés, retenus par un réseau élaboré de cordes et de crochets. Il prenait plus d'une file de largeur et il serait impossible de le dépasser sans mordre sur la ligne qui nous séparait des voitures qui venaient dans l'autre sens.

— Je fais quoi, je fais quoi ? ai-je demandé en boucle à Trey.

Trey a placé une main rassurante sur ma cuisse droite pour me calmer.

— Attends qu'il y ait un trou dans la circulation de l'autre côté et, dès que tu en vois un, lance-toi sur cette voie et fonce.

Je l'ai écouté tout en regardant le flux.

— Et prie de toutes tes forces qu'il n'y ait pas de voiture devant le camion quand on l'aura dépassé, a-t-il ajouté.

J'ai pris une longue inspiration après le passage d'une Volvo bleue dans le sens inverse à notre gauche et j'ai lancé la Civic sur la même voie en appuyant sur l'accélérateur. À presque trente mètres face à nous, lancée à peu près à la même vitesse que nous, une Kia bordeaux s'approchait au risque de nous frapper de plein fouet si je n'arrivais pas à dépasser le camion et à me rabattre sur la bonne file. Pour une raison incompréhensible, le camion avait accéléré et j'avais l'impression que je n'arriverais pas à le dépasser avant que la Kia se fracasse sur nous.

— Nooooon ! ai-je hurlé.

À la dernière seconde avant l'impact, j'ai compris que, si j'essayais de couper le chemin du camion à la vitesse à laquelle il allait, il toucherait l'arrière de notre Civic. Alors je me suis déportée à gauche sur la seconde file de la route opposée en loupant de peu une Jetta qui nous arrivait dessus. Mon estomac a fait un bond quand j'ai entendu le crissement horrible du gravier sous nos roues. On s'est retrouvés sur le bas-côté mais heureusement, j'avais repris le contrôle de la voiture avant qu'elle n'aille au-delà du gravier, dans l'herbe haute et les arbres.

— Oh la vache, a murmuré Trey, d'une voix qui tremblait au rythme des cahots.

Il tenait son siège des deux mains, le médaillon toujours dans sa main gauche.

— C'est bon, je gère, me suis-je exclamée, incapable de croire qu'on ne s'était pas fait exploser par une des deux voitures qu'on venait d'éviter.

Les deux avaient freiné brusquement après nous avoir dépassés, avaient dérapé puis s'étaient arrêtées au beau milieu de leur voie. Puisqu'il n'y avait pas de véhicule qui arrivait en sens inverse, j'ai recommencé à accélérer une fois de retour sur la route pour éviter de détruire les pneus à force de rouler sur le gravier. On est enfin apparus devant le camion et le conducteur a freiné. Derrière nous, on pouvait entendre les crissements de pneus des voitures de police qui faisaient tout pour éviter de s'écraser sur l'arrière du camion.

Contrairement aux scènes de course-poursuite des films, les cordes qui retenaient les troncs d'arbres sur le camion ne se sont pas défaites et les troncs ne se sont pas déversés sur les véhicules de police pour les détruire et les bloquer. Mais la distraction m'a donné suffisamment de temps pour dépasser une Chevrolet et mettre de la distance entre nous et nos poursuivants.

— C'est absolument génial, ce que tu fais, mais je crois que plus tard, quand j'aurai le temps, je vais me pisser dessus, m'a confié Trey.

Je me suis forcée à sourire. Je n'avais mon permis que depuis août, et à ce stade j'étais à peu près sûre que, après ma course folle vers le lac White Ridge, je n'aurais plus jamais le droit de conduire.

Les sirènes ont de nouveau hurlé moins d'une minute plus tard, et la situation a encore empiré quand deux autres voitures de police sont apparues au niveau d'une intersection, trois kilomètres avant d'arriver aux abords des lacs. Sur les conseils de Trey, j'ai foncé à l'intersection sans m'arrêter, et les deux voitures se sont jointes à la troupe qui nous poursuivait déjà.

— Eh ben ces deux-là sont un peu en retard pour la fête, a lancé Trey malicieusement.

J'aurais presque pleuré de soulagement quand on est arrivés devant les premières étendues d'eau au nord du lac Shawano, là où l'on trouve des grappes de petits lacs, avec un plus grand lac au sud. Devant nous, je voyais le métal vert du petit pont qui surplombait le lac White Ridge. On était près. Tout près.

Et puis la voiture s'est arrêtée.

L'aiguille de la jauge d'essence indiquait zéro, ce qui voulait dire qu'on était complètement à sec. On avait probablement couvert le dernier kilomètre grâce aux quelques émanations d'essence qui restaient dans le réservoir.

— Non, non, non ! ai-je hurlé en frappant le volant de frustration.

— Pas de temps à perdre. Viens, on y va, a lancé Trey.

Il m'a donné le médaillon avant de sortir de la voiture. Je l'ai suivi tout en entendant les véhicules de police freiner bruyamment derrière nous. À mon avis, ils venaient de laisser des traînées de caoutchouc sur l'asphalte.

— Police ! Vous êtes en état d'arrestation ! Arrêtez-vous, les mains en l'air !

J'ai ignoré les ordres et Trey et moi nous sommes rués vers le petit pont avec toute l'énergie qui nous restait. On a couru jusqu'au milieu du pont, et j'ai hésité juste une seconde en voyant les profondeurs grises de l'eau. Le lac avait un air particulièrement lugubre ce jour-là sous les nuages misérables qui s'étaient accumulés dans le ciel et les arbres dénudés qui bordaient sa rive. Je sentais le poids et le froid du métal du médaillon dans ma main droite. Je me suis penchée en arrière pour prendre de l'élan, et je l'ai lancé aussi loin que possible dans les eaux tranquilles du lac. Il a coulé sans faire un seul bruit et, quelques instants plus tard, j'ai senti les mains solides des policiers sur mes bras, en train de me menotter. Je me suis tournée vers Trey, qui était à ma gauche et qui lui aussi se faisait menotter avant d'être ramené près des voitures de police. Il souriait de son sourire parfait, ce sourire précieux et rare auquel moi seule avais droit, ce sourire qu'il me réservait rien qu'à moi depuis qu'on était tout petits.

Enfin, c'était terminé.

Épilogue

Notre petite maison sans prétention rue Martha avait l'air étonnamment différente lorsque je suis rentrée chez moi pour les vacances de Noël. Elle était plus petite que dans mon souvenir de six semaines plus tôt, quand je l'avais vue disparaître par la lunette arrière de la voiture. Pour la première fois, je remarquais que les bardeaux du toit auraient besoin d'être rafistolés, que la peinture marron des volets s'écaillait et que notre petite boîte à lettres en métal rouillait sur un coin. Je savais que ce n'était pas la maison mais ma perspective qui avait changé pendant mon absence, et pourtant, c'était perturbant de voir ma maison d'enfance pour la première fois avec un nouveau regard.

Ma mère avait fait un effort étonnant et inhabituel, et avait décoré les buissons du jardin de devant avec des lumières blanches de Noël. J'ai senti une nostalgie énorme dans le ventre et je me suis rappelé qu'il n'y avait aucune raison que ma maison me manque alors que j'étais pile là, à ma place. Ça ne servait à rien de ressasser le fait que je retournerais dans le Michigan dans à peine dix jours.

— Sympa, ai-je murmuré depuis le siège passager quand on s'est garées.

Je le pensais vraiment. Les lumières étaient vraiment accueillantes, et c'était touchant de voir ma mère s'imprégner pour une fois de l'esprit de Noël. Je ne me souvenais pas d'avoir déjà vu ma mère coller des découpages de Père Noël sur les fenêtres. Ma poitrine se serrait un peu à cette pensée, mais peut-être que le fait que je parte lui avait fait du bien.

— C'était l'idée de Glenn, a-t-elle répondu en rougissant un peu.

Comment, je ne sais pas (c'était miraculeux), mais ma mère avait entamé une amitié-flirt avec le vétérinaire de Maude depuis que j'étais partie en pension dans le Michigan. Il se trouve qu'ils avaient assisté aux mêmes cours à l'université de Sheboygan quand elle étudiait pour devenir véto, et Glenn était divorcé depuis peu. Vu les innombrables lois que Trey et moi avions enfreintes en novembre, j'avais plutôt eu de la chance quand le juge m'avait condamnée à suivre un programme de gestion des troubles du comportement, autrement appelé « prison à sécurité minimale pour filles ». Mon nouveau lycée était assez horrible, mais au-delà des uniformes, de la mauvaise nourriture, des lits inconfortables et d'une extinction des feux très stricte, le pire c'est que je n'avais aucun contrôle sur mes communications privées. On n'avait pas droit aux téléphones portables sur le campus du lycée Dearborn pour filles et pas d'accès sans surveillance à internet. Les seuls échanges que j'avais eus avec Trey en six semaines étaient des appels de dix minutes le dimanche soir depuis le téléphone payant d'un couloir commun très bruyant dans mon dortoir.

En gros, on m'avait envoyée dans ce qui ressemblait à un centre d'éducation surveillée dans le Michigan. Trey, lui, avait été condamné à aller dans une académie militaire loin dans le nord du Wisconsin. En revanche, pour ma part, comme il n'y avait pas de programmes pour les filles qui avaient autant enfreint la loi dans l'État du Wisconsin que moi, ma mère avait eu le choix entre deux lycées, un dans le Michigan, l'autre dans le Minnesota. Elle avait supplié le juge de revoir sa décision en avançant qu'elle n'avait aucune explication à fournir sur mon comportement en ce samedi fatidique, autre que le stress post-traumatique dont je souffrais à la suite de la mort de deux amies proches en moins de deux mois. Le juge n'avait pas écouté ses arguments en ma faveur. Pire encore, cet homme, qui avait une cinquantaine d'années, avait semblé touché par le récit théâtral et pleurnichard de Violet des événements du 2 novembre. En revanche, il y avait plein de maisons de correction au style militaire pour garçons dans le Wisconsin. Seulement, les parents de Trey avaient choisi la première de la liste fournie par son avocat et n'avaient pas cherché à le rapprocher de Willow, impatients qu'ils étaient d'apaiser le tribunal et de passer à autre chose.

J'avais des papillons dans le ventre en entrant dans la maison. Je savais que Trey arriverait dans quelques heures, le lendemain matin. On avait à peine eu le temps de se faire un câlin avant d'être séparés dans nos établissements respectifs en novembre. Ni lui ni moi n'avions osé risquer de nous faire punir encore plus. La maison avait son odeur de toujours, de café et de toasts. Maude avait énormément grandi : sa tête atteignait presque mes genoux.

— Est-ce qu'il y a quelque chose qui te ferait plaisir pour dîner ? a demandé ma mère.

Il y avait un million de trucs qui m'auraient fait plaisir. Tout sauf les cuisses de poulet et les pains de viande sans goût qu'on nous servait à Dearborn. Ça faisait quatre semaines que je n'avais pas mangé de vrai repas, depuis la salade du chef immense que j'avais mangée avec régal à l'aéroport en Floride avec mon père et Rhonda après Thanksgiving, que j'avais passé avec eux. Mais, même si j'aurais adoré répondre : *Une pizza à la croûte épaisse aux épinards de chez Federico*, je n'avais aucune envie d'aller en ville et risquer de croiser quelqu'un. Je n'étais plus exactement au courant de ce qui pouvait bien se passer au lycée Weeping Willow ces derniers temps. Mischa avait insisté pour être transférée à St. Patrick et elle m'avait écrit des lettres me racontant les difficultés qu'elle avait eues à s'intégrer dans une école dirigée par des nonnes. Amanda était toujours à Willow, puisqu'il ne lui restait qu'un semestre avant le bac, mais je sentais qu'elle limitait les potins qu'elle partageait avec Mischa. Cheryl et Erica m'envoyaient de longues lettres écrites à la main avec des tonnes de stickers et d'illustrations des choses qui leur arrivaient au lycée, mais elles ne s'encombraient pas des vies des lycéens populaires. Cheryl avait commencé à sortir avec Dan Marshall, et ses lettres parlaient généralement de leurs sorties et de combien il lui plaisait.

J'ai posé mes sacs sur le lit de ma chambre, soudain très consciente de mon épuisement. J'avais mal au dos et ma nuque était engourdie. Avoir été balancée dans un dortoir bruyant rempli de filles qui s'étaient retrouvées là parce qu'elles étaient tombées enceintes, que c'étaient des junkies, qu'elles étaient battues par les autres enfants de leur famille d'accueil ou qu'elles faisaient des fugues à répétition, toute cette anxiété des dernières semaines ressortait dans mes muscles. Je ne m'étais jamais sentie menacée ni en danger à Dearborn, principalement parce que Trey m'avait coachée.

— N'essaie pas de te faire des amies, m'avait-il dit pendant notre premier bref appel. Reste dans ton coin. Si on essaie de se rapprocher de toi, montre-toi un peu lente. Ne te fais pas remarquer.

Les efforts que j'avais dû fournir pour me souvenir de ne pas sourire, pour m'empêcher de lever la main en cours quand je connaissais la réponse, et de manière générale pour rester invisible (j'allais même jusqu'à éviter de me resservir dans les plats qui étaient appréciés à la cafétéria), étaient extraordinairement fatigants. Mais enfin, j'étais chez moi, dans ma chambre, je pouvais m'asseoir sur ma couette familière, m'allonger. Je me suis étalée les bras en croix. Je me suis souvenue avec un désir qui m'a saisie d'un coup de la dernière fois que Trey était entré par la fenêtre pour passer la nuit avec moi. C'était la veille de notre victoire contre Violet, juste avant qu'on jette ce médaillon dans le lac White Ridge. J'ai fermé les yeux pour tenter de l'imaginer, ce médaillon en or, froid et sombre, coincé dans la vase au fond de l'eau, bien en dessous du ventre blanc argenté des brochets qui se reposaient dans les profondeurs du lac pendant l'hiver. Ça me réconfortait de l'imaginer là, où qu'il soit, loin de Violet.

J'ai dû m'assoupir quelques secondes, mais j'ai été réveillée d'un coup en entendant une musique inattendue. C'était mécanique, une version légèrement désaccordée de *It's a Small World After All,* une musique horriblement familière. J'avais du mal à croire que je l'entendais. Je me suis redressée pour regarder l'étagère au-dessus de mon lit, où la boîte à musique en céramique qui m'avait été donnée quand j'étais enfant était de retour à sa place, ainsi que les autres, de manière inexpliquée. J'avais pourtant mis toutes mes boîtes à musique dans un carton à l'automne pour empêcher l'esprit d'Olivia de se manifester à travers elles, et le carton était sur la planche la plus haute de mon placard. Ma mâchoire s'est ouverte de surprise pendant que je regardais la petite manivelle tourner lentement pour faire sortir cette mélodie qui était plus mélancolique et écorchée que jamais.

— Maman ? ai-je appelé d'une voix inquiète. Est-ce que c'est toi qui as remis mes boîtes à musique sur l'étagère ?

Ma mère est apparue dans l'encadrement de ma porte en quelques secondes, comme si elle attendait au bout du couloir que je l'appelle.

— Oui, a-t-elle admis. Ta chambre avait l'air si vide et déserte pendant que tu étais partie. J'ai remis certaines choses de ton enfance pour qu'elle donne l'impression que tu n'étais pas partie trop loin. J'espère que tu ne m'en veux pas.

J'ai secoué la tête : je ne voulais pas qu'elle devine le danger que je ressentais déjà dans ma chambre.

— Non, pas du tout, l'ai-je rassurée. Dis donc, et si on commandait une pizza à emporter chez Federico et qu'ils nous la livraient ?

— Excellente idée, a-t-elle acquiescé. Épinards et champignons ?

Lorsqu'elle est ressortie dans le couloir, j'ai grimpé sur le lit pour arrêter le mécanisme de la boîte à musique, le cœur battant comme si c'était une brique qui frappait mes côtes sans relâche. J'ai tenté de contacter Trey, mais je n'arriverais pas à le joindre avant le lendemain matin, quand il arriverait à Willow. Les petits poils bruns de mes avant-bras étaient dressés et je sentais des picotements en bas de ma nuque. Impossible de le nier. On avait foiré, et pas qu'à moitié. Olivia était de retour pour s'assurer qu'on le savait.

Le médaillon n'était pas l'objet qui reliait l'esprit à Violet. C'était une diversion. C'était évident maintenant que j'étais assise sur mon lit. Si évident que je voulais frapper du poing ma fenêtre de rage. Dans ma tête, je me suis souvenue de ce jour de novembre où on avait volé le médaillon de Violet et de la façon dont elle avait permis aux parents inquiets de s'occuper d'elle dans le parking pendant qu'on fuyait dans la voiture de la mère de Trey. Si le médaillon avait vraiment été le bon objet, elle nous aurait suivis. Elle nous aurait pourchassés jusqu'au lac White Ridge. Elle aurait tenté de nous pousser hors de la route. J'ai respiré profondément pour essayer de me calmer et de reprendre mes esprits. Trey et moi étions si soulagés de nous être débarrassés du médaillon et de la malédiction qu'on ne s'était jamais demandé si on s'était trompés. Mais évidemment qu'on s'était trompés ! A posteriori, le médaillon était bien trop évident. Et, maintenant, on était tous les deux dans des situations qui rendraient l'enquête sur Violet infiniment plus difficile.

Depuis toutes ces semaines, Mischa était encore en danger sans le savoir. Qui sait combien de temps il lui restait ? Comment évaluer les pouvoirs que Violet avait amassés pendant cette période où je n'avais plus cherché à l'interrompre ? Qui sait si elle avait rejoué à ce jeu, si elle avait prédit les morts de Tracy, Melissa et des nouvelles filles populaires qui avaient repris le dessus au lycée ?

Mais, si ce n'était pas le médaillon, alors c'était quoi ? Quel autre objet aurait pu relier Violet à l'esprit maléfique de sa grand-mère ? Je me suis levée et j'ai marché jusqu'à la fenêtre en entendant les sifflements et couinements du radiateur placé au-dessous. De l'autre côté, je voyais de la lumière dans la maison de Trey et son petit frère qui préparait la table pour le dîner. Je me demandais comment allaient les chatons que Trey avait laissés à son frère pour qu'il s'en occupe.

Je me demandais si la réapparition d'Olivia voulait dire que plus jamais je ne pourrais passer une nuit tranquille, sous les étoiles, à m'occuper de chatons et à espérer que Trey m'embrasse.

Et puis, mes yeux sont revenus à la fenêtre quand mon souffle chaud a laissé une marque de buée sur la vitre. Dans cette tache j'ai vu un trait qui avait été formé, à l'aide d'un doigt peut-être. J'ai reculé, et j'ai regardé quelques minutes pendant que la chaleur humide du radiateur couvrait de buée la moitié inférieure de la fenêtre. Une image avait été dessinée sur la vitre, sans aucun doute. Peut-être justement dessinée pour moi, pour un moment exactement comme celui-ci, lorsque la buée sur la fenêtre me le révélerait.

Le dessin était celui d'une maison rudimentaire, de forme carrée, avec une porte mal tracée et une cheminée qui sortait du toit de travers. Je suis tombée à genoux en me rendant compte à quel point Trey et moi nous étions trompés.

Ça n'avait jamais été le médaillon qui connectait Violet à l'esprit de sa grand-mère. C'était la maison, cette magnifique maison aux limites de la ville…

PAPIER À BASE DE FIBRES CERTIFIÉES

hachette s'engage pour l'environnement en réduisant l'empreinte carbone de ses livres. Celle de cet exemplaire est de : 500 g éq. CO_2 Rendez-vous sur www.hachette-durable.fr

« Pour l'éditeur, le principe est d'utiliser des papiers composés de fibres naturelles, renouvelables, recyclables et fabriquées à partir de bois issus de forêts qui adoptent un système d'aménagement durable. En outre, l'éditeur attend de ses fournisseurs de papier qu'ils s'inscrivent dans une démarche de certification environnementale reconnue. »

Composition et mise en pages : Nord Compo

Achevé d'imprimer en Espagne par RODESA
Dépôt légal 1re publication septembre 2017
63.3027.1 – ISBN : 978-2-01-702835-2
Édition : 01 – Dépôt légal : septembre 2017

Loi n° 49-956 du 16 juillet 1949
sur les publications destinées à la jeunesse